芙蓉鎮・新編

◉古華／著

聯合文叢 385

一九八二年春，古華（左）在北京沈府拜望前輩師長沈從文（中）、張兆和（右）。

一九八七年春，古華（中）在湘南老家和讀者們交談。

一九八二年夏，古華（右）陪同英籍漢學家、《芙蓉鎮》英文版譯者戴乃迪女士（左）訪問湘南嘉禾縣。

一九八五年秋，古華（右）陪同法國漢學家、《芙蓉鎮》法文版譯者菲利浦（左）訪問湘西。

一九八五年秋，上海電影製片廠與中國電影發行公司聯合召開為期九天的《芙蓉鎮》電影改編學術討論會，中立者為導演謝晉，鞠躬者為美國紐約影評人董鼎山。據稱，為改編一部小說而召開此種會議，在中國電影史上屬首次。

一九八六年秋，古華（左）和老導演謝晉（中）、老作家韶華（右）在湘西看外景。

一九八六年秋，古華（右四）陪同英、美、法、澳漢學家在湘西王村《芙蓉鎮》外景拍攝現場。

一九八六年秋，古華（右）在湘西王村和電影明星劉曉慶（中）等人交談。後王村改名芙蓉鎮，成為一處旅遊景點。

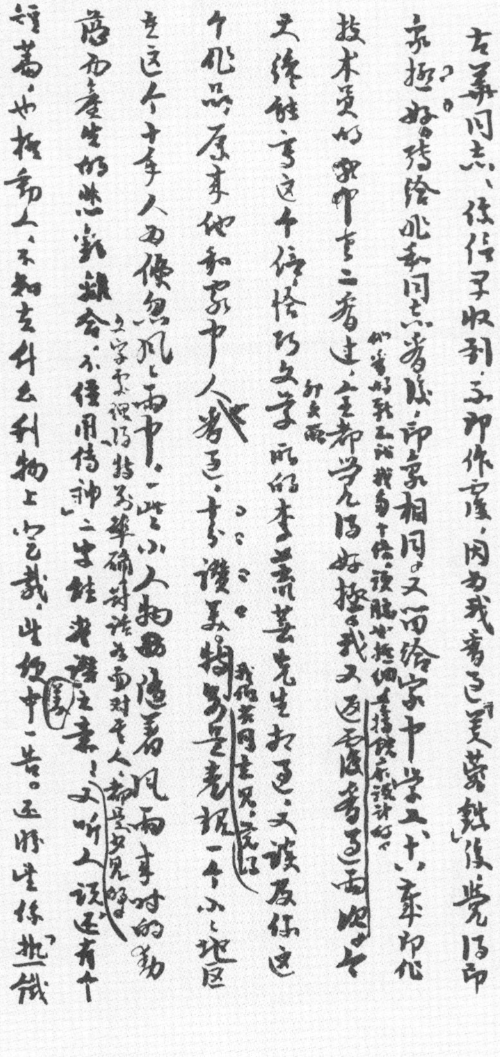
古華同志：你信早收到，正即作復，因为我看过《芙蓉鎮》後，覺得印
象極好，特給兆和同志看後，印象相同，又留給家中[illegible]十六歲[illegible]
技术员的[illegible]看过，二者都覺得好極，我又还[illegible]
又將能看这个信給打文字的李[illegible]先生看过，又談及你这
个作品原来他和家中人都看过，十分讚美。特別是表現一个小小地区
在这个十年人为便急风急雨中，一些小人物如何随着风雨来时的动
荡而產生的悲歡離合，不使用[illegible]来！又聽人說还有个
短篇，也極動人，不知去什么刊物上登載，出版中一告。还將[illegible]

沈從文寫給古華的親筆函。

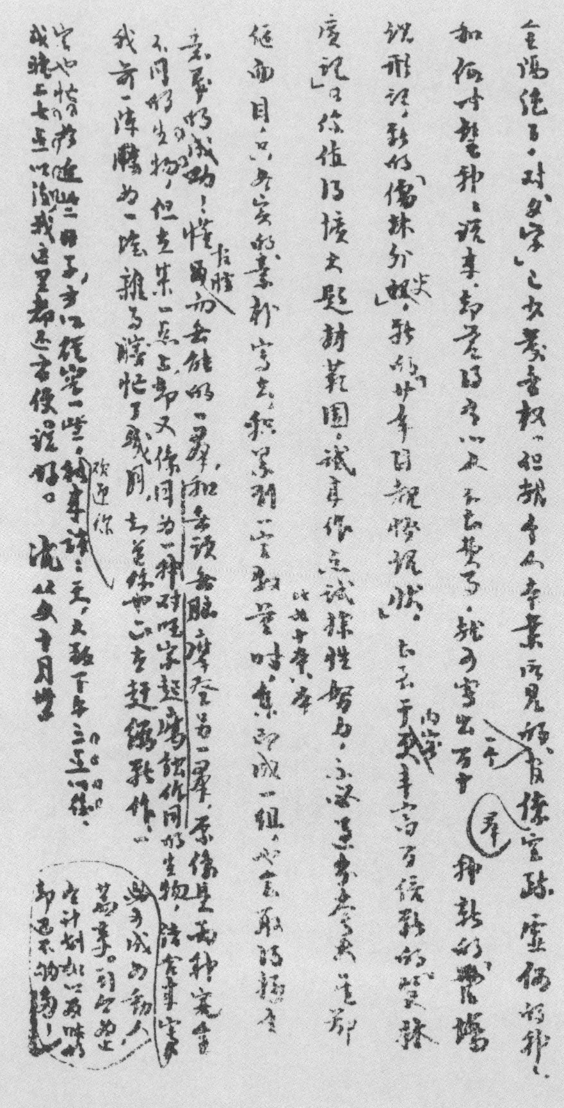

沈從文寫給古華的親筆函。

【目次】

第二章　山鎮人啊

第三章　街港深處

沈從文給作者的一封信

古華同志：你信早收到，未即作覆，因為我看過《芙蓉鎮》後，覺得印象極好。轉給兆和同志看後，印象相同，又留給家中學工、十八歲即作技術員的家中老二看過——他看的新書比我多十倍、頭腦也極細是搞銑床設計的，全都覺得好極。我又反覆看過兩次。今天纔能寫這個信。恰巧外國文學所的李荒蕪先生相過，又談及你這個作品，原來他和家中人也看過，十分讚美。我們共同意見，覺得特別是展現一個小小地區在這個十年人為倏忽風雨中，一些小人物隨著風雨來時的動蕩而產生的悲歡離合，不僅用「傳神」二字能盡讚美之意！文字處理得特別準確，對話如面對其人，都是少見的。又聽人說，還有個短篇，也極動人，不知在什麼刊物上登載，望便中一告。還盼你「熱鐵打釘」，能一股氣寫個三年五載下去，（規模不妨小些，甚至於只寫一人一事，短到三幾千字）篇幅且不妨也縮小些，在萬字以內，來寫人寫事，肯定會能得到多方面的成功。我們還看過張潔一篇〈沉重的翅膀〉，前後分兩期刊載，寫得也很好。只是涉及問題過大，超出一般人常識以外，懂的人懂，不懂的人就必然難於明白矛盾所在。對話中常常加以思索解釋，易給人以支蔓感，前後不聯繫感。這也許正是她的一種長處。這種表現方法，年輕一代，是從新派電影中學來習慣的。至於像我們偏於保守的舊式讀者，欣賞能力落伍了，就有些隔。總不免還是習慣於都蓋涅甫、契訶夫等文體，以為寫人寫事，最好在一定背景下活動，容易得到傳遞作用。處理上還是明朗素樸些，易產生真切而深刻效果。節制誇張也是一種能力！所以有時讀些現代刊物中的名作和新的國外名著譯文，都難於說是全懂得它的好處。最難理會好處的，大約還是新詩，文字雖一一認得，可不容易懂好壞，有些不免給人以讀「天書」感。含義得從猜想中解決。讀者未免擔負過重，比讀杜甫詩深奧得多！可是照許多人意見，卻常認為有所突破的「高明」。不過如此一來，像我們一代，不僅難再冒充「空頭作家」，即「讀者」資格，也大有問題了。因為社會變了。不過有許多事從我們看來，變得多是一種表面時髦，反應（映）的不是什麼生命充實，只是生命空虛。其中一部分影響，且還分明來自香港。不少詩作散文都反應對中國文（字）基本知識還不過關，即出了詩集。香港有不少朋友，中西文底子都極好。但也不懂這些新詩的內含。在寫詩的是另外一種人。懂畫的也不少，卻和在作畫的作插圖的不相干。國內似乎也有這種趨勢。作美學論文的，且有既不懂詩文、又不懂文物繪畫的美，卻在作品引了些莫名其妙不美插圖來作抽象解釋，用的語言也缺少明確意義，另外即有人盲目叫「好」的。這些人在一定範圍內即被譽為「美學大師」！可以想見，總的文化水平，顯明是在普遍下降情形中。小說方面，若繼續從故事「離奇不經」、「驚心動魄」去吸引讀者，也無可免跟著香港電影跑。新的《火燒紅蓮寺》、《小五義》等等重新抬頭，是意（料）中事。畫則到某一時，必以學丁竦作美女月份牌式為最高成就。歌曲更先走一步，比毛毛雨還毛毛雨。這些趨勢正在日益抬頭，十分顯明，對年輕人起廣泛作用。或許也還會得（到）宣傳部鼓勵的！因為對青年一代，宣傳方面當事人，作不出正面有力的鼓舞教育啟迪，必然會以任其放縱為得計，可吸收其對政治上的不滿作用。如此一來，龐大無比的官僚群，反而容易存在下去，彼此且能從「各取所需」情形下，能暫時相安無事也。所以新文學若還可以容許寄託一點好希望，想不會是披長頭髮留小鬍鬚、載來路貨黑色眼鏡、跳新式舞的摩登新式紈袴子，能寄託希望。不管他是什麼大首長的兒子，又從歐美得了科學博士歸來，對扭轉國家的封建主義的壞影響及新式洋奴的思想影響，都無大幫助。唯一希望，還是多出幾個契訶夫、郭哥里，用鄉村人事作背景，或用這些假時髦作題材，來各自寫出大量作品，到一定時候，或可望起些些針砭作用。我這三十年為了「避賢讓路」改了業，和這個在變動中的大社會一切全隔絕了，對文學已少發言權。但就個人本業所見的、一個官僚群，空疏虛偽的種種和假時髦種種說來，卻覺得有心人不甚費事，就可寫出百十種新的《官場現形記》，新的《儒林外史》，新的《廿年目覩（之）怪現狀》，甚至於內容更豐富的《笑林廣記》。你值得擴大題材範圍，試來作點試探性努力，不必過分誇大其鄙陋面目，只真實的、素樸寫去，積累到一定數量時，比如十本八本，集印成一組，也會取得極有意義的成功！懂官腔而無能力的一群，和無頭無腦摩登另一群，原像是兩種完全不同的生物，但在某一點上，又像同為一種對國家起腐蝕作用的生物，結合來寫必可成為動人篇章。到今為此，有計畫加以反映的卻還不夠多！

我前一陣為一堆雜事瞎忙了幾月，知道你也正在趕編新作，一定也忙。如近些日子，可以從容一些，歡迎你能來談談天，大致下午三點以後，或晚上七點以後，我這裡都還方便。祝好。

沈從文 十月卅日

古華簡註：

①張兆和——沈從文先生夫人，曾任《人民文學》雜誌文字終審編輯，七〇年代後為沈從文先生著作的編輯審訂人。

②李荒蕪——大陸著名文學翻譯家，老詩人。

③丁竦——五四時期北京著名仕女畫畫家。

④沈從文先生此信寫於一九八一年十月卅日，是他被迫沉默了三十年之後，唯一一次全面論述了他的文藝及政治觀點。

芙蓉鎮

唱一曲嚴峻的鄉村牧歌
——自序

第一章　山鎮風俗畫（一九六三年）

一　一覽風物

芙蓉鎮坐落在湘、粵、桂三省交界的峽谷平壩裡，古來為商旅歇宿、豪傑聚義、兵家必爭的關隘要地。有一溪一河兩條水路繞著鎮子流過，流出鎮口里把路遠就匯合了，因而三面環水，是個狹長半島似的地形。從鎮裡出發，往南過渡口，可下廣東；往西去，過石拱橋，是一條通向廣西的大路。不曉得是哪朝哪代，鎮守這裡的山官大人施行仁政，或者說是附庸風雅圖個縣志州史留名，命人傍著綠豆色的一溪一河，栽下了幾長溜花枝招展、綠蔭拂岸的木芙蓉，成為一鎮的風水；又派民夫把後山腳下的大片沼澤開掘成方方湖塘，遍種水芙蓉，養魚，採蓮，產藕，作為山官衙門的「官產」。每當湖塘水芙蓉競開，或是河岸上木芙蓉鬥艷的季節，這五嶺山脈腹地的平壩，便頗是個花柳繁華之地、溫柔富貴之鄉了。木芙蓉根、莖、花、皮，均可入藥。水芙蓉則上結蓮子，下產蓮藕，就連它翠綠色的銅鑼一樣圓圓蓋滿湖面的肥大葉片，也可讓蜻蜓立足，青蛙翹首，露珠兒滴溜；採摘下來，還可給遠行的腳夫包中伙飯菜，做荷葉麥子粑子，蓋小商販的生意擔子，遮趕圩女人的竹籃筐，被放牛娃兒當草帽擋日頭……一物百用，各各不同。小河、小溪、小鎮，因此得名「芙蓉河」、「玉葉溪」、「芙蓉鎮」。

芙蓉鎮街面不大。十幾家鋪子、幾十戶住家緊緊夾著一條青石板街。鋪子和鋪子是那樣的擠密，以至一家煮狗肉，滿街聞香氣；以至誰家娃兒跌跤碰脫牙、打了碗，街坊鄰里心中都有數；以至妹娃家的私房話，年輕夫婦的打情罵俏，都常常被隔壁鄰居聽了去，傳為一鎮的祕聞趣事、笑料談資。偶爾某戶人家弟兄內訌，夫妻鬥毆，整條街道便會騷動起來，人們往來奔走，相告相勸，如同一河受驚的鴨群，半天不得平息。不是逢圩的日子，街兩邊的住戶還會從各自的閣樓上朝街對面的閣樓搭長竹竿，晾曬一應布物：衣衫褲子，裙子被子。山風吹過，但見通街上空「萬國旗」紛紛揚揚，紅紅綠綠，五花八門。再加上懸掛在各家瓦簷下的串串紅辣椒，束束金黃色的包穀種，個個白裡泛青的葫蘆瓜，形成兩條顏色富麗的夾街彩帶……人在下邊過，雞在下邊啼，貓狗在下邊梭竄，別有一種風情，另成一番景象。

一年四時八節，鎮上居民講人緣，有互贈吃食的習慣。農曆三月三做清明花粑子，四月八蒸莳田米粉肉，五月端午包糯米粽子、喝雄黃艾葉酒，六月六誰家院裡的梨瓜、菜瓜熟得早，七月七早禾嘗新，八月中秋家做土月餅，九月重陽柿果下樹，金秋十月娶親嫁女，臘月初八製「臘八豆」，十二月二十三日送灶王爺上天……構成家家戶戶吃食果品的原料雖然大同小異，但一經巧媳婦們配上各種作料做將出來，樣式家家不同，味道各各有別，最樂意街坊鄰居品嘗之後誇讚幾句，就像在暗中做著民間副食品展覽、色香味品比一般。便是平常日子，誰家吃個有眼珠子、腳爪子的葷腥，也一定不忘夾給隔壁娃兒三塊兩塊，由著娃兒高高興興地回家去向父母親炫耀自己碗裡的收穫。飯後，做娘的必得牽了娃兒過來坐坐，嘴裡儘管拉扯說笑些旁的事，那神色卻是完完全全的道謝。

芙蓉鎮街面雖小，居民不多，可是一到逢圩日子就是個萬人集市。集市的主要場所不在青石板街，而在街後臨河那塊二、三十畝見方的土坪，舊社會留下了兩溜石柱撐樑、青瓦蓋頂、四向皆空的長亭。長亭對面，立著個油彩斑駁的古老戲台。解放初時圩期循舊例，逢三、六、九，一旬三圩，一月九集。三省十八縣，漢家客商，瑤家獵戶、藥匠，壯家小販，都在這裡雲集貿易。豬行牛市，蔬菜果品，香菇木耳，懶蛇活猴，海參洋布，日用百貨，飲食小攤……滿圩滿街人成河，嗡嗡嚶嚶，萬頭攢動。若是站在後山坡上看下去，晴天是一片頭巾、花帕、草帽，雨天是一片斗篷、紙傘、布傘。人們不像是在地上行走，倒像匯流浮游在一座湖泊上。從賣涼水到做牙行掮客，不少人靠了這圩場營生。據說鎮上有戶窮漢，竟靠專撿豬行牛市上的糞肥發了家呢……到了一九五八年大躍進，因天底下的人都要去煉鋼煮鐵，去發射各種名揚世界的高產衛星，加上區、縣政府行文限制農村集市貿易，批判城鄉資本主義勢力，芙蓉鎮由三天一圩變成了星期圩，變成了十天圩，最後成了半月圩。逐漸過渡，達到市場消滅，就是社會主義完成，進入共產主義仙境。可是據說由於老天爺不作美，田、土、山場不景氣，加上帝修反搗蛋，共產主義天堂的門檻太高，沒躍進去不打緊，還一跤子從半天雲裡跌下來，結結實實落到了貧瘠窮困的人間土地上，過上了公共食堂大鍋青菜湯的苦日子，半月圩上賣的淨是糠粑、苦珠、蕨粉、葛根、土茯苓。馬瘦毛長，人瘦面黃。國家和百姓都得了水腫病。客商絕跡，圩場不成圩場，而明賭暗娼，神拳點打，摸扒拐騙卻風行一時……直到前年——西元一九六一年的下半年，縣政府才又行下公文，改半月圩為五天圩，首先從圩期上放寬了尺度，便利物資交流。因元氣大傷，芙蓉鎮再沒有恢復成為三省十八縣客商雲集的萬人集市。

近年來芙蓉鎮上稱得上生意興隆的，不是原先遠近聞名的豬行牛市，而是本鎮胡玉音所開設的米豆腐攤子。胡玉音是個二十五、六歲的青年女子。來她攤子前站著坐著蹲著吃碗米豆腐打點心的客人，習慣於喊她「芙蓉姐子」。也有那等好調笑的角色稱她為「芙蓉仙子」。說她是仙子，當然有點子過譽。但胡玉音黑眉大眼，面如滿月，胸脯豐滿，體態動情，卻是過往客商有目共睹的。鎮糧站主任谷燕山打了個比方：「芙蓉姐的肉色潔白細嫩得和她所賣的米豆腐一個樣。」她待客熱情，性情柔順，手頭俐落，不分生熟客人，不論穿著優劣，都是笑臉迎送：「再來一碗？添勺湯打口乾？」「好走好走，下一圩會面！」加上她的食具乾淨，米豆腐量頭足，作料香辣，油水也比旁的攤子來得厚，一角錢一碗，隨意添湯，所以她的攤子面前總是客來客往不斷線。

「買賣買賣，和氣生財。」「買主買主，衣食父母。」這是胡玉音從父母那裡得來的「家訓」。據傳她的母親早年間曾在一個大口岸上當過花容月貌的青樓女子，後來和一個小伙計私奔到這省邊地界的山鎮上來，隱姓埋名，開了一家頗受過往客商歡迎的夫妻客棧。夫婦倆年過四十，燒香拜佛，才生下胡玉音一個獨女。「玉音，玉音」，就是大慈大悲的觀音老母所賜的意思。一九五六年公私合營，也是胡玉音招郎收親後不久，兩老就雙雙去世了。那時還沒有實行頂職補員制度，胡玉音和新郎公就參加鎮上的初級社，成了農業戶。逢圩趕場賣米豆腐，還是近兩年的事呢。講起來都有點不好意思啟齒，胡玉音做生意是從提著竹籃筐賣糠菜粑粑起手，逐步過渡到賣蕨粉粑粑、薯粉粑粑，發展成擺米豆腐攤子的。她不是承襲了什麼祖業，是飢腸轆轆的苦日子教會了她營生的本領。

「芙蓉姐子！來兩碗多放剁辣椒的！」

「好咧——，只怕會辣得你兄弟肚臍眼痛！」

「我肚臍眼痛，姐子你給治？」

「放屁。」

「女老表！一碗米豆腐加二兩白燒！」

「來，天氣熱，給你同志這碗寬湯的。白酒請到對面鋪子裡去買。」

「芙蓉姐，來碗白水米豆腐，我就喜歡你手巴子一樣白嫩的，吃了好走路。」

「下鍋就熟。長嘴刮舌，你媳婦大約又有兩天沒有喊你跪床腳、扯你的大耳朵了！」

「我倒想姐子你扯扯我的大耳朵哩！」

「缺德少教的，吃了白水豆腐舌尖起泡，舌根生瘡，保佑你下一世當啞巴！」

「莫咒莫咒，米豆腐攤子要少一個老主顧，你捨得？」

就是罵人、咒人，胡玉音眼睛裡也是含著溫柔的微笑，嗓音也和唱歌一樣的好聽。對這些常到她攤上來的主顧們，她有講有笑，親切隨和得就像待自己的本家兄弟樣的。

的確，她的米豆腐攤子有幾個老主顧，是每圩必到的。

首先是鎮糧站主任谷燕山。老谷四十來歲，北方人，是個鰥夫，為人忠厚樸實。不曉得怎麼搞的，谷燕山前年秋天忽然通知胡玉音，可以每圩從糧站打米廠賣給她碎米穀頭子六十斤，成全她的小本生意！胡玉音兩口子感激得只差沒有給谷主任磕頭，喊恩人。從此，谷燕山每圩都要來米豆腐攤子坐上一坐，默默地打量著腳勤手快、接應四方的胡玉音，彷彿在細細品味著她的青春芳容。因他為人正派，所以就連他對「芙蓉姐子」那個頗為輕浮俗氣的比喻，都沒有引起什麼非議。再一個是本鎮大隊的黨支書滿庚哥。滿庚哥三十來歲，是個轉業軍人，跟胡玉音的男人是本家兄弟，玉音認了他做乾哥。乾哥每圩來攤子上坐一坐，賞光吃兩碗不數票子的米豆腐去，是很有象徵意義的，無形中印證了米豆腐攤子的合法性，告訴逢圩趕場的人們，米豆腐攤子是得到黨支部准許、黨支書支持的。

吃米豆腐不數票子的人物還有一個，就是本鎮上有名的「運動根子」王秋赦。王秋赦三十幾歲年紀，生得圓頭圓耳，平常日子像尊笑面佛。可是每逢政府派人下來抓中心，開展什麼運動，他就必定跑紅一陣，吹哨子傳人開會啦，會場上領頭呼口號造氣氛啦，值夜班看守壞人啦，十分得力。等到中心一過，運動告一段落，他也就像個洩了氣的皮球。嘴巴又好油膩，愛沾葷腥，人家一個錢當三個花，他三個錢當一個錢吃。來米豆腐攤前一坐，總是一聲：「弟嫂，來兩碗，記賬！」一副當之無愧的神氣。有時還當著胡玉音的面，拍著她男人的肩膀開玩笑：「兄弟！怎麼搞的？你和弟嫂成親七、八年了，弟嫂還像個黃花女，沒有裝起窯？要不要請個師傅，做個娃娃包靠！」講得兩口子臉塊緋紅，氣也不是，惱也不是，罵也不是。對於這個白吃食的人，胡玉音雖是心裡不悅，但本鎮上的街坊，來了運動又十分跑紅的，自然招惹不起，白給吃還要賠個笑臉呢。

每圩必來的主顧中，有個怪人值得特別一提。這人外號「秦癲子」，大名秦書田，是個五類分子。秦書田原先是個吃快活飯的人，當過州立中學的音體教員，本縣歌舞團的編導，一九五七年因編演反動歌舞劇，利用民歌反黨，劃成右派，被開除回鄉生產。他態度頑固，從沒有承認過自己反黨反社會主義的罪行，只承認自己犯過兩回男女關係的錯誤，請求大隊支書黎滿庚將他的「右派分子」帽子換成「壞分子」帽子。自有一套自欺欺人的理論。他來胡玉音的攤子上吃米豆腐，總是等客人少的時刻，笑笑瞇瞇的，嘴裡則總是哼著一句「米米梭，梭米來米多來辣多梭梭」的曲子。

「秦癲子！你見天哼的什麼鬼腔怪調？」有人問。

「廣東音樂〈步步高〉，跳舞的。」他回答。

「你還步步高？明明當了五類分子，步步低啦！」

「是呀，對呀，江河日下，努力改造……」

在胡玉音面前，秦書田十分知趣，眼睛不亂看，半句話不多講。「瘦狗莫踢，病馬莫欺」，倒是胡玉音覺得他落魄，有些造孽。有時舀給他的米豆腐，香油和作料還特意下得重一點。

逢圩趕集，跑生意做買賣，魚龍混雜，清濁合流，面善的，心毒的，面善心也善的，面善心不善的，見風使舵、望水彎船的，巧嘴利舌、活貨說死、死貨說活的，倒買倒賣、手辣腳狠的，什麼樣人沒有呢？「芙蓉姐子」米豆腐攤子前的幾個主顧常客就暫且介紹到這裡。這些年來，人們的生活也像一個市場。在下面的整個故事裡，這幾個主顧無所謂主角配角，生旦淨丑，花頭黑頭，都會相繼出場，輪番和讀者見面的。

二　女經理

芙蓉鎮街面雖小，國營商店卻有三家：百貨店、南雜店、飲食店。三家店子分別聳立在青石板街的街頭、街中、街尾。光從地理位置上講，就占著絕對優勢，居於控制全鎮商業活動的地位。飲食店的女經理李國香，新近才從縣商業局調來，對鎮上的自由市場有著一種特殊的敏感。每逢圩日，她特別關注各種飲食小攤經售的形形色色零星小吃的興衰狀況，看看究竟有多少私營攤販在和自己的國營飲食店爭奪顧客，威脅國營食品市場。她像個舊時的鎮長太太似的，挺起那已經不十分發達了的胸脯，在圩場上看過來，查過去，最後看中了「芙蓉姐子」的米豆腐攤子。她暗暗吃驚的是，原來「米豆腐西施」的臉模長相，就是一張招攬顧客的廣告畫！更不用講她服務周到、笑笑微微的經營手腕了。「這些該死的男人！一個個就和饞貓一樣，總是圍著米豆腐攤子轉……」她作為國營飲食店的經理，不覺地就降低了自己的身分，認定「芙蓉姐子」的米豆腐攤子，是鎮上唯一能和她爭一高下的潛在威脅。

一天逢圩，女經理和「芙蓉姐子」吵了一架。起因很小，原也和國營飲食店經理的職務大不相干。胡玉音的男人黎桂桂是本鎮屠戶，這一圩竟捎來兩副豬雜，切成細絲，炒得香噴噴辣乎乎的，用來給每碗米豆腐蓋碼子。價錢不變。結果米豆腐攤子前邊排起了隊伍，有的人吃油了嘴巴，吃了兩碗吃三碗。無形中把對面國營飲食店的顧客拉走了一大半。「這還了得？小攤販竟來和國營店子搶生意？」於是女經理三腳兩步走到米豆腐攤子前，立眉橫眼地把戴了塊「牛眼睛」①的手伸了過去：「老鄉，把你的營業許可證交出來看看！」胡玉音不知她的來由，連忙停住碗勺賠笑說：「經理大姐，我做這點小本生意，圩圩都在稅務所上了稅的。鎮上大人娃兒都曉得……」「營業證！我要驗驗你的營業證！」女經理的手沒有縮回，「若是沒有營業證，就叫我們的職工來收你的攤子！」溫順本分的胡玉音傻了眼：「經理大姐，你行行好，抬抬手，我賣點米豆腐，擺明擺白的，又不是黑市！」這可把那些等著吃米豆腐的人惹惱了，紛紛站出來幫腔：

「她擺她的攤子，你開你的店子，井水不犯河水，她又沒踩著哪家的墳地！」「今天日子好，牛槽裡伸進馬腦殼來啦！」「女經理，還是去整整你自己的店子吧，三鮮麵莫再吃出老鼠屎來就好啦！哈哈哈……」後來還是糧站主任谷燕山出面，給雙方打了圓場：「算啦算啦，在一個鎮上住著，低頭不見抬頭見，有話到市管會和稅務所去講！」把李國香氣的喲，真想大罵一通資本主義尾巴們！芙蓉鎮廟小妖風大，池淺王八多，窩藏壞人壞事，對她這個外來幹部欺生。

李國香本是縣商業局的人事幹部，縣委財貿書記楊民高的外甥女，全縣商業戰線以批資本主義出名的女將。據說早在一九五八年，她就獻計獻策，由縣工商行政管理局放出了一顆「工商衛星」：對全縣小攤小販進行了一次突擊性大清理。她的事跡還登過省報，一躍而成為縣裡的紅人，很快入了黨，提了幹。人人都有一本難念的經。今年春上，正當要被提拔為縣商業局副局長時，她和有家有室的縣委財辦主任的祕事不幸洩露。因她去醫院打胎時不得不交代出肚裡孽種畜生的來歷。為了愛護典型，祕事當然被嚴格控制在極小的範圍內。就連負責給她墮胎的女醫生，都很快因工作需要被安排到千里之外的洞庭湖區搞「血防」去了。李國香也暫時受點委屈，下到芙蓉鎮飲食店來當經理。可憐巴巴的連個股級幹部都沒夠上呢。

女經理今年三十二歲。年過三十二對於一個尚未成家的女人來說，是一個複雜的年紀，叫做上上不得，下下不得。唉唉，都怨得了誰呢？戀愛史就是她的青春史。李國香二十二歲那年參加革命工作，在挑選對象這個問題上，真叫嘗遍了酸甜苦辣鹹。她初戀談的是縣兵役局一位肩章上一顆「豆」的少尉排長，可是那年月時髦姑娘們流行的歌訣是：一顆「豆」太小，兩顆「豆」嫌少，三顆「豆」正好，四顆「豆」太老。她很快就和「一顆豆」吹了。不久找了位「三顆豆」，老倒是不老，就是上尉連長剛和鄉下的女人離了婚，身邊還有個活蹦亂跳的男娃，頭次見面不喊「阿姨」，而喊「後媽」！碰他娘的鬼喲，掛筒拉倒。接著發生了第三次愛情糾葛，閃電式的，很有點講究，這裡暫且不表。一九五六年黨號召向科學進軍，她找了位知識分子——縣水利局的一位眼鏡先生。兩人已經有了「百日之恩」。可是眼鏡先生第二年被劃成右派分子。「媽呀！」她像走夜路碰見了五步蛇，趕忙把跨出去的腳縮了回來，好險！這一來她發誓要成為一名人事幹部，對象則要個科局級，哪怕是當「後媽」。她的願望只達到了一半。因為世上的好事總難全。不知不覺十年青春年華過去了，她政治上越來越跑紅，而在私生活方面卻圈子越搞越窄，品位級別也越來越低了。有時心裡就和貓爪抓撓著一樣乾著急。她天天早晨起來的第一件事：照鏡子。當窗理雲鬢，對鏡好心酸。原先黑白分明的大眼睛，已經佈滿了紅絲絲，色澤濁黃。原先好看的雙眼皮，已經隱現一暈黑圈，四周爬滿了魚尾細紋。原先白裡透紅的臉蛋上有兩個逗人的淺酒窩，現在皮肉鬆弛，枯澀發黃……天哪，難道一個得不到正常的感情雨露滋潤的女人，青春就是這樣的短促，季節一過就凋謝萎縮？人一變醜，心就變冷。積習成癖，她在心裡暗暗嫉妒著那些有家有室的女人。

李國香急於成家。有了法定的男人，她在縣上鬧下的祕聞就會為人們淡忘。誰成家前沒有一兩件荒唐事喲。今年年初來到芙蓉鎮後，她留心察看了一下，在「共產黨員、國家幹部」這個起碼標準下，入選目標可憐巴巴，只有糧站主任谷燕山那個「北方佬」。「北方佬」一臉鬍子拉碴，衣著不整，愛喝二兩，染有一般老單身漢諸如此類的癖好積習。可是據山鎮銀行權威人士透出風聲，谷主任私人存摺是個「千字號」。谷燕山政治、經濟條件都不差，就是年齡上頭差一截……唉唉，事到如今，只能顧一頭了。俗話說：「老郎疼婆娘，少郎講名堂。」當然話講回來，李國香有時也單相思地想到：一旦真的摟著那個一嘴鬍子拉碴的黑雷公睡覺，沒的噁心，不定一身都會起雞皮疙瘩……一個果子樣熟過了的女人，不能總靠單相思過日子。她開始注意跟糧站主任去接近，親親熱熱喊聲「老谷呀，要不要我叫店裡大師傅替你炒盤下酒菜？」或是扯個眉眼送上點風情什麼的：「谷大主任，我們店裡新到了一箱『杏花村』，我特意吩咐給你留了兩瓶！」「哎呀，你的衣服領子都黑得放亮啦，做個假領子就省事啦……」如此這般。本來成年男女間這一類的表露、試探，如同易燃物，一碰就著。谷燕山這老單身漢卻像截濕木頭，不著火，不冒煙。沒的噁心！李國香只好進一步做出犧牲，老著臉子採取些積極行動。

有天晚上，全鎮供銷、財糧系統聯合召開黨員會，傳達中央文件。鎮上那時還沒有發電，會場上吊著一盞時明時滅像得了哮喘病似的煤氣燈。女經理等候在黑洞洞的樓梯口。糧站主任進來時，她自自然然地挨過身子去：「老谷呀，慢點走，這樓口黑得像棺材，你做點好事牽著我的手！」糧站主任沒介意，伸過手臂去讓女經理拉住，也就是類似大口岸地方那種男女「吊膀子」的款式。誰知女經理得寸進尺，「吊膀子」還嫌不足，竟然整個身子都貼了上來。糧站主任口裡噴出酒氣，女經理身上噴出香氣。反正黑古隆冬的木板樓梯上，誰也看不清誰。「你呀，又喝了？嘻嘻嘻，酒臭！」女經理又疼又怨像個老交情。「你怎麼像根藤一樣地纏著我呀？來人了，還不趕快鬆開？」糧站主任真像棵樹，全無知覺。氣得女經理恨恨地在他的膀子上掐了一把：「老東西！不懂味，不知趣！送到口邊的菜都不吃？」糧站主任竟反唇相稽：「女經理可不要聽錯了行情估錯了價，我懂酒味，不知你趣！」天啊，這算什麼話？沒的噁心！好在已經來到了會場門口，兩人都住了口。彼此冷面冷心，各人有各人的尊嚴。進了會場各找各的地方坐下，好像什麼事都沒有發生過。

在一個四十出頭的單身漢面前碰壁！李國香牙巴骨都打戰戰，格格響。飲食店的職工們當然不知女經理的這番挫折，只見她第二天早晨起來眼睛腫得和水蜜桃一樣，看什麼人都不順眼，看見饅頭、花捲、包子、麵條都有氣。還平白無故就把一位女服務員批了一頓：

「妖妖調調的，穿著短裙子上班，要現出你的腿巴子白白嫩嫩？沒的噁心！你想學那擺米豆腐攤的女販子？還是要當國營飲食店的營業員？你不要臉，我們國營飲食店還要講個政治影響！先向你們團支部寫份檢討，挖一挖打扮得這麼花稍風騷的思想根源！」

幾天後，女經理自己倒是找到了在老單身公谷燕山面前碰壁的根源：就是那個「米豆腐西施」，或如一般顧客喊的「芙蓉姐子」。原來老單身公是在向有夫之婦胡玉音獻殷勤，利用職權慷國家之慨，每圩供給六十斤碎米穀頭子！什麼碎米穀頭子？還不是為了障人耳目！裡邊還不曉得窩著、藏著些什麼不好見人的勾當呢。「胡玉音！你是個什麼人？李國香又是個什麼人？在小小芙蓉鎮，你倒事事占上風！」有好些日子，她惱恨得氣都出不均勻，甚至對胡玉音婚後不育，她都有點幸災樂禍。「空有副好皮囊！抱不出崽的寡蛋！」相形之下，她不免有點自負，自己畢竟還有過兩回西醫、草藥打胎的紀錄……谷燕山，胡玉音！天還早著呢，路還遠著呢。只要李國香在芙蓉鎮上住下去，扎下根，總有一天叫你們這一對不清不白的男女丟人現眼敗相。

她是這樣的人：常在個人生活的小溪小河裡擱淺，卻在洶湧著政治波濤的大江大河裡鼓浪揚帆。「神仙下凡問土地」，她決定利用空餘時間先去找本鎮大隊黨支部調查調查，掌握些基本情況，再來從長計議。

三　滿庚哥和芙蓉女

芙蓉河岸上，如今木芙蓉樹不多了。人說芙蓉樹老了會成芙蓉精，化作女子晚上出來拉過路的男人。有人曾在一個月白風清的後半夜，見一群天姿國色的女子在河裡洗澡，忽而朵朵蓮花浮玉液，忽而個個仙姑戲清波……每個仙姑至少要拉一個青皮後生去配偶。難怪芙蓉河裡年年熱天都要淹死個把洗冷水澡的年輕人。搞得鎮上那些二百五後生子們又驚又怕又喜，個別水性好、膽子大的甚至想：只要不丟了性命，倒也不妨去會會芙蓉仙姑。站在領導者的立場上，從長遠利益著眼，這可對鎮上人口、民兵建設都是個威脅。因而河岸上的芙蓉老樹從一鎮風水變成了一鎮迷信根源。後來鄉政府佈置種蓖麻籽，說是可以提煉保衛國家的飛機潤滑油，鎮上的小學生們就刨了芙蓉樹根點種蓖麻，既鞏固了國防，又破除了迷信。正跟鎮背後的方方湖塘，原先種著水芙蓉，公社化後以糧為綱，改成了水稻田一樣。不過河岸碼頭邊，還倖存著十來株合抱大的涼粉樹，樹上爬滿了薜荔藤。對於這十來株薜荔古樹何以能夠逃脫全民煉鋼煮鐵運動，鎮上的人說法不一。有的說是因它的木質差，燒成木炭不厲火。有的說是鄉政府的一個後來被劃成右傾機會主義分子的鄉長同志，執意要留給過渡群眾歇氣、納涼。有的說就是到了盡吃盡喝的共產主義社會，大熱天大約也還要用冰涼的井水磨幾碗涼粉解解油膩，留下涼粉樹，是看到了長遠利益……你看看，才過了四、五年，對這麼件小事就各執一詞，眾說紛紜，可見中國歷史的複雜性。難怪歷朝歷代都有那麼多大學問家做「考證」。涼粉樹啊，薜荔藤，在碼頭石級兩旁，形成了烈日射不透的夾道濃蔭，蔭庇著上下過往行人。樹上吊滿了涼粉公、涼粉婆，就像吊滿一只只小小的青銅鐘。它們連同濃蔭投映在綠豆色的河水裡，靜靜的河水都似乎在叮咚、叮咚……

大隊支書滿庚哥，一九五六年從部隊上復員下來，分配在區政府當民政幹事，就是在這渡口碼頭邊，見到了鎮上客棧胡老闆的獨生女的。那女子洗完了一籃筐衣服，正俯著臉盤看水下岩縫縫裡游著的尾尾花燈魚玩。滿庚哥從岸上下來等渡船，首先看到的是那張倒映在河水裡的秀麗的鵝蛋臉……他心裡迷惑了一下：乖！莫非自己大白天撞上了芙蓉樹精啦？鎮上哪家子出落個這麼姣好的美人兒？民政幹事出了神。他不怕芙蓉樹精，不覺地走攏過去，繼續打量著鏡子一般明淨的河水裡倒映出的這張迷人的臉盤。

這一來，河水裡就倒映出了兩張年輕人的臉。那女子嚇了一大跳，緋紅了臉，恨恨地一伸手先把河水裡的影子攪亂了，搗碎了；接著站起身子，懊惱地朝後生子身上斜了一眼。可是，兩個人都立時驚訝、羞怯得和觸了電一樣，張開嘴巴呆住了：

「玉音！你長這麼大了？……」

「滿庚哥，你回來了……」

原來他們從小就認識。滿庚哥是擺渡老倌的娃兒。玉音跟著他進山去扯過筍子、撿過香菇、打過柴禾。他們還山對山、崖對崖地唱過耍歌子，相罵著好玩。小玉音唱：「那邊徠崽站一排，你敢砍柴就過來，鐮刀把把打死你，鐮刀嘴嘴挖眼埋！」小滿庚回：「那山妹子生得乖，你敢扯筍就過來，紅綢帕子把你蓋，花花轎子把你抬！」一支一支的山歌相唱相罵了下去，滿庚沒有輸，玉音也沒有贏。她心裡恨恨地罵：「短命鬼！哪個稀罕你的紅綢帕子花花轎？呸，呸！」有時她心裡又想：「缺德少教的，看你日後花花轎子來不來抬……」後來，人，一年年長大了，玉音也一年年懂事了。滿庚哥參了軍。胡玉音一想到「花花轎子把你抬」這句山歌，就要臉熱，心跳，甜絲絲地好害臊。

一對青梅竹馬，面對面地站在一塊岩板上。可兩人又都低著頭，眼睛看著自己的鞋尖尖。玉音穿的是自己做的布鞋，滿庚穿的是部隊上發的解放鞋。好在是紅火厲日的正中午，樹上的知了吱——呀、吱——呀只管噪，對河的艄公就是滿庚的爹，不知是在陰涼的岩板上睡著了，還是在裝睡覺。

「玉音，你的一雙手好白淨，好像沒有搞過勞動……」還是民政幹事先開了口。開過口又埋下眼皮好後悔，沒話找話，很不得體。

「哪個講的？天天都做事哩。不戴草帽不打傘，不曉得哪樣的，就是曬不黑……不信？你看，我巴掌上都起了繭……」客棧老闆的獨生女聲音很輕，輕得幾乎只能自己聽見。但民政幹事也聽得見。

胡玉音有點委屈地嘟起腮幫，想向滿庚哥伸出巴掌去。巴掌卻不聽話，要伸不伸的，麻起膽子才伸出去一半。

滿庚哥歉意地笑了笑，伸出手去想把那巴掌上的繭子摸一摸，但手臂卻不爭氣，伸到半路又縮了回來。

「玉音，你……」滿庚哥終於鼓起了勇氣，眼睛睜得好大，一眨不眨地盯著秀麗女子，眼神裡充滿了訊問。

玉音吃了靈芝草，滿庚哥的心事，她懂：

「我？清清白白一個人……」她還特意添加了一句，「就是一個人……」

「玉音！」滿庚哥聲音顫抖了，緊張得身上的軍裝快要脹裂了，張開雙臂像要撲上來。

「你……敢！」胡玉音後退了一步，眼睛裡立即湧出了兩泡淚水，像個受了欺侮的小妹娃一樣。

「好，好，我現在不……」滿庚哥見狀，心裡立即生出一種兄長愛護妹妹般的感情和責任，聲音和神色都緩和了下來。「好，好，你回家去吧，老叔、嬸娘在鋪裡等久了，會不放心的。你先替我問兩個大人好！」

胡玉音提起洗衣籃筐，點了點頭：「爹娘都年紀大了，病病歪歪的……」

「玉音，改天我還要來看你！」對岸，渡船已經划過來了。

胡玉音又點了點頭，點得下巴都挨著了衣領口。她提著籃筐一步步沿著石階朝上走，三步一回頭。

民政幹事回到區政府，從頭到腳都是笑瞇瞇的。

區委書記楊民高是本地人，很注意培養本地幹部。在區委會、區政府二十幾號青年幹部裡，他最看重的就是民政幹事黎滿庚。小黎根正苗正，一表人才，思想單純作風正，部隊上的鑒定簽得好，服役五年立過四次三等功。當時，縣委正在佈置撤區併鄉，楊民高要被提拔到縣委去管財貿。他向縣委推薦，提拔小黎到山區大鄉——芙蓉鄉當鄉長兼黨總支書記。縣委組織部已經找黎滿庚談了話，只等著正式委任。這時，楊民高書記那在縣商業局工作的寶貝外甥女，來區政府所在地調查供銷工作。當然囉，三頓飯都要來書記舅舅宿舍裡吃。楊書記不知出於無心還是有意，每頓飯都派民政幹事到廚房裡打了來一起吃。民政幹事隱約聽人講過，區委書記的外甥女在縣裡搞戀愛像猴子扳包轂，扳一個丟一個，生活不大嚴肅。飯桌上，不免就多打量了幾眼：是啊，穿著是夠洋派的，每到吃飯時，就要脫下米黃色絲光卡罩衣，只穿一件淺花無領無袖衫，裸露出一對圓圓滾滾、雪白粉嫩的胳膊，細嫩的脖子下邊也現出來那麼一片半遮不掩的皮肉，容易使人產生奇妙的聯想呢。高聳的胸脯上，布衫裡一左一右頂著兩粒對稱的小鈕釦似的。就連楊民高書記這種長年四季板著臉孔過日子的領導人，吃飯時也不免要打望一下外甥女的一對白胖的手巴子，盯兩眼她脖子下細嫩的一片，嘴角也要透出幾絲絲不易被人察覺的笑意。楊書記的外甥女究竟是位見過世面的人，落落大方，一雙會說話、能唱歌似的眼睛在民政幹事的身上瞄來掃去，真像要把人的魂魄都攝去似的。黎滿庚從來沒有被女同志波光閃閃的眼睛這樣「掃描」過，常常臉紅耳赤，笨手笨腳，低下腦殼去數凳子腳、桌子腳。

總共就這麼在一張飯桌上吃了四頓飯，彼此只曉得個「小黎」、「小李」。第三天，楊書記送走外甥女後，就笑瞇瞇地問：「怎麼樣？嗯？怎麼樣？」黎滿庚頭腦不靈活，反應不過來，不知所問：「楊書記，什麼事？什麼『怎麼樣』？」真是對牛彈琴！一個二十好幾的復員軍人，這麼蠢，這麼混賬。明明剛送走了一位花兒朵兒的人兒，他卻張大嘴巴來反問舅老爺「什麼『怎麼樣』」？

當晚，區委書記找民政幹事進行了一次嚴肅的談話。這在楊民高來講，已經是夠屈尊賞光的了。要是換了別的青年幹部，早就把「五糧液」、「瀘州老窖」孝敬上來了，洗臉水、洗腳水都打不贏了。楊民高書記以舅老兼月老的身分，還以頂頭上司的權威身分，不由分說地把兩個年輕人的政治前程、小家庭生活安排，詳細地佈置了一番。也許是出於一種領導者的習慣，他就像在佈置、分派下屬幹部去完成某項任務一樣。「怎麼樣？嗯，怎麼樣？」區委書記又是上午的那口腔調。沒想到民政幹事嘴裡結結巴巴，眼睛躲躲閃閃，半天才擠出一個陰屁來：「多謝首長關心，寬我幾天日子，等我好好想想……」把區委書記氣的喲，眼睛都烏了，真要當即拉下臉來，訓斥一頓：狂妄自大，目無領導，你個芝麻大的民政幹事，倒像個狀元爺，等著做東床駙馬？

民政幹事利用工作之便，回了一轉芙蓉鎮。擺渡艄公的後代和客棧老闆的獨生女，是不是又在碼頭下的青岩板上會的面，打了些什麼商量，不得而知。當時，不曉得根據哪一號文件的規定，凡共產黨員，甚至黨外積極分子談戀愛，都必須預先向黨組織如實彙報情況，並經組織同意後，方可繼續發展感情，以保障黨員階級成分、社會關係的純潔性、可靠性。幾天後，民政幹事老老實實、恭恭敬敬向區委書記做了彙報。

「恭喜恭喜，看上芙蓉鎮上的小西施了。」楊民高書記不動聲色，半躺半仰在睡椅裡，二郎腿架起和腦殼一樣高，正好成個蝦公形。他手裡拿一根火柴棍，剔除酒後牙縫縫裡的肉絲菜屑，以及諸如此類的剩餘物質。

「我們小時候扯筍、撿香菇就認得……」民政幹事的臉也紅得和熟蝦公一個色。

「她家什麼階級成分？」

「大概是小業主，相當於富裕中農什麼的……」

「大概？相當於？這是你一個民政幹事講的話？共產黨員是幹什麼的？」楊民高書

記精神一振，從睡椅上翻坐起來，眼睛瞪得和兩只二十五瓦的電燈泡似的。

「我、我……」民政幹事羞慚得無地自容，就像小時候鑽進人家的果園裡偷摘果子被園主當場捉拿到了似的。

「我以組織的名義告訴你吧，黎滿庚同志。芙蓉鎮的客棧老闆，解放前參加過青紅幫，老闆娘則更複雜，在一個大口岸上當過妓女。你該明白了吧，妓女的妹兒，才會那樣嬌滴妖艷……」楊民高書記又半躺半仰到睡椅裡去了，在本地工作了多年，四鄉百姓，大凡出身歷史不大乾淨、社會關係有個一鱗半爪的，他心裡都有個譜，有一本階級成分的賬。

民政幹事耷拉著腦殼，只差沒有落下淚來了。

「小黎，根據婚姻法，搞對象你有你的自由。但是黨組織也有黨組織的規矩。你可以選擇：要麼保住黨籍，要麼去討客棧老闆的小姐做老婆！」

楊民高書記例行的是公事，講的是原則。當然，他一個字也沒再提到自己那熟透了的水蜜桃似的親外甥女。

從部隊到地方，從簡單到複雜。民政幹事像棵遭了霜打的落葉樹，幾天工夫瘦掉了一身肉。事情還不只是這樣。區委書記在正式宣佈縣委的撤區併鄉、各大鄉領導人員名單時，民政幹事沒有掛上號。倒是通知他到一個鄉政府去當炊事員。因為他從部隊轉地方時，本來就不可以做幹部使用，只能做公務員。

黎滿庚沒有到那鄉政府去報到。他回到芙蓉鎮的渡頭土屋，幫著年事已高的爺老倌擺渡。本來就登得不高，也就算不得跌重。艄公的後代還當艄公，天經地義。行船走水是本分。

一個月白風清的晚上，黎滿庚和胡玉音又會了一次面。還是老地方：河邊碼頭的青岩板上。如今方便得多了，黎滿庚自己撐船擺渡，時常都可以見面。

「都怪我！都怪我！滿庚哥……」胡玉音眼淚婆娑。月色下，波光水影裡，她明淨嫵媚的臉龐，也和天上的圓月一個樣。

「玉音，你莫哭。我心裡好痛……」黎滿庚高高大大一條漢子，不能哭。部隊裡鍛鍊出來的人，刀子扎著都不能哭。

「滿庚哥！我曉得了……黨，我，你只能要一個……我不好，我命獨。十三歲上瞎子先生給我算了個『靈八字』，我只告訴你一人，我命裡不主子，還剋夫……」胡玉音嗚嗚咽咽，心裡好恨。長這麼大，她沒有恨過人，人家也沒有恨過她。她只曉得恨自己。

什麼話喲，解放都六、七年了，思想還這麼封建迷信！但滿庚哥不忍心批評她。她太可憐，又太嬌嫩。好比倒映在水裡的木芙蓉影子，你手指輕輕一攪，就亂了，碎了。

「滿庚哥，我認了你做哥哥，好嗎？你就認了我做妹妹。既是我們沒有緣分……」妹兒的癡心、癡情，是塊鐵都會化、會熔。黎滿庚再也站不住了，他都要發瘋了！他撲了上來，一把抱住了心上的人，嘴對著嘴地親了又親！

「滿庚哥，好哥哥，親哥哥……」過了一會兒，玉音伏在滿庚肩上哭。

「好哥哥」，「親哥哥」……這是信任，也是責任。黎滿庚鬆開了手，一種男子漢的凜然正氣，充溢他心頭，漲滿他胸膛。就在這神聖的一剎那間，他和她，已改變了關係。山裡人純樸的倫理觀占了上風，打了勝仗。感情的土地上也滋長出英雄主義。

「玉音妹妹，今後你就是我的親妹妹……我們雖是隔了一條河，可還是在一個鎮子上住著。今生今世，我都要護著你……」

這是生活的承諾，莊嚴的盟誓。

鎮國營飲食店女經理李國香要找本鎮大隊黨支書，了解米豆腐攤販胡玉音的階級成分、出身歷史、現行表現，她是找錯了人。她已經走到了河邊，下了碼頭，才明白了過來：大隊支書黎滿庚，就是當年區政府的民政幹事！媽呀，碰鬼喲！都要上渡船了，她縮回了腳。

「李經理！你當領導的要下哪裡去？」她迎面碰到了剛從渡船上下來的「運動根子」王秋赦。

王秋赦三十五、六歲年紀，身子富態結實，穿著乾淨整潔。李國香禮節性地朝他笑了笑，忽然心裡一亮：對了！王秋赦是本鎮上有名的「運動根子」，歷次運動都是積極分子，找他打聽一下胡玉音的情況，豈不省事又省力。

於是他們邊走邊談，一談就十分相契，竟像兩個多年不見的親朋密友似的。

四　吊腳樓主

說起李國香在渡口碼頭碰到的這位王秋赦，的確算得上本鎮一個人物。論出身成分，他比貧下中農還優一等：雇農。貧下中農只算農村裡的半無產者。黃金無假，麒麟無真，他王秋赦是個十足成色的無產階級。查五服三代，他連父母親都沒有出處，不知是何年月從何州縣流落到芙蓉鎮這省邊地角來的乞丐孤兒。更不用提他的爺爺、爺爺的爹了。自然也沒有兄嫂、叔伯、姑舅、岳丈、外公等等複雜的親戚朋友關係。真算得是出身歷史清白，社會關係純潔。清白清白，清就是白，白就是沒得。沒得當然最乾淨，最純潔，最適合上天、出國。可惜駕飛機他身體太差，也缺少文化。出國又認不得洋字，聽不懂洋話。都怪他生不逢時在舊社會，從小蹲破廟、住祠堂長大。土地改革那年，才二十二歲，卻已經在本鎮祠堂打過五年銅鑼了。他嘴勤腳健，頭腦不笨，又認得幾個字，在祠堂跑腿辦事，看著財老倌們的臉色、眼色應酬供奉，十分盡心費力。當然少不了也要挨些莫名其妙的冷巴掌，遭些突如其來的暗拳腳。用他自己在訴苦大會上的話來講，是嚼的眼淚飯，喝的苦膽湯，腦殼給人家當木魚敲，頸脖給人家做板凳坐，窮得十七、八歲還露出屁股蛋，上吊都找不到一根苧麻索。

他被定為「土改根子」。依他的口才、肚才，本來可以出息成一個制服口袋上插金筆的「工作同志」的。但剛從「人下人」翻做「人上人」時沒有經受住考驗，在階級立場這塊光潔瓦亮、照得見人影的大理石台面上跌了一跤：工作隊派他到本鎮一戶逃亡地主家去看守浮財，他卻失足落水，一頭栽進象牙床，和逃亡地主遺棄的小姨太太如魚得水，彷彿這才真正嘗到了「翻身」的滋味，先前對姨太太這流人兒正眼都不敢看一看，如今卻被自己占有、取樂兒。他的這種「翻身觀」當然是人民政府的政策不允許、工作隊的紀律所不容忍的。那小姨太太因向貧雇農施「美人計」受到了應得的懲罰，他「土改根子」也送掉了升格為「工作同志」的前程。要不，王秋赦今天就可能是位坐吉普車、管百十萬人口的縣團級了呢。他在工作隊面前痛哭流涕、自己掌嘴，打得嘴角都出了血。工作隊念及他苦大仇深、悔過懇切，才保住了他的雇農成分和「土改根子」身分，勝利果實還是分的頭一等。他分得了四時衣褲、全套鋪蓋、兩畝水田、一畝好土不說，最難得的是分得了一棟位於本鎮青石板街的吊腳樓。

吊腳樓本是一個山霸早先逢圩趕集時宿娼納妓的一棟全木結構別墅，裡頭描龍畫鳳金漆家具一應俱全。王秋赦惟獨忘記了要求也應當分給他農具、耕牛。得到了這份果實，他高興得幾天幾夜合不上嘴、閉不了眼，以為是在做夢，光怪陸離的富貴夢。接著又眼花繚亂暈了頭，竟生出一種最不景氣、最無出息的想法：他姓王的如今得著了這份浮財，就是睡著吃現成的，餐餐沾上葷腥，頓頓喝上二兩，這樓屋裡的家什也夠變賣個十年八年的了。如今共產黨領導有方，人民政府神通廣大，新社會前程無量，按工作同志大力宣傳的文件、材料來判斷推算，過上十年八年，就建成社會主義，進入共產社會了呢。那時吃公家的，穿公家的，住公家的，要公家的，何樂而不為？連自己這百十斤身坯，都是公家的了呢，你們誰要？哈哈哈，嘻嘻嘻，誰要？老子都給，都給！他每每想到新社會有如此這般的美妙處，就高興得在紅漆高柱床上打手打腳，翻跟斗，樂不可支。

可是土改翻身後的日子，卻並不像他睡在吊腳樓的紅漆高柱床上所設想的那樣美妙。從小住祠堂他只習慣了「吃活飯」：跑腿，打鑼，掃地；而沒有學會「做死事」：犁田，整土，種五穀。好田好土不會自己長出穀子、麥子來，還得主家下苦力，流黑汗。人不哄地皮，地不哄肚皮。可是栽秧蒔田面朝泥水背朝天，腰骨都勾斷，挖土整地紅火厲日頭曬脫背脊皮，而且和泥土、土塊打交道，一天到晚嘴巴都閉臭，身上的汗水乾了又濕，濕了又乾，真是一粒穀子千滴汗啊。他乏味，受不了這份苦、髒、累。他生成就不是個正經八板的作田佬，而生成是個跑公差吃活水飯的人。兩三年下來，他田裡草比禾深，土裡藏得下鼠兔。後來他索性算它個毬，門角落的鋤頭、鐮刀都生了鏽。他開始偷偷地、暗暗地變賣土改時分得的勝利果實，箱箱櫃櫃的，都是人民幣。人民幣雖說是紙印的，嘩嘩響，卻比解放前那叮叮噹噹的「袁大頭」還頂事呢。他上館子，下酒鋪，從不敢大吃大喝，大手大腳，頗為緊吃慢用，細水長流，卻也吃喝得滿臉泛紅，油光嘴亮，胖胖乎乎的發了體。有時本鎮上的居民，半月一月都不見他的吊腳樓上空冒一次炊煙，還以為他學了什麼道法，得了什麼仙術，現成的雞鴨酒席由著他招手即來，擺手則去，連杯盤碗筷都不消動手洗呢。

常言道：「攢錢好比金挑土，花錢好比浪淘沙」，「坐吃山空」。幾年日子混下來，王秋赦媳婦都沒討上一個，吊腳樓裡的家什已經十停去了八停。就連衣服、褲子也筋吊吊的，現出土改翻身前的破落相來了。本鎮上的居民們給他取下了幾個外號：一是「王秋賒」，一年四季賒賬借錢度日；一是「王秋蛇」，秋天的蛇在進洞冬眠前最是忌動，懶蛇；一是「王秋奢」，講他手指縫縫流金走銀，幾年工夫就把一份產業吃花盡了。他則講這些給他取外號的人沒有一絲一毫的階級感情。而另一些跟他一起當「土改根子」的翻身戶，幾年裡卻大出息了，買的買水牛，添的添穀倉，起的起新屋，全家老小穿的戴的都是一色新。他看了好眼紅。他盼著有朝一日又來一次新的土地改革，又可分得一次新的勝利果實。「娘賣乖！要是老子掌了權，當了政，一年劃一回成分，一年搞一回土改，一年分一回浮財！」他躺在吊腳樓的破席片上，雙手枕著頭，美滋滋地想著誰該劃地主，誰該劃富農，誰該劃中農、貧農。他自己呢？「農會主席！除了老子，娘賣乖，誰還夠這個資格！」當然他自己也曉得，這是窮開心。分浮財這等美差，幾代人都難得碰上一回呢。一九五四年，鎮上成立了幾個互助組。他提出以田土入組。人家看他人不會入組，不會下田做活路，豈不是秋後吃地租？因此誰都不肯收容他。直到成立農業社，走合作化道路，他才成為一名農業社社員。農業社有社委會，社委會有主任、副主任若干人，下屬若干生產隊、專業組，不免經常開會呀，下通知呀，派差傳話呀等等，就需要啟用本質好、政治可靠、嘴勤腿快的人才。王秋赦這才生逢其時，適得其位，有了用武之地。

王秋赦為人處世還有另外一面，就是肯在街坊中走動幫忙。鎮上人家，除了五類分子之外，無論誰家討親嫁女、老人歸天之類的紅白喜事，他總是不請自到，協助主家經辦下庚帖、買酒肉、備禮品、鋪排酒席桌椅一應事宜。他盡心盡力，忘日忘夜，而且也沒有什麼非分之想，只是隨喜隨喜，跟著吃幾回酒席，外加幾餐消夜。就是平常日子，誰家殺豬、打狗，他也最肯幫人當個下手，架鍋燒水啦，刮毛洗腸子呀，跑腿買酒買菸啦，等等。因而他無形中有了一個特殊身分：鎮上群眾的「公差人」。他自己則把這稱之為「跑大祠堂」。

他除了在鎮上有些「人緣」外，還頗得「上心」。他一個單身漢，住著整整一棟空落落的吊腳樓，房舍寬敞，因而大凡縣裡、區裡下來的「吃派飯」的工作同志，一般都願到他這樓上來歇宿。吊腳樓地板乾爽，前後都有扶手遊廊，空氣新鮮，工作同志自然樂意住。這一來王秋赦就結識下了一些縣裡、區裡的幹部。這些幹部們下鄉都講究階級感情，看到吊腳樓主王秋赦土改翻身後婆娘都討不起，仍是爛鍋、爛碗、爛灶，床上仍是破被、破帳、破席，仍是個貧雇農啊，農村出現了兩極分化啊。於是每年冬下的救濟款，每年春夏之交青黃不接時的救濟糧，芙蓉鎮的救濟對象，頭一名常是王秋赦。而且每隔兩三年他還領得到一套救濟棉衣、棉褲。好像幹革命、搞鬥爭就是為著王秋赦們啊，「一大二公」還能餓著、凍著王秋赦們？前些年因大躍進和過苦日子，民窮國困，救濟棉衣連著四、五年都沒有發給王秋赦。王秋赦身上布吊吊，肩背、前襟露出了板膏油②，胸前釦子都沒有一顆，他艱苦樸素地搓了根稻草索子捆著，實在不成樣子啊。王秋赦則認為政府不救濟他，便是「出的新社會的醜」啊。冬天他凍得嘴皮發烏，流著清鼻涕，跑到公社去，找著公社書記說：

「上級首長啊，一九五九年公社搞階級鬥爭展覽會，要去的我那件爛棉衣，比我如今身上穿的這件還好點，能不能開了展覽館的鎖，給我斢換一下啊？」

什麼話？從階級鬥爭展覽館換爛棉衣回去穿？今不如昔？什麼政治影響？王秋赦身上露的是新社會的相啊！公社書記覺得責任重大，關係到階級立場和階級感情問題，上級民政部門又一時兩時地不會發下救濟物資來，只好忍痛從自己身上脫下了還有五成新的棉襖，給「土改根子」穿上，以禦一冬之寒。

「人民政府，衣食父母。」這話王秋赦經常念在嘴裡，記在心上。他也曉得感恩，每逢上級工作同志下來抓中心，搞運動，他打銅鑼，吹哨子，喊土廣播，敲鐘，跑腿送材料，守夜站哨，會場上領呼口號，總是積極肯幹，打頭陣，當骨幹。工作同志指向哪，他就奔向哪。他依靠工作同志，工作同志依靠他。本也是政治運動需要他，他需要政治運動。

胡玉音的男人黎桂桂，是個老實巴交的屠戶，平日不吭不聲，三錘砸不出一個響屁。可是不叫的狗咬人。他為王秋赦總結過順口溜，當時流傳甚廣，影響頗壞，叫做：「死懶活跳，政府依靠；努力生產，政府不管；有餘有賺，政府批判。」

這裡，捎帶著介紹兩句：胡玉音擺米豆腐攤子，王秋赦圩圩來白吃食，叫做「記賬」。原來他又有個不景氣的打算：土改時他分得的勝利果實中還有一塊屋基，就在老胡記客棧隔壁。吊腳樓儘夠他一個單身漢住的了，還要這屋基做什麼？他已經向胡玉音夫婦透露過，只要肯出個一、兩百塊現鈔，這塊地皮可以轉讓。同時，也算兩年來沒有在米豆腐攤子上白吃食。更何況王秋赦堂堂一條漢子，豈能以他一時的貧酸貌相？趙匡胤還當過幾年潑皮，薛仁貴還住過三年茅房呢！

五 「精神會餐」和《喜歌堂》

同志哥啊，你可曾曉得什麼是「精神會餐」嗎？那是一九六〇、六一年鄉下吃公共食堂時的土特產。那年月五嶺山區的社員們幾個月不見油腥，一年難打一次牙祭，食物中植物纖維過剩，脂肪蛋白奇缺，瓜菜葉子越吃心裡越慌。肚子癟得貼到了背脊骨，喉嚨都要伸出手。當然賬要算到帝修反身上、老天爺身上。老天爺是五類分子，專門和人民公社公共食堂搗蛋。後來又說賬要算到彭德懷、劉少奇、鄧小平的路線上，他們反對三面紅旗吃大鍋飯。吃大鍋飯有什麼不好？青菜蘿蔔煮在一起，連油都不消放，天天回憶對比，憶苦思甜。「苦不苦，想想紅軍兩萬五！」當年那些為著中國人民的翻身解放、幸福安樂而犧牲在雪山草地上的先烈們，如若九泉有靈，得知他們吃過的樹皮草根竟然在為公共食堂的「瓜菜代」打馬虎眼，真不知要作何感嘆了。山區的社員們怎麼搞得清、懂得了這些藏匿在樓閣嵯峨的廣廈深宮裡的玄論呢？玄理妙論有時就像八卦圖、迷魂陣。民以食為天，社員們只曉得肚子餓得痛，嘴裡冒清口水。蕨根糠粑吃下去，糞便凝結在肛門口，和鐵一樣硬，出生血。要用指頭摳，細棍挑，活作孽。他們白天還好過，到了晚上睡不著。於是，人們的智慧就來填補物質的空白。人們就來互相回憶、講述自己哪年哪月，何處何家所吃過的一頓最為豐盛的酒席，整雞整魚、肥咚咚的團子肉、皮皺皺的肘子、夾得筷子都要彎下去的四兩一塊的扣肉、粉蒸肉、回鍋肉等等。當然山裡人最喜歡的還是落雪天吃肥狗肉。正是一家燉狗肉，四鄰聞香氣。吃得滿嘴油光，肚皮鼓脹，渾身燥熱，打出個飽嗝來都是油膩膩的。狗肉好吃名氣醜，上不得大席面，但滋陰壯陽，男人家在外邊跑生意，少吃為佳，多吃生事……於是，講著的，聽著的，都彷彿眼睛看到了佳餚，鼻子聞到了肉香，滿嘴都是唾液。日子還長著呢，機會還多的是……將口腹享受，寄望於日後。解放十餘年了的山鎮，總不乏幾個知書識字、粗通文墨的人，就擬定下一個文謅謅的詞兒：精神會餐。這詞兒使用的期限不長，有的村寨半載，有的鄉鎮一年。上下五千年，縱橫千萬里啊，神州大地發生過的大饑荒還少了嗎？那時餓殍載道，枯骨遍野。在茫茫的歷史長河中，「精神會餐」之類的支流末節，算得了什麼？一要分清延安和西安，二要分清九個指頭和一個指頭。何況新中國才成立十一、二年。白手起家，一切都在探索。進入現代社會，國家和百姓都要付學費。俱往矣，功與過，留給後人評說。

一九六三年的春夜，在老胡記客棧裡，芙蓉姐子胡玉音和男人黎桂桂，在進行另一種「精神會餐」。他們成親六、七年了，夫妻恩愛，卻沒有子嗣信息。黎桂桂比胡玉音年長四歲，雖說做的是白刀子進去、紅刀子出來的屠戶營生，卻是出名的膽小怕事。有時在街上、路上碰到一頭紅眼睛彎角水牛，或是一條鬆毛狗，他都要身子打哆嗦，躲到一邊去。有人笑話他：「桂桂，你怎麼不怕豬？」「豬？豬蠢，既不咬人，又沒長角，只曉得哼哼！」人家笑他膽子小，他不在意。就是那些好心、歪心的人笑話他不中用，崽都做不出，那樣標致能幹的婆娘是只空花瓶，他就最傷心。他已經背著人（包括自己女人），偷偷吃下過幾副狗腎、豬豪筋了。桂桂身體強壯，有時晚上睡不著，又怕嘆得氣，惹玉音不高興。

「玉音，我們要生個崽娃就好了，哪怕生個妹娃也好。」

「是哪，我都二十六了，心裡急。」

「要是你生了個毛毛，家務事歸我做，尿布、屎片歸我洗，晚上歸我哄著睡。」

「奶子呢？也歸你餵？」玉音格格笑。

「還是你做娘嘛！我胸面前又沒鼓起兩坨肉。」你聽，桂桂有時也俏皮，也有點痞。

「你壞，你好壞……」

「我呀，每晚上把毛毛放到我脅肋窩下，『啊，啊，啊，寶寶快睡覺，啊，啊，啊，寶寶睡著了。』白日裡，我就抱著毛毛，就在小臉上親個不停，親個不停。給毛毛取個奶名，就叫『親不過』……」

「你還講！你還講！」

「怎麼？我講錯了？」

「想毛毛都想癲了！嗚嗚嗚，沒良心的，存心來氣我，嗚嗚嗚……」玉音哭起來了。

桂桂是男人家，他哪裡曉得，生不下毛毛，女人家總以為是自己的過失。就像雞婆光啄米不下蛋一樣沒有盡到職分。「算了，算了，玉音。啊，啊，啊，好玉音，我又沒怪你……還哭？哭多了，眼睛會起霧。看看枕頭帕子都濕了。」桂桂心裡好反悔，把自己的女人惹哭了，有罪。他像哄毛毛一樣地哄著、安慰著自己的女人：

「你就是一世不生育，我都不怪你。我們兩雙手做，兩張口吃，在隊上出工，還搞點副業，日子過得比鎮上哪戶人家都差不到哪裡去。就是老了，也是我服侍你，你服侍我。你不信，我就給你賭咒起誓……」

一聽忠厚的男人要起誓，玉音怕不吉利，連忙止住哭泣，坐起身子來捂住了桂桂的嘴巴，輕聲罵：「要死了！看我不打你！多少吉利的話講不得？不生毛毛，是我對不起你……就是你不怪罪我，在圩上擺米豆腐攤子，也有人指背脊……」胡玉音自從那年熱天經過了和黎滿庚的一番波折，當年冬下和黎桂桂成親後，就一副癡情、癡心，全交給了男人。她覺得自己命大、命獨，生怕剋了丈夫，因之把桂桂看得比自己還重。

每逢趕圩的前一晚，因要磨米漿，下芙蓉河挑水燒海鍋，熬成米豆腐倒在大瓦缸裡，準備第二天一早上市，兩口子總是睡得很遲，推石磨就要推四、五個小時。一人站一邊，一人出隻手，握住磨把轉呀，轉呀。胡玉音還要均勻準確地一下一下地朝旋轉著的磨眼餵石灰水泡發的米粒……兩口子臉塊對著臉塊，眼睛對著眼睛，也常常不約而同地把心裡的麻紗事，扯出來消磨時光。這時刻，玉音是不會哭的，而且有點頑皮：

「哼，依我看，巴不起肚，不生毛毛，也不能全怪女的……」

「天曉得，我們兩個都體子巴壯的，又沒得病。」桂桂多少有點男子漢的自尊心，不肯承認自己有責任。

「聽學校的女老師講，如今醫院興檢查，男的女的都可以去化驗。」玉音紅起臉，看著男人說。

「怎麼檢查？不穿一根紗？要去你去！我出不起那個醜！」桂桂的臉比女人的紅得更厲害，像圩上賣的秋柿子一樣。

「我不過順口提一句，又沒有講硬要去，你也莫發脾氣。」玉音也收了口。他們都覺得，人是爹娘所生，養兒育女是本能，就是一世不生育，也不能去丟一次人。有時玉音心裡也有點野，有點浪，眼睛直盯著自己的男人，有句話，她講不出：

「你是要子嗣？還是要我的名聲、貞節？或許吊腳樓主王秋赦開的玩笑也是一個法子，請個人試一試……媽呀！壞蹄子，不要臉，都胡亂想了些什麼呀？」桂桂這時彷彿也看出了她心裡在野什麼，就拿冷冷的眼神盯住她：「你敢！你敢？看看我打不打斷你的腳桿！」當然這話，他們都是在心裡想的，互相在眼神裡猜的。山鎮上的平頭百姓啊，他們的財產不多，把一個人的名聲貞節——這點略帶封建色彩的精神財富，卻看得比自己的性命還要緊。

日子久了，胡玉音——這個只在解放初進過掃盲識字班的青年婦女，對於自己的不育，悟出了兩個深刻的根由：一是自己和男人的命相不符。她十三歲那年，一個身背月琴、手拄黃楊木拐杖的瞎子先生給她算了個「靈八字」，講她命大，不主子，剋夫。必得找著一個屬龍或是屬虎、以殺生為業的後生配親，才能家事和睦，延續後人。父母親為了這個「靈八字」，從十五歲起就替她招郎相親，整整找了四年。「殺生為業，屬龍屬虎」總也湊不到一起。另外既是「招郎」，男人的地位在街坊鄰里眼中就低了一等，因此也還要人家願意。後來父母親總算放寬了尺寸，破除了一半迷信，找到了黎桂桂。殺生為業倒是對上了，是個老屠戶的獨生子。人長得清秀，力氣也有。就是生庚不合，屬鼠，最是膽子小，見了女人就臉紅。人倒是忠厚實在，劃個圈圈都把他圈得住。籮裡選瓜，挑來挑去，只有桂桂算是中意的……還有一個根由，就是玉音認定自己成親時，熱鬧是熱鬧，但彩頭不好。唉，講起來這芙蓉鎮上百十戶人家，哪家娶親嫁女，都沒有她的那份風光、排場。時至今日，青石板街上的姑娘媳婦們，還常常以羨慕的口氣，講起當年的盛況……

那是一九五六年，州縣歌舞團來了一隊天仙般的人兒，到這五嶺山脈腹地采風，下生活。領隊的就是劇團編導秦書田——如今叫做「秦癲子」的。一個個都是從畫裡走出來的仙子啊。又習歌，又習舞，把芙蓉鎮人都喜飽了，醉倒了。盤古以來沒有開過的眼福。原來芙蓉鎮一帶山區，解放前婦女們中盛行一種風俗歌舞——《喜歌堂》。不論貧富，凡是黃花閨女出嫁的前夕，村鎮上的姐妹、姑嫂們，必來陪伴這女子坐歌堂，輪番歌舞，唱上兩天三晚。歌詞內容十分豐富，有〈辭姐歌〉、〈拜嫂歌〉、〈勸娘歌〉、〈罵媒歌〉、〈怨郎歌〉、〈轎夫歌〉等等百十首。既有新娘子對女兒生活的留連依戀，也有對新婚生活的疑懼、嚮往，還有對封建禮教、包辦婚姻的控訴。如〈怨郎歌〉中就唱：「十八滿姑三歲郎，新郎夜夜尿濕床，站起沒有掃把高，睡起沒有枕頭長，深更半夜喊奶吃，我是你媳婦不是你娘！」如〈罵媒歌〉中就唱：「媒婆，媒婆！牙齒兩邊磨，又說男家田莊廣，又說女子賽嫦娥，臭說香，死說活，爹娘、公婆量腦殼！媒婆，媒婆！吃了好多老雞婆，初一吃了初二死，初三埋在大路坡，牛一腳，馬一腳，踩出腸子狗來拖……」《喜歌堂》的曲調，更有數百首之多，既有山歌的樸素、風趣，又有瑤歌的清麗、柔婉。歡樂處，山花流水；悲戚處，如訴如怨；亢奮處，迴腸蕩氣。洋溢著一種深厚濃鬱的泥土氣息。

秦書田是本地人，父親當過私塾先生。他領著女演員們來搜集整理《喜歌堂》，確定了反封建的主題。他和鄉政府的祕書兩人，找胡玉音父母親多次做工作，辦交涉，才決定把胡玉音的招親儀式，辦成一個《喜歌堂》的歌舞現場表演會。玉音的母親雖然年紀大了，卻是個坐歌堂的「老班頭」。玉音呢，從小跟著母親坐歌堂，替人伴嫁，從頭到尾百十首「喜歌」都會唱。加上她記性好，人漂亮，嗓音圓亮，開口就動情，所以在芙蓉鎮的姐妹、媳婦行中，早就算得一個「小班頭」。就是秦書田，就是那些女演員，都替她惋惜，這麼個人兒，十八、九歲就招郎上門……

那晚上，胡記客棧張燈結綵，燈紅火綠，藝術和生活融於一體，虛構和真實聚會一堂，女演員們化了妝，胡玉音也化了妝，全鎮的姐妹、姑嫂、嬸娘們都來圍坐幫唱：

青布羅裙紅布頭，我娘養女蔛豬頭。
豬頭來到娘丟女，花轎來到女憂愁。
石頭打散同林鳥，強人扭斷連環扣，
爺娘拆散好姻緣，郎心掛在妹心頭……

團團圓圓唱個歌，唱個姐妹分離歌。
今日唱歌相送姐，明日唱歌無人和；
今日唱歌排排坐，明日歌堂空落落；
嫁出門去的女，潑出門去的水喲，
妹子命比紙還薄……

有歌有舞，有唱有哭。胡玉音也唱，也哭。是悲？是喜？像在做夢，紅紅綠綠，閃閃爍爍，渾渾噩噩。一群天仙般的演員環繞著她，時聚時散，載歌載舞……也許是由於秦書田為了強調反封建主題，把原來「喜歌」中明快詼諧的部分去掉了，使得整個歌舞現場表演會，都籠罩著一種悲憤、哀怨的色調和氣氛，使得新郎公黎桂桂有些掃興，雙親大人則十分憂慮，怕壞了女兒女婿的彩頭。後來大約秦書田本人也考慮到了這一點，表演結束時，他指揮新娘新郎全家、全體演員、全鎮姑嫂姐妹，齊唱了一支〈東方紅〉，一支〈解放區的天是明朗的天〉。內容上雖然有點牽強附會，但總算是正氣壓了邪氣，光明戰勝了黑暗。

不久，秦書田帶著演員們回到城裡，把這次進五嶺山區采風的收穫，編創成一個大型風俗歌舞劇《女歌堂》，在州府調演，到省城演出，獲得了成功。秦書田還在省報上發表了推陳出新反封建的文章，二十幾歲就出了名，得了獎，可謂少年得志了。可是好景不常，第二年的反右派鬥爭中，《女歌堂》被打成一支射向新社會的大毒箭，怨封建禮教是假，恨社會主義是真。借社會主義舞台圖謀不軌，用心險惡，猖狂已極，反動透頂。緊接著，秦書田就被戴上右派分子帽子，開除公職，解送回原籍交當地群眾監督勞動。從此，秦書田就圩圩都在圩場上露個面，有人講他打草鞋賣，有人講他撿地下的菸屁股吃。人人都喊他「秦癲子」。

唉唉，事情雖然沒有禍及胡玉音和她男人黎桂桂，但兩口子總覺得和自己有些不光彩的聯繫。新社會了，還有什麼封建？還反什麼封建？新社會都是反得的？解放都六、七年了，還把新社會和「封建」去胡編亂扯到一起。你看看，就為了反封建，秦書田犯了法，當了五類分子；胡玉音呢，有所牽連，也就跟著背霉，成親七、八年了都巴不了肚，沒有生育。

六　「秦癲子」

芙蓉鎮國營飲食店後頭，公共廁所的木板上出現了一條反動標語。縣公安局派來了兩個公安員辦案，住在王秋赦的吊腳樓裡。因王秋赦出身貧苦，政治可靠，又善於跑腿，公安員自然就把他當作辦案的依靠對象。至於「反標」寫的什麼？只有店經理李國香和兩個公安員才心裡有數，因為不能擴大影響，變成「反宣傳」。吊腳樓主王秋赦雖然也曉得個一鱗半爪，但關係到上級領導的重大機密，自是人前人後要遵守公安紀律，守口如瓶的。至於鎮上的平頭百姓們，就只有惶惑不安、既懷疑人家也被人家懷疑的份。

李國香和王秋赦向公安員反映，莫看芙蓉鎮地方小，人口不多，但圩場集市，水路旱路，過往人等魚目混珠，龍蛇混雜。就是本鎮大隊戴了帽、標了號的地、富、反、壞、右分子，也有二十幾個；出身成分不純、社會關係複雜、不戴帽的內專對象及其親屬子女，就更不止這個數。圩鎮上的人，哪個不是舊社會吃喝嫖賭、做生意跑碼頭過來的？有幾個老實乾淨的人？還有就是鎮上的國家幹部和職工，黨團員，也成年累月和這些居民廝混在一起，藤藤蔓蔓，瓜葛親朋，拜姐妹結老表，認乾爹乾娘，階級陣線也早就模糊不清了。

兩個公安員倒是頗為冷靜地估計了一下鎮上的階級陣線、敵我狀況，沒有撒大網。他們依歷來辦案的慣例，和女經理、王秋赦一起，首先召集了一個「五類分子訓話會」。

鎮上的五類分子，歷來歸本鎮大隊治保主任監督改造。一九六二年夏天，台灣海峽局勢緊張，上級規定大隊治保主任由大隊黨支部書記兼任。黎滿庚支書定期召開五類分子訓話會。他還在五類分子中指定了一個頭目，負責喊人、排隊、報數，以毒攻毒。這個五類分子頭目就是「秦癲子」。

秦癲子三十幾歲，火燒冬茅心不死，是個壞人裡頭的樂天派。他出身成分不算差，仗著和黎滿庚支書有點轉彎拐角的姑舅親，一從劇團開除回來就要求大隊黨支部把他頭上的右派分子帽子改作壞分子帽子。他坦白交代說，他沒有反過黨和人民，倒是跟兩個女演員談戀愛，搞過兩性關係，反右派鬥爭中他這條真正的罪行卻沒有被揭發，所以給他戴個壞分子帽子最合適。黎滿庚支書被他請求過幾回，心裡厭煩：壞分子，右派分子，半斤八兩，反正是一籮蛇，還不都一樣。就在一個群眾會上宣佈秦癲子為壞分子。過了不久，黎支書見秦癲子文化高，幾個字寫得好，頗有組織活動能力，就指定他當了五類分子的小頭目。

秦癲子當上五類分子小頭目後，的確給黎滿庚支書的「監、管、改」工作帶來了許多便利。每逢大隊要召集五類分子彙報、訓話，只要叫一聲：「秦癲子！」秦癲子就會立即響亮答應一聲：「有！」並像個學堂裡的體育老師那樣雙臂半屈在腰間擺動著小跑步前來，直跑到黨支書面前才腳後跟一併，來一個「立正」姿勢，右手巴掌平舉齊眉敬一個禮：「報告上級！壞分子秦書田到！」接著低下腦殼，表示老實認罪。黎滿庚和大隊幹部們起初見了他的這套表演頗覺好笑，後來也就習慣了。「秦癲子，豎起你的耳朵聽著！晚飯後，全體五類分子到大隊部門口集合！」「是！上級命令，一定完成！」他立即來一個向後轉，又像個體育老師那樣小跑步走了。晚上，他準時把五類分子們集合到大隊部門口的禾坪上，排好隊，點好名，報了數，一律低下腦殼，如同一排彎鈎似的，才請大隊領導查點、過目。

在五類分子中間，秦書田還有一套自己的「施政綱領」。他分別在同類們中間說：「雖講大家都入了另冊，當了黃種黑人，但也『黑』得有深有淺。比方你是老地主，解放前喝血汗，吃剝削，傷天害理，是頭等的可惡；比方你是富農，從前自己也勞動，也放高利貸搞剝削，想往地主那一階梯上爬，買田買土當暴發戶，是二等的可惡；再比方你反革命分子又不同，你不光是因財產、因剝削戴的帽子，而是因你的反動思想、反動行為，與人民為敵。所以五類分子中，你是最危險的一類。你再要輕舉妄動，先摸摸你頸脖上長了幾個腦殼。」

「你呢？你自己又算個什麼貨？」有的地、富、反分子不服，回駁他。「我？我當然是壞分子。壞分子麼，就比較複雜，有各式各樣的。有的是偷摸扒搶，有的是強姦婦女，有的是貪污腐化，有的是流氓拐騙，有的是聚眾賭博。但一般來講，壞分子出身成分還是不壞。在五類分子中，是罪行較輕的一類。嘿嘿，日後，我們這些人進地獄，還分上、中、下十八層呢！」

他講得振振有詞，好像要強調一下他「壞分子」在同行們中間的優越性似的。但他隻字不提「右派分子」，也從沒分析過「右派分子反黨反社會主義的罪行」，百年之後進地獄又該安置在哪一層。

秦癲子當過州立中學的音體教員，又任過縣歌舞團的編導，因而吹、打、彈、唱四條板凳都坐得下，琴、棋、書、畫也拿得起。舞龍耍獅更是把好角。平常日子嘴裡總是哼哼唱唱的，還常「寬大大寬扯寬」地念幾句鑼鼓經。前幾年過苦日子，鄉下階級鬥爭的弦繃得不那樣緊，芙蓉鎮大隊一帶的山裡人家招郎嫁女，還請他參加鼓樂班子，在酒席上和貧下中農、社員群眾平起平坐，吃吃喝喝，吹吹打打地唱花燈戲呢。這叫藝不礙身，使得他和別的五類分子在人們心目中的身價有所不同。還有，就是本鎮大隊根據上級佈置搞各項中心，需要在牆上、路邊、岩壁上刷大幅標語，如「大辦鋼鐵，大辦糧食」、「反右傾、反保守」、「共產主義是天堂，人民公社是橋樑」、「三面紅旗萬萬歲」等，也大都出自他將功贖罪的手筆。

去年春上，不曉得他是想要表現自己脫胎換骨的改造決心還是怎麼的，他竟發揮他音樂方面的歪才，自己編詞、譜曲，自己演唱出一支〈五類分子之歌〉來：「五類分子不死心，反黨反國反人民，公社民兵緊握槍，誰敢搗亂把誰崩！坦白吧，交代吧！老實服法才光明，老實服法才光明！」他對這支既有點進行曲味道、又頗具民歌風的〈五類分子之歌〉，頗為自負、得意，還竟然要求在大隊召集的訓話會上教唱。但五類分子們態度頑固，死也不肯開口，加上大隊支書黎滿庚也笑著制止，才作罷。後來倒是讓村鎮上的一些小娃娃們學去了，到處傳唱開來，算是有了一點社會影響。

對於秦癲子，本鎮大隊的幹部、社員們有各種各樣的看法。有的人把他當本鎮的「學問家」，讀的書多，見的世面大，古今中外，過去未來，天文地理，諸如雞生蛋還是蛋生雞，美國的共產黨為什麼不上山打游擊、工人為什麼不起義，地球有不有壽命，月亮上有不有桂花樹、廣寒宮等等，他都講得出一些道道來，而且還要捎帶上幾句馬列主義、唯物史觀。使得山鎮上一些沒有文化的人如聽天書一般，尊他為「天上的事情曉得一半，地上的事情曉得全」；有的人講他偽裝老實，假積極，其實是紅薯壞心不壞皮；有的人講他鬼不像鬼，人不像人，窮快活，浪開心，活作孽；也有的人講，莫看他白天笑呵呵，鑼鼓點子不離口，山歌小調不斷腔，晚上卻躲在草屋裡哭，三十幾歲一條光棍加一頂壞分子帽，哭得好傷心。還有民兵晚上在芙蓉河邊站哨，多次見他在崖岸上走過來，走過去，是想投河自盡？又不像是要自盡，大概是在思慮著他的過去和將來的一些事情……

反正本鎮上的人們，包括賣米豆腐的「芙蓉姐子」在內，包括鎮糧站主任谷燕山在內，不管對秦癲子有哪樣的看法，卻都不討嫌他。逢圩趕集碰了面，他跟人笑笑，打個招呼，人家也跟他笑笑，打個招呼。田邊地頭，大家也肯和他坐在一起納涼、歇氣，捲「喇叭筒」抽：「癲子老表！唱個曲子聽聽！」「癲子，講個古，劉備孫權、岳飛梁紅玉什麼的！」「上回那段樊梨花還沒有講完！」就是一班年輕媳婦、妹子也不怕他，還敢使喚他：「癲子！把那把長梯子背過來，給我爬到瓦背去，曬起這點紅薯皮！」「癲子！快！我娘發螞蝗痧，剛放了血，你打飛腳到衛生院請個郎中來！」至於那班小輩分的娃娃，階級觀念不強，竟有喊他「癲子叔叔」、「癲子伯伯」的。

秦癲子領著全大隊的二十二名五類分子，一個個勾頭俯腦地來到鎮國營飲食店樓下的一間發著酸鹹菜氣味的屋子裡，撿了磚頭、爛瓦片坐下，女經理李國香和「運動根子」王秋赦才陪著兩個公安員進來。公安員手裡拿著一本花名冊，喊一個名字，讓那被喊的分子站起來亮個相。公安員目光如劍，嚴威逼人，寒光閃閃，壞人壞事，往往一眼洞穿。當喊到一個歷史反革命分子的名字時，一聲稚嫩的「有」，來自屋角落。站起來的是個十一、二歲的小娃子。公安員有些奇怪，十一、二歲的小娃子解放以後才出生的，怎麼會是歷史反革命？秦癲子連忙代為彙報：他爺老倌犯了咳血病，睡在床上哼哼哼，才叫崽娃來代替；上級有什麼指示，由他崽娃回去傳達。王秋赦朝那小歷史反革命啐了一口：「滾到一邊去！娘賣乖，五類分子有了接腳的啦！看來階級鬥爭還要搞幾代！」

接著，女經理李國香拿著一疊白紙，每個五類分子發一張，叫每人在紙上寫一條標語：「大躍進、總路線、人民公社三面紅旗萬歲！」而且寫兩次，一次用右手寫，一次用左手寫。五類分子們大約也有了一點經驗，預感到又是鎮上什麼地方出了「反標」了，叫他們來對筆跡。膽子大的，對公安人員這套老套子，不大在乎，因為不管你做不做壞事，一破什麼案子總要從你這類人入手、開刀。膽子小的卻嚇得戰戰兢兢，丟魂失魄，就和死了老子老娘一樣。

使公安員和女經理頗為掃興、失望的是，二十二名五類分子中，竟有十人聲稱沒有文化，不會寫字，而且互相作保、證明。王秋赦在旁做了點解釋：「鎮上凡是有點名望的地主老財解放前夕都逃到香港、台灣去了，剩下的大都是些土狗、泥豬！」只有壞分子秦書田，還多從女經理手裡討了一張紙，右手左手，寫出來的字都是又粗又大，端端正正，和印板印出來的一樣，把兩張紙都寫滿了。其實公安員完全可以到街牆、石壁上去對他寫的那些標語的筆跡。凡是會寫字的五類分子都留下了筆跡之後，公安員和女經理分別訓了幾句要老實守法的話，才把這些入另冊的傢伙們遣散了。

秦癲子最可疑。可是公安員找大隊幹部一了解，又得到的是否定的答覆，說「秦癲子幾年來老老實實，勞動積極，沒有做過什麼壞事」。而且筆跡也不對。女經理李國香和吊腳樓主王秋赦又提出「賣米豆腐的胡玉音」出身歷史複雜，父親入過青紅幫，母親當過妓女，本人妖妖調調，拉攏腐蝕幹部，行蹤可疑。公安員依他們所言，在逢圩那天，特意到米豆腐攤子上去吃了兩碗，坐了半天，左看右看，米豆腐姐子無論從哪個側面看都是一表人才，笑笑微微的，待人熱情和氣，一口一聲：「大哥」、「兄弟」，服務態度比我們多數國營飲食店的服務員不知要好到哪裡去了呢。胡玉音又沒有什麼文化，哪裡像個寫「反標」的？人家做點小本生意和氣生財，為什麼要罵你這個三面紅旗？三面紅旗底下還允許她擺米豆腐攤子嘛，哪來的刻骨仇恨？

後來實在沒有別的線索，女經理又給公安員出了主意：通過各級黨團組織，出政治題目，發動群眾寫文章談對三面紅旗的認識，讓全鎮凡是有點文墨的人，都寫出一紙手跡來查對。真是用心良苦，興師動眾。結果還是沒有查到什麼蛛絲馬跡。

鎮國營飲食店廁所的一塊千刀萬剮的杉木板，攪得全鎮疑神疑鬼，草木皆兵，人心惶惶。每個人都覺得自己被揭發、被懷疑、被審查。後來公安員把這塊臭木板當作罪證實物拿走了，但這一反革命政治懸案卻沒有了結。這就是說，疑雲黑影仍然籠罩在芙蓉鎮上空，鬼蜮幽魂仍在青石板街巷深處徘徊。

案雖然沒有破，王秋赦卻當上了青石板街的治安協理員，每月由縣公安局發給十二元錢的協理費。國營飲食店女經理在本鎮居民中的威信，也無形中一下子樹立了，並且提高了。這是本鎮新出現的一個領袖人物，在和老的領袖人物——糧站主任谷燕山抗衡。從此，女經理喜歡挺起她那已經不太發達的胸脯，仰起她那發黃的隱現著胭脂雀斑的臉盤，在青石板街上走來走去，在每家鋪面門口站個一兩分鐘：

「來客了？找王治安員登記一下，寫清客人的來鎮時間，離鎮時間，階級成分，和你家是什麼關係，有沒有公社、大隊的證明……」

「你門口這幅對聯是哪年哪月貼上去的？『人民公社』這四個字風吹雨打得不成樣子，而且你還在毛主席像下釘了竹釘掛牛蓑衣？」

「老人家，你看那米豆腐姐子一圩的生意，大約進多少款子，幾成利？聽講她男人買磚置瓦尋地皮，準備起新樓屋？」

「你隔壁的土屋裡住著右派分子秦書田吧？你們要經常注意他的活動，有些什麼人往來出進……鎮裡王治安員會專門來向你佈置。」

如此等等。女經理講這些話時，態度和好，帶著一種關照、提醒的善意。但事與願違，她的這些關照、提醒，給人留下的是一種沉悶的氣氛，一種精神上的惶恐。漸漸地，只要她一在街頭出現，人們就面面相覷，屏聲住息。真是一鳥進山，百鳥無聲，連貓狗都朝屋裡躲。彷彿她的口袋裡操著一本鎮上生靈的生死簿。芙蓉鎮上一向安分守己、頗講人情人緣的居民們，開始朦朦朧朧地覺察、體味到：自從國營飲食店來了個女經理，原先本鎮群眾公認的領袖人物谷燕山已經黯然失色，從此天下就要多事了似的。

七　「北方大兵」

糧站主任谷燕山自從披著老羊皮襖，穿著大頭鞋，隨南下大軍來到芙蓉鎮，並扎下來做地方工作，已經整整十三年了。就是他的一口北方腔，如今也入鄉隨俗，改成鎮上人人聽得懂的本地「官話」了。跟人打招呼，也不喊「老鄉」而喊「老表」了。還習慣了吃整碗的五爪辣、羊角辣、朝天辣，吃蛇肉、貓肉、狗肉。他生得武高武大，一臉連鬢鬍子，眼睛有點鼓，兩頰有橫肉，長相有點凶。剛來時，只要他雙手一叉，在街當中一站，就嚇得娃娃們四下裡逃散。甚至嫂子們晚上嚇唬娃娃，也是：「莫哭！鬍子大兵來捉人了！」其實他為人並不凶，脾氣也不惡。鎮上的居民們習慣了他後，倒是覺得他「長了副凶神相，有一顆菩薩心」。

解放初，他結過一次婚。白胖富態、腦後梳著黑油油獨根辮子的媳婦也是北方下來的。但沒出半個月，媳婦就嘴嘟嘟、淚含含地走了，再也不肯回來。也沒聽他兩口子吵過架，真是蚊子都沒有嗡過一聲。這使老谷多丟臉，多難堪啊。他不責怪那媳婦，原因在自己。他覺得自己像犯有哄騙婦女罪似的，在芙蓉鎮上有好幾個月不敢抬頭見人。當時鎮上的人不知底細，以為他是丟失了某種至關緊要、非找回來不可的證件呢。還是在北方打游擊、鑽地道時，他大腿上掛過一次花，染下一種可厭的病。娘兒們得了這類性質相同的病，有人醫，有藥治。可是男子漢得了這類病，提都很少有人敢提，一提起來也會引起哄堂大笑，給人逗趣取樂兒呢。何況那時槍子兒常在耳邊呼嘯，手榴彈常在身邊爆炸，埋你一身土，嗆你滿嘴泥，半夜醒來還要摸摸是否四肢俱在。正是提著腦袋打江山、奪天下，拖幾年再說吧。誰還不是帶著某種傷疤和隱痛在幹革命？有的戰鬥英雄身上留著槍子兒、彈片頭都沒顧上取出來呢。原想著，只要能活下來迎接勝利，過上太平日子，病就不難治，問題就不難解決。連指導員是個個頭粗、心眼細的人，（唉唉，戰爭年代的指導員啊，是戰士的兄長，甚至像戰士的母親啊！）終於在行軍路上發現了這個年近三十的老排長的痛苦。當南下路過芙蓉鎮時，就把他留在這山青水秀的地方，轉了地方工作。但他還是羞於去尋醫看病，卻是偷偷地吃了十來服草藥，也不見效用。這位參加推翻了封建主義大山的戰士，腦殼裡卻潛伏著封建意識。科學要在大白天裡把人的身子剝得一絲不掛，由著那些穿著白大褂、戴著大口罩的男男女女來左觀右看，捏捏摸摸，比比劃劃，就像圍觀著一匹公馬。他是怎麼也接受不了這種「奇恥大辱」。後來他聽人講，男子漢娶了媳婦，某些病就自自然然會好起來的。他權衡了很久，才打定主意，不娶本地女人，討個老家娘兒們，一旦不合適，好留個退步，起碼不在本地方造成不良影響……後來事情的發展，證明他是辦了一件穩妥事，又是一件負心事。因為他拒科學於門外，科學也就沒有對他表示出應有的友善。他一直給那女人寄生活費，贖回良心上的罪責。

對於這件事，本鎮街坊們納悶了多半年，才悟出了一點原由：大約老谷主任身上有那種再賢淑的女人都不能容忍、又不便聲張的病。後來有些心腸雖好但不通竅的傻娘們，還給他當過幾回介紹，都被他一口一個地回絕了。漸漸地一鎮上的成年人都達成了默契，不再給他做媒提親。因而上兩月國營飲食店的女經理向他頻送秋波、初試風騷也碰了壁。當然沒有人把底細去向女經理學舌。

話又講回來，老谷這人雖然不行「子路」③，卻有人緣。如今芙蓉鎮上那些半大的男伢妹娃，多半都認了他做「親爺」。他也特喜歡這些娃兒。因之他屋裡常有妹娃嬉戲，床上常有男伢打滾。什麼小人書、棒棒糖、汽車、飛機、坦克、大砲，擺了一桌，攤了一地。他還代有的娃娃交書籍課本費，買鉛筆、米突尺什麼的。據鎮上的幾位民間經濟學家心算口算，他大約每月都把薪水的百分之十幾花在這些「義崽義女」身上了。鎮上的青年人娶親或是出嫁，也總要請他坐席，講幾句有分量又得體的話。他也樂於送一份不厚不薄的賀禮。鎮上有的人家甚至家裡來了上年紀、有身分的客人，辦了有鱗有爪的酒菜，也習慣於請他作陪，並介紹：「這是鎮上谷主任，南下的老革命……」好像以此可以光耀門庭。隨著歲月的增長，老谷的存在對本鎮人的生活，起著一種安定、和諧的作用。有時鎮上的街坊鄰里，不免要為些雞鴨貓狗的事鬧矛盾，掛在人們口邊的一句話也是：「走走！去找老谷，喊他評評理，我怕他不罵你個狗血噴頭才怪呢！」「老谷是你一家人的老谷？是全鎮人的老谷！只要他斷了我不是，我服！」而鼓眼睛、連鬢鬍、樣子頗凶的老谷，則總是樂於給街坊們評理、斷案，當罵的罵，當勸的勸。他的原則是大事化小，小事化了，不使矛盾激化，事態鬧大。若涉及到經濟錢財的事，還根據情況私下貼腰包。所以往往吵架的雙方都同時來賠禮道乏，感激他。他若是偶爾到縣裡去辦事或開會，幾天不回，天黑時，青石板街的街頭巷尾，端著飯碗的人們就會互相打聽：「看見老谷了麼？」「幾天了，還不回？」「莫非他要高升了，調走了？」「那我們全鎮的人給縣政府上名帖。給他個官，在我們鎮上就做不得？」

至於老谷為什麼要主動向「芙蓉姐子」提出每圩批給米豆腐攤子六十斤碎米穀頭子，至今是個謎。這事後來給他造成了很大的不幸，而他從沒認錯、翻悔。「芙蓉姐子」後來成了富農寡婆，他對她的看法也沒有改變，十幾二十年如一日。這是後話。

縣商業局給芙蓉鎮圩場管理委員會下達了一個蓋有鮮紅大印的打字公文：

查你鎮近幾年來，小攤小販乘國家經濟困難時機，大搞投機販賣，從中牟利。更有不少社員棄農經商，以國家一、二類統購統銷物資做原料，擅自出售各種生熟食品，擾亂市場，破壞人民公社集體經濟。希你鎮圩場管理委員會，即日起對小攤販進行一次認真清理。非法經商者，一律予以取締。並將清理結果，呈報縣局。

一九六三年×月×日

公文的下半截，還附有縣委財貿辦的批示：「同意。」還有縣委財貿書記楊民高的批示：「芙蓉鎮的問題值得注意。」可見這公文是有來頭的了。

公文首先被送到糧站主任谷燕山手裡。因當時芙蓉鎮還沒有專職的圩場管理委員會，所以委員們大都為兼職，在集市上起個平衡、調節作用，處理有關糾紛，也兼管發放攤販的「臨時營業許可證」。谷燕山是主任委員。他主持召集了一次委員會議，參加的有鎮稅務所所長，供銷社主任，信用社主任，本鎮大隊黨支書黎滿庚。稅務所所長提出：國營飲食店女經理近來對圩場管理、街道治安事務都很熱心，是不是請她參加一下。谷主任委員說：人多打爛船，飲食店歸供銷社管轄，供銷社主任來了，就沒有必要勞駕她了。

谷燕山首先把公文念了一遍。鎮上的頭頭們就議論、猜測開了：

「不消講，是本鎮有人告了狀了！」

「國以民為本，民以食為天，總要給小攤販一碗飯吃嘛！」

「有的人自己拿了國家薪水，吃了國家糧，還管百姓有不有油鹽柴米、肚飽肚飢哩！」

「上回出了條『反標』，搞得雞犬不寧。這回又下來一道公文，麻紗越扯越不清了！」

只有大隊支書黎滿庚沒有作聲，覺得事情都和那位飲食店的女經理有關。上回女經理和胡玉音鬥嘴，是他親眼所見。前些時他又了解到，原來這女經理就是當年區委書記楊民高那風流愛俏的外甥女。但這女工作同志老多了，臉色發黃，皮子打皺，眼睛有些發泡，比原先差遠了，難怪見了幾面都沒有認出。聽講還沒有成家，還當老姑娘，大約把全部精力、心思都投到革命事業上了。前些天，女經理、王秋赦還陪著兩個公安員召集本鎮大隊的五類分子訓話，對筆跡。可見人家不單單是個飲食店的蘿蔔頭。事後公安員安排吊腳樓主王秋赦當青石板街的治安員，都沒有徵求過大隊黨支部的意見。這回縣商業局又下來公文……事情有些蹊蹺啊！至於女經理通過這紙公文，還要做出些旁的什麼學問來，他沒有去細想。都是就事論事地看問題，委員們也沒有去做過多的分析。

委員們商議的結果，根據中央、省、地有關開放農村集市貿易的政策精神，覺得小攤小販不宜一律禁止、取締，應該允許其合法存在。於是決議：由稅務所具體負責，對全鎮大隊小攤販進行一次重新登記，並發放臨時營業許可證。然後將公文的執行情況，政策依據，寫成一份報告，上報縣商業局，並轉呈縣委財貿辦、縣委財貿書記楊民高。

稅務所長笑問黎滿庚：「賣米豆腐的『芙蓉姐子』是你乾妹子，你們大隊同不同意她繼續擺攤營業？」

黎滿庚遞給稅務所長一支「喇叭筒」：「公事公辦，不論什麼『乾』『濕』。玉音每圩都到稅務所上了稅吧？她也向生產隊交了誤工投資。她兩口子平日在生產隊出集體工也蠻積極。我們大隊認為她經營的是一種家庭副業，符合黨的政策，可以發給她營業證。」

老谷主任朝黎滿庚點了點頭，彷彿在讚賞著大隊支書通達情理。

散會時，老谷主任和滿庚支書面對面地站了一會兒。兩人都有點心事似的。

「老表，你聞出點什麼腥氣來了麼？」老谷性情寬和，思想卻還敏銳。

「谷主任，胡蜂撞進了蜜蜂窩，日子不得安生了！」滿庚哥打了個比方說。

「唉，只要不生出別的事來就好……」老谷嘆了口氣，「常常是一粒老鼠屎，打壞一鍋湯。」

「你是一鎮的人望，搭幫你，鎮上的事務才撐得起。要不然，吃虧的是我乾妹子玉音他們……」

「是啊，你乾妹子是個弱門弱戶。有我們這些人在，就要護著他們過安生日子……我明後天進城去，找幾位老戰友，想想法子，把母胡蜂請走……」

彼此落了心，兩人分了手。

這年秋末，芙蓉鎮國營飲食店的女經理調走了，回縣商業局當科長去了。鎮上的居民都鬆了一口氣，好像撥開了懸在他們頭頂上的一塊鉛灰色的陰雲。

但山鎮上的人們哪能曉得，就在一個他們安然熟睡、滿街鼾聲的秋夜裡，一份由縣公安局轉呈上來的手寫體報告，擺在縣委書記楊民高的辦公桌上。辦公室裡沒有開燈，只亮著辦公桌上的一盞檯燈。檯燈在玻璃板上投下一個圓圓的光圈。楊民高書記靠坐在檯燈光圈外的籐圍椅裡，臉孔有些模糊不清。他對著報告沉思良久，不覺地轉動著手裡的鉛筆，在一張暗線公函紙上畫出了一幅「小集團」草圖。當他的力舉千鈞的筆落到「北方大兵」谷燕山這個名字上時，他寫上去，又打一個「？」然後又塗掉。他在猶豫、斟酌。「小集團」草圖是這樣的：

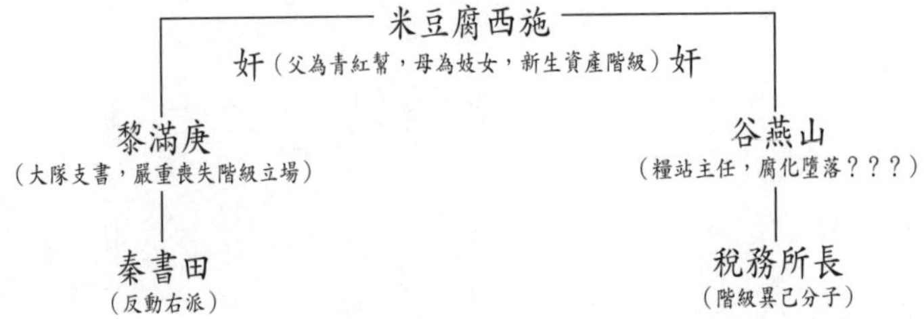

畫畢，楊民高書記雙手拿起欣賞了一會兒，就把這草圖揉成一團，扔進辦公桌旁的字紙簍裡。想了想，又不放心似的，將紙團從字紙簍裡撿出、展開，擦了根火柴，燒了。

檯燈光圈下，他像日理萬機、心疲力竭的人們那樣，眼皮有些浮腫，一臉的倦容。他大約批示過縣公安局的這份材料，就可以到陽台上去活動活動一下身骨，轉動幾下發瘮發硬的頸脖，擦把臉，燙個腳，去短暫地睡三、五個鐘頭了。他終於拉過一本公函紙，握起筆。這筆很沉，關係到不少人的身家性命啊。他字斟句酌地批示道：

芙蓉鎮三省交界，地處偏遠，情況複雜，歷來為我縣政治工作死角。「小集團」一說，不宜草率肯定，亦不應輕易否定、掉以輕心。有關部門應予密切注意，發現新情況，立即報告縣委不誤。

註釋：

①山裡人對手錶的戲稱。

②破棉衣露出花絮。

③沒有後代的意思。

第二章　山鎮人啊（一九六四年）

一　第四建築

轉眼就是一九六四年的春天。這年的春天，多風多雨，寒潮頻襲，是個霉種爛秧的季節。芙蓉河岸上，僅存的一棵老芙蓉樹這時開了花，而街口那棵連年繁花滿枝的皂角樹卻趕上了公年，一朵花都不出。鎮上一時議論紛紛，不曉得是主凶主吉。據老輩人講，芙蓉樹春日開花這等異事，他們經見過三次：頭次是宣統二年發瘟疫，鎮上人丁死亡過半，主凶；二次是民國二十二年發大水，鎮上水汪汪，變成養魚塘，整整半個月才退水，主災；三次是一九四九年解放大軍南下，清匪反霸，窮人翻身，主吉。至於皂角樹不開花，不結扁長豆莢，老輩人也有講法，說是主污濁，世事流年不利。至於今年芙蓉樹春日開花和皂角樹逢公年兩件異事碰在一起，水火相剋，或許大吉大利，或許鎮上人家會有不測禍福等等。一時鎮上人心惶惶，貓狗不安。可是畢竟解放都十三、四年了，圩場上連個測字先生也不易找見，因之有些人便去找「天上的事情曉得一半，地上的事情曉得全」的五類分子秦書田求教。秦書田這傢伙卻假裝積極，好像比一般社員群眾覺悟還高、思想還進步似的，竟唱開了高調，說以上言論都是不讀書，不懂生物學、生態學為何物造成的，硬把世事變遷、自然災害和草木花卉的變異現象扯在一起，做出了種種迷信解釋，等等。最後還引用了革命導師關於「在一個文盲充塞的國度裡是不可能建設共產主義」的教導，來說服大家，來上政治課，妄圖以此來抬高身價，顯示他有文化知識的優越性，貶低社員群眾的思想覺悟呢。

然而自然界的某些變異現象，卻往往不遲不早地和社會生活裡的某些重大事件巧合在一起。二月下旬，縣委社教工作組進駐了芙蓉鎮。組長就是原先國營飲食店的女經理。李國香這回來，衣著樸素，面色沉靜，好些日子都不大露面，住在鎮上的一戶「現貧農」家——王秋赦的吊腳樓上，學當年土改工作隊搞「扎根串連」。山鎮上的居民對上級派來的工作同志向來十分敬重。對於政治，對於形勢，卻表現出一種耳目閉塞的頑愚。死水一般平靜的生活，舊有的風俗人情，就像一劑效用長久的蒙汗藥，使他們麻木、遲鈍。就連谷燕山、黎滿庚這些見過世面的頭面人物，也以為生活的牛車輪子還會吱吱嘎嘎、不緊不慢地照常轉動。對於李國香的重新出現，他們雖然心裡也掠過了幾絲陰雲，但沒有十分介意。她在客位，自己在主位。神仙下來問土地公。他們就是這鎮上的土地公。不管哪個仙姑奶奶、官家腦殼來，外禮外法的事，大約是難以辦起來的。加上這段時間，谷燕山為著糧站發放一批早稻優良品種，黎滿庚為著大隊的春耕生產，忙還忙不贏呢。

工作組住進王秋赦的吊腳樓這件大事，暫時還沒有成為本鎮的重要新聞。本鎮居民的注意力都被另一件事情吸引去了：擺米豆腐攤的胡玉音夫婦即將落成新樓屋了。新樓屋渙散了人心，干擾了運動。胡玉音兩口子卻為了這新樓屋請人描圖、備料，請木匠泥匠，忙了一冬一春，都瘦掉了一身肉。逢圩趕場的人卻講，「芙蓉姐子」人瘦點，倒越發顯得水靈鮮嫩了。她的老胡記客棧已經十分破舊，打算蓋起新屋後拆除。新樓屋就蓋在老胡記客棧的隔壁，屋基就是買得吊腳樓主王秋赦的。據說王秋赦花掉兩百塊錢地皮款後又有些翻悔：賣賤了，黎桂桂夫婦起碼占了他一百塊錢的便宜。就算他賒吃了兩年多的米豆腐，但一百塊錢就是一千碗呀！天啊，一千碗！他王秋赦就是牛腸馬肚也裝不下這許多呀。可見生意人是放長線釣大魚，打的是鐵算盤……可如今，管你翻悔不翻悔，人家新樓屋已經蓋起了，一色的青磚青瓦，雪白的灰漿粉壁。臨街正牆砌成個洋式牌樓，水泥塗抹，劃成一格格長方形塊塊，給人一種莊重的整體感。樓上開著兩扇門窗兩用玻璃窗，兩門窗之間是一道長廊陽台，砌著菱花圖案。樓下是青石階沿，紅漆大門。一把會旋轉的「牛眼睛」銅鎖嵌進門板裡。這座建築物，真可謂土洋並舉、中西合璧了。在芙蓉鎮青石板街上，它和街頭、街中、街尾的百貨商店、南貨店、飲食店互相媲美，巍然聳立於它古老、破舊的鄰居們之上，可以稱為本鎮的第四大建築，而且是屬於私人所有！腳手架還沒有完全拆除，本鎮居民們就天天在圍觀、評價、感嘆了。社教工作組組長李國香同志也雜在人群中來觀看過幾回，並在小本本裡記下了幾條「群眾反映」：

「攢錢好比針挑土，想不到賣米豆腐得厚利，蓋起大屋來！」

「比解放前的茂源商號還氣派，比海通鹽行還排場！」

「人無橫財不富，馬無夜草不肥……沒個三千兩千的，這樓屋怕拿不下。」

「黎桂桂這屠戶殺生出身，入贅在胡氏家，不曉得哪世人積下的德！」

「胡玉音真是本鎮女子的頭塊牌，不聲不氣，票子沒有存進銀行，不曉得是夾在哪塊老磚縫縫裡……」

新屋落成，破舊的老客棧還沒拆除，就碰上芙蓉河岸老芙蓉樹春日裡開花的異事，胡玉音決定辦十來桌酒席沖一沖。也是對街坊父老、泥木師傅的一種酬謝。她先去請教了義兄滿庚哥。大隊支書既沒有點頭，也沒有搖頭。胡玉音懂得這在頭頭們來說叫做「默認」。接著，她挨家挨戶，從老谷主任、稅務所長到供銷社主任、信用社會計，百貨、南貨、飲食各單位頭頭，一些相好的街坊鄰里，都請到了。大都滿口應承，也有少數託詞迴避的。她還特意去請了請那位跟她面目不善的社教工作組組長李國香以及兩位組員。李國香倒是客客氣氣的，開口就是「好的，好的」，說工作組新來，運動還沒有展開，吃喜酒不好去，怕違犯社教工作隊員的紀律，倒是日後一定到新樓屋去看看，坐坐，扯扯家間。李國香這回確是身分不同，待人接物，講話辦事的水平也不同。胡玉音見她和和氣氣，心裡自是寬慰感激。

三月初一，天一放亮，新樓屋門口就響起了噼噼啪啪的鞭炮聲，有五百響的，有一千響、兩千響的，把芙蓉鎮吵醒了。紅漆大門洞開，貼著一副惹眼醒目的紅紙金字對聯。上聯：勤勞夫妻發社會主義紅財。下聯：山鎮人家添人民公社風光。橫聯：安居樂業。不用說，這副對聯是出自秦書田的手筆。

整整一上午，親戚朋友，街坊鄰里，同行小販，來「恭喜賀喜」的，送鏡框匾額、送「紅包」、打鞭炮的絡繹不絕。新樓屋門口的青石板上，紅紅綠綠的鞭炮紙屑天女散花似地撒了一層。通街都飄著一股喜慶的硝煙味、酒肉香。中午一時，人客到齊，新樓舊鋪，擺下了十多桌酒席，濟濟兩堂，熱鬧非凡。老谷主任、滿庚支書、稅務所長、供銷社主任等鎮上的頭面人物，坐了首席。

開席前，滿面紅光卻又是一臉倦容的胡玉音拉著滿庚哥說：「我是滴酒不沾的，桂桂又是個見不得場合、出不得眾的人，你有海量，就給妹子做個主，勸谷主任他們多吃幾杯。一生一世，也難得這麼熱鬧兩回……」「放心，放心，這回，我頭一個就替你把『北方大兵』灌醉！」「秦癲子也來幫過忙，他成分高，我打算另外謝他一下。」胡玉音周到地說。「對，對，秦癲子要入另冊。」「另外，滿庚哥，住進新樓屋後，拆了老屋，我和桂桂想收養一個崽娃，到時候請大隊上做個主……」「哎呀，妹子，你今日是喜飽了？你還有沒有個完？席上正等著我哪……」

是的，胡玉音沒吃沒喝，聽著鄉鄰們的恭賀聲，看著張張笑臉，就喜飽了，醉倒了。

「北方大兵」谷燕山今日興致特別高，第一輪酒喝下肚，在大隊黨支部書記黎滿庚的催促下，他端著酒杯站起，來了段即興祝詞。他講的是一口純正的北方話，沒有雜一點本地土腔。在一切正規、嚴肅的場合，他都堅持講一口北方話，好像用以顯示其內容的重要性。

「同志們！今天，咱都和主人一樣高興，來慶祝這幢新樓房的落成！一對普通的勞動夫妻，靠了自己的雙手，積蓄下款子，能蓋這麼一幢新樓房，說明了什麼問題呢？勞動可以致富，可以改善生活。咱不要苦日子，咱要過幸福生活。這就是社會主義制度的優越性，咱共產黨領導的英明！這是今天大家端著酒杯，吃著雞鴨魚肉，應當想到的第一點。第二一點，大家都是在一個鎮子上住著，對這幢新樓房和它的主人，咱應當抱什麼態度呢？是羨慕，還是嫉妒？是想向他們看齊，還是站在一旁風言風語？我覺得應當向他們看齊，應當向這對勤勞夫婦學習。當然不是叫咱人人都去擺攤子賣米豆腐。發展集體生產和家庭副業，門路多得很！第三一點，咱不是經常講要建成社會主義、進入共產主義嗎？我想共產主義社會嘛，坐著是等不來的，伸著手也沒有人給。前幾年吃公共食堂大鍋飯，也沒有吃得成……我想共產主義嘛，在咱芙蓉鎮，是不是可以先來一點具體的標準，每戶人家除了吃好穿好外，都蓋這麼一幢新樓房，而且比這幢樓房還要蓋得好，蓋得高，蓋得有氣派！把咱鎮上的草頂土磚房，杉皮木板房，歪歪斜斜的吊腳樓，門板都發黑、發霉了的老鋪子，逐步換成樓上樓下，電燈電話！那一來，咱芙蓉鎮的青石板街的兩旁，就新樓房一幢擠著一幢，就和大城市裡的一條整齊漂亮的街道一樣……

……」

因為不是在會場上，大家對於「北方大兵」的這席祝酒詞，不是報以熱烈的掌聲，而是報以笑聲、叫好聲，杯盞相碰的叮噹聲。當然，也有少數人在心裡嘀咕，這個老谷，兩杯酒落肚，就講開了酒話？家家住新屋，過好日子，就是共產主義？可如今上頭來的風聲很緊，好像階級和階級鬥爭，才是革命的根本，才是通向共產主義的路徑。

接著下來，鎮稅務所長也舉起酒杯講了幾句話。當他提議祝新樓屋的主人早生貴子、人丁興旺時，獲得了滿堂的喝彩、叫好。

酒，是家做的雜糧燒酒，好進口，有後勁。菜是雞、鴨、魚、肉十大碗。老谷和黎滿庚兩人來了豪興，開懷暢飲。

也有細心的人冷眼旁觀看出來，吊腳樓主王秋赦，破天荒頭一回沒有加入這場合，來跑堂幫忙，一享口福。真有點使人覺得反常。是王秋赦心疼自己「賤價」賣掉的地皮，不願看到人家在那塊本來是屬於他的勝利果實上蓋起了新樓屋？還是社教工作組住進了他的吊腳樓，如今他又成了紅人，當了「根子」，協助工作組忙運動，抓中心，實在抽不開身？還有一種令人擔憂的猜測，就是或許他已經聽到了什麼消息，摸著了什麼風頭，提高了覺悟，有了警惕性。

二　吊腳樓啊

吊腳樓原是富裕殷實的山裡人家的住所，全木結構，在建築上頗有講究。或依山，或傍水，或綠樹掩映，或臨崖崛起，多築在風景秀麗處。它四柱落地，橫樑對穿，圓筒杉木豎牆，杉木條子鋪樓板，杉皮蓋頂。一般為上下兩層，也有沿坡而築，高達四層的：第一層養豬圈牛。第二層為庫房，存放米穀、雜物、農具。第三層為火塘，全家飲食起居、接待客人、對歌講古的場所。第四層方為通鋪睡房。在火塘一層，有長廊突出，底下沒有廊柱，用以日看風雲，夜觀星象，稱為「吊腳」。初到山區的人，見吊腳樓襯以芭蕉果木，清溪山石，那尖尖的杉木皮頂，那四柱拔起的黃褐色形影，有的屋頂和木牆上還爬著青藤，點綴著朵朵喇叭花，倒會覺得是個神祕新奇的去處呢。

王秋赦土地改革時分得的這棟勝利果實——臨街吊腳樓，原是一個山霸逢圩趕場的臨時住所。樓前原先有兩行矮冬青，如今成了兩叢一人多高的刺蓬；樓後原先栽著幾棵肥大的芭蕉，還有兩株廣桔。如今芭蕉半枯半死，廣桔樹則生了粉蟲。樓分上下二層。下一層原先為火塘、傭人住房。上一層方為山霸的吃喝玩樂處。整層樓面又分兩半，臨街一半為客廳，背街一半則分隔成三間臥室。如今王秋赦只在底下一層吃住，故樓上一層經常空著，留把上級下來的男女工作同志借宿。早先樓上的金紅鏤花高柱床沒有變賣時，王秋赦也曾在樓上住過兩三年，睡在鏤花高柱床上做過許多春夢。唉唉，那時他就像中了魔、入了邪似的，在腦子裡想像出原先山霸身子歪在竹涼床上，如何摟著賣唱的女人喝酒、聽曲、笑鬧的光景。有時就是閉著眼睛躺在被褥上，腦子裡浮現的也是些不三不四的思念：娘賣乖，就是這張床，這套鋪蓋，山霸玩過多少女人？年少的，中年的，胖的，瘦的……山霸後來得了梅毒，死得很苦、很慘。活該！娘賣乖！可是，他總是覺得床上存有脂粉氣，枕邊留有口角香。

牡丹花下死，做鬼也風流！他慢慢地生出一些下作的行徑來。在那些天氣晴和、月色如水的春夜、夏夜、秋夜，竟不能自禁，從床上蹦跳到客廳樓板上，模仿起老山霸當日玩樂的情景，他也歪在竹涼床上，抱著個枕頭當姘頭：「乖乖，唱支曲兒給爺聽！聽哪支？還消問？你是爺的心肝兒，爺是你的搖錢樹……」他摟著枕頭有問有答。從前有身分的鄉紳總以哼幾句京戲為時髦，他不會唱京戲，只好唱出幾句老花燈來：「哎呀依子哥喂，哎呀依子妹，哥呀舔住了妹的舌，妹呀咬住了哥的嘴……」有時他還會打了赤腳，滿客廳、臥室裡追逐。追逐什麼？只有他自己心裡有數。他追的是一個幻影。時而繞過屋柱，時而跳過條凳，時而鑽過桌底，嘴裡罵著：「小蹄子！小妖精！看你哪裡跑，看你哪裡躲！嘻嘻嘻，哈哈哈，你這個小妖精，你這個壞蹄子……」他一直追逐到筋疲力竭，最後氣喘吁吁地撲倒在鏤花高柱床上，一動不動地像條死蛇。但他畢竟是撲了一場空，覺得傷心、委屈，流出了眼淚：

「從前山霸有吃有喝有女人……如今輪著爺們……卻只做得夢……」

有段時間，街坊鄰居聽見吊腳樓上乒乒乓乓，還夾雜著嬉笑聲、叫罵聲，就以為樓上出了狐狸精了，王秋赦這不學好、不走正路的人是中了邪，被精怪迷住了。原先有幾位替王秋赦提親做媒、巴望他成家立業、過正經日子的老孀子們，都不敢再當這媒人了。而一班小媳婦、大妹娃們，則大白天經過吊腳樓前，也要低下腦殼加快腳步，免得沾上了「妖氣」。後來就連王秋赦本人，也自欺欺人，講他確實在樓上遇到了幾次狐狸精，那份標致，那份妖媚，除了鎮上賣米豆腐的胡玉音，再沒一個娘們能相比。從此，王秋赦也不上樓去睡了。他倒不是怕什麼狐狸精，而是怕弄假成真得「色癲」，發神經病。不久，鎮上倒是傳出了一些風言風語，說是吊腳樓主沒有遇上什麼精怪，倒是迷上了賣米豆腐的「芙蓉姐子」，連著幾次去鑽老胡記客棧的門洞，都挨胡玉音的耳刮子，後來還是黎桂桂亮出了殺豬刀，他才死了心。但胡玉音夫婦都是鎮上的正派人，苦吃勤做，老實本分。因之這些街言巷語，都不足憑信。

屋靠保養樓靠修。李國香帶著三個工作隊員住進來時，吊腳樓已經很不成樣子了。整座木樓都傾斜了，靠了三根粗大的斜樁支撐著。每根斜樁的頂端撐著木牆的地方，都用鐵絲吊著塊百十斤重的大青石。要是在月黑星暗的晚上，猛然間抬頭看去，就像吊著三具死屍，叫人毛骨悚然。吊腳樓的屋腳，露出泥土的木頭早就漚得發黑了，長了鳳尾草，生了蟲蟻。鳳尾草倒是不錯，團團圍圍就像給木樓鑲了一圈綠色花邊一樣。還有樓後的雜草藤蔓，長得蓬蓬勃勃，早就探著樓上的窗口了。

歪斜的樓屋，荒蕪的院子，使李國香組長深有感觸，感到自己的責任重大啊，解放都十四、五年了，王秋赦這樣的「土改根子」還在過著窮苦日子，並沒有徹底翻身。這是什麼問題？三年苦日子，城鄉資本主義勢力乘機抬了頭啊。不搞運動，不抓階級鬥爭，農村必然兩極分化，還是富的富，窮的窮，國變色，黨變修，革命成果斷送，資本主義復辟，地主資產階級上台，又要重新進山打游擊，搞農村包圍城市……當李國香在樓下火塘裡看到王秋赦的爛鍋爛灶缺口碗，都紅了眼眶掉了淚！多麼深厚的階級情感。女組長和兩個工作組員做好人好事，每人捐了兩塊錢人民幣，買回一口亮堂堂的鋼精鍋、一把塑料筷子、十個飯缽。工作組還身體力行出義務工，組長組員齊動手，把吊腳樓後藏蛇窩鼠的藤蔓刺蓬來了次大剷除，拯救了半死不活的芭蕉叢、柚子樹，改善了環境衛生。李國香手掌上打起了血泡，手臂上劃了些紅道道。臨街吊腳樓卻是面貌一新，樓口貼了副紅紙對聯：千萬不忘階級鬥爭，永遠批判資本主義。

為了在鎮上把「根子」扎正扎穩，工作組沒有急於開大會，刷標語，搞動員，追求表面的轟轟烈烈。而是注重搞串連，摸情況，先分左、中、右，對全鎮幹部、居民「政治排隊」，確定運動依靠誰，團結誰，教育爭取誰，孤立打擊誰。一天，李國香派兩個工作組員分頭深入鎮上的幾戶「現貧農」家「串連」去了，她則留在吊腳樓裡，對王秋赦進行重點培養，親自念文件給「根子」聽。她自去年和王秋赦有過幾次交往後，對吊腳樓主印象不壞，覺得可塑性很大：首先是苦大仇深，立場堅定，對上級指示從無二話；再就是此人長相也不差，不高不矮，身子壯實，笑笑眯眯，和藹可親；更重要的是王秋赦思想靈活，反應快，嘴勤腳健，能說會道，有一定的組織活動能力。所謂「人不可貌相」，眼下王秋赦不過穿著破一點，飲食粗一點，要是給他換上一身幹部制服，襯個白領子，穿雙黃解放鞋，論起氣度塊頭來，就不會比縣裡的哪個科局級幹部差了去。她初步打算把王秋赦樹成一個社教運動提高覺悟的「典型」，先進標兵，從而使自己抓的這個鎮子的運動，也可以成為全縣的一面紅旗……

李國香嘴裡念著文件，心裡想著這些，不時以居高臨下的眼光看王秋赦一眼。王秋赦當然體察不到工作組女組長的這份苦心。當女組長念到「清階級、清成分、清經濟」的條款時，他心裡一動，眼睛放亮，喉嚨癢癢的，忍不住問：

「李組長，這次的運動，是不是像土地改革時那樣……或者叫做第二次土改？」

「第二次土地改革？對對，這次運動，就是要像土改時那樣扎根串連，依靠貧雇農，打擊地富反壞右，打擊新生的資產階級分子！」

李國香耐心地給「根子」解答，流暢地背著政策條文。

「李組長，這回的運動要不要重新劃分階級成分？」

「情況複雜，土地改革搞得不徹底的地方，就要重新建立階級隊伍，組織階級陣線。老王，你聽了文件，倒動了點腦筋，不錯，不錯。」

「我還有個事不懂，清經濟這一條，是不是要清各家各戶的財產？」

王秋赦睜大了眼睛，一眨不眨地瞪著女組長。他差點就要問出「還分不分浮財」這話來。女組長被這個三十幾歲的單身漢盯得臉上有點發躁，就移開了自己的視線，繼續講解著政策界限：

「要清理生產隊近幾年來的工分、賬目、物資分配，要清理基層幹部的貪污挪用，多吃多占，還要清查棄農經商、投機倒把分子的浮財，舉辦階級鬥爭展覽，政治賬、經濟賬一起算。」

「好好！這個運動我擁護！哪怕提起腦殼走夜路，我都去！」

王秋赦呼的一下站了起來，興奮得心都在怦怦跳。娘賣乖！哈哈，早些年曾經想過、盼過，後來自己都不相信會再來的事，如今說來就來！乖乖，第二次土改，第二次劃成分，第二次分浮財……看看吧！王秋赦有先見之明吧？你們這些蠢東西，土改時分得了好田好土，耕牛農具，就只想著苦吃勤做，只想著起樓屋，置家產，發家致富……哈哈，王秋赦卻是比你們看得遠，仍是爛鍋爛灶爛碗，當著「現貧農」，來「革」你們的「命」，「鬥」你們的「爭」！他一時渾身熱乎乎、勁鼓鼓的，情不自禁一把抓住了女組長的雙手臂：

「李組長！我這百多斤身坯，交給工作組了！工作組就是我親爺娘，我聽工作組調遣、指揮！」

李國香抽回了自己的雙手，竟也有點兒心猿意馬。沒的噁心！她嚴肅地對「根子」說：

「坐下來！不像話，這麼沒上沒下、沒大沒小的，動手動腳，可要注意影響，啊？」

王秋赦紅了紅臉，順從地坐了下來。他搓著剛才曾經捏過女組長手臂的一雙巴掌，覺得有些兒滑膩膩的：

「我該死！只顧著擁護上級文件，擁護上級政策，就、就忘記了李組長是個女的……」

「少廢話，還是講正事吧。」李國香倒是有海量，沒大介意地笑了笑，掠了掠額上的一縷亂髮，沒再責備他。「你本鄉本土的，講講看，鎮上這些人家，哪些是近些年來生活特殊的暴發戶？」

「先講幹部？還是講一般住戶？鎮上的幹部嘛……有一個人像那河邊的大樹，蔭庇著不少資本主義的浮頭魚，他每圩賣給胡玉音六十斤米頭子做米豆腐賣，賺大錢起新樓屋。只是人家資格老，根底厚，威望高。就是工作組想動他一動，怕也是不容易。」

「他？哼哼，如果真有問題嘛，我們工作組這回可要摸摸老虎屁股嘍！還有呢？」

「還有就是稅務所長。聽講他是官僚地主出身，對貧下中農有仇恨，他多次講我是『二流子』，『流氓無產者』……」

「嗯嗯，誣衊貧農，就是誣衊革命。還有呢？」

「還有就是大隊支書黎滿庚。他立場不穩，重用壞分子秦書田寫這刷那，當五類分子小頭目。還認了賣米豆腐的胡玉音做乾妹子，又和糧站主任、供銷社主任勾通一氣……芙蓉鎮就是他們幾個人的天下……」

王秋赦講的倒是真話。鎮上這幾個頭頭平日老是講他游手好閒啊，好吃懶做啊，怕下苦力啊。黎滿庚最可惡，剋扣過他的救濟糧和救濟衣服，全無一點階級感情！哼哼，這種人在本鎮大隊掌印當政，他王秋赦怎麼徹底翻得了身？這回政府算開了恩，體察下情，派下了工作組，替現時最窮最苦的人講話，革那些現時有錢有勢人的命！

李國香邊問邊記，把鎮上十幾個幹部的情況都大致上摸了個底。王秋赦真是本活譜子呀，這傢伙曉得的事多，記性又好，誰跟誰有什麼親戚，什麼瓜葛，什麼口角不和，什麼明仇暗恨，甚至誰爬過誰的閣樓，誰摸過誰家的雞籠，誰被誰的女人掌過嘴，誰的妹兒吃過啞巴虧，出嫁時是個空心蘿蔔，誰的崽娃長相不像爺老倌，而像誰誰誰。他都講得頭頭是道，有根有葉。而且還有地點、人證、年月日。聽著記著，女組長不禁對這「根子」產生了幾分好感和興趣，覺得王秋赦好比一塊沉在水裡的大青石，把什麼水草啦，游絲啦，魚蝦、螺螄、螃蟹啦，都吸附在自己身上。

「這幾年，趁著國家經濟暫時困難，政策放得比較寬，圩場集市比較混亂，而做生意賺了錢、發了家的，鎮上要算哪一戶？」女組長又問。

「還消問？你上級比我還清楚呀！」王秋赦故作驚訝地反問，「你上級聽到的反映還少嗎？就是東頭起新樓屋的胡玉音！這姐子靠了她的長相擺米豆腐攤子，招徠顧客，得了暴利……而且她的本事大著呢。鎮上的男女老少，沒有幾個不跟她相好。就是幹部們對她，對她……」

「對她怎麼啦？」女組長有些不耐煩，又懷有強烈的好奇心。

「喜歡她那張臉子、那雙眼睛呀！大隊黎支書認了她做乾妹子，支書嫂子成了醋罐子。糧站主任供她碎米穀頭子，稅務所長每圩收她一塊錢的稅，像她大舅子。連秦癲子這壞分子跟她都有緣，從她口裡收集過老山歌，罵社會主義是封建，可惡不可惡？」

這席談話，使得李國香大有收穫，掌握了許多寶貴的第一手材料。吊腳樓主確是鎮上一個人才，看看通過這場運動的鬥爭考驗，能不能把他培養起來。

半個月後，工作組把全鎮大隊各家各戶的情況基本上摸清楚了。但群眾還沒有發動起來，於是決定從憶苦思甜、回憶對比入手，激發社員群眾的階級感情。具體措施有三項：一是吃憶苦餐，二是唱憶苦歌，三是舉辦大隊階級鬥爭展覽。階級鬥爭展覽分解放前、解放後兩部分。解放前的一部分需要找到幾樣實物：一床爛棉絮，一件破棉襖，一只破籃筐，一根打狗棍，一只半邊碗。

但解放都十四、五年了，窮人都翻了身，生活也有所提高，如今還到哪裡去找這些爛東爛西！唉唉，土地改革那陣，只顧著歡天喜地慶翻身，土地還老家，只想著好好種分得的好田好土，只顧著奔新社會的光明前程，那些破破爛爛，當初只怕扔都扔不贏呢，誰還肯留下來叫人見了傷心落淚，又哪裡料想得到十幾年以後還要搞展覽，進行回憶對比呢。可見，凡事都應當有遠見，爛東爛西自有爛東爛西的用處。越窮越苦的地方，就越要搞回憶對比。叫做物質的東西少一點，精神的東西就要多一些。比方，有的生產隊集體生產暫時沒有搞上去，分下的口糧不夠吃，少數社員就罵娘，不滿；再比方，有的地方工分值低，年終分配兌不了現，就有社員撕扯記工本，罵隊長會計吃了冤枉；又比方，公社、縣裡的領導，統一推行某種耕作制，規定種植某個外地優良品種，因水土不服，造成了大面積減產，社員們就叫苦連天等等。不搞回憶對比行嗎？不憶苦、不思甜行嗎？解放才十四、五年，就把舊社會受過的苦、遭過的罪，忘得精光？三面紅旗、集體經濟，縱使有個芝麻綠豆、雞毛蒜皮的毛病、缺點，你們也不應發牢騷、洩怨氣。不要這山望著那山高，端著粗碗想細碗，吃了糠粑想細糧，人心不足蛇吞象。所以憶苦思甜是件法寶，能派很多用場。

當然李國香組長要辦憶苦思甜階級教育展覽會，是為了發動群眾，開展運動。她為著尋找幾件解放前的展品走訪了好些人家，都一無所獲。她忽然心裡一亮：對了！眼前放著個百事通、活譜子不去問！或許吊腳樓主能想出點子來。一天吃中飯時，她把這事對王秋赦講了講。王秋赦面有難色，猶豫了一會兒，才說：

「東西倒有幾樣，不曉得用得用不得……」

「什麼用得用不得，快去拿來看看！」

李國香心裡一塊石頭落了地，笑眯眯地看著她的「依靠對象」到門彎樓角裡搗騰去了。

不一會兒，王秋赦就一頭一身灰濛濛的，提著一筐東西出來了，給女組長過目。原來是一床千瘡百孔的破棉絮，一件筋吊吊、黑油油的爛棉襖，一只破籃筐，缺口碗。只少一根打狗棍，那倒隨處可找了。

「呵呵，得來全不費工夫！還是你老王有辦法。」女組長十分高興、讚賞。

「只是要報告上級，這破棉絮，爛棉襖，都是解放後政府發給我的救濟品……」王秋赦苦著眉眼，有實道實。

「你開什麼玩笑？這是嚴肅的政治任務！還有什麼心三心四的？」女組長聲色俱厲地批評教育說，「我到衡州、廣州看過一些大博物館，大玻璃櫃裡擺著的，好多都是模型、仿製品呢！」

三　女人的賬

鎮上傳出了風聲：縣委工作組要收繳「芙蓉姐子」的米豆腐攤子和她男人的殺豬屠刀。這風聲最初是從哪裡來的，誰都不曉得，也無須去過問。而人們對於傳播新鮮聽聞的愛好，就像蜂蝶在春天裡要傳花授粉一樣，是出於一種天性和本能。還往往在這新鮮聽聞上添油加醋，增枝長葉，使其疑雲閃雨，愈傳愈奇，直到產生了另一件新鮮傳聞，目標轉移為止。

街坊們的擠眉弄眼，竊竊私語，無形中給胡玉音夫婦造成一種壓力，一種惶恐氣氛。這可把胡玉音急壞了，也把她男人黎桂桂嚇懵了。桂桂臉色呆滯，吃早飯時連碗都不想端了。難怪政治家們把輿論當武器，要辦一件事總是先造輿論，放風聲。

「祖宗爺！人家的男人像屋柱子，天塌下來撐得起！我們家裡一有點事，你就連個女人都不如，碗筷都拿不起？」胡玉音對自己不中用的男人又惱又氣又恨。

「玉音，我、我們恐怕原先就沒想到，新社會，不興私人起樓屋。土改前幾年，不是也有些新發戶緊穿省用，捆緊褲帶買田買土買山場，後來劃成了地主、富農……」桂桂眼睛裡充滿了驚恐，疑懼地說。

「依你看，我們該哪樣辦？」胡玉音咬了咬牙關，問。

「趁著工作組還沒有找上門來，我們趕快想法子把這新樓屋脫手……哪怕賤賣個三、兩百塊錢……我們只有住這爛木板屋的命……」桂桂目光躲躲閃閃地說。

「放屁！沒得出息的東西！」胡玉音聽完男人的主意，火冒三丈，手裡的筷子頭直戳了過去，在男人的額頭上戳出了兩點紅印。「地主富農是收租放債、雇長工搞剝削！你當屠戶剝削了哪個？我賣米豆腐剝削了哪個？賣新屋！只有住爛木板屋的命！虧你個男人家講得出口！抓死抓活，推米漿磨把子都捏小了，做米豆腐鍋底都抓穿了，手指頭都抓短了，你張口就是賣新屋！天呀，人家的男人天下都打得來，我家男人連棟新屋都守不住……」

黎桂桂伸手摸了摸額頭，額頭上的兩個筷子頭印子沁出了細細的血珠子。胡玉音含著眼淚，這才發覺，自己氣頭子上沒輕沒重……鬼打起，聽到點風聲，遇上點事，自己也發了癲囉，人都不抵錢了！她和桂桂結婚八年了，還沒起過高腔紅過臉。由於沒有生育，她把女人的一腔母愛都傾注在男人身上，連男人的軟弱怕事，都滋長了她對他祖護、憐愛的情感。桂桂既是她丈夫，又是她兄弟，有時還荒唐地覺得是自己的崽娃……可如今，把男人的額頭都戳出了血！她趕忙放下碗筷，站起身子繞過去，雙手捧住了桂桂的頭：「你呀，蠢東西，就連痛都不曉得喊一聲。」

桂桂非但沒有發氣，反而把腦殼靠在她的胸脯上：「又不大痛。玉音，賣新樓屋，我不過隨便講講，還是你拿定見……反正我聽你的，你哪樣辦我就哪樣辦。你就是我的家，我的屋……只要你在，我就什麼都不怕……真的，當叫花子討吃，都不怕……」

胡玉音緊緊摟著男人，就像要護著男人免受一股看不見的惡勢力的欺凌，她不覺地就落下淚來。是的，一個擺小攤子為業的鄉下女人的世界就這麼一點大，她是男人的命，男人也是她的命。他們就是為了這個活著，也是為了這個才緊吃苦做，勞碌奔波。

「玉音，你不要以為我總是老鼠膽子……其實，我膽子不小。如果為了我們的新樓屋，你喊我去殺了哪個，我就操起殺豬刀……我的手操慣了刀，力氣蠻足……」桂桂閉著眼睛像在做夢似地咕咕噥噥，竟然說出這種無法無天的話來。

胡玉音趕緊捂住了桂桂的嘴巴：「要死了！看看你都講了些什麼瘋話！這號事，連想想都有罪過，虧你還講得出……」說著，背過身子去擦眼淚。

「玉音，玉音，我是講把你聽的，講把你聽的……又沒有真的就要去殺哪個……」

「可你，要就是賣掉新樓屋，要就是去拚性命……如今鎮上只傳出點風聲，就把你嚇成這樣子……若還日後真的有點什麼事，你如何經得起？」

「左不過是個死。另外，還能把我們怎麼的？」

黎桂桂隨口講出的這個「死」字，使得胡玉音眼冒火星子。她真想揚手抽男人一個嘴巴子，但手舉到半路又落不下去了。就像有座大山突然橫到了她眼前，要壓到她身上來，她感到了事情的嚴重和緊迫。她是個外柔內剛的人，當即在心裡拿定了一個主意：

「我就去找找李國香，問問她工作組組長，收繳米豆腐攤子和殺豬刀的話，是真是假……我想，大凡上級派來的工作同志，像老谷主任他們，總是來替我們平頭百姓主事、講話的……」

黎桂桂以敬佩的目光看著自己的女人。每逢遇事，女人總是比他有主見，也比他有手腕，會周旋。在這個兩口之家裡，男人和女人的位置本來就是顛了倒順的。

胡玉音梳整了一下，想了想該和女組長說些什麼話，才不致引起人家的反感，或是不給人家留下話把。她正打算出門，門外卻有個女子和悅的聲氣在問：

「胡玉音！胡玉音在屋嗎？今天不是逢圩的日子嘛！」

胡玉音連忙迎出門去，一看，竟是一臉笑容的李國香組長。真是心到神知啊！她連忙把客人迎進屋來。李國香比上一年當飲食店經理時略顯富態些，臉上的皺紋也少了點。工作上的同志，勞心不勞力，日子過得爽暢，三十三歲上當黃花女，還不現老相。

黎桂桂見李組長沒有帶手下的人，又和和氣氣的，一顆懸著的心，也就落下來一半。他趕忙篩茶，端花生、瓜子。這時，他拋給他女人一個眼色，羞愧地笑了笑。擺好茶盤杯子，他說了聲「李組長好坐」，就從門背後拿出把鋤頭，上小菜園子去了。

「你的愛人見了生客，就和個野老公一樣，走都走不贏？」李國香組長呷了一口茶，似笑非笑地問。

「他呀，是個沒出息的。」胡玉音卻臉一紅，一邊勸李組長剝花生，嗑瓜子，一邊在心裡想：你個沒出嫁的老閨女，大約男人的東西都不分倒順，卻是「野老公」、「野老公」的也講得出口。

「今天，我是代表工作組，特意來參觀這新樓屋的。順便把兩件事，和你個別談談。你放心，我們是熟人熟事，公事公辦……」李國香說著就抓了一把瓜子站起身來。

胡玉音臉色有些發白，腦殼裡有些發緊。女組長今天大約是來者不善，善者不來啊。她來看新樓屋，總不會是個人的興趣啊。但胡玉音還是強打起精神，賠著笑臉，領著女組長出了老客棧鋪子，開開新樓屋的紅漆大門。進得門來，李國香就聞到了一股新木香和油漆味。女組長把過廳，廂房，廚房，雜屋，後院的豬欄、雞塒、廁所，一一地看了看，口裡不停地誇讚著「不錯，不錯」。接著又踏著板梯，上樓看了寬大敞亮的臥室，裡頭擺著大衣櫃、高柱床、五屜櫃、書桌、圓桌、靠背椅，整套全新的家具，油漆泛出棗紅色的亮光，把四壁雪白的粉牆都映出了一種喜氣洋洋的色調。李國香嘴裡沒再誇讚什麼「不錯，不錯」了，而是抿住嘴巴點著頭，露出一臉驚嘆、感慨之色。胡玉音一直在留神觀看著她臉上的表情變化，但估不透女組長心裡想著、窩著的是些什麼。最後，她們打開落地窗，站在陽台上看了看山鎮風光。李國香倚靠著欄杆，就像一位首長站在檢閱台上。她站在陽台這個高度，才看清楚了四周圍的古老發黑的土磚屋、歪歪斜斜的吊腳樓、靠斜樁支撐著的杉皮木板屋，和這幢鶴立雞群似的新樓屋之間的可怕的差異，貧富懸殊的鴻溝啊。

回到臥室，李國香逕自在書桌前坐了下來。書桌當窗放著，土漆油的桌面像鏡子，照得清人影。胡玉音在一旁陪站著。她見女組長已經在書桌上攤開了筆記本，手裡的鋼筆旋開了筆帽。

「坐呀，你先坐下來呀。就我們兩個人，談一談……」這時，李國香倒成了屋主似的，招呼著胡玉音落座了。

胡玉音拉過一張四方凳坐下來。在擺著筆記本、捏著鋼筆的女組長面前，她不由地就產生了一種自卑感。所以女組長坐靠背椅，她就還是坐四方凳為宜。

「胡玉音，我們縣委工作組是到鎮上來搞『四清』運動的，這你大約早聽講了。」李國香例行公事地說，「為了開展運動，我們要對各家各戶的政治、經濟情況摸一個底。你既不是頭一家，也不是最末一戶。對工作組講老實話，就是對黨講老實話。我的意思，你懂了吧？」

胡玉音點了點頭。其實她心裡蒙著霧，什麼都不懂。

「我這裡替你初步算了一筆賬，找你親自落實一下。有出入，你可以提出來。」李國香說著，以她黑白分明的眼睛注視了胡玉音一下。

胡玉音又點了點頭。她糊糊塗塗地覺得，這倒省事，免得自己來算。若還女組長叫自己算，說不定還會慌裡慌張的。而且女組長態度也算好，沒有像對那些五類分子訓話樣的，眼光像刀子，鋒寒刃利。

「從一九六一年下半年起，芙蓉鎮開始改半月圩為五天圩。這就是講，一月六圩，對不對？」李國香又注視了胡玉音一眼。

胡玉音仍舊點點頭，沒作聲。她不曉得女組長為什麼要扯得這麼遠，像要翻什麼老案。

「到今年二月底止，一共是兩年零九個月，」李國香組長繼續說，不過她眼睛停留在記事本上了，「也就是說，一共是三十三個月份，正好，逢了一百九十八圩，對不對？」

胡玉音呆住了。她沒有再點頭。她開始預感到，自己像在受審。

「你每圩都做了大約五十斤大米的米豆腐賣。有人講這是家庭副業，我們暫且不管這個。一斤米的米豆腐你大約可以賣十碗。你的定價不高，量也較足。這叫薄利多銷。你的作料香辣，食具乾淨，油水也比較厚。所以受到一些顧客的歡迎。你一圩賣掉的是五百碗，也就是五十塊錢，有多無少。一月六圩，你的月收入為三百元。三百元中，我們替你留有餘地，除掉一百元的成本花銷，不算少了吧？你每月還純收入兩百元！順便提一句，你的收入達到了一位省級首長的水平。一年十二個月，你每年純收入二千四百元！兩年零九個月，累計純收入六千六百元！」

胡玉音怎麼也沒有料到，女組長會替她算出這麼一筆明細賬來！她的收入達到了一位省長級幹部的水平，累計六千六百元！天啊，天啊，自己倒是從沒這樣算過哪……真是五雷轟頂！她頓時就像被閃電擊中了一樣。

「小本生意，我從沒這麼算過賬……糊裡糊塗過日子，錢是賺了一點，都起這新屋花費了……李組長，我賣米豆腐有小販營業證，得到政府許可，沒有犯法……」

「我們並沒有認定你就犯了法、搞了剝削呀！」李國香還是一副似笑非笑的臉色，「你門口不是貼著副紅紙對聯，『發社會主義紅財』嗎？聽說這對聯還是出自五類分子秦書田的大手筆。你不要緊張，我只不過是來摸個底，落實一下情況。」

胡玉音的神情一下子由驚恐變成了麻木冷漠，眼睛盯著樓板，抿緊了嘴唇。李國香倒是沒有計較她的這態度，也不在乎她吱聲不吱聲。

「還有個情況。糧站主任谷燕山，每一圩都從打米廠批給你六十斤大米做米豆腐原料，是不是？」李國香的臉色越來越嚴肅，一時間，真有點像是在訊問一個行為不正當的女人一樣。

「不不！那不能算大米，是打米廠的下腳，碎米穀頭子。我每圩都要從裡頭選出砂子，篩出穀殼、稗子、土。而且，碎米穀頭子老谷主任也不只批給我一個，鎮上好多單位和私人，都買來餵豬……我開初也買來餵豬，後來才做了點小本生意……」一聽關連到了糧站的老谷主任，胡玉音就像從冷漠麻木中清醒了過來，大聲申辯。老谷是個好人，自己就算犯了法，也不能把人家連累了。

「所以我先前每圩只算了你五十斤米的米豆腐。除去十斤的穀殼、砂子、稗子、土，總夠了吧。我是給你留了寬餘哪。再說，人家買碎米穀頭子是餵了肥豬賣給國家，你買碎米穀頭子是變成了商品，餵了顧客！」

李國香組長的話產生了威力，一下子把胡玉音鎮住了。接著，女組長又穩住了自己的聲調，繼續念著本本裡的賬目說：

「一月六圩，每圩六十斤，兩年零九個月，一百九十八圩。就是說，糧站主任谷燕山總共批給你大米一萬一千八百八十斤！這是一個什麼數字？當然，這是另外一個問題，雖和你有關係，但主要不在你這裡……」

算過賬，李國香組長在筆記本上寫了一行：「經和米豆腐攤販胡玉音本人核對，無誤。」就走了。胡玉音相送到大門口。她心裡像煎著一鍋油，連請「李組長打了點心再走」這樣的客氣話都沒有講一句。

晚上，胡玉音把女組長李國香跟她算的一本賬，一萬多斤大米和六千六百元純收入的事，告訴了黎桂桂。兩口子膽戰心驚，果然就像財老倌面臨著第二次土改一樣。但舊社會的財老倌已經成了五類分子，他們反倒臭狗糞臭到底，不怕了。胡玉音兩夫婦是在新社會裡攢了點錢，難道也要重新劃成分，定為新的地主、富農？

至此。胡玉音和黎桂桂夜夜難合眼。他們認定了自己只是個住爛木板屋的命。住爛木板屋雖然怕小偷，卻有種政治上的安全感似的。他們再不去想什麼受不受孕、巴不巴肚，而是暗暗慶幸自己沒有後代子嗣。不然娃兒都跟著大人當了小五類分子，那才是活作孽啊。

四　雞和猴

這天晚上，縣委工作組進鎮以來第一次召開群眾大會。大會在圩場戲台前的土坪裡舉行。那盞得了哮喘病似的煤氣燈修好了，掛在戲台中間，把台上台下照得雪白通亮，也照得人們的臉塊都有些蒼白。跟往時不同的是，本鎮原先的幾個頭面人物都沒有坐上戲台，糧站主任谷燕山、大隊支書黎滿庚、稅務所所長等等，都是自己拿了矮凳子或是找了塊磚頭墊張報紙坐在戲台下邊。胡玉音、黎桂桂兩口子則緊挨著坐在他們身後，像在尋求依靠、庇護。在台上坐著的只有工作組組長李國香和她手下的兩個組員。本鎮群眾對這一變化十分敏感，既新奇又疑懼，都想朝前邊擠擠看看。有的人甚至特意繞個大圈子鑽到戲台下，看看「北方大兵」和滿庚支書他們究竟坐在什麼地方。

大會跟往時不同的是，主持大會的李國香組長沒有來一個開場白，像原先那些頭頭那樣，從國際國內大好形勢講到本省本縣大好形勢，講到本鎮本地的大好形勢，最後才講到開會的旨意，幾個具體問題；而是先由一位工作組組員，宣讀了省、地、縣的三份通報。省裡的通報是：某地一個壞分子，出於仇恨黨和人民的反動階級本性，瘋狂對抗「四清」運動，唆使、煽動部分落後群眾圍攻、毆打工作隊隊員，罪行嚴重，依法判處有期徒刑十五年。地區的通報是：某縣一名公社黨委委員、大隊黨支部書記，幾年來利用職權包庇地、富、反、壞、右，作惡多端，「四清」工作組進駐後，大吵大鬧，拍桌打椅，拒不交代問題，態度十分惡劣，經研究決定撤銷其黨內外職務，開除黨籍，交群眾管制勞動。縣委的通報是：某公社一個解放前當過妓女的小攤販，長期搞投機倒把牟取暴利，利用酒色拉攏腐蝕當地幹部，妄圖在運動中蒙混過關。經批准，將這個女攤販在全公社範圍內進行遊鬥，以教育廣大幹部、黨團員……

三份通報念將下來，馬上產生了神效，一時會場上鴉雀無聲，彷彿突然來了一場冰雪，把所有參加大會的人都凍僵了。谷燕山、黎滿庚等幾個平日在鎮上管事的頭頭都瞠目結舌，像啞了口似的。

「把資產階級右派分子秦書田揪上台來！」突然，一個工作組組員以一種冰雪崩裂似的聲音喊道。

立時，王秋赦和一個基幹民兵，就一左一右地像提著只布袋似地，把秦癲子扔到台上來。整個會場都騷動了一下，隨即又肅穆了下來。秦癲子垂著雙手，低著腦殼站在台前，雪亮的煤氣燈光射得他睜不開眼睛。燈光把他瘦長的影子投射到天棚板上，黑糊糊的一片，像尊魔影。

一直坐在戲台上唯一的一張八仙桌旁的女組長李國香，這才走到台前來，習慣地攏了攏額前的幾絲亂髮後，指著秦癲子，以一口和悅清晰的本地官話說：

「這就是芙蓉鎮上大名鼎鼎的秦書田，秦癲子。本鎮大隊的貧下中農、革命群眾，對於老地主、富農，是曉得仇恨的。可是對於這個階級敵人，你們恨不恨呢？特別要問一句國家幹部、共產黨員、共青團員們，你們認為秦書田是香還是臭？這樣一個階級敵人，在三年困難時期，竟然成了芙蓉鎮一帶的紅人，仗著他會舞文弄墨，吹拉彈唱，活躍得很。年年冬下社員家裡討親嫁女，做紅白喜事，請的鼓樂班子裡頭有他。每年春節、元宵節，本鎮大隊舞龍燈、耍獅子賀新春有他。平日在路上、街上會了面，你們有多少人和他打招呼，給他紙菸抽？在田邊、地頭，你們多少人聽他講過那些腐朽沒落、借古諷今的故事？你們家裡的娃娃，那些沒有受過剝削壓迫的小學生，有多少叫過他做『秦叔叔』、『秦伯伯』的？」

李國香聲調不高，平平和和，有理有節地講著、問著。整個會場的空氣都彷彿凝結住了，寂靜得會場上的人全都屏聲住息了似的。坐在台下的谷燕山、黎滿庚和胡玉音兩口子，則開始感覺到某種強度的地震。

「怪事多著呢，同志們，貧下中農們，社員們！」李國香繼續不緊不慢地說，那語氣就彷彿是在和人聊家閒似的。顯然，她的鬥爭藝術是成功的。對於自己這駕馭群眾、控制氣氛的能力，她頗為得意。「前不久，我們鎮上一個小攤販蓋起了一棟新樓屋。有人指出這樓屋比解放前本鎮最大的兩家鋪子『茂源商號』、『海通鹽行』還氣派。順便提一句，這個賣米豆腐的攤販幾年來究竟賺了多少錢？她是賺了誰的錢？她五天一圩做米豆腐的大米又是哪裡來的？這些，我們都暫且不去說它。新樓房紅漆大門上有一副對子，是誰寫的？秦書田，你念一遍給大家聽聽。」

秦癲子微微抬了抬頭，斜看了女組長一眼，回答道：「是我寫的，我寫的……上聯是『勤勞夫妻發社會主義紅財』，下聯是『山鎮人家添人民公社風光』，橫聯是……」

「這是一副反動對聯，同志們！」李國香朝秦癲子揮了揮手，示意他住口，並稍稍抬高了一點聲調說，「『勤勞夫妻發社會主義紅財』，大家嗅出這反動氣味來沒有？搞社會主義怎麼是個人發財？過去講『人無橫財不富，馬無夜草不肥』，他卻提出了『發紅財』這種蠱惑人心的反動口號，是對人民公社集體經濟的反動！現在我們芙蓉鎮，富的起樓屋，窮的賣地皮，說明了什麼問題？大家好好想一想，同志們！還有下聯『山鎮人家添人民公社風光』就更加露骨！『山鎮人家』是什麼樣的人家？是正經八板的貧下中農，還是別的出身歷史複雜、社會關係七七八八的人家？據反映，這戶人家早在五〇年代就誣衊過我們的農村政策、我們的階級路線，是什麼『死懶活跳，政府依靠；努力生產，政府不管；有餘有賺，政府批判』！這難道是一般的落後話、怪話？讓這種人家來添人民公社的風光？人民公社是天堂，是樂園，本身就是無限風光，怎麼要讓私有制來添社會主義的風光？這是想變天！同志們，這是反社會主義，反黨。這麼一副反動對聯，公然用大紅紙寫了貼在我們鎮上！新樓屋的主人來了沒有？這副對聯不要撕了，要留著當個反面材料，讓大家一天看上三遍。同志們，可不要小看了寫寫畫畫呀，這常常是階級敵人向黨、向社會主義進攻的一種武器，一種手段！」

秦癲子聽到這裡，不服氣地抬起頭來看了李國香一眼。站在一旁看押著他的王秋赦，立即在他頸脖上重重拍了一掌，把他的腦殼往下一按。台下馬上有幾個運動骨幹吼了起來：「秦癲子不老實！喊他跪下！」「秦癲子跪下！」「秦癲子不跪下，我們答應不答應？」

整個會場稍稍遲疑了一下，才做出了反應：「不答應！」

秦癲子渾身哆嗦，求救似地看了一眼台下的本大隊支書黎滿庚。黎滿庚低著頭，哪會顧得上答理他。滿庚支書身後，「芙蓉姐子」胡玉音兩口人更是丟魂失魄，張皇四顧。他雙膝發軟，識時務地撲通一聲跪了下去。

「秦書田，你可以站起來。」李國香卻出乎大家意外地向秦癲子擺了擺手。這也沒有什麼奇怪，上級派來的幹部總是比較講政策。

秦癲子依言站了起來。他恢復了原有姿態，面對群眾雙手下垂，低頭認罪。只是他雙膝上，添了兩個鮮明的塵土印。

「秦書田，現在繼續批鬥你，在群眾雪亮的眼睛下，把你的畫皮剝開來。」李國香說，「鎮上老一輩的人，不是都曉得梁山泊好漢的故事嗎，有個好漢叫聖手書生蕭讓。是不是？這個秦書田，也是一條好漢，被我們某些基層幹部當成了本鎮大隊的『聖手書生』！我們來看看吧，這圩場上，街上牆上，我們全大隊的山坡、石壁上，到處寫著『全黨動手，大辦農業』、『三面紅旗萬歲』、『農業以糧為綱，工業以鋼為綱』、『一定要解放台灣』等等。這些大幅標語都是出自誰的手筆？出自這個五類分子的手筆！我們一個芙蓉鎮百十戶人家，難道都是清一色的文盲嗎？連個刷標語口號的人都找不出了嗎？這是長了誰的威風，滅了誰的志氣？秦書田，你講講，這些光榮任務，都是誰派給你的？」

秦癲子縮著頸脖，看了台下的黎滿庚支書一眼：「是是大隊、大隊……」

「結結巴巴，心裡有鬼，算了！」李國香揮了揮手，適可而止地制止住了秦書田。她駕輕就熟地掌握、調節著會場的火候。接著提出了一個更為叫人膽戰心驚的問題：「秦書田！現在你當著廣大貧下中農、革命群眾的面，報一報你自己的階級成分！」

「壞分子，我是壞分子。」秦癲子說。

「好一個壞分子！同志們，今天工作組要來戳穿一個陰謀。」李國香這時像一部開足了音量的擴音器，聲音嘹亮地宣佈：「根據我們內查外調掌握的材料，秦書田根本不是什麼壞分子，而是一個罪行嚴重、編寫反動歌舞劇向黨向社會主義進攻的極右分子。他從一個遭到雙開、清洗的右派分子，變成了一個搞男女關係的壞分子，這都是誰幹的好事啊？五類分子的名單，是由縣公安局掌握的。這是一起嚴重的違法亂紀行為！」

講到這裡，李國香停了一停。她像一切有經驗的報告人那樣，總要留出個簡短的間隙，來讓聽眾思考、消化某個極其重要的問題，或是來記取某一段精闢的座右銘式的詞句。

會場上出現了一派嗡嗡的議論聲和嘖嘖的驚嘆聲。

「貧下中農同志們，社員同志們！」李國香的音調又降了下來，恢復了原先那一口聊家門似的本地官話，「芙蓉鎮上的怪事還多的是呢。還是這個秦書田，他還有個特殊身分，是全大隊五類分子的頭目。也就是說，他負責監管全大隊的五類分子。請看看，我們的某些幹部，對這個右派分子是多麼地信任和器重。監督、改造五類分子，本來是我們貧下中農的職責和權利。可是，我們少數個別的幹部，把這職責和權利拱手送給了階級敵人。同志們，這是什麼問題？這是嚴重的敵我不分，喪失了階級立場。以上這些怪事，都出在我們鎮上。今天，我們工作組把秦書田揪出來，當一個活靶子、反面教員，也當一面鏡子，把我們有些幹部、黨員的臉塊照一照，看看他們的屁股是坐在哪一邊！」

接著，李國香下了一道命令：呼口號，把右派分子秦書田押下去！所有的五類分子及其家屬子女退出會場。

在一片「打倒秦書田」、「秦書田不低頭認罪，死路一條」、「坦白從寬，抗拒從嚴」的震耳欲聾的口號聲中，秦癲子被王秋赦和另一個民兵押出了會場，五類分子的家屬、子女也紛紛退出會場。之後，工作組組長李國香講了一通，作為大會的結束語：

「現在，階級敵人離開會場了，我還要補充幾句。」她姿勢優美地掠了掠頭髮，聲音也柔和多了，「貧下中農同志們，社員同志們，轟轟烈烈、尖銳複雜、你死我活的階級鬥爭，就要在我們芙蓉鎮展開了。我們搞的雖然是面上的『四清』，但工作組準備和大家一起，全力以赴地投入這場鬥爭。我們有些黨員，有些幹部，有些社員，前些年過苦日子，由於各項政策比較放得鬆，或多或少犯有這樣那樣的錯誤，那不要緊。我們的方針是：有錯認錯，有罪認罪，貪污退賠，洗手洗澡，回頭是岸。有的人不回頭怎麼辦？那就要根據情節輕重，用黨紀國法來制裁。要不然，地富反壞右一起跑了出來，黨內黨外互相勾結，而我們貧下中農、幹部群眾又麻木不仁，不聞不問，那麼不要多久，黨就變修，江山變色，地主資產階級就重新上台！」

散會後，胡玉音和黎桂桂回到老胡記客棧裡，真是魂不著體，五內俱焚。他們感覺到了，一顆災星已經懸在他們新樓屋的上空。這棟新樓屋，他們連一晚上都還沒有搬進去住過，卻成了禍害。就是繼續心甘情願的住爛木板屋，也缺乏安全感了。使夫妻倆尤為傷心的是，看來在這場運動中，老谷主任、滿庚支書他們都會逃不脫女組長的巴掌心，他們是泥菩薩過河自身難保，也就不可能對旁人提供什麼保護。

黎桂桂嚇得渾身打哆嗦，只曉得睜著神色迷亂的眼睛，望著自己的女人。

到底胡玉音心裡還有些主見，她坐在竹椅子上出神。唉，要是一家兩口人都是虱婆子膽，老鼠見了貓一樣，豈不只能各人備下一根索，去尋短路？

「這樣吧，事情拖不得了，講不定哪晚上就會來抄家。我把我們剩下的那筆款子，交給滿庚哥去保管。放在屋裡遲早是個禍胎……」胡玉音眼睛盯著門口，壓低了聲音。

「滿庚？你沒聽出來，他好像犯在秦癲子的事上了……女組長的報告裡，有一多半是對著他來的，殺雞給猴子看……」黎桂桂提醒自己的女人說。

「不怕。他在黨。頂多吃幾頓批評，認個錯，寫份悔過書。你怕還能把他一個復員軍人哪樣的？」

「唉，就怕連累別人……」

「他是我乾哥。我們獨門獨戶的，就只這麼一個靠得住的親戚。」

「好吧。米豆腐攤子也莫等人家來收繳，自己先莫擺了。你哪，也乾脆出去避避風頭。我在廣西秀州有門子遠親戚，十幾年沒往來過，鎮上的人都不曉得……」

五　滿庚支書

大隊支書黎滿庚家裡，這些天來哭哭鬧鬧，吵得不成樣子了。黎滿庚的女人五大三粗，外號「五爪辣」，在隊上出工是個強勞力，在家裡養豬打狗、操持家務更是個潑悍婦。從去年起，黎滿庚在社員大會上開始宣傳晚婚、節育，口水都講乾了，可他女人「五爪辣」卻和月月兔似的，早已生過了六胎，活了四個，全是妹兒。妹兒們站在一起，是四級階梯。有的社員笑話他女人：「支書嫂子，節制生育你帶了好頭啊！」他女人雙手在粗壯的腰身上一叉：「我沒帶好頭？嗯，要依我的性子，早生下一個女民兵班了！人家養崽是過鬼門關，我養崽卻是過門檻一樣！」

黎滿庚剛成親那年把，有點嫌自己的女人樣子魯，粗手粗腳的，衣袖一捲，褲腿一紮，有一身男子漢似的蠻力氣。相形之下，他頗為留戀胡玉音的姣媚。但老輩人講，自古紅顏多薄命，樣子生得太好的女人往往沒有好命。胡玉音會不會有好命？當初他一個復員軍人，大隊黨支書又不是算命先生，哪能曉得日後要出些什麼事情？自他女人給他生下兩個「千金妹兒」以後，他漸漸感覺到了自己女人的優越性，出工，收工，奶妹兒，做家務，簡直就不曉得累似的，還成天哼哼〈社員都是向陽花〉呢。每天天不亮起床，每晚上和男人一樣地打鼾，像頭壯實的母牛。後來又連著生了四胎，也都連公社醫院的大門都沒有進過。「唉唉，陪著這種女人過日子，倒是實實在在的，當丈夫的要少操好多心……」黎滿庚後來想。要說他女人有什麼缺點，就是生娃娃的癮太重了一點。

「五爪辣」很少撒潑。她對男人在外幹工作一直不大放心。特別是結婚前他所認的那個「乾妹」，那樣靈眉俊眼的女人，連天上的星子都會眼饞，哪有不把男人帶壞的？不過她冷眼看了兩年，並沒有察覺出「乾哥」「乾妹」有什麼不正當的行跡。但女人的這類警惕性是不容易鬆懈的。她平日嘴裡不說，樣子卻做得明白：規矩點噢，你走到哪個角落裡，都有雙眼睛在瞄著你噢。有時兩口子講笑，她也來點旁敲側擊：「又在你乾妹子那裡灌了馬尿？人家的婆娘過不得夜，要自愛點。」「你呀，你呀，討打了還是怎麼啦？」「我不過喊應你一句。自己的屋才是生根的屋。她男人雖是不中用，手裡的殺豬刀可是嚇人！」「牙黃屎臭的，你胡講些什麼？」「狗婆的牙齒才白哪，你愛不愛？」直到黎滿庚把拳頭亮出來，他女人才笑格格住口。

那天晚上，從圩場坪開完大會回來，「五爪辣」嘴裡嗶嗶啵啵，煮開了稍水粥：「黨支書喂！今晚上縣裡工作組女組長的話，有一多半是衝著你來的呀！不曉得你聰明人聽沒聽出？」

黎滿庚陰沉著臉，斧頭斧腦地坐在長條凳上捲「喇叭筒」。

「你和你那賣米豆腐的乾妹子到底有些哪樣名堂？你對秦癲子怎麼丟了立場？人家女組長只差沒有道你的姓，點你的名！那女人也是，不老不少，閨女不像閨女，婦人不像婦人！」「五爪辣」在長條凳的另一頭坐下來問。

「你少放聲屁好不好？今晚上的臭氣聞得夠飽的了！」黎滿庚橫了自己的女人一眼。

「你不要在婆娘面前充好漢，臭蟲才隔著席子叮人。男子漢嘛，要在外邊去耍威風，鬥輸贏！」「五爪辣」不肯相讓。

「你到底肯不肯閉嘴？」黎滿庚轉過身子來，露出一臉的凶相，「你頭皮發癢了，是不是？」

女人有女人的聰明處。每當男人快要認真動肝火時，「五爪辣」總是適時退讓。所以七、八年來，家裡雖然常有點小吵小鬧，但黎滿庚曉得「五爪辣」一旦撕開了臉皮是個惹不起的貨色，「五爪辣」則提防著男人的一身牛力氣，發作起來自己是要吃虧的，所以很少幾回醞釀成家庭火併。「五爪辣」這時身子忽然惡作劇地一閃，跳離了長條凳，長條凳失重，翻翹了起來，使坐在另一頭的黎滿庚一屁股跌坐到地下。

「活該！活該！」「五爪辣」閃進睡房裡，露出張臉塊來幸災樂禍。

黎滿庚又惱又恨，爬起來追到睡房門口：「騷娘們，看看老子敲不敲你兩丁更①！」

「五爪辣」把房門關得只剩下一條縫：「你敢！你敢！你自己屁股坐到哪邊去了？跌了跤子又來賴我喲！」

伸手不打笑臉人。每當女人和他撒嬌賣乖時，他的巴掌即便舉起來，也是落不下去的，心裡還會感到一種輕鬆。

但這晚上黎滿庚卻輕鬆不了。剛才女人無意中重複了縣委工作組女組長的一句話：屁股坐到哪邊去了！哪邊去了？難道自己的屁股真的坐到地、富、反、壞、右、資產階級一邊去了？自己支持乾妹子胡玉音賣了幾年米豆腐，就是包庇、縱容了資本主義？玉音她賺錢蓋起了一棟新樓屋，全鎮第一號，就算搞了剝削，成了暴發戶？攏米豆腐攤子攏成了新富農？還有秦書田的成分，從右派分子改成壞分子，自己的確在群眾大會上宣佈過。自己辦事欠嚴肅。但並沒辦過什麼正式的手續。依女組長的講法，壞分子難道比右派分子真要好一點，罪減一等？在自己看來，都是一簍蛇。花蛇黑蛇都是蛇。還有，派秦書田的義務工，叫他到山坡、岩壁、圩場上刷過幾條大標語，就算是對階級敵人的重用？難道自己真的犯了這許多條律？

第二天天黑時分，「五爪辣」正好提著潲桶到豬欄裡餵豬去了，黎滿庚正從公社開完批鬥會回來，在屋門口洗腳，就見胡玉音慌慌張張地走了來，把一包用舊油紙布包著的東西交給他，說是一千五百塊錢，請乾哥代為保管一下，手頭緊時，可以從裡頭抽幾張花花。胡玉音失魂落魄的，頭髮都有些散亂，穿了一身青布大褂，模樣兒也不似平常那麼嬌媚，連坐都沒有坐，就慌慌忙忙地走了，好像生怕被人發現行蹤似的。黎滿庚曉得這款子進不得銀行，就依鄉下古老的習慣，立即把這油布包藏進了樓上的一塊老青磚縫縫裡，連數都沒有數一下。在品德、錢財問題上，一向是乾妹信得過乾哥，乾哥也信得過乾妹。至於這種藏錢的法子，在鎮上也不是什麼祕密，一般人家都是這樣。即便小偷進了屋，不把四面磚牆拆除，是難得找到金銀財寶的。倒是要提防蟲蛀鼠咬。

這事，本來可以不讓「五爪辣」曉得。黎滿庚從樓上沾了一身灰塵下來時，卻被「五爪辣」發覺了。「五爪辣」追問了他好久，他都沒開口。「五爪辣」越問越疑心，哭了，抽抽噎噎數落著自己進這樓門七、八年了，生下了四個妹兒，男人家還在防賊一樣地提防著她……哭得黎滿庚都心軟了，覺得女人抱怨得也是，既是在一個屋裡住著，就沒有講不得的事。連自己的婆娘都信不得了，還去信哪個？

可是他錯了。都已經上床睡下了，當他打「枕頭官司」似地把「絕密」透露給「五爪辣」聽時，「五爪辣」竟像身上裝了彈簧似的，一下子蹦下了床：

「好哇！這屋裡要發災倒灶啦！白虎星找上門來啦！沒心肝的，打炮子的，我這樣待你，你的魂還是叫那妖精攝去了哇！啊，啊，啊——。」

「五爪辣」竟然嚎啕大哭起來，天曉得為什麼一下子中了魔似的，撒開了潑。

「好好生生的，你嚎什麼喪？你有屁放不得，不自重的賤娘們！」

黎滿庚也光火了，爬起來大聲喝斥。

「好好生生！還好好生生！我都戴了綠帽子、當烏龜婆啦！看我明天不去找著那個騷婊子拚了這條性命！」「五爪辣」披頭散髮，身上只穿了點筋吊吊的裡衣裡褲，拍著大腿又哭又罵。

「你到底閉嘴不閉嘴？混賬東西！和你打個商量，這天就塌下來啦，死人倒灶啦！」黎滿庚鼓眼暴睛，氣都出不贏。但他強壓下心頭的怒火，怕吵鬧開去，叫隔壁鄰居聽了去，不好收場。

「你和我講清楚，你和胡玉音那騷貨究竟是什麼關係？她是你老婆，還是我是你老婆？你們眉裡眼裡，翹唇翹嘴狗公狗婆樣的，我都瞎了這些年的眼睛，早看不下去啦！」

「老子打扁你這臭嘴巴！混賬東西！我清清白白一個人，由著你來滿口糞渣渣地胡天亂罵！」

「你打！你打！我給你生了四個女娃，你早就想休了我啦！我不如人家新鮮白嫩啦！家花沒得野花香啦！你打！我送把你打！你把我打死算啦！你好去找新鮮貨，吃新鮮食啦！」

「五爪辣」邊罵，邊一頭撞在黎滿庚的胸口上，使他身子貼到了牆上。「五爪辣」的蠻力氣又足，黎滿庚推了幾下都推不開，氣得渾身發顫，眼睛出火。

「天殺的！給野老婆藏起贓款來啦！這個家還要不要啦？昨天晚上開大會，工作組女組長在戲台上是怎麼講的，你要把我們一屋娘娘崽崽都拖下水，跟著你背時鬼、打炮子的去坐黑屋？你今天不把一千五百塊錢贓款交出來，我這條不抵錢的性命就送在你手上算啦！……天殺的，打炮子的，你的野老婆把你的心都挖走啦！她的騎馬布你都可以用來圍脖子啦！我要去工作組告發，我要去工作組告發，叫他們派民兵來搜查！」

啪的一巴掌下來，「五爪辣」被擊倒在地。黎滿庚失去了理智，巴掌下得多重啊，「五爪辣」就和倒下一節濕木頭似的，倒在了牆角落。黎滿庚怕她再爬起來撒野，尋死尋活，又用一隻膝蓋跪在她身上：

「你還耍不耍潑？深更半夜的還罵不罵大街？是你厲害還是老子厲害？老子真的一拳就收了你這條性命，反正我也不想活啦！」

說著，黎滿庚憤不欲生地揮拳就朝自己的頭上一擊。

「五爪辣」躺在地上，嘴角流血，鼻頭青腫。但她到底被嚇壞了，被鎮住了。

這時，四個妹兒全都號哭著，從隔壁屋裡「媽媽呀——爸爸呀——」地跑過來了。娃兒們的哭叫，彷彿是醫治他們瘋狂症的仙丹妙藥。黎滿庚立即放開了自己的女人。「五爪辣」也立即爬了起來，慌裡慌忙亂抓了件衣服把身子捂住。人是有羞恥心的，在自己的女兒面前赤身裸體，成何體統。

街巷上貓嚎狗叫，四鄰都驚動了，都來勸架了。他們站在屋外頭敲的敲窗子，打的打門，喊的喊「支書」，叫的叫「嫂子」。

鄰居們好說歹說，婆婆媽媽地勸慰了一番後，暴風雨總算停歇了，過去了。關好門，重新上床睡覺。「五爪辣」不理男人，面朝著牆壁。「五爪辣」不號哭了，黎滿庚卻低聲抽泣了起來：

「老天爺……這日子怎麼過得下去呀！人人都紅眼睛啦！牙齒咬出血啦……不鐵硬了心腸，昧了天良，就做不得人啦……苦命的女人……我從前沒有對你做過虧心事，我是憑了一個人的良心……人就是人，不是牛馬畜生……日後，日後連我自己，都不曉得保不保得住哇……在這世上，不你踩我，我踩你，就混不下去啦……」

男子的哭聲，草木皆驚。黎滿庚活了三十幾歲，第一次這麼傷心落淚。他把「五爪辣」都嚇著了。但「五爪辣」心裡還憋著氣。她聽了一會兒，男人卻越哭越傷心。她忍不住翻身坐起，正話反講，半怨半勸了起來。男人再醜，還是自己的男人：

「怎麼啦，你把我打到了地下，像你們常對五類分子講的，再踏上一隻腳，還不解恨？沒良心的！我再醜，再賤，也是你的女人，給你當牛當馬，生了六胎，眼面前四個妹兒……你就真的下得手，一巴掌把我打下地，打得我眼發黑……還膝蓋跪在我胸口上……嗚嗚嗚……我好命苦！娘呀，我好命苦！……」

「五爪辣」本來想勸慰一下男人，沒想到越勸越委屈，越覺得自己可憐，就嗚嗚嗚地也低聲抽泣了起來。她還狠狠地在男人的肩膀上掐了一把，又掐一把：

「你良心叫狗吃了……我也是氣頭子上，亂罵了幾句……嗚嗚嗚，你就一點都不疼我……嗚嗚嗚，你不疼我，我還疼你這個沒良心的……嗚嗚嗚，女人的嘴巴是抹桌布，你又不是不曉得，罵是罵，疼是疼……嗚嗚嗚……你就是不看重我這醜婆娘，也該看在四個乖乖妹兒的份上……嗚嗚嗚！」

黎滿庚的心軟了，化了。他淚流滿面，一把摟住了自己的女人。是的，這女人，四個妹兒，這個家，才是他的，他的！他八年來辛辛苦苦，跟自己的女人喜鵲做窩樣的，柴柴棍棍，一根根，一枝枝，都是用嘴銜來的……

他摟住了「五爪辣」。「五爪辣」的心也軟了，化了。她忽然翻身起來，雙膝跪在男人面前，把男人的雙手，按在自己的胸口上：

「滿庚，滿庚，你聽我一句話……你是當支書的，你懂政策，也懂這場運動，叫什麼你死我活……我們不能死，我們要活……紙包不住火……那筆款子，你收留不得……你記得土改的時候，有的人替地主財老倌藏了金銀，被打得死去活來，還戴上了狗腿子帽子……你把它交出去，交給工作組……反正你不交，到時候人家也會揭發……反正，反正，不是我們害了她……我們沒有害過她。她要怪只有怪自己。新社會，要富大家富，要窮大家窮，不興私人發家，她偏偏自己尋好路，要發家……」

黎滿庚又一把緊緊抱住了自己的女人。他心裡仍在哭泣。他彷彿在跟原先的那個黎滿庚告別。原先的那個黎滿庚，是過不了「你死我活」這一關的。

六　老谷主任

縣委組織部和縣糧食局下來一件公文：鑒於芙蓉鎮糧站主任谷燕山喪失階級立場，盜賣國庫糧食，情節嚴重，性質惡劣，令其即日起停職反省，交代問題。公文是縣委工作組來糧站召開全體職工大會宣佈的。谷燕山本人沒有出席。真是晴天霹靂，迅雷不及掩耳啊。谷燕山被勒令「上樓」，在自己的宿舍裡劃地為牢，失去了行動自由。工作組派了兩個運動骨幹在他門口日夜看守，說是防止他畏罪自殺。他起初簡直不相信自己的耳朵，不相信自己的眼睛，不相信這聽到、看到的一切，以為自己在做一場荒唐的、不可思議的夢。假的，假的，假的！這一切都是在演戲、演電影……編戲、編電影的人沒有上過火線，沒有下過鄉，一看就是假的。有一回他看一部戰鬥故事片，指導員站在敵人的陣地前面，振臂高呼：「同志們，為了祖國和人民，為了全世界千千萬萬受苦受難的階級弟兄，衝啊——！」天啊，戰場上，哪有時間來這樣一番演說？這不是給敵人當活靶子？一看就是假的，好笑又好氣。可是，谷燕山這回碰到的「停職反省、交代問題」的指令，卻是實實在在，半點不假的。自己不聾不瞎，也沒有做夢。於是，這個以好脾氣、老好人而在芙蓉鎮上享有聲譽的「北方大兵」，從混混沌沌中清醒了過來，他暴怒了，他拍桌、打椅、捶牆壁。他大聲叫喊，怒吼：

「工作組！你們算什麼東西！算什麼東西！你們假報材料，欺騙了縣委！李國香，你好個娘養的，真下得手，真撕得開臉皮！你當了我的面，一口一聲老革命、老同志，你背地裡卻搞突然襲擊……突然襲擊是戰場上的戰術，我們打小日本、打老蔣的時候用過，你們，你們卻用來對付自己的同志……我們鑽地道、挨槍子兒的時候，你們還毛黃屎臭，毛黃屎臭！血流成河，屍骨成山，打出了這個天下，你們卻胡批亂鬥，不讓人過安生日子，不讓人活命……」

谷燕山拉門，踢門，門從外邊上了鎖，大約是因為他態度惡劣。兩個運動骨幹不理他，一人抱一枝「三八槍」在抽菸，扯談。這「三八槍」說不定還是老谷和戰友們從日本鬼子手裡繳獲的呢，如今卻被人用來看守老谷自己。

「把門狗！把門狗！開門！開開門！我來教你們放槍，教你們瞄準……你們憑什麼把我鎖在這屋裡？這算什麼牢房？要坐牢就到縣裡坐去，我不坐你們這號私牢！」

沒有人理會他，沒有給他戴上銬子就算客氣的。鬥爭是無情的，來不得半點「人情味」、「人性論」這些資產階級的玩藝兒。不知過了多久，他疲乏了，他聲音嘶啞，喉嚨乾得出煙。他喝了一杯冰涼的水，眼皮像灌了鉛，就順著門背跌坐在地板上，不知不覺睡了一覺。到了半夜，他被凍了醒來，昏天黑地的，伸手不見五指。他摸到床邊去，扯了床棉毯披在身上。他在樓板上踱過來，踱過去，像一位被困或是被俘的將領……這時他彷彿頭腦清醒了些，開始冷靜下來思考白天發生的事情。他立即就有些後悔，感到羞愧：一個共產黨員，一個戰士出身的人，受了一點委屈，背了一點冤枉，就擂牆捶門，對著整條青石板街大喊大叫，像個老娘們耍潑似的，成何體統！谷燕山呀，谷燕山，你參加革命二十幾年了，入黨也二十幾年了，還經不起這點子考驗？你以為和平時期就總是風和日暖、晴空萬里，沒有烏雲翻滾、暴雨傾盆？你復員到地方工作時才是個排長，芝麻大的官……他腦子裡冒出些平日隱蔽得很深的念頭來，是些平日想想都怕犯罪的念頭啊。你還是華北野戰軍出來的哪，可人家彭德懷元帥，彭副總司令，用老戲裡的話講算一品當朝，開國元勳，五九年在廬山開會，都為了替老百姓講話，反對大煉鋼鐵，吃公共食堂，被罷了官，上繳了元帥服，當了右傾機會主義分子……天底下的人哪個不曉得他受了委屈，背了冤枉，批他鬥他是昧了良心，違了民意。後來我們國家過了三年苦日子，不再搞全民煉鋼煮鐵，不再發射牛皮衛星，不再吃公共食堂，還不是採納了他的建議……可是如今的運動算什麼？苦日子剛過完，百姓剛喘過一口氣，生產、生活剛恢復了一點元氣，就又來算三年困難時期的賬，算困難時期政策放寬的賬，算「右傾翻案」的賬！真是過河拆橋，翻臉不認人……彭元帥啊，彭老總，比起你來，谷燕山算什麼？小小一個鎮糧站的站長，一個普通「北方大兵」，而且不過被宣佈停職反省，交代問題。又沒有真的抓你去坐牢，腳鐐手銬地去坐牢……哈哈哈，共產黨員去坐共產黨的牢，天底下真會有這等怪事！胡說八道，胡思亂想……當然，谷燕山也明白，自己的思想出軌了，走火了，很危險，很危險。搭幫這思想是裝在腦殼裡，搗騰在心裡。要是這「思想」真的是根辮子，或是長出個尾巴來，被人揪住了，那就倒楣了，真的要去坐牢了。

谷燕山情緒時好時壞，思想反反覆覆。對這場落到他身上來的鬥爭，他想來想去還是不通。彭老總是為民請命，仗義執言，面折廷爭。他谷燕山什麼時候想過朝政、議過朝政？他夠得上嗎？十萬八千里哪。他忠誠老實，從來都是黨叫幹啥就幹啥。他不過是個五嶺山脈腹地的芙蓉鎮上的老好人，和事佬，普通得不能再普通，小得不能再小……唉唉，怎麼回事嘛，難道今天這革命鬥爭，已經需要在內部爆發，開始自己鬥自己，自己打自己，自己動手來把自己的戰士消滅？動不動就「你死我活」，多麼地可怕，不近人情。那麼，是自己真的做了什麼對不起革命、對不起黨的事嗎？啊，「盜賣國庫糧食」，「盜賣國庫糧食」，或許就是指他兩年多來，每圩從打米廠批賣了六十斤碎米穀頭給「芙蓉姐子」做米豆腐生意……你看，你看，自己也真混，這樣一件全鎮人人都曉得的事，擺明擺白的，他卻花了三天時間去苦思苦想。

對上了這個碼單，他心裡有些輕鬆，覺得問題並不像工作組宣佈的、縣裡下的公文裡講的那麼嚴重。這些年來，鎮上的一些單位和個人，誰不在糧站打米廠買過碎米穀頭子啊，餵豬餵鴨，養雞養兔。當然囉，批碎米穀頭子給胡玉音做米豆腐賣，或許真的是他辦事欠妥……碰鬼，這個念頭是怎麼來的？講良心話，自己雖然對婦女沒有什麼邪念，一鎮的人也都曉得自己是個正派的人，可是，自己是有些喜歡那個胡玉音，喜歡看看她的笑臉，特別是那雙黑白分明的大眼睛，喜歡聽聽她講話的聲音。一坐上她那米豆腐攤子，自己就覺得舒服、親切。漂亮溫柔的女人總是討人喜歡啊，男人喜歡，女人也喜歡啊。難道這也算是罪過？自己這輩子不能享受女人的溫存，難道就連在心裡留下一片溫存的小天地都不許可嗎？既不存在什麼道德問題，也不影響胡玉音的婚姻家庭，他才決定幫這「芙蓉姐子」一把。難道碎米穀頭子變成了米豆腐賣，就是從量變到質變，鑄成了大錯？

漸漸地，他心平氣靜了些。他曉得自己一月兩月脫不了「反省」，「下」不了「樓」，撒尿拉屎都會被人監視著。這日子卻是難熬、難過啊。原先，他每天早晨起來，都要揮動竹枝掃把，打掃糧站門口這一段青石板街，跟趕早出工的社員們笑一笑，把某個背書包去上學的娃娃摟一摟，抱一抱。每天傍黑，他習慣沿著青石板街走一走，散散心，在某個鋪子門口站一站，聊一聊。或是硬被某個老表拖進鋪裡去喝杯紅薯燒酒，嚼著油炸花生米，擺上一回說古論今的龍門陣……可如今，這些生活的癖好、樂趣都沒有了。他和本鎮街坊們是近在咫尺，遠在天涯！

谷燕山被宣佈「停職反省」後的第五天，李國香組長「上樓」來找他做了一次「政策攻心」的談話。

「老谷呀，這幾天精神有點緊張吧？唉，你一個老同志，本來我們只有尊敬、請教的份，想不到問題的性質這麼嚴重，縣委可能要當作這次運動的一個典型來抓啦！」李國香仍是那麼一口清晰悅耳的腔調。每當聽她講話，谷燕山就想，這副金嗓子多可惜，沒有用到正經地方啊，為什麼不到縣廣播站去當廣播員？

谷燕山只是冷漠地朝李國香點了點頭。他對這個女組長有著一種複雜的看法，既有點鄙視她，又有點佩服她，還有點可憐她。可是偏偏這麼一個女人，如今代表縣委，一下子就掌握了全鎮人的命運，其中也包括了自己的命運……人家能耐大啊，上級看得起啊，大會小會聊家閒、數家珍似的，一口一個馬列主義，一口一個階級鬥爭，「四清」「四不清」。講三兩個鐘頭，水都不消喝一口，嗽都不會咳一聲，就像是從一所專門背誦革命詞句的高等學府裡訓練出來的。

「怎麼樣？這些天來都有些什麼想法？我看，再是重大的問題，只要向組織上交代清楚了，總是不難解決的。同時，從我個人來講，是願意你早點洗個溫水澡，早點『下樓』，和全鎮革命群眾一起投入當前這場重新教育黨員、幹部，重新組織階級隊伍的偉大運動。」李國香為了表示自己的誠意，打動這個「北方大兵」，又特別加了一句：「你看，我只想和你個別談談，都沒有叫別的工作組員參加。起碼，我對你，算是沒有什麼個人成見的吧！」

谷燕山還是沒有為她的誠心所動，只是抬起眼睛來瞟了她一眼，那眼神彷彿在說：你愛怎麼講你就怎麼講，反正我是什麼都不會跟你講。

李國香彷彿摸準了他的對抗情緒，決定拋點材料刺他一下，看他會不會跳起來。於是從口袋裡拿出那本記得密密麻麻的小本本，不緊不慢地一頁頁翻著，然後在某一頁上停住，換成一種生硬的、公事公辦的口氣說：

「谷燕山，這裡有一筆賬，一個數字，你可以聽聽！經工作組內查外調核實，自一九六一年下半年以來，在兩年零九個月的時間裡，也就是說，芙蓉鎮五天一圩，一月六圩，總共一百九十八圩，你每圩賣給本鎮女攤販、新生資產階級分子胡玉音六十斤大米，做成米豆腐當商品，一共是一萬一千八百八十斤大米。這是不是事實？」

「一萬多斤！」果然，谷燕山一聽這個數字，就陡地站了起來。這個數字，對他真是個晴天霹靂，他可從沒有這麼想過、這麼算過啊！

「數目不小吧？嗯！」李國香眼裡透出了冷笑。又彷彿是在欣賞著：看看，才輕輕刺了這麼一下，不就跳起來了，有什麼難對付的。

「可那是碎米穀頭子，不是什麼國庫裡的大米。」谷燕山再也沉不住氣，受不了冤枉似地大聲申辯著。

「碎米穀頭也好，大米也好，糧站主任，你私人拿得出一萬斤？你什麼時候種過水稻？不是國庫裡的又是哪裡的？你向縣糧食局彙過報？誰給了你這麼大的權力？」李國香仍舊坐著一動沒動，嘴裡卻在放出連珠炮。

「碎米穀頭就是碎米穀頭，大米就是大米。我按公家的價格批賣給她，也批賣給街上的單位和個人，都有賬可查，沒有得過一分錢的私利。」

「這麼乾淨？沒有得過一分錢，這我們或許相信。可是你一個單身男人有單身男人的收益……」李國香不動聲色，啟發地說。她盯著谷燕山，心裡感到一陣快意，就像一個獵戶見著一隻莽撞的山羊落進了自己設置的吊網裡。「難道這種事，還用得著工作組來提醒你？」

「什麼單身男人的收入？」

米豆腐姐子是芙蓉鎮上的西施，有一身白白嫩嫩的好皮肉！」

「虧你還是個女同志，這話講得出口！」

「你不要裝腔拿勢了。天下哪隻貓不吃鹹魚？你現在交代還不晚。你們兩個的關係，是從哪一年開始的？做這號生意，她是有種的，她母親不是當過妓女？」

「我和她有關係？」谷燕山急得眼睛都鼓了出來，攤開雙手朝後退了兩步。

「嗯？」李國香側起臉龐，現出一點兒風騷女人特有的媚態，故作驚訝地反問了一聲。

「李組長！我和她能有什麼關係？我能麼？我能麼？」谷燕山額頭上爬著幾條蚯蚓似的青筋，他已經被逼得沒有退路了，身後就是牆角。「李國香！你這個娘兒們！把你的工作組員叫了來，我脫、脫了褲子給你們看看……哎呀，該死，我怎麼亂說這些……」

「谷燕山！你耍什麼流氓！」李國香桌子一拍站了起來，她彷彿再也沒有耐心，不能忍受了，睜大兩隻丹鳳三角眼，豎起一雙柳葉吊梢眉，滿臉盛怒。「你在我面前耍什麼流氓！好個老單身公！要脫褲子，我召開全鎮大會，叫你當著群眾的面脫！在工作組面前耍流氓，你太自不量力！」

「我、我、我是一時急的，叫你逼、逼得沒法……這話，我算沒說……」谷燕山畢竟是個老實厚道人，鬥爭經驗不豐富，一旦被人抓住了把柄，態度很快就軟了下來。他雙手捂著臉塊：「我別的錯誤犯過，就是這個錯誤犯不起，我、我有男人的病……」

「講實話，這還差不多。」李國香聽這個男人在自己面前講出了隱私，不勝驚訝，又覺得新鮮。她感到一種略帶羞澀的喜悅，覺得自己是個強者，終於從精神上壓倒了這個男性公民，「老谷，坐下來，我們都坐下來。不要沉不住氣嘛。我一直沒有對你發過什麼脾氣嘛。你犯了錯誤，怎麼還能耍態度呢？我們工作組按黨的政策辦事，對幹部要懲前毖後，治病救人；除非對那種對抗運動的死硬分子，我們才給予無情打擊……」

說著，李國香示範似地仍舊回到書桌邊坐下來。谷燕山也回到原來的椅子上坐下。他感到四肢無力，一股悽楚、悲痛的寒意，襲上了他的心頭。

這時門口的兩個運動骨幹在探頭探腦，李國香朝門口揮了揮手，示意他們縮回去。

「老谷，我們還是話講回來，在工作組面前，你什麼事情都可以講清楚，我可以直接在縣委面前替你負責。」李國香又恢復了那一口聊家閒似的清晰悅耳的腔調，繼續施行攻心戰術，決定擴大缺口，趁熱打鐵，把這個芙蓉鎮群眾心目中的領袖人物徹底擊敗。「你的問題還遠不止這些哪，可能比我們想像的要嚴重得多哪！就算你和胡玉音不是姦夫姦婦的關係，但這經濟上、思想上的聯繫，總是存在的吧。你用國家的一萬斤碎米，就算是你講的碎米，支持她棄農經商，大搞資本主義，成了芙蓉鎮地方的頭號暴發戶。這個女人不簡單哪。胡玉音和黎滿庚是什麼關係？乾哥乾妹哪，黎滿庚總沒有你的那種所謂男子病了吧？要曉得，胡玉音是金玉其外，是個沒有生育的女人。黎滿庚作為她的政治靠山，長期庇護她在芙蓉鎮上牟取暴利。再講，黎滿庚和秦書田什麼關係？秦書田和胡玉音什麼關係？胡玉音和官僚地主出身的鎮稅務所長是什麼關係？我們查了一下，稅務所每圩只收胡玉音一塊錢的營業稅，而胡玉音每月的營業額都在三百元以上。這是什麼問題？所以你們這一小幫子人，實際上長期以來黨內黨外，氣味相投，互相利用，互相勾結，抱成一團，左右了芙蓉鎮的政治經濟，實際上是一個小集團……」

講到這裡，李國香有意停了一停。

谷燕山額上汗珠如豆：「鎮上有什麼小集團！有什麼小集團！這是血口噴人，這是要致人於死地……」

「怎麼？害怕了！你們是一個社會存在。」李國香抬高了音調，變得聲色俱厲，「當然囉，只要你們一個一個認識得好，交代得清楚，也可以考慮不劃作小集團。冰凍三尺，非一日之寒啦。去年，鎮上就有革命群眾向縣公安局告了你們的狀……不做小集團處理，工作組可以盡力向縣委反映……但主要看你們這些人的態度老不老實。胡玉音就不老實，她畏罪潛逃了。可我們抓住了她丈夫黎桂桂問罪。……老谷，你不是鎮上有名的大好人、和事佬嗎，一鎮的人望哪，就帶個頭吧。還是敬酒好吃哪，把這麼多人牽扯了進去，身家性命，可不是好玩的……」

真是苦口婆心，仁至義盡。

「天呀！我以腦袋作保！鎮上沒有什麼小集團……」

谷燕山彷彿一下子老了十歲，渾身都叫冷汗浸透了。

七　年紀輕輕的寡婦

胡玉音在秀州一個遠房叔伯家裡住了兩個月，想躲過了風頭再回芙蓉鎮。「風頭子上避一避」，這原也是平頭百姓們對付某些災難經常採用的一種消極辦法。豈知「跑了和尚跑不了廟」，人世間的有些災難躲避得了嗎？何況，如今天下一統，五湖四海一個政策，不管千里萬里，天邊地角，一個電話或一封電報就可以把你押送回來。

兩個月來，胡玉音日思夜想著的是芙蓉鎮上的那座「廟」。她只收到過男人黎桂桂的一封信，信上講了些寬慰她的話，說眼下鎮上的運動轟轟烈烈，全大隊的五類分子都集中在鎮上訓話，遊行示威時把他們押在隊伍的前面。原來鎮上主事的頭頭都不見露面了，由工作組掌管一切。官僚地主出身的稅務所長被揪了出來批鬥。民兵還抄了好些戶人的家，他的殺豬刀也被收繳上去了。收上去也好，那是件凶器……聽講這次運動，還要重新劃分階級成分。信的末尾是叫她一定在外多住些日子，也千萬不要回信。

看看這個不中用的男人，自己家裡的事，除了那把殺豬屠刀，一句實在的話都沒有，一切都靠胡玉音自己來猜測。比方講鎮上的管事頭頭都不露面了，是不是指老谷主任、滿庚哥他們？抄了好些戶人的家……都是哪幾戶人家？是不是也抄了自己的新樓屋？要重新劃階級成分，會不會給自己劃個什麼成分？男人呀，男人，總是太粗心了，太粗心，連封信都寫不清。男人後來再沒有給她來信。桂桂是被抓起來了？胡玉音越想越猜，越心驚肉跳。她像一隻因屋裡來了客人而被關進籠子裡的母雞，預感到了有大禍臨頭。但這「大禍」將是什麼樣的，她沒有聽人講過，也沒有親眼見過。是不是和五類分子那些人渣、垃圾一樣，一身穿得邋裡邋遢，臉塊黑得像鬼，小學生一碰見他們就打石子、扔泥團，圩鎮上一有什麼運動、鬥爭，就先拿他們示眾，任憑革命群眾罵、啐、打……

天啊，假若「大禍」要使自己也淪落成這一流的人，那怎麼活得下去啊！不會的，不會的。自己又沒有做過壞事，講過反話，罵過幹部。自己倒是覺得老谷主任、滿庚哥他們是自己一屋人，父老兄弟。圩鎮上一個賣米豆腐的女人，能對新社會有什麼仇、記什麼恨呢，新社會對她胡玉音有哪樣不好！解放後沒有了強盜拐子，男人家也不賭錢打牌，宿娼討小，晚上睡得了落心覺，新社會才好哪。要不是新社會，像自己這樣一個人家，自己這麼一副長相，早就給拐騙到大口岸上哪座窯子裡去了哪！……不，不，五類分子才壞哪，他們是黑心黑肺黑骨頭，是些人渣、垃圾，自己怎麼也跟他們牽扯不到一起去。

這時，她寄居的秀州縣城，也在紛紛傳說，工作隊就要下來了，像搞土改那樣的運動就要鋪開了。的確已經有人來遠房叔伯家裡問過：「這位嫂子是哪裡人啦？家裡是什麼階級？住了多少日子啦？有沒有公社、大隊的證明？」她知趣、識相，她還要自愛自重，不能再死皮賴臉地在叔伯家裡挨日子，連累人。「躲脫不是禍，是禍躲不脫。」她決定違背男人的勸告，回到芙蓉鎮上去。也真是，原先怎麼就沒想到，越是這種時刻，越應該和男人在一起呀！就是頭頂上落刀子，也要和男人一起去挨刀子呀！就是進墳地，也要和男人共一個洞眼。玉音哪，玉音！你太壞了！整整兩個月，把男人丟在一邊不管，你太狠心了……趕快，趕快，趕快……

從大清早，走到天擦黑。一路上，她嘴裡都在叨念著「趕快趕快」，就像心裡有面小鼓在敲著節拍。她隨身只背了個工作幹部背的那種黃挎包，裡頭裝了幾件換洗衣服，一只手電筒。她在路上只打了兩次點心，一次吃的是蛋炒飯，一次吃的還是兩碗米豆腐。米豆腐的鹹水放得重了點，顏色太黃。還不如自己賣的米豆腐純白、嫩軟，油水作料也沒有自己給顧客配的齊全。圍著白圍裙的服務員就像在把吃食施捨給過路的人一樣……哼，哪個上自己的米豆腐攤子上去，不是有講有笑，親親熱熱的，吃罷喝足，放碗起身，也會喊一聲：「姐子，走了，下一圩會。」「好走，莫在路上耍野了，叫你堂客站在屋門口眼巴巴地望……」

天黑時分，胡玉音走到了芙蓉鎮鎮口。「哪個？」突然，從黑牆角裡闖出一個背槍的人問。這人胡玉音認得，是打米廠的小後生。原先胡玉音去米廠買碎米穀頭子，這後生崽總是一身白糠灰，沒完沒了地纏著她：「姐子，做個介紹吧，單身公的日子好難熬呀！」「做個哪樣的？」「就和姐子樣白淨好看、大眉大眼的。」「呸！壞東西，我給你做個瓜子臉，梅花腳②！」「我就喜歡姐子的水蛇腰，胸前鼓得高！」「滾開點！誰和你牛馬手腳……我要喊你們老谷主任了！」「姐子，你真狠心！」「滾滾滾，爺娘死早了，少了教頭的！」……對了，如今搞運動，大約鎮上的風頭子還沒有過去，所以晚上都站了哨。連這種流裡流氣的後生崽，都出息了，背上槍了。

「啊，是你呀，自己回來了？」打米廠的後生家也認出她來，但聲音又冷又硬，就像鞭子在夜空裡抽打了一聲那樣。接著，後生子沒再理會她，背著槍走到一邊去了。要在平常，早又說開了不三不四的話、牛馬畜生樣地動手動腳了呢。

她心裡不由地一緊：「自己回來了？」什麼話？難道自己不回來，就要派人去捉回來嗎？她幾乎是奔跑著走進青石板街的。街兩邊一家家鋪面的木板上，到處刷著、貼著一些大標語。寫的是些什麼，她看不大清楚。她在自己的老鋪子門口被青石階沿絆了一下，差點跌了一跤。門上還是掛著那把舊銅鎖，男人不在家。但銅鎖是熟悉的，還是爹媽開客棧時留下來的東西。她略微喘了一口氣。但隔壁的新樓屋呢？新樓屋門口怎麼貼滿了白紙條？還有兩條是交叉貼著的。這麼講來，這新樓屋不但被查抄過，還被封過門。天呀，這算哪樣回事呀？她慌裡慌張地從挎包裡摸出手電筒，照在紅漆大門上。大門上橫釘著一塊白底黑字木牌：「芙蓉鎮階級鬥爭現場展覽會」。怎麼？自己的新樓屋被公家徵用了，辦了展覽會？桂桂的信裡連一個字都沒有提……佳桂，桂桂！你這個不中用的男人，黑天黑地野到哪裡去了？你還有心事野，你女人回來了，你都不來接，而是門上四兩鐵。

但她馬上明白了過來，找桂桂不中用，這個死男人屁話都講句不出。當機立斷，她要先去找谷燕山主任。老谷是南下幹部，為人忠厚，秉事公正，又肯幫助人。在鎮上就只他是個老革命，威信高，講話作得了數……她覺得自己走在青石板街上，一點聲音都沒有，腳下輕飄飄，身子好像隨時要離開地面飛起來一樣。她走到鎮糧站大門口，大門已關，一扇小門還開著。那守門的老倌子見了她，竟後退了一步，就跟見了鬼一樣……這又是怎麼了？過去街上的人，特別是那些男人們，見了自己總是眼睃睃、笑瞇瞇的，恨不得把雙眼睛都貼到自己身上來……「伯伯，請問老谷主任在不在？」她不管守門老倌子把自己當鬼還是當人，反正要找的是老谷主任。「胡家女子，你還來找老谷？」老倌子回轉頭去看了看圍牆裡頭，又探出腦殼看了看街上，左近沒人，才壓低了沙啞的嗓門說：「你不要找老谷了，他被連累進大案子裡頭去了，你也有份。講是他盜賣了一萬斤國庫大米，發展資本主義……他早就白日黑夜地被人看守起來了，想尋短路都找不到一根褲帶繩……這個可憐人……」

胡玉音的心都抽緊了……啊啊，老谷，老谷都被人看守起來了……這是她怎麼也料想不到的。在她的心目中，在鎮上，老谷就代表新社會，代表政府，代表共產黨……可如今，他都被人看起來了。這個老好人還會做什麼壞事？這個天下就是他們這些人流血流汗打出來的，難道他還會反這個天下？

胡玉音退回到青石板街上。她抬眼看見了老谷住的那二層樓上盡西頭那間屋子，還亮著燈光。她眼睛一眨不眨地看著。老谷是坐在燈下寫檢討，還是在想法子如何騙過看守他的人，要尋自盡？不能，不能！老谷啊，你要想寬些，準定是有人搞錯了，搞反了。人家冤枉不了你，芙蓉鎮上的人都會為你給縣裡、省裡出保票，上名帖。你的為人，鎮上大人小孩哪個不清楚，你只做過好事，沒有做過壞事……有一刻，胡玉音都忘記了自己的恐怖、災禍，倒是在為老谷的遭遇憤憤不平。

啊啊……想起來了，三個多月前，工作組女組長李國香來她的新樓屋，坐在樓上那間擺滿了新木器的房子裡，給她算過一筆賬，講她兩年零九個月，賣米豆腐賺了六千多塊錢，也提到有人為她提供了一萬斤大米做原料……看看，老谷如今被看守，肯定就是因了這個……啊啊，一人犯法一人當，米豆腐是自己賣的，錢是自己賺的，怎麼要怪罪到老谷頭上？賣米豆腐的款子，還有一筆存放在滿庚哥的手裡呢。

去找滿庚哥。滿庚哥大約是個如今還在鎮上管事的人。滿庚哥早就認了自己做乾妹子。胡玉音還有靠山哪，在鎮上還找得著人哪。滿庚哥比自己的嫡親哥哥還親哪……胡玉音轉身就走，就走。她哪裡是在走，是在奔，在跑。她思緒有些混亂，卻又還有點清晰。她腳下輕飄飄的，走路沒有一點聲響，整個身子都像要離開地面飄飛起來一樣……啊啊，滿庚哥，滿庚哥，當初你娶不了我……你是黨裡的人，娶不了我這樣的女人……可你在芙蓉河邊的碼頭岩板上，抱過我，親過我。你抱得好緊呀，身上骨頭都痛。你起過誓，今生今世，你都要護著我，護著我……滿庚哥，滿庚哥，河邊的碼頭沒改地方，那塊青岩板也還在……你還會護著我，護著我……滿庚哥，滿庚哥，你要救救妹妹，救救我……

她不曉得怎樣過的渡，不曉得怎樣爬的坡……她敲響了黎滿庚支書家的門。這條門她進得少，但她熟悉、親切。有的地方只要去過一次，就總是記得，一生一世都會記得。

開門的是滿庚哥那又高又大的女人「五爪辣」。「五爪辣」見了她，嚇得倒退了一步，就像見了鬼一樣。過去鎮上的妹子、嫂子，碰到自己總要多看兩眼，有羨慕，有嫉妒。女人就是愛嫉妒、吃醋。可如今怎麼啦，怎麼鎮上的男人女人，老的少的，見了自己就和見了鬼、見了不吉利的東西一樣。

「滿庚哥在屋嗎？」胡玉音問。她不管滿庚的女人是一副什麼臉相，她要找的是那個曾經愛過她、對她起過誓的人。

「請你不要再來找他了！你差點害了他，他差點害了一屋人……一屋娘崽差點跟著他背黑鍋……如今上級送他到縣裡反省、學習去了，背著鋪蓋去的……告訴你了吧，你交把他的那一千五百塊錢贓款，被人揭發了，他上繳給縣裡工作組去了……」

「啊啊……男人，男人……我的天啊，男人，沒有良心的男人……」

就像一聲炸雷，把胡玉音的耳朵震聾了，腦殼震暈了。她身子在晃蕩著，她站不穩了。

「男人？你的男人賊大膽，放出口風要暗殺工作組女組長，如今到墳崗背去了！」說著，「五爪辣」像趕叫花子似的，空咚一聲關緊了大門。她家的大門好厚好重。

胡玉音就要倒下去了，倒下去了……不能倒下，要倒也不能倒在人家的大門口，真的像個下賤的叫花子那樣倒在人家的大門口……她沒有倒下去，居然沒有倒下去！她自己都有些吃驚，哪來的這股力氣……她腳下輕飄飄的，又走起來了，腳下沒有一點聲響，整個身子又像要飄飛起來一樣……

桂桂，你在哪裡？剛才「五爪辣」講你想暗殺工作組女組長，你不會，不會……你膽子那樣小，在路上碰到條鬆毛狗、彎角牛，你都會嚇得躲到一邊去的……不會，不會。桂桂，天底下，你是最後的一個親人了……可你不在鋪子裡等著我，而是在門上掛了把老銅鎖。你跑到墳崗背去做什麼？做什麼……傻子，自古以來，那是鎮上埋人的地方，大白天人都不敢去，你黑天黑地地跑去做什麼？你膽子又小，墳崗背那地方豈是隨便去得的！

她迷迷糊糊……但還是有一線閃電似的亮光射進她黑浪翻湧的腦子裡……啊啊，桂桂，好桂桂，難道、難道你……桂桂，桂桂，你不會的，不會的！你還沒有等著我回來見一面哪……

她大喊大叫了起來，在坑坑窪窪的泥路上跑，如飛地奔跑，居然也沒有跌倒……看看，真傻，還哭，還喊，還空著急呢，桂桂不是來了？來了，來了……是桂桂！桂桂啊，桂桂哥……

桂桂才二十二歲，胡玉音才滿十八歲。是鎮上一個老屠戶做的媒。桂桂頭次和自己見面，瘦高瘦長的，清清秀秀，臉塊紅得和猴子屁股一樣，恨不得躲到門背後去呢……爸媽說，這回好，小屠戶，殺生為業……開始時也是傻，總是在心裡拿他和滿庚哥去相比，而且總是桂桂比不贏。玉音一想就有氣，覺得心酸、委屈，就不理睬桂桂。見了面就低腦殼，噘嘴巴，心裡罵人家「不要臉」。可是桂桂是個實在人，不聲不氣，每天來鋪裡挑水啊，劈柴啊，掃地啊，上屋頂翻瓦檢漏啊，下芙蓉河去洗客棧裡的蚊帳、被子啊。每天都來做一陣，又快又好，做完就走。爸媽過意不去留他吃飯，他總是不肯，嘴巴都不肯打濕……便是鄰居們都講，老胡記客棧前世修得好啊，白白地撿了一個厚道的崽娃囉。又講玉音妹子有福分啊，招這麼個新郎公上門，只怕今後家務事都不消她沾手，比娘邊做女還貴氣喲……怪哩，玉音越不喜歡這個佳桂，爸媽和街坊們卻越誇他、疼他。他呢，也好像憋了一股子勁，要做出個樣子給玉音看似的。後來，這個勤快得一刻都閒不住手腳的人，就連玉音的衣服、鞋襪都偷偷地拿了去洗。你洗，你洗！勤快就洗一世，玉音反正裝作沒看見，不理你……

她和黎桂桂不戰不和，怕有整整半年那麼久。鬼打起，慢慢地，不知不覺，玉音覺得桂桂長相好看，人秀氣，性子平和，懂禮。看著順眼，順心了。日久見人心嘛。這一來，只要偶爾哪天桂桂沒到胡記客棧來，玉音就坐立不安，十次八次地要站到鋪子門口去打望……惹得爸媽好歡喜，街坊鄰居都擠眉擠眼地笑。笑什麼？在玉音心裡，桂桂已經把滿庚哥比下去了……而且滿庚哥已經成家了，討了個和他一樣武高武大、打得死老虎的悍婦。桂桂為什麼比他不贏？桂桂才是自己的，自己的老公，自己的男人……桂桂有哪樣不好？腳勤手快，文文靜靜，連哼都很少哼一聲。她和桂桂成親時多排場、多風光啊，縣裡歌舞團的一群天仙般的妹兒們都來唱戲，當伴娘，唱了整整一晚的《喜歌堂》。後來鎮上的一些上了歲數的姑嫂們都講，芙蓉鎮方圓百里，再大的財主家收親嫁女，都沒有像玉音和桂桂的親事辦得風光、排場……

風呼呼，草向兩邊分，樹朝兩邊倒，胡玉音在沒命地奔跑……

黎桂桂就在她身邊，陪伴著她，和她講著話……「桂桂，還記得嗎？成親的那晚上，歌舞團那些天仙般的人兒把我們兩個推進洞房裡，就都走了。我們兩個都累了。唱了一晚的歌，好累啊。你這個蠢子，還在臉紅，還在低著腦殼，連看都不敢看我一眼。你上床，連衣服都不敢脫。我好氣又好笑。你那樣怕醜，倒像個新娘子哩……你當我就不怕醜？你這個傻子卻像比我還怕醜。我忽然覺得，你不像我男人，倒像我弟弟。（唉，那時一提起『男人』兩個字就臉臊心跳。）我想，你這樣脾氣的人，今後大約不會罵我，不會凶我打我，會在我面前服服帖帖……一夜晚，我們都和衣睡著，誰都沒挨誰。想起來都好笑呢。第二天早晨，你天不亮就起去了，挑水，做飯，把吵鬧了一夜的堂屋、鋪門口打掃得連一片瓜子皮、花生殼都見不到。我都不曉得。我還在睡懶覺。桂桂啊，我還在做女呢，我還有點撒嬌呢。過去是在爺娘邊撒嬌，今後是在你身邊撒嬌呢……

「是的，桂桂，我就想在你身邊撒嬌呢……可是你這個傻子，當了新郎公，比我還怕醜哩。還記得嗎？成親的第二天的晚上，鎮上來了幻燈隊。那時我們鎮上還沒有電影，卻一個月要看次把幻燈，對不對？解放前我們鎮上只演過影子戲、花燈。我還記得，幻燈片放的是《小二黑結婚》。片子上那一對青年男女長得真好看。他們為了自由對象，晚上在樹林子裡會面，還被村公所的壞人捆起來送到區政府去呢。看著，看著，我的身子就緊緊挨著你。你看，那才叫封建呢，父母要包辦，媒婆要說親，村幹部隨便捆人。啊啊，還是我們生在新社會裡好，沒有封建，男的女的坐在一起，沒有人來捆。

那天場子上真黑，天上星子都沒有一顆。我記得你看著看著，就把手摟在我的腰上了。但你馬上又怕燙似地要縮回手去，可叫我把你捉住了，還輕輕拍了你一下。摟著就摟著，我是你的女人，你是我的男人，又不是哪裡來的野老公……你也就再沒有鬆開我……

「桂桂，桂桂！我們在一起，事事都合得來。因為你總是依著我，順著我，聽我的。你還講我是你的司令官、女皇上哩。你都打了些什麼蠢比方？看了幾齣老戲、新戲，就亂打比方。我也對你好，沒有使過性子。那些年，我們臉都沒有紅過……可是我們也有煩心事，成親六、七年了，還沒有生崽娃……桂桂！我們多麼想要一個崽娃啊！沒有崽娃，我們兩個再好再親，也總是心裡不滿足，不落實，覺得不長久啊。崽娃才是我們樹上結出的果子，身上掉下的肉啊。崽娃才能使我們永生永世在一起，不分離……為了這事，我常常背著你哭，你常常背著我唉聲嘆氣。彼此的心情，其實都曉得，卻又都裝作沒看見……也就是為了這事，我們後來才輕輕吵過幾句，可隔壁鄰居都沒有聽見。其實你也沒有怪我。是我自己怪自己……後來我都有點迷信了。我想，大約是我們兩個傻子廝親廝敬，相好得過了頭，把『子路』都好斷了……也該像別的人家那樣，吵吵架，罵一罵……唉唉，桂桂呀，桂桂！你怎麼不講話？你總是皺著副眉頭，有什麼不高興的？你是怪我不該賣米豆腐，不該起了那棟發災的新樓屋？為這事，我們爭了嘴，我還用筷子頭戳了你一下，因為你竟想賤價賣掉它……」

胡玉音在黑夜裡奔跑著。她神志狂亂，思緒迷離。世界是昏昏糊糊的，她也是昏昏糊糊的。她都記不起回來的路上她坐沒坐渡船，誰給她擺的渡。她跑啊，跑啊。她彷彿在追趕著前面的什麼人。前面的那個人跑得真快，黎桂桂跑得真快，她怎麼也追不到他的跟前去了。「桂桂！沒良心的，你等等我！等等我！」她大喊大叫了起來，「我還有話和你講，我的話還只講了一小半，頂頂要緊的事都還沒有和你打商量……」

她身後，彷彿有人在追趕她，腳步響咚咚的，不曉得是鬼，還是人。她顧不上回過頭去看，她追上自己的男人要緊。聽人講鬼走路是沒有腳步聲的，那就大約是人。他們還來追趕什麼？胡玉音什麼都沒有了，什麼都沒有了！只剩下四兩命。難道四兩命都不放過，還要拿去批，拿去鬥，拿去捆？我要和桂桂在一起，和桂桂在一起……你們就是捉到了我，捆住了我的手腳，我也會用牙齒咬斷麻索、棕繩……

她終於爬上了墳崗背。人家講這裡是一個鬼的世界，她一點都不怕。從古至今，鎮上的子孫們在這裡堆了上千座墳。好鬼，冤鬼，長壽的，短命的，惡的，善的，男的，女的，上天堂、下地獄的，都看中了這塊風水寶地，都在這裡找到了三尺黃土安息。

「桂桂！你在哪裡？你在哪——裡——？」

月黑風高，伸手不見五指。上千個土包包啊，分不清哪是舊墳，哪是新墳。

「桂——桂！你在哪裡？你答應我呀——，你的女人找你來了呀——！」

胡玉音悽楚地叫喊著，聲音拖得長長的，又尖又細。這聲音使世界上的一切呼叫都黯然失色，就像黑暗裡的綠色磷火，一閃一閃地在荒墳野地裡飄忽……胡玉音一腳高，一腳低，在墳地裡亂竄。她一路上都沒有跌倒過，在這裡卻是跌了一跤又一跤。跌得她都在墳坑裡爬不起來了。彷彿永生永世就要睡在這墳坑裡了……

「芙蓉姐子！你不要喊了，不要找了，桂桂兄弟他不會答應你了！」

不曉得過了多久，有人在墳坑裡拉起了她。

「你是哪個？你是哪個？」

「我是哪個？你……都聽不出來？」

「你是人還是鬼？」

「怎麼講呢？有時是鬼，有時是人！」

「你、你……」

「我是秦書田，秦癲子呀！」

「你這個五類分子！快滾開！莫挨我，快滾開！」

「我是為了你好，不懷半點歹意……芙蓉姐子，你千萬千萬，要想開些，要愛惜你自己，日子還長著呢……」

「我不要你跑到這地方來憐惜我……昏天黑地的，你是壞分子，右派……」

「姐子……黎桂桂被劃成了新富農，你就是……」

「你造謠！哪個是新富農？」

「我不哄你……」

「哈哈哈！我就是富農婆！賣米豆腐的富農婆！你這個壞人，你是想嚇我，嚇我？」

「不是嚇你，我講的是真話，鐵板上釘釘子，一點都不假。」

「不假？」

「烏龜不笑鱉，都在泥裡歇。都是一樣落難，一樣造孽。」

「天殺的……富農婆……姓秦的，都是你，都是你！我招親的那晚上，你和那一大班妖精來反封建，坐喜歌堂……敗了我的彩頭，喜歌堂，發災堂，害人堂……嗚嗚嗚，嗚嗚嗚，你何苦收集那些歌？何苦反封建？你害了自己一世還不夠，還害了桂桂，還害了我……」

蠟燭點火綠又青，燭火下面燭淚淋，
蠟燭滅時乾了淚，妹妹哭時啞了聲。

蠟燭點火綠又青，陪伴妹妹唱幾聲，
唱起苦情心打顫，眼裡插針淚水深……

秦癲子真是個癲子，竟坐在墳堆上唱起他當年改編的大毒草《女歌堂》裡的曲子來了。

註釋：

①屈起食指、中指敲人腦瓜。

②指狗。

第三章　街巷深處（一九六九年）

一　新風惡俗

「四清」運動結束後，芙蓉鎮從一個「資本主義的黑窩子」變成為一座「社會主義的戰鬥堡壘」。深刻的變化首先從窄窄的青石板街的「街容」上體現出來。街兩邊的鋪面原先是一色的發黑的木板，現在離地兩米以下，一律用石灰水刷成白色，加上朱紅邊框。每隔兩個鋪面就是一條仿宋體標語：「興無滅資」、「農業學大寨」、「保衛『四清』成果」、「革命加拚命，拚命幹革命」。街頭街尾則是幾個「萬歲」，遙相呼應。每家門口，都貼著同一種規格、同一號字體的對聯：「走大寨道路」，「舉大寨紅旗」。所以整條青石板街，成了白底紅字的標語街、對聯街，做到了家家戶戶整齊劃一。原先每逢天氣晴和，街鋪上空就互搭長竹竿，晾曬衣衫裙被，紅紅綠綠，紛紛揚揚如萬國旗，亦算本鎮一點風光，如今整肅街容，予以取締。逢年過節，或是上級領導來視察，兄弟社隊來取經，均由各家自備彩旗一面，斜插在各自臨街的閣樓上，無風時低垂，有風時飄揚，造成一種運動勝利、成果豐碩的氣氛。還有個規定，鎮上人家一律不得養狗、養貓、養雞、養兔、養蜂，叫做「五不養」，以保持街容整潔、安全，但每戶可以養三隻母雞。對於養這三隻母雞的用途則沒有明確規定，大約既可以當作「雞屁股銀行」換幾個鹽油錢，又好使上級幹部下鄉在鎮上人家吃派飯時有兩個荷包蛋。街上嚴禁設攤販賣，攤販改商從農，杜絕小本經營。

以上是街容的革命化。更深刻的是人和人的關係的政治化。鎮上制定了「治安保衛制度」，來客登記，外出請假，晚上基幹民兵查夜。並在街頭、街中、街尾三處，設有三個「檢舉揭發箱」，任何人都可以朝裡邊投入檢舉揭發材料，街坊鄰居互相揭發可以不署名，並保護揭發人。知情不報者，與壞人同罪。檢舉有功者，記入「居民檔案」，並給予一定的精神和物質獎勵。「檢舉揭發箱」由專人定期開鎖上鎖。確立了檢舉揭發制度後，效果是十分顯著的，每天天一落黑，家家鋪面都及早關上大門，上床睡覺，節省燈油，全鎮肅靜。就是大白天，街坊鄰居們也不再互相串門，免得禍從口出，被人檢舉，惹出是非倒楣。原先街坊們喜歡互贈吃食，講究人緣、人情，如今批判了資產階級人性論、人情味，只好互相豎起了覺悟的耳朵，睜大了雪亮的眼睛，警惕著左鄰右舍的風吹草動。原先是「我為人人，人人為我」。如今是「人人防我，我防人人」。

再者，如今鎮上階級陣線分明。經過無數次背靠背、面對面的大會、中會、小會和各種形式的政治排隊，大家都懂得了：雇農的地位優於貧農，貧農的地位優於下中農，下中農的地位優於中農，中農的地位優於富裕中農，依此類推，三等九級。街坊鄰居吵嘴，都要先估量一下對方的階級高下，自己的成分優劣。只有十多歲的娃娃們不知利害，不肯就範。但經過幾回鼻青額腫的教訓後，才不再做超越父母社會級別的輕舉妄為。小小年紀就曉得嘆氣：「唉，背霉！生在一個富裕中農家裡，一開口人家就講我爺老倌搞資本主義，想向地主富農看齊！」「你還不知足？你看看那些地富子女，從小就是狗崽子，縮得像烏龜腦殼！」「祖宗作惡，子孫報應，活該！」「唉，我爺老倌是個貧下中農就好了，這回參軍就準有我哥的份！」「你曉得？貧下中農裡頭也還有蠻多差別呢，政治歷史清不清白，社會關係摻沒摻雜，五服三代經不經得起查……」

至於「幹部歷史真相大白」，就更是興味無窮了。運動中工作組曾有個規定，就是每個幹部都要向黨組織和本單位革命群眾交心，「過社會主義關」。比方原來大家對鎮稅務所所長都比較尊敬，是位打過游擊的老同志。但他在交心時，講出了自己出身在官僚地主家庭，參加游擊隊前和家裡的一個使女通姦過，參加革命後再沒有犯過類似的錯誤……天啊，稅務所長原來是個這樣的壞傢伙，老實巴交的樣子，玩女人是個老裡手！下回他要催個什麼稅，老子先罵他個狗血噴頭！比如鎮供銷社主任就在訴苦大會上啼啼哭哭，自己雖然出身貧苦，祖祖輩輩做長工，當牛馬，但翻身忘本，解放初討了個資本家的小姐做老婆，沒保住窮苦人的本色，家庭和社會關係都複雜化，又已經矮子上樓梯樣的生了五個娃娃，想離婚都離不脫……啊呀，供銷社主任也不是個好東西，資本家的女婿，還管我們鎮上的商店哩！下回若還吵架，就指著鼻子罵他資本家的代理人、狗腿子！再比如鎮信用社會計，在一次交心會上講到自己雖然是個城市貧民出身，但解放前被抓過壯丁，當過三年偽兵。於是鎮上的人們就給他起了個野名：偽兵會計……如此等等。鎮上有人編了個歌謠唱：「幹部交心剝畫皮，沒有幾個好東西，活農民管死地主，活地主管我和你！」

芙蓉鎮的圩期也有變化，從五天圩改成了星期圩，逢禮拜天，便利本鎮及附近廠礦職工安排生活。至於這禮拜天是怎麼來的，合不合乎革命化的要求，因鎮上過去只信佛經而不知有《聖經》，因而無人深究。倒是有人認為，禮拜天全世界都通用，採用這一圩期，有利於今後世界大同。鎮上專門成立了一個圩場治安委員會，由「四清」入黨、並擔任了本鎮大隊黨支書的王秋赦兼主任。圩場治安委員會以賣米豆腐發家的新富農分子胡玉音為黑典型，進行宣傳教育，嚴密注視著資本主義的風吹草動。圩場治安委員會下擁有十位佩黃袖章的治安員，負責打擊投機倒把，查繳私人高價出售的農副產品、山貨水產，沒收國家規定不准上市的一、二、三類統購統銷物資。這一來，圩場治安委員會的辦公室裡，每一圩都要堆放著些查繳、沒收來的物品，如鮮菇、活魚、石蛙、獸肉之類。這類東西又不能上交國庫，去增加國民經濟總收入。開初時確也爛掉、臭掉一些，頗為浪費。後來漸漸地悟出了一個辦法：凡查繳、沒收上來的違禁物資，一律做劣質次品削價處理。這一來一舉三得：避免了浪費；圩場治安委員會有了一點經濟收入做活動經費；每位佩黃袖章的成員在一圩奔走爭吵之後，分點時鮮山貨、水產改善生活。

過去當鄉丁還有點草鞋錢呢。當然王秋赦主任也沒有忘記，每圩都從收繳上來的物資中送些到公社食堂去，給李國香書記改善生活。後來圩場管理委員會更名為「民兵小分隊」，威信就更加高，權力就更加大。資本主義的浮頭魚們，販賣山貨、水產的小生產者們，見了民兵小分隊就和老鼠見了貓一樣，恨不得化作土行孫鑽入地縫縫裡去躲過「對資產階級的全面專政」。但民兵小分隊的隊員們有時黃袖章並不佩在手臂上，而是裝在口袋裡搞微服私訪，一當拿著了贓物，才把黃袖章拿出來在你眼前一晃：哈哈，狐狸再狡猾逃不過獵人的眼睛，資本主義再隱蔽逃不出小分隊的手掌心！「違禁物品」被查繳、沒收後，物主一般不敢吭聲，一頑抗就扣人，打電話通知你所在的生產隊派民兵來接回……久而久之，有些覺悟不高、思想落後的山裡人，就背地裡喊出了一個外號：「公養土匪」，真是腦後長了反骨呢。

芙蓉鎮上還有一項小小的革命化措施值得一提，就是罰鐵帽右派秦書田和新富農寡婆胡玉音每天清早，在革命群眾起床之前，打掃一次青石板街。

然而歷史是嚴峻的。歷史並不是個任人打扮的小姑娘。當代的中國歷史常有神來之筆出奇制勝，有時甚至開點當代風雲人物的玩笑呢。

芙蓉鎮被列為全縣鄉鎮革命化的典型，李國香則成為「活學活用政治標兵」。不久，因革命需要年輕有為的女闖將，她被提拔擔任了縣委常委兼公社書記。為了鞏固「四清」成果，她大部分時間仍住在芙蓉鎮供銷社的高圍牆裡。

可是沒出半年，她在縣常委、公社書記的靠背椅上屁股還沒有坐熱，一場更為迅猛的大運動，洪水一般鋪天潑地而來。李國香驚惶不安了幾天，但立即就站到了這場新的大運動的前列，領導運動主動積極。首先在芙蓉鎮抓出了稅務所長等幾個「小鄧拓」，把「小鄧拓」和五類分子們串在一起，繞著全鎮大隊進行了好幾次「牛鬼蛇神大遊鬥」。但她還是沒有把本公社、本鎮運動的舵把穩，還是有人跳出來搗亂、造反，糊她的大字報。她查出了供銷社主任、信用社會計是「黑後台」，就又立即組織王秋赦這些革命幹部、群眾反擊了過去，抓出了好幾個「假左派，真右派」。你死我活、如火如荼的階級大搏鬥啊，誰稍事猶豫，誰心慈手軟，誰就活該被打翻在地，被踏上一萬隻腳。可是，在全國上上下下大串聯、煽風點火的紅衛兵小將，就像天兵天將似地突然出現在芙蓉鎮上。真是無法無天啊，仗著中央首長支持他們，踢開黨委鬧革命，把小小的芙蓉鎮也鬧了個天翻地覆。口號是「右派不臭，左派不香」。他們竟然對李國香進行了一次突擊搜查。不搜則已，一搜叫小將們傻了眼，紅了臉。沒有結過婚的女書記的床上竟有幾件男子漢用的不可言傳的東西。小將們接著怒氣填膺，把一雙破鞋掛在李國香頸脖上，遊街示眾！

那天隨同李國香一起掛了黑牌遊街的，有全鎮的黑五類。當鎮上的五類分子們發現李國香也加入了他們牛鬼蛇神的隊伍時，那一顆顆低垂著的花崗岩腦殼，那一雙雙盯著腳下青石板的賊溜溜的眼睛，鬼曉得是在想些什麼，呈現出一些什麼樣的表情。只有鐵帽右派秦書田回過頭來望了李國香一眼。四目相視，立即碰出了火星子來。秦書田射過來的目光裡含有嘲弄、譏諷的針刺；李國香回擊過去的目光是寒光閃閃的利劍。只有兩秒鐘，秦書田就把目光縮回去了，轉過身子繼續朝前走了。真正的階級敵人、右派分子退卻了，因為紅衛兵的銅頭牛皮帶已經呼嘯了過來。李國香好傷心啊，頸脖上除了黑牌子還吊了一雙破鞋……

「紅衛兵小將、戰友、同志！肯定是鬧誤會了。」她一次又一次地找紅衛兵們申辯、解釋，「我怎麼會和他們五類分子、牛鬼蛇神搞到一起？我從來就沒有當過右派。一九五七年，我在縣商業局搞專案抓右派。五九年，我參加縣委反右傾。六四、六五兩年，我是工作組組長，揪五類分子，抓新富農，鬥老右派……我從參加革命工作起，就是個左派，真正的左派！所以小將、戰友、同志們，你們抓我，肯定是鬧誤會了，是新左派抓了老左派……」

「哈哈！他媽的，破鞋！不要臉！你還有口講什麼左派？我們批鬥反革命修正主義分子，是新左派抓了你老左派？惡毒誣衊，瘋狂反撲！」

紅衛兵莽莽撞撞，頭腦膨脹，一口北方腔，用牛皮帶抽得李國香這個自封的「真正的左派」有口難言，一時無從申辯。

那是什麼樣的年月？一切真善美和假惡醜、是與非、紅與黑全都顛顛倒倒光怪陸離的年月，牛肝豬肺、狼心狗肚一鍋煎炒、蒸熬的年月。正義含垢忍辱、苟且偷生，派性應運而生、風火狂鬧。

這時芙蓉河上正在架設著一座石拱大橋，芙蓉鎮快要通汽車了。五類分子、牛鬼蛇神都被押到拱橋工地上去出義務工，抬片石，篩沙子。工地上供一頓中飯。李國香死也不肯和新富農婆胡玉音共一個鐵篩篩沙子，更不肯和老右派秦書田共一根扁擔抬片石。她寧可咬著牙齒搞單幹，背片石上腳手架。她時時刻刻注意著自己的身分，即便在壞人堆裡，黑鬼群中，自己也是個上等人。總有一天會澄清自己的政治分野、左右派別。

中飯按規定每人三兩，這是牛鬼蛇神的定量。太陽大，勞動強度大，汗水流得多，三兩米加一勺子辣椒茄子或是煮南瓜怎麼夠？下午幹活又不能偷懶，黑鬼們紛紛要求加飯。只有胡玉音歷來食量小，三兩米儘夠了。李國香則因過去很少參加體力勞動，如今是飯量跟著勞動量猛增，吃下三兩米還覺得肚子餓得慌。監督他們勞動的紅衛兵小將，想出了一個懲治這些社會渣滓的辦法：加飯是可以，但必須從食堂工棚門口到食堂窗口，大約十五米的距離，跳一段「黑鬼舞」，並把「黑鬼舞」的基本動作、姿態要領講解了一遍。

「秦書田！劃右派前你當過州立中學的音體教員，又做過歌舞團的編導。現在，由你來給你的同類們做一次示範。」

秦書田這鐵帽右派得到小將們的命令，立即站到了工棚門口。對於這一類的表演，他從來不遲疑，還顯出一種既叫人嬉笑又令人討厭的積極主動。他把「黑鬼舞」的基本動作、要領重新問了一遍，又在心裡默想了一回，便看也不看大家一眼，跳了起來。但見他：一手舉著飯缽，一手舉著筷子，雙手交叉來回晃動，張開雙膝半蹲下身子，兩腳一左一右地向前跳躍，嘴裡則合著手足動作的節拍，喊著：「牛鬼蛇神加缽飯，牛鬼蛇

神加缽飯，牛鬼蛇神加缽飯……」

這可把紅衛兵小將們樂壞了，拍著巴掌大聲叫好。圍觀的社員們也忍不住哈哈大笑。「秦癲子，再來一次！」「秦癲子，你每天跳三次，就算改造好了，給你摘帽！」

五類分子們卻叫秦癲子的「舞蹈」嚇傻了。有的臉色發青，像剛從墳地裡爬出來的；有的則低下頭轉過身子，生怕被小將們或是革命群眾點了名，像秦癲子那樣地去跳「黑鬼舞」。但誰都沒有張皇失措，更沒有哭。這些傢伙是茅坑裡的石頭，又硬又臭，早已經適應慣了各式各樣的侮辱了。他們哪裡還曉得人間尚有「羞恥」二字！

食堂大師傅沒有笑，而是看呆了。啊啊，「文化大革命」，有紅寶書、語錄歌、「老三篇」天天讀、破「四舊」、打菩薩、倒廟宇、抄家搜查，還有這種「黑鬼舞」……這就是新文化？這就是新思想，新風俗，新習慣？大師傅大約是心腸還沒有鐵硬，思想還沒有「非常無產階級化」，他在往秦書田的缽子裡頭扒飯時，雙手在發抖，眼裡有淚花。

這天，李國香的肚子實在太餓了。她等紅衛兵小將和革命群眾笑鬧的高潮過去後，就端了空飯缽徑直朝窗口走去。她就像要以此舉動來表示自己和真正的右派、黑五類們相區別似的。可是紅衛兵小將們偏偏不放過她，偏偏要把她歸入牛鬼蛇神的行列：

「站住！你哪裡去？」

「你這破鞋！向後——轉，目標門口，正步走！」

一個女紅衛兵手裡呼呼地揮轉著一根寬皮帶，在後邊逼住了她。她怕挨打，趕快退到了門邊，臉上擠出了幾絲絲笑容：「小將、戰友、同志！我、我飽了，不加飯了！」

「鬼跟你是『同志』，『戰友』！飽了？你飽了？你剛才為什麼那樣威風？你向誰示威？向誰挑戰？你以為你比旁的牛鬼蛇神高貴？現在，不管你加不加飯，我們都要勒令你，從這門口，向那窗口，學秦右派的樣，跳一段『黑鬼舞』給大家看看！」

「對！就要她這『戰友』跳！就要她這『戰友』跳！」

「你看她瓜子臉，水蛇腰，手長腳長，身段苗條，是個跳舞的料子！」

「她不跳就叫她爬，爬一段也可以！」

紅衛兵小將們叫鬧了起來。不知為什麼，這些外地來的小闖將，這些好玩惡作劇的「飛天蜈蚣」，特別看不起這個女人，也特別憎恨這個女人。

「小將、戰友、同志們，我實在不會跳，我從來沒有跳過舞……你們不要發火，不要用皮帶抽，我爬，我爬，爬到那窗口下……」

李國香含著辛酸的淚水，爬了下去，手腳並用，像一條狗。

連續地向左轉，事物走向了自己的反面。以整人為樂事者，後來自己也被整。佛家叫「因果報應」，「循環轉替」。

一九六八年底縣革命委員會成立時，李國香的政治派屬問題終於搞清楚了，恢復了她一貫就是革命左派的身分，被結合為縣革委常委、公社革委會主任。她原是不應當有什麼怨言、牢騷的。她自己不就在歷次政治運動的動員會上指出過：在運動初期，廣大群眾剛剛發動起來的時候，是難免有點過火行動的，問題在於如何控制、引導。不能去吹冷風，潑冷水。何況這是場「史無前例」的「無產階級文化大革命」，更是難免出現「左派打左派、好人打好人」之類的小小偏差呢。

二 「傳經佳話」

奇特的年代才有的奇特的事。但這些事的確在神州大地、天南海北發生過，而且是那樣的莊嚴、神聖、肅穆。新的時代裡降生的讀者們一定會覺得不可思議，視為異端邪說。然而這正是我們國家的一頁傷心史裡的支流末節。

芙蓉鎮大隊黨支部書記王秋赦參加地、縣農業參觀團，迢迢千里從北方取經回來，這在偏僻的五嶺山脈腹地裡真是算得一件石破天驚的大事。聽說參觀團從縣裡出發到地區所在地集中時，坐的是紮了紅綢、插了彩旗的專車，一路上都是鞭炮鑼鼓相送。從地區所在地的火車站出發時更是舉行了隆重的歡送儀式。來去都是坐的專列。什麼叫專車、專列？山鎮居民們沒有出過遠門，只好又去詢問鐵帽右派秦書田。鐵帽右派喝勞動人民血汗讀了那麼多書，見了那麼多世面，好像什麼都懂。他有責任、有義務回答大家的問題。他說，專車一般是指專供首長單獨乘坐的小臥車，也泛指重要會議包乘的大轎車。過去講看老爺看轎子，轎子有爵位品級，從龍鳳御駕到一品當朝，到七品縣官，都有講究。如今看首長看車子，也分三等九級。縣一級領導坐的是黃布篷篷的吉普車。

「聽聽這傢伙，茅坑裡的石頭又臭又硬！問他個事，他就以講授知識為名，總是不忘攻擊社會主義！」有人大聲斥責，及時指出。「不懂的，你們又愛問。我一講，又是誣衊加攻擊。唉唉，今後還是你們不懂的莫問，我懂的莫講，免得禍從口出……」秦書田苦著眉眼，做出一副可憐巴巴的相。「那專列呢？哪樣的車叫專列？」還是有人問。秦書田只好又回答，專列是火車，一列客車十一節車廂本來可以坐一千多旅客。為了保證像林副統帥這些偉人的行動方便和安全，這種編成專列的火車只坐首長和工作人員、醫務人員、警衛人員。可以在火車上辦公、開會、食宿。車站道口、交通樞紐、橋樑隧洞，都為它開綠燈。來往車輛都要讓路、迴避……後來把某些重要參觀團、會議代表包乘的列車，也稱為專列。所以這一回，本鎮大隊支書王秋赦去北方取農業真經，坐上了專車、專列，就不是一般的規格，享受到了省革委頭頭一級的待遇呢。

芙蓉鎮上的居民們還聽說，王秋赦支書在地區一下火車，就面對著前來歡迎參觀團取經歸來的革命群眾，面對著鼓樂鞭炮彩旗，手拿袖珍紅寶書，舉平頭頂不停地晃動著；他這動作，大家一看就曉得是從電影裡向副統帥學下來的。他嘴裡還琅琅有聲、合著節拍地喊著：「紅太陽，萬歲！紅太陽，萬歲！紅太陽，萬萬歲！……」據說縣革委派了專車到火車站去迎接。他坐上吉普車後，在一百多里的歸途中，嘴裡也一直呼喊著「萬歲，萬萬歲」。吉普車開進縣革委會，主任、副主任來接見，握手，他口裡輕輕呼喊的也是「萬歲，萬萬歲」。在縣革委吃過中飯，吉普車一直把他送到芙蓉鎮，口裡也沒離「萬歲，萬萬歲」。只是他的聲音已經沙啞了，傷了風。

冬天的日頭短。天黑時分，吊腳樓裡燈火通明。本鎮大隊的幹部、社員們，有來請安道乏的，有來彙報情況、請示工作的，也有純粹是來湊湊熱鬧、看個究竟的。人們走了一批又來一批。還有戶人家因女兒等著大隊推薦招工，把一大缸新烤的紅薯燒酒和幾樣下酒菜都貢獻了出來，擺在吊腳樓火塘邊上的八仙桌上，給王支書接風洗塵。王支書也興致極高，忘掉了旅途勞頓，凡本鎮幹部、貧下中農來看望他的，他一定讓陪他喝上一小杯紅薯酒。至於中農、富裕中農，他就只笑著點點頭，算打個招呼。於是，夠得上喝紅薯燒酒資格的人們，就紛紛舉起酒杯，借花獻佛，熱烈慶賀王支書北方取經勝利歸來：

「王支書！聽講你老人家坐了專車又坐專列，還吃了專灶，上下幾千里，來去一個月，只差沒坐飛機了！」

「是啊，是啊，這回只差沒有坐飛機。不過，聽講坐飛機不安全，怕三個輪子放不下。如今領導人都興坐專車、專列……」

「你老人家這回出遠門，見了大世面，取經得寶，可要給我們傳達傳達！」

「人家是農業的紅旗，全國都要學習，經驗一套又一套。我學習回來，當然要給大家傳經送寶，把我們芙蓉鎮也辦成一個典型！」

「一朝一法。從前唐僧騎匹白馬，到西天取經，只帶了孫悟空、豬悟能、沙悟淨三個徒弟，經了九九八十一難……如今我們王支書去北方取經，是機械化開路，而且成千上萬的人都去，五湖四海的人都去……」

「什麼?什麼?你老伯喝了紅薯燒酒講酒話,怎麼拿唐僧上西天取經來打比,那是封建迷信,我們這是農業革命!你這話要叫上級聽去了,嘿嘿……」

「王支書,天下那麼大,我們芙蓉鎮地方只怕算片小指甲……」

「天下大,我們芙蓉鎮也不小,而且很重要。這回全縣去取經的人裡,就只三個大隊一級的領導……」

對於這些熱情的問候、讚譽,王秋赦笑眯眯地品著紅薯酒,嚼著香噴噴的油炸花生米,沙啞著喉嚨一一予以回答。

「王支書,聽講從全國各地,每天都有上萬人到那地方去參觀學習?」這時,有個青皮後生插進來問。

「對啊,天南海北,雲南、新疆、西藏的少數民族,都去學習。學校、禮堂、招待所都住得滿滿登登的。光那招待所,就恐怕有我們芙蓉鎮青石板街這樣長。」王秋赦回答。

「那,他們還用不用化肥?」青皮後生又問。

「全國的典型,頭面紅旗,國家當然會保證供應。」王秋赦不曉得這青皮後生問話的用意,「話講回來,人家主要依靠自力更生……」

「我算了一下,每天一萬人參觀、取經、學習,就算每人只住一晚,每人屙一次屎、撒兩泡尿,一萬人每天要留下多少人糞尿?那大隊才八、九百畝土地,只怕肥過了頭,會清風倒伏,不結穀子只長苗,哪裡還要什麼化學肥料!」

青皮後生的話，引得吊腳樓裡的人都哈哈大笑。

王支書正要正顏厲色，把這出身雖好但思想不正的青皮後生狠狠教訓一頓，卻見大隊祕書黎滿庚進樓來了。依黎滿庚的錯誤，「四清」運動中工作組本要開除他的黨籍，後因他主動交出了替新富農婆胡玉音窩藏的一千五百元贓款，認錯、認罪態度較好，才受到了寬大處理，保留了黨籍，降為大隊祕書。

「黎祕書！怎麼這時刻才來？被你婆娘拖得脫不開身？你再不來，我就要打發人去請啦！」王秋赦滿面紅光，並不起身，拿腔拿調地說。他指了指旁邊的一張凳子，倒了一杯紅薯酒：「我到北方去了個把月，鎮裡沒有出過什麼事吧？」

黎滿庚如今成了王秋赦的下級。可他從前是十分看不起王秋赦這吊腳樓主的。所以這位置一上一下的變動，他總感到不舒服、不適應。但他又不能不當幹部。他已經不是十多年前的那個頭腦單純的復員軍人了，而是個有家有室的人。他向王支書簡單彙報了一下本鎮大隊近一月來的工作，比如各生產隊舉行「天天讀」的情況啦，有多少社員能背誦「老三篇」了啦，村頭路口，又刷寫下了多少條「最高指示」啦，畫下了多少幅光輝形象啦，等等。

「可是，我看鎮裡群眾的思想有些亂啊。」王秋赦嚴肅地看了黎滿庚一眼，「突出政治不夠！剛才就有人在這裡把我到北方取經，比作唐僧去西天取經，氣人不氣人？還有人講全國的農業紅旗不需要買化學肥料，每天一萬多人參觀學習，拉下的屎尿就會把包穀、麥子肥倒，好笑不好笑？這話雖然都是從貧下中農的嘴巴裡講出來的，但有沒有五類分子、階級敵人在背後煽陰風？這是階級鬥爭的新動向！我們不鬥階級敵人，階級敵人可在鬥我們。」

王秋赦講一句，黎滿庚點一下頭。陪坐在他們身邊的人則有的跟著點頭，有的則擠眉眨眼暗自發笑。

「支書老王，你這回取了什麼寶貴經驗回來？」黎滿庚畢竟聽不慣王秋赦的這本階級鬥爭歌訣，便岔開話題問。

「什麼經？豐富得很，夠我們這些人幾輩子受用。其中有一項，是大家從沒聽過、見過的！我要不是這回去開了眼界，硬是做夢都想不出呢！」王秋赦又呷了一口紅薯酒說。

「呵呵，王支書，快講把大家聽聽！」黎滿庚陪著端了端酒杯，嚼了兩粒花生米。

「叫『三忠於』、『四無限』，整整一套儀式！」說著，王秋赦站起身來，雙目炯炯，興致勃勃，右手從口袋裡拿出了一本紅寶書，緊貼著放到胸口上，彷彿立時進入到了一個神聖的境界，連他頭上都彷彿顯出了一圈聖靈的光環。「人家的經驗千條萬條，突出政治是第一條，一早一晚都要舉行儀式，叫做『早請示』、『晚彙報』。火車上、汽車站、機關、學校都在搞……」

王秋赦的話，立即把滿屋的人都吸引住了。這真是山裡人見所未見，聞所未聞。

「你這本真經，安排什麼時候給幹部群眾貫徹、傳達？」黎滿庚也興致頗高地問。

「革命不等人，傳達不過夜！我看這回也不搞『先黨內後黨外』、『先幹部後群眾』

那老一套了。」王秋赦沙著喉嚨，當機立斷地對黎滿庚佈置開了工作，「老黎，你去大隊部放廣播，立即在圩場坪裡開大會，社員群眾都要帶紅寶書，五類分子和他們的家屬不准參加！」

「你路上辛苦了，又剛喝了酒，是不是改天……」黎滿庚遲疑著沒有動身。

「黎祕書！政治大於一切，先於一切！傳達不過夜。通知每個人都帶紅寶書！」王秋赦眼睛直瞪著黎滿庚，威嚴地重複著自己的命令。

一個多鐘頭後，圩場坪古老的戲台上，懸掛著雪白通亮的煤氣燈。戲台下是一片黑壓壓的人頭，一片星星點點的火光。那是社員群眾在吸著菸斗、紙菸，或是「喇叭筒」。近些年來，山裡人也習慣了聞風而動，不分白日黑夜，召之即來，參加各種緊急、重要的群眾大會，舉行各種熱烈歡呼、衷心擁護某篇「兩報一刊」社論發表、某項「最新指示」下達的慶祝遊行……王秋赦支書在幾位大隊幹部的隨同下，登上戲台，在兩排長條凳上一一就座。這是大隊一級規格的主席台。黎滿庚祕書則站在煤氣燈下，一個一個生產隊地喊著隊長們的名字，清點參加大會的隊別人數。直到路途最遠的一個生產隊的人馬都進了場，黎祕書才宣佈大會開始，由地、縣農業參觀團成員、大隊黨支部王秋赦書記給貧下中農、革命群眾傳經授寶。

在一派熱烈的掌聲中，王秋赦氣度莊重地站到了台前，矜持地朝大家招了招手，點了點頭。直等巴掌聲停歇下來後，他才以沙啞的聲音，開口說話：

「貧下中農同志們，革命的同志們！聽了廣播通知，大家來開大會，你們都帶了紅寶書來沒有？」

出語不凡，台下立即響起了一片摸索口袋的窸窣聲。接著有很多人響亮地回答：「帶了！帶了！」「我們還是大語錄本！」「強烈要求大隊給每個社員發本袖珍本！」

「好！現在，帶了紅寶書的，都請舉起來！」王秋赦目光掃視著整個會場。社員們紛紛把紅寶書舉過了頭頂。「好！這就是紅海洋！今後，我們要養成習慣，無論出工收工，大會小會，紅寶書都要隨身帶！這叫做身不離紅寶書，心不離紅太陽！唱歌要唱語錄歌，讀書要讀紅寶書！」

王支書的幾句開場白，一下子使得整個會場鴉雀無聲，呈現出一種莊嚴肅穆的氣氛。

「這次，我光榮地參加了地、縣農業參觀團，到北方取經，上下幾千里，來回個多月。人家是全國的紅旗，農業的樣板。五湖四海、國內國外都去學習。人家的寶貴經驗一套又一套，千條又萬條。比方記政治工分，辦政治夜校。比方貧下中農管學校、管供銷、管衛生、管文化、管體育，取消自留地，取消集市貿易等等。千條萬條，突出政治第一條！階級鬥爭是根本，『老三篇』天天讀是關鍵，忠於領袖是標準。這些經驗裡頭，最最重要的一項，是六個字：『三忠於』，『四無限』。什麼叫做『三忠於』、『四無限』？我們芙蓉鎮是個大山裡的深溝溝，大家都沒有聽過，更沒有見過。我這回取了經回來，可以講給大家聽，做給大家看，大家都要學。學會了都要照著做，要搞『早請示』、『晚彙報』。」

社員們越聽越新鮮，也越聽越覺得神奇。王秋赦講到這裡，停了一停。他回過頭去看了一眼戲台的正牆上空無一物，便十分氣憤地責問黎滿庚：「怎麼搞的？台上為什麼不掛光輝形象？快去取一幅光輝形象來！小學校裡就有，越快越好！當祕書的人，這種大事都不預先準備好！」

黎滿庚曉得事關重大，立即縱身跳下戲台，奔往小學校去了。王秋赦則繼續沙啞著嗓音，詳詳細細地給大家講解著「三忠於」、「四無限」的內容，講解著「早請示」、「晚彙報」的儀式程序。不一會兒，黎滿庚就一頭汗、一身灰、氣喘吁吁地雙手舉著一幅光輝形象回來了。因為現場等著急用，又臨時找不到漿糊、圖釘，王秋赦就命黎滿庚雙手舉著光輝形象，規規矩矩、恭恭敬敬地在戲台中央站定。

「現在，請同志們都手捧紅寶書，面向紅太陽，統統站起來！」王秋赦大聲宣佈。整個會場的人立即依他所言，站了起來。

王秋赦接著做開了示範的姿態、動作，但見他立正站好，挺胸抬頭，雙目平視，看著遠方，左手下垂，右手則手臂半屈，握著紅寶書緊貼在胸口上，然後側身四十五度，斜對著光輝形象，嘴裡朗誦道：

「首先，敬祝我們最最敬愛的偉大領袖、偉大導師、偉大統帥、偉大舵手，我們心中最紅最紅的紅太陽，萬壽無疆！萬壽無疆！萬壽無疆！敬祝林副統帥身體健康！永遠健康！永遠健康！」

當王秋赦朗誦到「萬壽無疆、萬壽無疆」、「永遠健康、永遠健康」時，他手裡的紅寶書便舉平頭頂，打著節拍似地來回晃動，來回晃動。……王秋赦在向群眾傳授了這套崇拜儀式之後，真是豪情澎湃，激動萬分，喉嚨嘶啞，熱淚盈眶。他覺得自己無比高大，無比自豪，無比有力量。他就像個千年修煉、一朝得道的聖徒，沉湎在自己的無與倫比的幸福、喜悅裡。這時刻，你就是叫他過刀山，下火海，拋頭顱，灑熱血，他都會在所不辭……接著他還發表了熱情的講演，號召貧下中農、革命群眾、幹部立即行動起來，家家戶戶做忠字牌，設寶書台。每個生產隊都要搞「早請示」「晚彙報」，為把芙蓉鎮大隊辦成紅彤彤、亮堂堂的革命化大學校而努力……這回可是苦了黎滿庚，他舉著光輝形象，手痛了，腿痠了，可一動都不敢動：忠不忠，看行動。

芙蓉鎮大隊支書王秋赦從北方取回的這本真經，不幾天就由公社革籌小組彙報給了縣革籌領導小組。縣革籌負責人政治嗅覺十分靈敏，懂得這是「無產階級文化大革命」中湧現出來的最新事物，誰要置之不理誰該倒大楣、受大罪。於是立即由縣革籌做出決定，把王秋赦提拔為全縣活學活用標兵，首先請到縣革籌機關來講用、傳授「早請示」「晚彙報」儀式。接著又派出吉普專車一輛，配上三用機，到全縣各條戰線和各區、社去講用，去傳經授寶。王秋赦一躍而成為全縣婦孺皆知、有口皆碑的人物……但這時，他頭腦膨脹，忘乎所以，加上文化水平、政治閱歷有限，估錯了形勢，他竟在各地講用時，鸚鵡學舌地聲討走資派，連湯帶水地批判開了業已靠邊站了的原縣委書記楊民高和原公社書記李國香……這一著棋，在吊腳樓主後來的政治生涯中造成了惡果。此是後話。

寫到這裡，筆者要申明一句：中國大地上出現的這場現代迷信的洪水，是歷史的產物，幾千年封建愚昧的變態、變種。不能簡單地歸責於某一位革命領袖。不要超越特定的歷史環境去大興魏晉之風，高談闊論。需要的是深入細緻的、冷靜客觀的研究，找出病根，以圖根治。至於現代迷信的各種形式究竟始於何年何月，何州何府，倒不一定去做繁瑣考證。芙蓉鎮大隊吊腳樓主王秋赦表演出來的一鱗半爪，權且留作質疑。

三　醉眼看世情

「北方大兵」谷燕山，如今成了芙蓉鎮有名的「醉漢」。皆因那一年，為了查實他盜賣一萬斤國庫糧食的犯罪動機，也是為了證實他和新富農分子胡玉音是否長期私通鬼混，工作組經請示有關部門同意，在縣人民醫院對他進行了一次體格檢查。這無異於受了一次刑罰。多少年來，老谷渴想成家立室，品嘗天倫樂趣，都沒有付出這個代價。這回是身不由己，劫數難逃。在一間雪白的屋子裡，一間好像滿世界的陽光都聚集在一起的、亮得眼睛都睜不開的屋子裡，命令他赤身裸體，「暴露在光天化日之下」。由著一大群穿著白大褂、戴著大口罩的人們（後來他聽說還有衛校實習的男女學生），挨著個兒來低著頭看看，摸摸，捏捏，然後交換著眼色（各種各樣的眼色啊）……他就像一匹被閹掉了的公馬似地一動不動地躺在那裡，渾身起著雞皮疙瘩，冒著冷汗，打著冷顫。他像失去了知覺似地閉上眼睛，腦子裡是一片冷寂的空白……平津戰役時在天津附近，他被傅作義的部下射中了，大腿上流著血，棉褲都浸透了，他以為自己要死了，要與這行將勝利、解放的土地告別了，他腦殼裡也是一片冷寂的空白……和這次一樣。那一次他被戰友救活了，沒有死。在一個老大娘家養了四十幾天傷，就又重返了部隊。這一次當然也不會死……這次又是被誰的子彈射中的？誰的子彈？又是一個什麼樣的戰場？反修防修，滅資興無，黨不變修，國不變色，千百萬人頭不落地。所以人人都要過關，人人都要從靈魂到肉體，進行一次由上而下、由表及裡的檢查。這樣的戰場，比過去拿槍打敵人要深廣、複雜，也玄妙得多啦……不知過了多久，一個男護士朝他走來，叫他到外間去穿上衣服。門敞開著。他聽見那些白大褂們在做著科學結論：「此人已喪失男性功能」。有個稚嫩的聲音在輕聲問（大約是個奶氣未盡的衛校實習生）：「他是不是陰陽人？有時變成女的，有時變成男的？」白大褂們就像聽到了一句妙不可言的喜劇台詞似地哈哈大笑了起來。笑聲震得玻璃門窗都在沙沙作響。谷燕山真恨不得老天爺立即發生一次強級地震，把這些笑聲連同自己都一起毀滅。

工作組呈報縣委，鑒於谷燕山嚴重喪失階級立場，長期助長鄉鎮資本主義勢力，情節惡劣，影響極壞，建議開除他的黨籍、幹籍，清洗回老家勞動。但縣委的一些老同志念及他是個南下幹部，在這之前沒有犯過別的錯誤，這次雖然認錯態度不好，檢討不深刻，但還是要給出路，才決定給予黨內嚴重警告、降薪一級處分，以觀後效。

不久後，上級給芙蓉鎮糧站派來了一個新的「一把手」。谷燕山雖然未被宣佈免職，但實際上還是沒有「下樓」。好在他本來就在樓上住著，早習慣了，也沒有自殺。無官一身輕。第二年就來了雨急風狂、濁浪滔天的「文化大革命」。谷燕山百事不探，借酒澆愁，逍遙於運動之外。他經常喝得半醉半醒，給鎮上的小娃娃們講故事，也盡是些「酒話」。什麼青梅煮酒論英雄，關公杯酒斬華雄啦；花和尚醉打山門，拿吃剩的狗肉往小和尚嘴巴上塗啦；武松醉臥景陽崗，碰上了白額大蟲啦；吳用智取生辰綱是在酒裡放了蒙汗藥啦；宋江喝醉了酒在潯陽樓題反詩啦，等等。古代的英雄傳奇，大都離不開一個酒字，所以他講也講不完，娃娃們聽也聽不厭，也沒有揭發他「販賣封、資、修的黑貨」。

這年冬天，谷燕山聽說大隊祕書黎滿庚的女人「五爪辣」烤出了一罈子點得燃火的包穀燒酒，又養了一條十幾斤重的黑狗，就在一個大雪紛飛的晚上，來到黎滿庚家，一手交出六十塊錢，要買下這罈子酒和這條黑狗，當夜就在黎家來個開懷痛飲，盡醉方休。而且由他作東，請黎滿庚作陪。黎滿庚近些年來也是倒楣，在吊腳樓主王秋赦手下當一名祕書，跑腳辦事，聽話受氣。於是兩人立即動手，用一個舊麻袋把黑狗裝了，抬到芙蓉河邊的淺水灘裡，按入水中，將黑狗活活淹死。然後提回屋來，將生石灰撒在黑狗身上揉搓退毛，不一會兒，黑狗就變成一條白白胖胖的肉狗了。立即架鍋生火，把狗肉剁成三指大一塊，先用茶油煎炒，再配上五香八角燉爛……

雪天打狗，歷來為五嶺山區人家一件美事，大人小孩無不雀躍鼓舞。正好這晚上黎滿庚女人「五爪辣」又帶著四個妹兒回娘家去了，任憑兩條漢子胡喝一氣，無人勸阻。谷燕山和黎滿庚面對面地緊吃慢喝，來了豪興。一個說，大兵哥，今晚上一定把你老酒桶灌醉；一個說，小老表，今晚上非敲爛你的酒罈子不可。開始他們用酒碗，嫌不過癮，就換茶杯，又不過癮，乾脆換成飯碗。

「乾！娘的乾！老子這大半輩子還從來沒有真醉過。自己也不曉得自己的酒量究竟有多大！」老谷舉著酒碗，和黎滿庚碰了碰碗，就一仰脖子咕嘟咕嘟喝乾了底。

「喝起，對，喝起！我黎滿庚這十多年，一步棋走錯，就步步走錯……都是為了一個女人，最毒婦人心……喝起！這罈子燒酒算老子請客！」黎滿庚喝乾了酒，把空碗重重地朝桌上一蹾。

「女人？女人也分幾姓幾等。應該講，天底下最心好的是女人，最歹毒的也是女人……你不要狗腿三斤，牛腿三斤，雞把子也是三斤！來，篩酒，篩酒！」谷燕山把空碗伸了過去。

其時，兩人都還只半醉半醒。黎滿庚覺得自己差點就亂說三千了，連忙收了口。谷燕山則望著他，心裡暗自好笑，這小子空口講大話，搞浮誇。他明明已經收過了六十塊錢，卻誇口「這罈子燒酒算老子請客」！龜兒子，如今是谷大爺請你的客，谷大爺才是你老子！

他們一人一碗，相勸相敬，又互不相讓地喝了下去。漸漸地，兩人都覺得身子輕飄了起來，卻又渾身都是力氣，興致極高，信心極大，彷彿整個世界都被他們踩到了腳下，被他們占有了似的。他們開始舉起筷子，夾起肥狗肉朝對方的嘴巴裡塞：

「老谷！我的大兵哥，這一塊，你他媽的就是人肉，都、都要給我他媽的吃、吃下去！」

「滿庚！我的小老表！如今有的人，心腸比鐵硬，手腳比老虎爪子還狠！他們是吃得下人肉啊！……可、可是上級，上級就看得起這號人，器重這號人……人無良心，卵無骨頭……這就叫革命？叫鬥爭？」

「革命革命，六親不認！鬥爭鬥爭，橫下一條心……」

「哈哈哈，妙妙妙！乾杯，乾杯！」

兩人越喝越對路，越喝越來勁。

「滿庚！你講講，李國香那婆娘，算不算個好貨？一個飲食店小經理，搖身一變，變成了工作組長，把我們一個好端端的芙蓉鎮，搞得貓彈狗跳，人畜不寧！又搖、搖身一變，當上了縣常委、公社書記……真不懂她身上的哪塊肉，那樣子吃香……搭幫紅衛兵無法無天，在她頸脖上掛了破鞋，遊街示眾……」

谷燕山酒力攻心，怒氣沖天，站起身子晃了幾晃，一邊叫罵，一邊拳頭重重地擂著桌子。桌子上的杯盤碗筷都震得跳起碎步舞來。

黎滿庚把嘴裡的狗骨頭呸的一聲朝地下一吐，哈哈哈大笑起來：

「那女人……不會跳『黑鬼舞』，卻會學狗爬……哈哈哈，她樣子倒不難看，就是手頭辣，想得到，講得出，也做得出……當初，我當區政府的民政幹事，他舅佬當區委書記硬要保媒，要把這騷貨做把我……我那時真傻……要不，她今、今天，不就、不就困在我底下！我今、今天，最低限度也混、混到個公社一級……」

「你、你堂堂一個漢子不要洩氣，騷娘們爬到男人頭上拉屎撒尿，歷朝歷代都不多，你們大隊秦癲子就和我講、講過，漢朝有個呂雉，唐朝有個武則天，清朝有個西太后……老弟，講、講句真心話，秦癲子這右派分子，不像別的五類分子那樣可厭、可惡……」

「老谷，你一個老革命，南下幹部，還和我講這號話？你大兵哥真是大會小會，左批右批，都沒有怕過場合……為了秦癲子，我可沒少檢討啊！悔過書，指頭大一個的字，寫了一回又一回，不深刻。工作組就差點沒喊我跪瓦碴、磚頭……我他媽的今後管他媽的，也只好心狠點，手辣點，管他媽的五類分子變豬變狗，是死是活……要緊的是我自己，我的『五爪辣』、女娃們不要死，要活……」

「滿庚，人還是要講點良心。芙蓉鎮上，如、如今只有一個年輕寡婆最造孽，你都會看不出來麼？你的眼睛都叫你『五爪辣』的褲襠，給兜起來了麼？」

酒醉心清。酒醉心迷。谷燕山眼睛紅紅的，不知是叫包穀燒酒灌的，還是叫淚水辣的。

聽老谷提到胡玉音，黎滿庚眼睛發呆，表情冷漠，好一會兒沒有吭聲……「乾妹子！不不，如今她是富農婆，我早和她劃清了界線……苦命的女人……我傻！我好傻！哈哈哈……」黎滿庚忽然大笑了起來，笑了幾聲，忽又雙手巴掌把臉孔一抹，臉上的笑容就抹掉了，變成了一副呆傻、麻木的表情。「我傻，我傻……那時我年輕，太年輕，把世上的事情看得過於認真……沒有和她成親，黨裡頭不准，其實……只要……」

「其實什麼？你講話口裡不要含根狗骨頭！」谷燕山睜圓眼睛盯著他，有點咄咄逼人。

「其實，其實，我和你大兵哥講句真心話，我一想起她，心裡就疼……」

「你還心疼她？我看你老弟也是昧了天良，落井下石……你、你為了保自己過關，心也夠狠、手也夠辣的啦！人家把你當作親兄弟，一千五百塊錢交你保管，你卻上繳工作組，成了她轉移投機倒把的贓款，窩藏資本主義的罪證……兄妹好比同林鳥，大難來時各自飛！」

「老谷！老谷！我求求你……你住口！」黎滿庚忽然捶著胸口，眼淚雙流，哭了起來，「你老哥的話，句句像刀子……我也是沒辦法，沒有辦法哇！在敵人面前，我姓黎的可以咬著牙齒，不怕死，不背叛……可是在黨組織面前，在縣委工作組面前，你叫我怎麼辦？怎麼辦？我怕被開除黨籍呀！媽呀，我要跟著黨，做黨員……」

「哈哈哈！黎滿庚！我今天晚上，花六十塊錢，買了這罈酒、這條狗，還有就是你的這句話！」谷燕山聽前任大隊支書越哭越傷心，反倒樂了，笑了，大喊大叫：「看來，你的心還沒有全黑、全硬！芙蓉鎮上的人，也不是個個都心腸鐵硬！」

「……你老哥還是原先的那個『北方大兵』，一鎮的人望，生了個蠻橫相，有一顆菩薩心……」

「你老弟總算還通人性！哈哈哈，還通人性……」

兩人哭的哭，笑的笑，一直胡鬧到五更雞叫。

他們都同時拿碗到罈子裡去舀酒時，酒罈子已經乾了底。兩人酒碗一丟，這才東倒西歪地齊聲哈哈大笑了起來：

「你他媽的酒罈子我留把明天再來打！」

「你他媽的醉得和關公爺一樣了！帶上這腿生狗肉，明天晚上到你樓上再喝！」

「滿庚！生狗肉留著，留著……我、我還要趕回鎮上去，趕回糧站樓上去。我還沒有『下樓』……老子就在樓上住著，管它『下樓』不『下樓』！」

雪，落著，靜靜地落著。彷彿大地太污濁不堪了，腌臢垃圾四處都堆著撒著，大雪才趕來把這一切都遮上、蓋上，藏污納垢……一道昏黃的電筒光，照著一行歪歪斜斜的腳印，朝青石板街走去。好在公路大橋已通，五更天氣不消喊人擺渡。

谷燕山回到鎮上，叫老北風一吹，酒力朝頭上湧。他已經醉得暈天倒地了。他站在街心，忽然叫罵開來：

「你聽著！婊子養的！潑婦！騷貨！你、你把鎮子搞成什麼樣子了，搞成什麼樣子了？街上連雞、鴨、狗都不見了！大人、娃兒都啞了口，不敢吱聲了！婊子養的！潑婦！騷貨！你有膽子就和老子站到街上來，老子和你拚了！……」

青石板街兩邊的居民們都被他鬧醒了，都曉得「北方大兵」在罵哪個。天寒地凍的，沒有人起來觀看，也沒有人起來勸阻。只有鎮供銷社的職工、家屬感到遺憾，李國香回縣革委開會去了，不曾聽得這一頓好罵。

在這個風雪交加的黎明，谷燕山竟不能自制，時而在街頭，時而在街尾，時而回到街心，叫罵不已。後來，他大約是罵疲了，爛醉如泥地倒在供銷社門口的街沿上。他在雪地裡嘔了一地的狗肉和酒。不知從哪裡跑來兩條狗，在他身邊的雪地裡舔吃著他嘔吐出來的食物，呱嗟，呱嗟，呱嗟……他打著鼾，在睡夢裡晃著手：

「……王支書，李主任，不要吵！呱嗟，呱嗟，你們只顧自己吃，自己喝，老、老子可是醉了，要睡了……呱嗟，呱嗟，你們只管自己吃，自己喝……」

谷燕山沒有凍死，甚至奇蹟似地也沒有凍病。天還沒有大亮，青石板街兩邊的鋪門還沒有打開，他就被人送回糧站樓上的宿舍裡去了。誰送的？不曉得。

四　鳳和雞

王秋赦在全縣各地巡迴講用，傳授「早請示」、「晚彙報」的款式程序，大受歡迎。所到之處，無不是鞭炮鑼鼓接送。精神變物質，物質變精神，日日都有酒宴，他生平沒有見過如此眾多的雞鴨魚肉。油光水滑，食精膩肥，他算真正品嘗到了活學活用、活雞活魚的甜頭。俗話講，「雞吃叫，魚吃跳」呢。傳經授寶時，他也緊跟大批判運動，聲討、控訴全縣最大的當權派楊民高及其本公社書記李國香的反革命修正主義罪行。當時李國香正在「靠邊站」，接受革命群眾的教育、批判。吊腳樓主的翻臉不認人，使女書記恨得直咬牙巴骨，恨自己瞎了眼，懵了心，栽培了一個壞坯。「活該！搬起石頭砸自己的腳！」李國香自怨自艾，「是你把他當根子，介紹他入黨，提拔他當大隊支書，還打算進一步把他培養成國家幹部，甚至對這個比自己年紀大不了幾歲的單身男人，有過親密的意念……可是，一番苦心餵了狗！他不獨忘恩負義，還恩將仇報，過河拆橋，乘人之危到處去控訴舅舅和自己……王秋赦，真是一條蛇，一條剛要進洞的秋蛇……」

當時，在一些靠邊站、受審查的幹部們中間，流傳著這樣一支歌謠：「背時的鳳凰走運的雞，鳳凰脫毛不如雞。有朝一日毛復起，鳳還是鳳來雞還是雞。」這支歌謠，李國香經常念在口頭，默在心頭，給了她信念和勇氣。大約只過了不到一年，李國香果然就應驗了這首歌謠。縣革委會成立時，楊民高被結合為縣革委第一副主任，她則當上了女常委，並仍兼任公社革委主任。鳳凰身上的美麗羽毛又豐滿了，恢復了山中百鳥之王的身分。

王秋赦呢，對不起，腳桿上的泥巴還沒有洗乾淨，沒有能升格成為吃國家糧、拿國家錢、坐國家車子的專職講用人員。跑紅了一兩年，一花引來百花香，全縣社社隊隊、角角落落都普及了「早請示」、「晚彙報」的「三忠於」活動，而且湧現了一批新的活學活用標兵，人家念誦「誓詞」時普通話不雜本地腔，揮動紅寶書的姿態比他優美，還會做語錄操，跳忠字舞。相比之下，他這在全縣最早傳授崇拜儀式的標兵，就自慚形穢，完成了歷史使命。因而在一般革命群眾、幹部眼裡，他也不似先時那樣稀有、寶貴了。不久，上級號召「三結合」領導班子裡的群眾代表要實行「三不脫離」，回原單位抓革命、促生產。他也就回到了芙蓉鎮，擔任本鎮大隊革委主任一職。這一來他就又成了李國香同志的下級。鳳還是鳳來雞還是雞。

人是怕吃後悔藥的。這是生活的苦果。一年前李國香曾經為栽培了吊腳樓主而悔恨，一年後吊腳樓主因在一些公開場合揭批過李國香而痛悔。這都怨得了誰啊，大運動風風雨雨，反反覆覆，使得臣民百姓緊跟形勢翻政治燒餅……有時王秋赦真恨不得要咬掉自己的舌頭！多少次自己掌自己的嘴：「蠢東西！混蛋！小人得志！狗肉上不得大台盤！是誰把你當根子，是誰把你送進了黨，是誰放你到北方去取經參觀？人家養條狗還會搖尾巴，你卻咬主人，咬恩人……」王秋赦苦思苦想，漸漸地明白了過來，今後若想在政治上進步，生活上提高，還是要接近李國香，依靠楊民高。就像是寶塔，一級壓一級，一級管一級。他不是木腦殼，雖是吃後悔藥可悲，但總比那些花崗岩腦殼至死不悔改的好得多。

且說李國香主任在芙蓉鎮供銷社門市部樓上，有一個安靜的住處。一進兩間，外間辦公、會客，一張辦公桌，一張籐靠椅，幾張骨排凳。牆上掛著領袖像，貼著紅底金字語錄，「老三篇」全文。還有寶書櫃，忠字台，一架電話機。整個房間以紅色為主，顯示出主人的身分和氣度。至於裡間臥室，不便描述。我們不是天真好奇的紅衛兵，連一個三十幾歲單身女人的隱私也去搜查，於心何忍。這房間一到下午六點後，樓下的門市部一關門，供銷社職工回了後院家屬宿舍，就僻靜得鬼都打死人。

王秋赦開始一次又一次地到這「主任住所」來彙報、請示工作，而且總要先在門口停一下，抹抹頭髮，清清喉嗓，戰戰兢兢。李國香卻一直不願私下接待他，所以他一直沒有能進得門。他也沒有氣餒，相信只要自己心誠，總有一天會感動女主任。是座碉堡也會攻破麼。

「李主任，李書記……」這天，他又輕輕敲了敲門板。「誰呀？」李國香不知在裡頭和誰笑嘻嘻的。「我、我……王秋赦……」他喉嚨有些發乾，聲音有些打結。「什麼事呀？」李國香和悅的聲音一下子就變得又冷又硬。「我有點子事……」「有事以後再講。我這裡正研究材料，不得空！」

王秋赦霉氣地回到吊腳樓，真是茶飯無心。好在他大小仍是個大隊的「一把手」，來找他請示彙報工作的隊幹部，來向他反映各種情況的社員，還是一天到晚都有；上傳下達的「最新指示」、「重要文件」也多，所以他的日子頗不寂寞。過了幾天的一個下午，他著意地修整打扮一番，他先去鎮理髮店理了髮，刮了鬍子修了面。在白襯衣外頭罩了件「滌卡」，褲子也是剛洗過頭水的，鞋子則是那雙四季不換的工農牌豬皮鞋。一直挨到鎮上人家都吃晚飯了，窗口上閃出了燈光，他才朝供銷社樓上走去。這回他下了決心，不跟李主任碰上頭，把當講的話都講講，他就不回吊腳樓了。

鬼曉得為什麼，當他從供銷社高圍牆的側門進去時，心口怦怦跳，就像要做什麼見不得人的事情似的，躡手躡腳。幸好，他沒有碰上任何人。他在「主任住所」門口站了站，才抬手敲了敲門：

「李主任，李書記……」

「誰呀？請進來！」屋裡的聲音十分和悅。

王秋赦推門進屋。李國香正坐在圓桌旁享用著一隻清燉雞。

「你？什麼事？你最近來過好幾次吧，是不是？有話就講吧。今下午客人多，像從旱災區來的，把三壺開水都喝乾了。」

李國香只看了他一眼，就又把注意力集中到清燉雞上去了。可是這一眼，給王秋赦的印象很深，覺得女主任是居高臨下望了望他，眼神裡充滿了冷笑、譏諷，而又不失她作為一位領導者對待下級那種滿不在乎的落落氣度。

「李主任，我、我想向領導上做個思想彙報，檢討……」關鍵時刻，王秋赦的舌頭有點不爭氣，打結巴。

「思想彙報？檢討？你一個全縣有名的標兵，到處講用，表現很好嘛！」李國香略顯驚訝地又看了王秋赦一眼，積怨立即像一股胡辣水襲上了心頭，忍不住挖苦說，「王支書，你也不要太客氣，太抬舉我了。俗話講，強龍鬥不過地頭蛇。只怕我這當公社幹部的，想巴結你們還巴結不上哪！我頭上這頂小小的烏紗帽，還拿在你這些人手裡，隨時喊摘就摘哪！」

「李主任，李書記……你就是不笑我，罵我，我都沒臉見人……特別是沒臉來見你……我是個混蛋，得意了幾天，就忘記了恩人……」王秋赦的腦殼垂下來，像一穗熟透了的穀子。他自己躬著身子找了張骨排凳坐下，雙膝併攏，雙手放在膝蓋上，坐得規規正正。

「那你怎麼還來見我？這樣不自愛、自重？」李國香這時彷彿產生了一點好奇心，邊斜著臉子咬雞腿，邊饒有興味地問。作為領導人，她習慣於人家在她面前低三下四。

「我、我……文化低，水平淺，看不清大好形勢……只曉得跟著喊口號，是隻醜八哥，學舌都學不像……」王秋赦不知深淺地試試探探，留神觀看著女主任臉上的表情。

「你有話就講吧。我一貫主張言者無罪，半吞半吐倒楣。」李國香又看了他一眼。女主任忽然發覺王秋赦今晚上的長相、衣著都頗不刺目，不那麼叫人討嫌。

「我向你當主任的認罪，我是個壞坯！忘恩負義的壞坯！我對不起你主任，對不起縣裡楊書記……是你和楊書記拉扯著我，才入黨，當支書，像個人……可我，可我，也跟人學舌，在講用會上牙黃口臭批過楊書記和你，我是跟形勢……如今我天天都吃後悔藥……我真恨不得自己捆了自己，來聽憑你領導處置……」王秋赦就像一眼缺了口子的池塘，清水濁水嘩嘩流。提起舊事，辛酸的熱淚撲撲掉，落在樓板上滴答響。「……我虧了你主任的苦心栽培……我對不起上級。我這一跤子跌得太重……我如今只想著向你和楊書記悔過，請罪……我真該在你面前掌自己一千回嘴……」

李國香聽著聽著，先是蹙了一會兒眉頭，接著悶下臉來。王秋赦的哭泣痛悔，彷彿觸動了她心靈深處的某根孤獨、寂寞的神經，喚醒了幾絲絲溫熱的柔情……她的臉色有些沮喪，用帕子抹了抹雙手上的油膩，身子跌坐在籐圍椅裡，一副軟塌無力的樣子。她神思有些恍惚……但只恍惚了幾秒鐘，就又坐直了身子，揚了揚眉頭，仍以冷漠、鄙夷的目光盯住了王秋赦：

「都過去了！過去就過去了。是你記性好，有些什麼事，我都記不得了……我才不在乎呢。人家罵幾聲，批幾句，對我是教育、幫助。你倒是這麼一提再提，又是認錯啦，又是檢討啦，我可沒要你這樣做……你吃不吃什麼後悔藥，我也不感興趣……」

「李主任，我是誠心誠意的……我曉得，你最是心軟，肯饒人……」王秋赦留神到女主任仍然打著官腔，拒他於千里之外，心裡撲通撲通，捏了兩手冷汗，感到一種痛苦的失望。但他不能到此為止，知難而退。一定要講出點有吸引力的東西來，使女主任意識到自己也還有點使用的價值……這時刻他倒是頭腦十分冷靜。他想起前些時聽人講過，大隊祕書黎滿庚和「四清」下台幹部谷燕山深更半夜打狗肉平伙，兩人喝得爛醉，講了不少反動話，「北方大兵」還在雪地裡罵了大街……對了，就先呈上這個「情況」。反正這年月，你不告人家，人家還告你呢。

「李主任，我想趁便向你反映點本鎮的新動向……」

「新動向？什麼新動向？」

果然，李國香一聽，就側過身子轉過臉，眼睛都閃閃發亮。

「秦書田這些五類分子，最近大不老實啊。」話宜曲不宜直，王秋赦有意繞了個彎子彙報說，「大隊勒令他們每天早請罪，晚悔過，他們竟比貧下中農還到得遲！如今全大隊百分之八十的人都參加做忠字操、跳忠字舞了。就是一些老倌子、老太婆頑固，不肯做操、跳舞。他們寧肯對著光輝形象打拱作揖……」

「你不要東拉西扯。五類分子是些死老虎、死蛇。問題在一些活老虎、活蛇。」李國香瞇縫起眼睛，凝視著王秋赦。這冰冷的目光使得王秋赦心裡打著哆嗦，直發冷。李國香忽然來了興趣，決定放出一點誘餌，逗引一下這條「秋蛇」：「作為一個革命幹部，眼睛不能光盯著定了性、戴了帽的，更重要的是要盯住那些沒有定性、戴帽，混在群眾裡頭的……鎮上原先的幾個人物，谷燕山他們都有些什麼新活動，嗯？」

王秋赦不由地心裡一緊，要是女主任已經掌握了谷燕山、黎滿庚打狗肉平伙的材料，自己再彙報，豈不是一個屁錢都不值？他咬了咬牙，還是硬著頭皮把自己了解的「北方大兵」和前任支書那晚上的有關言論，添油加醋地披露了出來。還提出黎滿庚繼續擔任大隊祕書不合適。

「王支書！你和我坐到這圓桌邊上來，陪我也喝杯酒！」出乎王秋赦的意外，李國香對他呈告的情報大感興趣，立時就對他客氣了許多，並轉身從櫃子裡拿出一瓶酒，兩只玻璃杯，一碟油炸花生米。「莫以為只你們男人才有海量，來來，我們比一比，看看誰的臉塊先變色！」

對於這個「突變」，王秋赦真有點眼花繚亂，受寵若驚。他立即從李國香手裡接過了酒瓶，嗶啵嗶啵地篩滿兩只玻璃杯，才側著身子在圓桌邊坐下，恭敬地、眼睛一眨不眨地看著女主任。

「來！我們乾了這一杯！」李國香十分懂行地把杯子端得高過眉頭，從杯底看了王秋赦一眼。吊腳樓主也舉起杯，從杯底回了女主任一眼。接著兩只玻璃杯一碰，各自痛快地乾了。

「給你這隻雞腿。你牙齒好，把它咬乾淨！」為了表示信賴和親熱，李國香把一隻自己咬了一半的雞腿夾給王秋赦。王秋赦欠欠身子，雙手接了過來。

「隊上、鎮上還有些什麼動靜、苗頭？」女主任邊滿意地欣賞王秋赦有滋有味地咬著那雞骨頭的饞相，邊問。

「鎮上是廟小妖風大啊。特別是近幾年來搞大民主，就鯉魚、鯆魚、跳蝦都浮了頭……你主任沒聽講，抓『小鄧拓』那年被開除回家的稅務所長，如今正在省裡、地區告狀，要求給他平反。」王秋赦放低了聲音，眼睛不由地瞟了瞟房門。

「這是一。官僚地主出身、『四清』下台的原稅務所長鬧翻案。」李國香臉色沉靜，扳開了手指頭。

「青石板街又成立了一個造反兵團，立山頭……聽說供銷社主任暗裡承的頭……他們還想請谷燕山出馬當顧問，但谷燕山醉醉糊糊的，不感興趣。」

「這是二。新情況，造反兵團，主謀是供銷社主任，谷燕山醉生夢死，倒是不感興趣。」

李國香已經拿出那個貼身的筆記本，記起來了。

「糧站打米廠的小伙計……」

「怎麼？」

「偷了信用社會計的老婆！」

「呸呸！放你娘的屁！誰要你彙報這個！」

李國香身子朝後一躲，竟也緋紅了臉，頭髮也有些散亂。

「不不，是信用社會計的老婆無意中對米廠的小伙計講，她老公準備到縣裡去告你主任的黑狀……」

「啊啊，這是三。新情況，新情況。」李國香不動聲色，「你看看，一個領導幹部，不走群眾路線，不多幾根眼線、耳線，就難以應付局面……你還掌握了一些什麼動向，都講出來，領導上好統籌解決。」

「暫時就是這些。」王秋赦這時舌頭不打結了，喝酒夾菜的舉止，也不再那樣戰戰兢兢、奴顏婢膝了。彷彿已經在女主任面前占了一席之地。

「王秋赦！」女主任忽然面含春威，眉橫冷黛，厲聲喝道。

「李主任……」王秋赦渾身一震，腿肚子發抖，站了起來。「我、我……」一時，他在女主任面前又顯得畏首畏尾。

「坐下，坐下。你不錯，你不錯……」李國香離開籐椅，在王秋赦身邊踱來踱去，彷彿在考慮著重要決策，「我要一個一個來收拾……你們大隊的基幹民兵多少槍？」

「一個武裝排。」王秋赦摸不著頭腦，又感到事關重大。

「這個排是不是你控制著？」李國香又問。

「還消講？我是大隊支書！」王秋赦胸口一拍。

「好！不能讓壞人奪了去。今後沒有我的命令，誰也不准動！」

「我拿我的腦殼作保，我只對你主任負責，聽你主任指揮！」

「坐下，坐下。我們還沒有必要這樣緊張嘛。」李國香的雙手按在王秋赦肩膀上。王秋赦順從地坐下。他一時有點心猿意馬，感覺到了女主任的雙手十分的溫軟細滑。

「權在我們手裡，我們就要用文鬥。只有手裡無權的人，才想著要武鬥。我這意思，你懂嗎？動刀動槍，是萬不得已的下策……還有個黎滿庚，我們要把他拉住，穩住他，還是要他在你手下當大隊祕書。今天革命的一個核心任務，就是要防止谷燕山他們復辟，重新在鎮上掌權，搞階級調和，推行唯生產力論、人性論、人情味那一套……我這意思，你懂嗎？」

王秋赦對女主任的見地、膽識，真要佩服得五體投地了。他腦殼點動得像啄木鳥。

李國香回到圓桌對面的籐圍椅上坐下。她雙手扶著籐圍椅邊，眼睛一眨不眨地望著吊腳樓主，彷彿有了幾分醉意：「我們實話實說，王支書，對你的悔改、交心，我很滿意。我們既往不咎吧。俗話講，一個籬笆三棵樁，一個好漢三個幫。我不是好漢。但我手下需要幾個得力的人。我還要考驗考驗你……我不是跟你許願，只要你經得起考驗，我可以在適當時候，對縣革委楊主任他們提出，看看能不能讓你當個脫產的公社革委會副主任……」

真是一聲春雷！王秋赦心都顫抖了起來。媽呀，再不能錯過這個機遇，錯過這個決定他後半生命運的天賜良緣了。為了表示自己的決心，他不由地站起身子，撲通一聲就跪倒在女主任的身前：

「李主任，李主任！我、我今後就是你死心塌地的……哪怕人家講我是一條……我就是你忠實的……」

李國香起初吃了一驚，接著是一臉既感動又得意的笑容，聲音裡難免帶著點陶醉的嬌滴：「起來，起來！沒的噁心。你一個幹部，骨頭哪能這麼不硬，叫人家看了……」

王秋赦沒有起來，只是仰起了臉塊。他的臉塊叫淚水染得像隻花貓一樣。女主任心裡一熱，忍不住俯下身子，撫了撫他的頭髮：

「起來，啊，起來。一個大男人……新理了髮？一股香胰子氣。你的臉塊好熱……我要休息了。今晚上有點醉了。日子還長著呢，你請回……」

王秋赦站起身子，睜著癡迷的眼睛，依依不捨地看著女主任，像在盼著某種暗示或某項指令。

五　掃街人秘聞

秦書田和胡玉音兩個五類分子，每天清早罰掃青石板街，已經有兩三個年頭了。兩人都起得很早。他們一般都是從街心朝兩頭掃，一人掃一半。也有時從兩頭朝街心掃，到街心會面。好在青石板街街面不寬，又總共才三百來米長。一年三百六十五天，閏年三百六十六天，當鎮上的人們還在做著夢、睡著寶貴的「天光覺」時，他們已經揮動竹枝掃把，在默默地掃著、默默地掃著了。好像春天、夏天、秋天、冬天，都是在他們的竹枝掃帚下，一個接一個地被掃走了，又被掃來了。

秦書田掃街還講究一點姿態步伐，大約跟他當年當過歌舞劇團的編導有關係。他將掃帚整得和人一般高，腰桿挺得筆直的，右手在上，左手在下，握著掃帚就和舞蹈演員在台上握著片船槳一樣，一擺一擺地揮灑自如；兩腳則是腳尖落地，一前一後地移動著，也像在舞台上合著音樂節拍滑行一般。由於動作輕捷協調，他總是掃得又快又好，汗都少出。而且每天都要幫著胡玉音掃上一長截。胡玉音則每天早晨都是累出一身汗，看著秦癲子揮動掃帚的姿態感到羨慕。這本是一件女人要強過男人的活路。

說起秦癲子這些年來的表演，也是夠充分的了，令人可鄙又可笑。在「四清」運動時，他是本鎮大隊五類分子裡被鬥得最狠的一個。之後，改組後的大隊黨支部徵得工作組的同意，繼續由他擔任五類分子的小頭目。這叫以毒攻毒。只是在他的「右派」一詞前邊還加上「鐵帽」二字，意思是形容這頂帽子是不朽的，注定要戴進棺材裡去。千萬年以後發掘出來做文物，讓歷史學家去考證，研究撰寫二十世紀中下葉中國鄉村階級鬥爭的學術論文。好在秦癲子沒有成過家，沒有後人。要不，他的這筆政治遺產還要世代相傳呢。就是秦癲子自己也懂得：運動就要有對象，鬥爭就要有敵人。每村每鎮，不保留幾隻死老虎、活靶子，今後一次次的群眾運動，階級鬥爭，怎麼來發動，拿誰來開刀？每次上級發號召抓階級鬥爭，基層幹部們就開上幾次大會，把五類分子往台上一揪，又揭又批又鬥，然後向上級彙報，運動中批鬥了多少個（次）階級敵人，配合吃憶苦餐，憶苦思甜，教育了群眾，提高了覺悟等等。有些五類分子死光了的生產隊，就讓他們的子女接位，繼續他們的反動老子沒有完成的職責。要不，你叫基層幹部、貧下中農怎麼來理解整個社會主義歷史時期，始終存在著階級、階級矛盾和階級鬥爭？不理解，又怎麼來抓這一頭等重大的歷史使命？在廣大的鄉村，基層幹部們都拿工分不拿薪金，談不到什麼「走資派」、「資產階級代理人」。基層幹部、社員群眾只能從五類分子及其子女身上，來看待、認識階級和階級鬥爭的歷史延續性，來年年唱、月月講、天天念。要不然，這關係到「黨和國家前途命運」的百年大計、萬年大計，又怎麼講？誰又講清楚過？老天爺！誠然，土地改革後在廣大鄉鎮進行的歷次運動中，也曾經重新劃分過階級成分。可是生產資料公有了，不存在私有制人剝削人的問題了，就以伸縮性極大的政治態度為依據。但仍然存在著遺產的繼承問題，即各個階級的子孫世襲上輩祖先的階級成分問題……唉唉，子孫的問題就留給子孫去考究吧。如果祖先把下輩的問題都解決了，子孫們豈不會成為頭腦簡單、無所作為的白癡？危言聳聽，不可思議。我們還是言歸正傳，來看看鐵帽右派秦癲子這些年來的各色表演吧。

一九六七年，正是紅色競賽、「左派」爭鬥的鼎盛時期，不知從哪裡颳來一股風，五類分子的家門口，都必須用泥巴塑一尊狗像，以示跟一般革命群眾之家相區別，便於群眾專政。就跟當時某些大城市的紅五類子女佩紅袖章當紅衛兵，父母有一般歷史問題的子女佩黃袖章當「紅外圍」，黑八類子女佩白符號當「狗崽子」一樣。本鎮大隊共有二十二個五類分子，必須塑二十二尊狗像。這是一項義務工，沒有工分補貼，自然就又派到了能寫會畫的鐵帽右派秦癲子頭上。秦癲子領下任務後，就從泥田裡挖上了一擔擔粘泥巴，一戶五類分子家門口堆一擔。這簡直是一項藝術性勞動。每天都有許多人圍觀、評議、指點。他兢兢業業，加班加點：不出一月，二十二戶五類分子家門口，就塑起了二十二尊泥像。有男有女，有高有矮，有胖有瘦。每尊泥像下邊還標出每個黑鬼的名號職稱，並多少具備一點那分子的外貌特徵。這一時成了本鎮大隊的一大奇聞。大人小孩自動組織起鑑賞、評比。一致認為，以秦癲子自己屋門口的狗像塑得最為生動，最像他本人形狀。

「癲子老表！你傢伙自私自利，把工夫都花到揑你自己的狗像上！」

「嘿嘿，不是自私自利……最高指示講，生活是文學藝術的唯一源泉……當然是我自己最熟悉我自己囉，也就揑得最像囉。」

但秦癲子的「藝術性勞動」有個重要的遺漏，竟忘了在老胡記客棧門口替年輕的富農寡婦胡玉音塑一尊泥像。這一「陰謀」過了好長一段時間才被人發覺，立即對他組織了一次批鬥，審問他為什麼要包庇胡玉音，和胡玉音到底有些什麼勾結。他後頸窩一拍，連忙低頭認罪，原來他只是記下了本鎮大隊五類分子的老人數，而忘記了「四清」中新劃的富農。他嘴巴答應以實際行動悔過，卻又拖了好些時日。不久上級就傳下精神來，對敵鬥爭要講質量和政策，對五類分子要從思想上批深批透，批倒批臭，而不要流於形式。因此，老胡記客棧門口才一直沒有出現泥像。胡玉音對秦書田自是十分感激。據說秦書田挨批鬥那晚上，她躲在屋裡哭腫了眼睛。秦大哥是在代她受過啊，救了她一命啊。要不，她見到自己門口的泥像被小娃娃們扯起褲子尿尿，真會尋短見的。

雖說上級文件上要求不搞形式主義，但每次五類分子遊街示眾，黑牌子還是要掛，高帽子也是要戴。芙蓉鎮地方小，又是省邊地界，遙遠偏僻。聽講人家北京地方開鬥爭大會，還給批鬥對象掛黑牌，插高標，五花大綁呢。有些批鬥對象還是大幹部、老革命呢。北京是什麼地方，芙蓉鎮又是什麼地方，算老幾？半邊屋壁那麼大的地圖上，都找不到火柴頭大的一粒黑點呢。不用說，本鎮大隊二十三個五類分子的黑牌子，又是出自秦癲子的高手。為了表現一下他大公無私的德行，他自己的黑牌子特意做得大一點。他在每塊黑牌上都寫明每個五類分子的「職稱」，「職稱」下邊才是姓名，並一律用朱筆打上個「×」，表示罪該萬死，應當每遊街示眾一次就槍斃一回。他這回又耍了花招，「新富農分子胡玉音」的黑牌沒打紅叉叉。好在人多眼雜眼也花，他的這一「陰謀」竟也一直沒有被革命群眾雪亮的眼睛所發現，蒙混過了關。擺小攤賣米豆腐出身的新富農分子胡玉音，每回遊街示眾時都眼含淚花，對他的這番苦心感恩不盡。同是運動落難人啊。在這個冷漠的世界上，她還是感受到了一點兒春天般的溫暖。

鎮上的人們說，秦癲子十多年來被鬥油了，鬥滑了，是個老運動員。每逢民兵來喊他去開批鬥會，他就和去出工一樣，臉不發白心不發顫，處之泰然。牽他去掛牌遊街，他也是熟門熟路，而且總是走在全大隊五類分子的最前頭，儼然就是個持有委任狀的黑頭目。「秦書田！」「有！」「鐵帽右派！」「在！」「秦癲子！」「到！」總是呼者聲色俱厲，答者響亮簡潔。「一批兩打、清理階級隊伍」運動開始時，全公社召開萬人大會進行動員。各大隊的五類分子也被帶到大會會場示眾，一串一串的就像圩場上賣的青蛙一般。示眾之後，他們被勒令停靠在會場四周的牆角上接受政策教育。可是後來大會散了，人都走光了，芙蓉鎮大隊的二十三名五類分子卻被丟棄在牆角，被押解他們來的民兵忘記了。嚴肅的階級鬥爭場合出現了一點兒不嚴肅。可是當初宣佈大會紀律時有一條：沒有各大隊黨支書的命令，各地的五類分子一律不准亂說亂動，否則以破壞大會論處。這可怎麼好？難道真要在這牆角待到牛年馬月？後來還是秦癲子想出了一個辦法，他叫同類們站成一行，喊開了口令：「立正！向左看齊！向前看！報數，稍息！」緊接著，他煞有介事地來了個向後轉，走出兩步，雙腳跟一碰，立正站定，向著空空如也的會場，右手巴掌齊眉行了個禮，聲音響亮地請示說：「報告李書記！王支書！芙蓉鎮大隊二十三名五類分子，今天前來萬人大會接受批判教育完畢，請准許他們各自回到生產隊去管制勞動，悔過自新！」他請示完畢，稍候一刻，彷彿聆聽到了誰的什麼指示、答覆似的，才又說：「是！奉上級指示，老實服法，隊伍解散！」這樣，他算手續完備，把大家放回來了。

大清早，霧氣漾漾。芙蓉鎮青石板街上，狗不叫，雞不啼，人和六畜都還在睡呢，秦書田就拖著竹枝掃帚去喊胡玉音。彼此都是每天早起見到的第一個人。他們總要站在老胡記客棧門口，互相望一眼，笑一笑。

「大哥，你起得真早。回回都是你來喊門……」

「玉音，你比我小著十把歲，哪有不貪睡的。」

「看樣子你是晚上睡不大好囉？」

「我？唉，從前搞腦力勞動，就犯有失眠的毛病。」

「晚上睡不著，你怎麼過？」

「我就哼唱《喜歌堂》裡的歌……」

提起《喜歌堂》，他們就都住了口。《喜歌堂》，這給他們帶來苦難、不幸的發災歌……漸漸地，他們每天早晨的相聚，成了可憐的生活裡的不可缺少的一課。偶爾某天早晨，誰要是沒有來掃街，心裡就會慌得厲害，像缺了什麼一大塊……就會默默地一人把整條街掃完，然後再去打聽，探望。直到第二天早晨又碰到一起，互相看一眼，笑一笑，才心安理得。

這天早晨，有霧。他們從街心掃起，背靠背地各自朝街口掃去。真是萬籟俱寂，街道上只響著他們的竹枝掃把刮在青石板上的沙沙沙，沙沙沙……秦書田掃到供銷社門市部拐角的地方，身子靠在牆上歇了一歇，忽然聽得供銷社小巷圍牆那邊的側門吱呀一聲開了，他忍不住側出半邊臉塊去看了看，但見一個身坯粗大的黑影，從側門閃了出來，還反手把門帶嚴。「小偷！」秦書田嚇了一跳。但是不對，那人兩手空空，身上也不鼓鼓囊囊，哪有這樣的小偷？他心裡好生奇怪，眼睜睜地看著那黑影順著牆根走遠了。他曉得供銷社的職工們都是住在後院宿舍裡，樓上只有女主任李國香住著。這溜走的人背影有些眼熟。這是什麼好事呢？他沒有吱聲，也不敢吱聲。這天中午，他還特意到供銷社門口去轉了轉，也沒有聽見供銷社裡的人講丟失了什麼東西。

過了幾天。早晨沒有霧。秦書田和胡玉音又從街心分手，各自朝街口掃去。他掃到供銷社圍牆的拐角處，又身子靠在牆上歇了歇。這回，他不等圍牆的側門吱呀響，就從牆角側出半邊臉塊去盯著。不一會兒，側門吱呀一聲響，一個身坯粗大的黑影又從門裡閃了出來，反手關了門，匆匆地順著小巷牆根走了。秦書田這可看清楚了，暗暗吃了一驚，是他！天呀，天天鑽進這圍牆裡去做什麼？事關重大，秦書田不敢聲張。但他畢竟是「人還在，心不死」，就拖著掃帚跑到另一頭去，把胡玉音叫到一個僻靜的角落，對著年輕寡婦的耳朵，透出了這個「絕密」。講後又有些怕，一再叮囑：「千萬千萬不能告訴第三個人。這號事，街坊鄰居都管不了，我們只能當光眼瞎。何況，我們又是這種身分……」「是他？」「是他。」「那一個呢？」「是她。」「他，她，他，鬼曉得你指的是哪個他，她。」胡玉音卻很開心似的，臉盤有點微微泛紅：「鬼！你對著人家耳朵講話，滿口的鬍子也不刮刮，戳得人家的臉巴子生痛！」「啊，啊啊，我的鬍子……一定刮乾淨，天天都刮！」他們臉塊對著臉塊，眼睛對著眼睛，第一次挨得這麼近。

又是一天清早，秦書田想出了一個鬼主意。他和胡玉音在街心會齊了，把這鬼主意說了。胡玉音只笑了笑，說了聲「由便你」。他們頭一回犯例違禁，沒有先掃街，而是用鐽子從生產隊的牛欄門口刮來了一堆稀傢伙，放在供銷社小巷圍牆側門的門口，開門第一腳就會踩著的地方。然後，兩人躲到門市部拐彎的牆角，露出半邊臉子去盯守著。真討嫌，這早晨又有霧。他們的身子不覺地偎依在一起，都沒有留意。等了好一會兒，他們聽到了門市部樓上有腳步聲，下樓來了。秦書田個頭高，半蹲下身子。胡玉音把腮巴靠在他的肩膀上，朝同一個方向看著。他們都很興奮，也很緊張，彷彿都感覺到了彼此心房跳動的聲音。胡玉音的半邊身子都探出了牆角，秦書田站起身子伸出手臂把她摟了回來，再也沒有鬆開，還越摟越緊，真壞！胡玉音狠狠地拍了兩下，才拍開。小巷側門吱呀一聲開了，那黑影閃將出來，肯定是頭一腳就踩在那稀傢伙上邊了，砰咚一聲響，就像倒木頭似的，跌翻在青石板上。那人肯定是腦殼被重重地撞了一下，倒在石板上哼著哎喲，好一刻都沒見爬起來。「活該！活該！天殺的活該！」胡玉音竟像個小女孩似地拍著雙手，格格地輕輕笑了起來。秦書田連忙捂住她的嘴巴，捉住她的手，瞪了她一眼。秦書田的手熱乎乎的，不覺地有一股暖流傳到了胡玉音的身上，心上。

兩個掃街人繼續躲在牆角觀看，見那人哼哼喲喲，爬了幾下都沒有爬起來，看來是跌著什麼地方了。秦書田起初嚇了一跳，跟著心裡一動，覺得這倒是個「立功贖罪」的機會，便又附在胡玉音的耳朵上「如此這般」地說了說。不過他的腮巴已經刮得光光溜溜了，再沒有用鬍子戳得人家的臉巴子生痛。胡玉音聽了他的話，就推開他的雙手，轉身到街口掃街去了。

秦書田輕手輕腳地走回街心，然後一步一步地掃來。忽然，他發現了什麼似的，拖著個竹枝掃把，大步朝供銷社圍牆跑來，一迭連聲地問：「那是哪個？那是哪個？」

他來到巷子圍牆下，故作吃驚地輕聲叫道：「王支書呀！怎麼走路不小心跌倒在這裡呀？快起來！快起來！」

「你們兩個五類分子掃的好街！門口的牛糞滑倒人……」王秋赦坐了一屁股的稀傢

伙，渾身臭不可聞。他恨恨地罵著，又不敢高聲。

「我請罪，我請罪。來來，王支書，我、我扶你老人家起來。」秦書田用手去托了托王秋赦那卡在陰溝裡的一隻腳。

「哎喲喂！痛死我了！這隻腳扭歪筋了！」王秋赦痛得滿頭冷汗。

秦書田連忙放開腳，不怕髒和臭，雙手托住王秋赦的屁股，把他扶坐在門檻上。

「怎麼搞？王支書，回家去？還是送你老人家去衛生院？」秦書田關切地問。

「家裡去！家裡去！這回你秦癲子表現好點，把我背回去。哎喲，日後有你的好處。哎喲……」王秋赦疼痛難忍，又不敢大聲呼喊，怕驚動了街坊。

秦書田躬下身子，把王秋赦背起就走。他覺得吊腳樓主身體強壯得像頭公牛，都是這幾年活學活用油水厚了啊，難怪要夜夜打欄出來尋野食，吃露水草。

「王支書！你老人家今天起得太早，運氣不好，怕是碰到了倒路鬼啊！」

「少講屁話！你走快點，叫人家看見了，五類分子背黨支書，影響不大好……回頭，回頭你還要給我上山去尋兩服跌打損傷的草藥！」

傷筋動骨一百天。吊腳樓主在床上整整躺了兩個多月。幸虧有大隊合作醫療的赤腳醫生送醫上門，並照顧他的起居生活。李國香因工作忙，暫時抽不出時間來看望。她離開了鎮供銷社樓上的「蹲點辦」，回到縣革委坐班去了。

秦書田和胡玉音照舊每天天不亮起床，把青石板街打掃得乾乾淨淨。開初，他們兩人都很高興。每天早晨拖著竹枝掃帚在老胡記客棧門口一碰面，就你看著我，我看著你，臉發熱，心發跳。通過定計捉弄王秋赦，他們一天比一天地親近了。簡直有點誰也不願意離開誰似的了。他們心裡都壓抑著一種難以言狀的痛苦，一種磨人的情感啊……有一天天落黑時，秦書田竟給她送來了一件淺底隱花的確涼襯衫，玻璃紙袋裝著，一根紅絲帶紮著……天啊，她都嚇慌了。從沒見過這種料子的衣服。自己成了這號人還配穿嗎？穿得出嗎？秦書田走後，她把襯衫從玻璃紙袋裡取出來，料子細滑得就和綢子一樣。她沒捨得穿。她把衣服緊緊地摟在胸口，捂在被窩裡哭了整整一夜。她像捧著一顆熱烈的心，她有了一種犯罪的感覺。她決定第二天乘人不備時去上一次墳，去桂桂的墳頭上燒點紙，把心事和桂桂講講，打打商量。桂桂生前總是依著她，順著她，嬌她，疼她。桂桂的魂，也會保佑她，諒解寬恕她，她盼著桂桂晚上給她託個夢……第二天大清早，秦書田來敲門，約她去掃街時，她三下兩下就把花的確涼襯衫穿上了，當裡衣，貼心又貼肉。可是她連衣領子都塞了進去，叫人看不出。

他們默默地掃著青石板街……本來都好好的，秦書田卻突然手裡的掃把一丟，張開雙臂，膽大包天，緊緊摟住了她！「你瘋了？天呀，秦大哥，你瘋了？書田哥……」胡玉音顫著聲音，眼裡噙滿了淚花……她抽泣著，讓秦書田摟抱愛撫了好一會兒，才把他推開了，推開了。她好狠心，但不能不推開呀。天，這算哪樣一回事呀？都當了反革命，淪為人下人，難道還能談戀愛，還可以有人的正常感情？不行，不行，不行……她好恨，她好恨呀，恨自己心裡還有一把火沒有熄滅！為什麼還不熄滅？為什麼不變成一個木頭人，一個石頭人？你這磨難人的鬼火！生活把什麼都奪走了，剝去了，生活已經把她像個痲瘋病患者似地從正常人的圈子裡開除出來了，入了另冊，卻單單剩下了這把鬼火。整整一早晨，她都一邊掃街一邊哭。

出了這件事後，連著好幾天早晨，他們都只顧各自默默地掃著街，誰都不理睬誰。他們心裡都很痛苦。他們卻渴望著過上一個「人」的生活。秦書田倒是跟往常一樣，每天清早照例到老胡記客棧門口來默默地守候著，直到胡玉音起了床，開了門，他才默默地轉身離去……時間，像一位生活的醫生，它能使心靈的傷口癒合，使絕望的痛楚消滅，使某些不可抵禦的感情沉寂、默然。儘管這種沉寂、默然是暫時的，表面的。大約過了半個來月，秦書田彷彿冷靜了下來。胡玉音就對他笑了，又叫開了「秦大哥」。而且那笑容裡，那聲音裡，比原先多出了一種濃情蜜意。從此，他們彷彿達成了一種默契，不再提那要把人引入火坑的罪惡。反倒彼此都覺得坦然、親近。生活又回到了舊的軌跡。他們就像這青石板街上的兩台掃街機，不曉得自己為什麼活著，為什麼還能活著。但這種局面沒有維持多久。不久，胡玉音害了傷風，發著高燒，睡在床上說胡話。難為秦書田每天早起一人服兩人的勞役，揮著竹枝掃把從街頭掃到街尾。而後又發揮自己的一點可憐的醫藥知識，上山採來藥草，料理「同犯」吃喝。山鎮上的人們早就不大關心這兩個人物了，因此誰都沒有注意。胡玉音病得每天只能歪在床上就著秦書田的雙手吃喝湯藥。每天，胡玉音都要含著眼淚、顫著聲音喊幾聲「書田哥……」。

貴人有貴命，賤人有賤命。過了十來天，胡玉音的病好了，又天天早起掃街了。一天早晨五點鐘左右，秦書田又去叫醒了胡玉音，兩人又來到了街心。可是這時電閃雷鳴，狂風大作。馬上就有傾盆大雨了。今年春上的雨水真多。他們仍在機械地打掃著街道。不同的是，如今他們是肩並著肩地掃了，一邊一個。暴雨說來就來，黑糊糊的天空就像一隻滿是砂眼的鍋底，把箭杆一般的雨柱雨絲篩落了下來。

胡玉音忽然拉了秦書田就走，就跑！跑回老胡記客棧，兩個人都成了落湯雞。屋裡還是一片漆黑。他們身上已經沒有一根乾紗。他們都脫著各自的濕衣服。脫下來的衣服都擰得出水。胡玉音在黑地裡冷得渾身打哆嗦，牙齒也打戰戰：

「書田哥……書田哥，你來扶我一下，我、我凍得就像結了冰凌……」

「哎呀，病剛剛好，又來凍著。我扶你到床上去睡，在被窩裡暖和暖和……」

秦書田摸索著，真是黑得伸手不見五指。他雙手接觸到胡玉音時，兩人都嚇了一跳，他們都忘記了身上的衣服已經脫光了……

風雨如磐，浩大狂闊。雷公電母啊，不要震怒，不要咆哮……雨霧雨簾，把滿世界都遮攔起來吧。人世間的這一對罪人，這一對政治黑鬼啊，他們生命的源流還沒有枯竭，他們性靈的火花還沒有熄滅，他們還會撞擊出感情的閃電，他們還會散發出生命的光熱。愛情的枯樹遇上風雨還會萌生出新枝嫩葉，還會綻放瘦弱的花朵，結出酸澀的苦果……

六　「你是聰明的姐」

胡玉音對於自己能夠活下來，能夠熬下去，還居然會和秦書田相愛，常常感到驚奇。每次挨鬥挨打、遊街示眾後，她被押回老胡記客棧，就覺得自己活夠了，只剩下一絲絲氣沒斷了。有時連頸脖上的黑牌子都不愛取下來，就昏昏糊糊地和衣睡去。可是第二天一早醒來，簡直不敢相信似地睜開眼睛：奇怪，還活著？為什麼還不死啊！她伸手摸摸自己的胸口，胸口裡邊還在撲通、撲通地跳著。這就是說，她還應當起來，還應當去掃街……

她自艾自憐，曾經打算選下一個好點的日子死去，初一，或是十五。是的，死是自己的最後一件緊要事，一定要選個好點的日子。而且要死個好樣子。不能用索子上吊，不能在胸口上戳剪刀，不能去買老鼠藥吃。那樣會死得凶，會破相。最好是投水。人家會打撈上來，會放得規規整整，乾乾淨淨。就像睡著了一樣擺在塊門板上，頭髮都不大亂。就只臉盤白得像張紙，而且有點發青，有點腫。胡玉音曾經是個觀音菩薩跟前的玉女一般的人兒，死了，也應當是個玉女。變了鬼，都不會難看、嚇人。

因之，她曾經好幾次走到玉葉溪的白石橋上，望著溪水發呆。白石橋有三、四丈高，溪水綠得像匹緞子。溪水兩岸是濕漉漉的岩壁，岩壁上爬滿了虎耳草、鳳尾巴、藤蘿花。若從岩岸邊上看下去，水上水下，一倒一順，有兩座白石橋，四堵岩壁。人站在橋上，水裡的倒影清楚得連臉上的酒窩都看得見。橋高，岸陡，水深。所以歷朝歷代，都有苦命女子到這橋上來尋自盡。久而久之，鎮上居民就給這白石橋另取了個名字：孤女橋。每一次，胡玉音來到孤女橋上，低頭一見自己落進水裡的影子，就傷心，就哭：玉音啊，玉音，這就是你嗎？你是個壞女人？你害過人？在鎮上，你有什麼生死對頭？沒有啊，沒有！玉音在鎮上螞蟻子都怕踩得，臉都很少和人紅，講話都沒有起過高腔，小娃兒都沒有欺負過一個。你為人並不勢利、刻薄，吝嗇錢財，當初還周濟過不少人……那又是為哪樣啊？你不害人，不恨人，不勢利，沒有生死對頭，人家還要整你、恨你、鬥你？把你當作世界上最下作、最卑賤的女人？使你走路都抬不起頭，人前人後揚不起臉，連笑都要先看看四周圍……你是作了什麼孽啊，要落得這樣苦命，得到這樣的報應！這個世道對自己太不公道，太無良心！每每想到這裡，她就哭啊，哭啊，感到委屈，感到不平，就有了氣！「我偏不死！我偏不死！我為什麼要死？我犯了哪樣法，哪樣罪？我為什麼活不得？」她站在孤女橋上，幾次都沒有跳下去。她就是不該一眼就看清了水裡的那個自己……

她還曾經用別的法子作踐過自己。有一回她三天三晚水米不沾牙。可是每天早晨起來都梳頭、洗臉，每晚上都洗澡、換衣。第四天早上，她去掃街，暈倒在青石板街上。是秦書田把她背回老胡記客棧來，像勸親人一樣地勸她，像哄妹兒一樣地哄她，打了一碗蛋花湯餵她。秦書田一邊餵她一邊哭。她還從沒見過秦書田哭。這個鐵帽右派無論是跪磚頭挨批鬥，掛黑牌遊街，都是笑瞇瞇的，就和去走親家、坐酒席一樣。他樂天，不知愁苦。可如今，秦書田為了她，反倒哭了，使胡玉音冷卻了的心，感到了一點點人世的溫存。她從小就心軟。她對人家心軟，對自己也心軟。原先桂桂在世、日子好過的時候，她最怕看得、最怕聽得人家屋裡的傷心事。秦書田，秦癲子……早就在護著她了。有段時間，她恨秦癲子。彷彿自己的不幸，就是秦癲子帶來的。就是那年她成親，秦癲子卻帶著歌舞團的妖精們來唱《喜歌堂》，反封建，開壞了她新婚的彩頭……如今，秦書田大約就是要來悔補自己的過失。但過失是這樣重大，即便是死三回，生三回，也找補不回來。其實，秦書田也是物傷其類啊，惺惺惜惺惺，造孽人憐惜造孽人。在胡玉音的病床邊，秦書田還輕輕地哼《喜歌堂》裡的〈銅錢歌〉給她聽：「正月好唱〈銅錢歌〉，銅錢有幾多？一個銅錢四個角，兩個銅錢幾個角？快快算，快快說，你是聰明的姐，她唱哩〈銅錢歌〉……」秦書田三個銅錢、四個銅錢地唱下去，一直唱到十個銅錢打止。「你是聰明的姐、聰明的姐啊」，每唱到這一句，秦癲子就眼裡含著淚花，憂傷地看著胡玉音。什麼意思？「你是聰明的姐」啊，為什麼要作踐自己？為什麼不活下去？世界不只是一個芙蓉鎮。世界很大，天長日久啊。而且世界的存在也不能只靠搞運動，專門搞鬥爭。天底下還有許許多多別的事情。聰明的姐啊，聰明的姐，你是聰明的姐啊！……

古老的民歌，一聲聲呼喚著，叮嚀著。生命的歌。也許正是這古老的從小就會唱、愛唱的歌，喚醒了胡玉音對生的渴望。她開始留心秦書田這個人。當了五類分子，做了人下人，還總是那麼快活、積極。好像他的黑鬼世界裡就不存在著淒苦、凌辱、慘痛一樣。遊街示眾他總是儼然走在前頭。接受批鬥總是不等人吆喝、揮動拳腳，撲通一聲先跪下，低垂下腦殼。人家打他的左邊耳光，他就等著右邊還有一下。本鎮大隊的革命群眾和幹部講他不算死頑固，只是個老運動油子。開初胡玉音有些看不起他，以為他下作。但後來慢慢地親身體會到秦書田的辦法對頭，可以少挨打，少吃苦。就是自己學不起。人家揪她的頭髮，剛一鬆手，她就忍不住伸開手指去理理梳梳。人家按下她的頸脖，彎腰九十度，她一直起腰，就要扯扯衣襟，扣好衣鈕。人家罰她下跪，一允許她站起來，她立即就把雙膝蓋上的塵土拍拍乾淨。為了這習慣，她多挨了不少打，就是改不了。有人講「這個新富農婆真頑固」。這時她就想著要早點死，叫人家罵不成，批不成，鬥不成。

她所以還活著，還因為另一件事給了她強烈的刺激。就是那一回，外地來的那班無法無天似的男女紅衛兵，講著北方話或是操著長沙口音，把公社書記李國香也揪了出來，頸脖上掛著雙破鞋遊街！這算哪樣回事啊，世界真是大，沒聽過、沒見過的新奇事情真多。原來是你鬥我，我鬥你，鬥人家，也鬥自己……這天遊街回來，不曉得為什麼，她心裡竟然感到快活。壞心眼，幸災樂禍。她洗了臉，就去照鏡子。鏡子是媽媽留下來的。「四清」時只沒收了新樓屋，改做了本鎮的小招待所，而把老鋪子留給她。她總怕有兩三年沒有照過鏡子了。她發覺自己老多了，額角、眼角、嘴角都爬上了魚尾細紋……但整個臉盤的大樣子沒變。頭髮還青黝，又厚又軟。眼睛還又大又亮，兩頰也還豐潤。她自己都感到驚奇。她甚至有時神思狂亂地想：嗯，要是李國香去掉她的官帽子，自己去掉頭上的富農帽子，來比比看！叫一百個男人閉著眼睛來摸、來挑，不怕不把那騷貨、娼婦比下去……

有時候，她晚上睡得早，睡不著。天氣燥熱，她光著身子平躺在被蓋上。她雙手巴掌習慣地蒙住眼睛，像害羞似的，然後慢慢地往下抹，一直抹到胸脯上才停下來。胸脯還肉鼓鼓、高聳聳的，像兩座小山峰。她真恨死自己了，簡直還跟一個剛出嫁的大閨女一樣……好可厭，她恨不能把它抹平。可是抹不平。哪裡像個五類分子？五類分子一個個佝腰拱背，手腳像乾柴棍，胸脯荒涼得像冬天的草地。就她和秦書田還像個人。這以後，她又恢復了照鏡子的習慣。有時對著鏡子自怨自艾，多半時候是對著鏡子哭。哭什麼？她哭心裡還有一把火，沒有熄。她惟願這把火早些熄滅。

大雷雨的那個早上，那個漆黑的伸手不見五指的早上，她和秦書田身上都濕得不剩一根乾紗，老天爺成全了他們的罪孽……人世間的事物，「第一」總是最可寶貴的。有了第一，就不愁第二。做得初一，就做得十五。鎮上的人們的警惕性側重於政治方面。階級鬥爭真是無所不在，無孔不入。誰會想到罰兩個「新五類分子」打掃青石板街，還會發生這類男女歡媾？他們被瞞過了，騙住了。也許是大環套小環一般的運動，走馬燈一般的上台和下台，反覆無定、朝是夕非的口號，使他們眼花繚亂，神經疲乏了。他們只覺得青石板街打掃得一天比一天乾淨，淨潔得青石板發出暗光，娃娃們掉粒飯在上頭都不會髒。還有秦書田和胡玉音兩個五類分子出工非常積極，還搶隊上的重活、髒活做。胡玉音臉蛋上的皺紋熨平了，泛出了一層芙蓉花瓣似的紅潤。她就像已經得到了準信，某月某日就會給她摘掉「新富農分子」的黑帽子一樣。

鐵帽右派和新富農寡婦，背著鎮上的革命群眾非法同居了。他們就像一對未經父老長者認可就偷情的年輕人，既時時感到膽戰心驚，又覺得每分每秒都寶貴、甜蜜。只要在一起，他們就摟著，抱著，發瘋似地親著，吻著。長期壓抑的感情一旦爆發，就表現為不可思議的狂熱，表現為一種時間上的緊迫。好像隨時都可能有一隻巨手把他們分開，永生永世不得見面。他們是在搶時間。只有畸形的生活才有畸形的愛。他們明白這種膽大妄為是對他們的政治身分、社會等級的一次公然的挑戰和反叛。晚上，他們從來不點燈。他們習慣，甚至喜歡在黑暗裡生活。胡玉音總是枕著秦書田的手臂睡。有時睡夢裡還叫著「桂桂，桂桂」。秦書田不會生氣，還答應，彷彿他真的就是桂桂。桂桂還沒有死，還在嬌他、疼他的女人。桂桂的魂附在書田哥身上。書田哥常常哼《喜歌堂》給玉音聽。一百零八支曲子，兩百多首詞，曲曲反封建。他曲曲都記得住，唱得出。胡玉音佩服他的好記性，好嗓音。

「玉音，你的嗓音才好哪。那一年，我帶著演員們來搜集整理《喜歌堂》，你體態婀娜，聲清如玉，我們真想把你招到歌舞團去當演員哪。可你，卻是十八歲就招郎，就成親……」

「都是命。怪就怪你們借人家的親事，來演習節目、壞了彩頭……我和桂桂命苦……」

「你又哭了？又哭。唉，都是我不好，總是愛提些老話，引得你來哭。」

「書田哥，不怪你。是我自己不好，我命大，命獨。我不哭了，你再唱支《喜歌堂》來聽……」

秦書田又唱了起來：

我姐生得像朵雲，映著日頭亮晶晶。
明日花轎過門去，天上獅子配麒麟。
紅漆凳子配交椅，衡州花鼓配洋琴。
洞房端起交杯酒，酒裡新人淚盈盈。
我姐生得像朵雲，隨風飄蕩無定根……

胡玉音不覺地跟著唱，跟著和。他們都唱得很輕，鋪外邊不易聽得見。他們有時唱的詞不同，曲不同。胡玉音唱的是原曲原詞，秦書田唱的是他自己改編過的詞曲，大同小異。唱到不同處，他們只是互相推一推，看一眼，卻又誰都不去更正誰。誰說他們只有苦難，沒有幸福？他們也像世界上所有真誠相愛的人那樣，在暢飲著人生最甜蜜的乳汁、最珍貴的瓊漿。他們愛唱他們的歌：

天下有路一百條喲，能走的有九十九。
剩下一條絕命路喲，莫要選給我姐走。

生米煮成熟米飯，杉木板子已成舟！
嫁雞隨雞，嫁狗隨狗，嫁塊門板背起走。
生成的「八字」鑄成的命，清水濁水混著流。
陪姐流乾眼窩淚，難解我姐憂和愁……

有罪的人過的日子，就像一根黑色長帶，無休無止地向前延伸著。大約是春天過完了，夏天開始的時候，胡玉音開始覺得身子不舒服，心裡經常作反，想吐，怕油膩，好吃酸東西。把去年冬下浸的酸蘿蔔、酸白菜幫子吃了又吃。開初她還沒有覺得是怎麼回事。後來無意中想到這是「巴了肚」、「坐了喜」的症候時，她都差點暈了過去。真是又驚又喜，想笑又想哭。原先盼了多少年都沒有盼來的，都已經時過景遷、不存任何癡心妄想了，「喜」卻悄然無聲地姍姍來遲了，而且是在這種苟且偷生、好死不如賴活的年月裡來了。為什麼不早點來？要是在擺米豆腐攤子那年月就巴了肚，生了三個、四個娃娃，新樓屋就不會蓋了。多了三、四張小嘴巴要餵要填，她就是困難戶了，能向政府要救濟，要補助呢。有了後代，桂桂也就不會走了那條路。做父親的，哪能不為了後代活著？……「八字」先生講她「命裡不主子」，「子」究竟來了，雖然來得遲，來得不是時候。是禍，是福？她誠惶誠恐。但她心甘情願承擔由此而產生的任何痛苦，甚至付出性命。為了不育，人們朝她身上潑過多少污水啊。就是自己，也總是把生育看作為一個女人頭號緊要的事。自古以來就是「不孝有三，無後為大」啊。

胡玉音沒有立即把自己「坐了喜」的信息告訴秦書田。這件事太重大了，必須是有了十足的把握、拿定了準信以後才告訴他。她對秦書田越來越溫存，有事沒事就要依偎著他。常常做點好的給他吃，哄他吃，而自己不捨得吃，就像招待一位立了功的英雄。女人就是這樣癡心。同時，胡玉音還像在迎候著一個神聖的宗教節日的來臨，清心淨欲，不再和秦書田同居，使秦書田如墜五里霧中。她喜歡一個人單獨住在老胡記客棧，安安靜靜地平躺在床上，什麼東西也不蓋，雙手輕輕地、輕輕地在自己的腹部撫摩著，試探著，終於觸摸著了小生命寄生的那個角落……她好高興啊。她眼睛裡溢滿了幸福、欣慰的淚水。自從桂桂死後，她還從來沒有這樣興奮過，覺得活著是多麼地好，多麼地有意思。真傻，從前卻總是想到死，死。「你是聰明的姐」，你算什麼「聰明的姐」啊？

整整過了一個月，胡玉音對自己的身孕有了確信無疑的把握之後，也是她把這個甜蜜的祕密獨自享用了一個月之後，才在一個清早，把自己「坐了喜」的事告訴了秦書田。秦書田如夢初醒，這才明白了玉音這段時間既對他親密又和他疏遠的原因。他掃把一扔，竟在當街就「天啊，天啊」地叫著，緊緊地抱住胡玉音，又是笑，又是哭。玉音連忙制止住了他的狂喜，哭笑也不看看是什麼地方，什麼場合。

「玉音，我們向大隊、公社請罪，申請登記結婚吧！」秦書田把臉埋在玉音的胸前，像夢囈地說，「這本來是我想都不敢想的事情……」

「人家會不會准？或許，我們這是罪上加罪。」胡玉音平靜地回答。她已經把什麼都反覆想過了，也就不怕了，心安理得了。

「我們也還是人。哪號文件上，哪條哪款，規定了五類分子不准結婚？」秦書田雙手扶著她，頗有把握地說。

「准我們登記就好。就怕這年月，人都像紅眼牛，發了瘋似的，只是記仇記恨……管他呢。書田哥，不要為這事煩惱。不管人家怎麼著，准不准，反正娃娃是我們的。我要，我就是要！」

胡玉音說著，一下子撲倒在秦書田懷裡，渾身都在顫戰，哭泣了起來。彷彿立即就會有人伸過了一雙可怕的大手，從她懷裡把那尚未出生的胎兒搶走似的。

自然，這早上的青石板街沒有能好好清掃。也就是從這早上起，秦書田承擔起了一個男子漢的義務，沒再讓胡玉音早起掃街。玉音又有點子「嬌」了，也要睡睡「天光覺」，像一般「坐了喜」、身子「出了脾氣」的女人那樣，將息一下子了。秦書田卻是在有意無意地做給鎮上的街坊們看看：胡玉音已經是秦某人的人了，她的那一份街道歸秦某人打掃了。

七　人和鬼

王秋赦支書在鎮供銷社的高圍牆下崴了腳，整整兩個月出不得門。李國香主任來芙蓉鎮檢查工作時順便進吊腳樓來看了看他，講了幾句好好休息、慢慢養傷、不要性急之類的公事公辦的話。對他的腫得像小水桶一樣粗的腳，只看了兩眼，連摸都沒有摸一下，毫無關切憐憫之情。「老子這腳是怎麼崴的？是我大清早趕路不小心？」若是換了另一個女人，王秋赦說不定會破口大罵，斥責她寡情薄義，冷了血。俗話說「一夜夫妻百日恩」，何況豈止一夜。什麼醜話、醜事沒講沒做？但對女上級，他倒覺得自己是受了一種「恩賜」，上級看得起自己，無形中抬高了自己的身價呢。女上級來看他一次，就夠意思的了，難道還要求堂堂正正一個縣革委常委、公社主任，也和街坊婆娘們那樣動不動就來酸鼻子、紅眼睛？女上級不動聲色，正好說明了她的氣度和膽識。自己倒是應當跟著她操習操習，學點上下周旋、左右交遊的本領呢。

那天，王秋赦正拄了一根拐棍，在吊腳樓前一跛一顛地走動，活活筋骨血脈，鐵帽右派秦書田就走了來，雙手捧著一紙「告罪書」，朝他一鞠躬。他倚著拐杖站住了，接過「告罪書」一看，驚奇得圓圓的臉塊像個老南瓜，嘴巴半天合不攏，眼睛直眨巴：

「什麼？什麼？你和富農寡婆胡玉音申請登記結婚？」

秦書田勾頭俯腦，規規矩矩地回答：「是，王書記，是。」為了緩和氣氛，又恭恭敬敬地問，「王書記的腳大好了？還要不要我進山去挖幾棵牛膝、吊馬墩？」

王秋赦的胖臉上眉頭打了結，眼睛停止了眨巴，皺成兩個小三角形。他對這個「鐵帽右派」的看法頗為複雜。在那個倒楣的大清早，自己一屁股滑倒在稀牛屎上，是秦書田把他從小巷子裡背回家，還算替他保了密，並編了一套話：大隊支書早起到田裡看禾苗，踩虛了腳，拐在涵洞裡，因公負傷。大隊因此給他記了工傷，報銷醫療費用……但是對於胡玉音呢？對於這個至今還顯得年輕的、不乏風韻的寡婦，王秋赦也曾經私下裡有過一些非分之想。可是他和女主任的特殊關係在時時制約著他。世事的變化真大，生活就像萬花筒。這麼個妙可的女人，從一個不中用的屠戶手裡，竟然又落到了秦書田的黑爪爪裡。

「你們，你們已經有了深淺了？」吊腳樓主以一種行家的眼光逼住秦書田，彷彿看穿了對方的陰私、隱情。

「這種事，自然是瞞不過王書記的眼睛的……」秦書田竟然厚顏無恥地笑了笑，討好似地說。

「放屁！你們什麼時候開始的，嗯？」

「也記不清楚了，我向上級坦白，我們每天早晨打掃青石板街，掃來掃去，她是個寡婦，我一直打單身，就互相都有了這個要求。」

「爛籮筐配坼扁擔。都上手幾次了？」

「不……不敢，不敢。上級沒有批准，不敢，不敢。」

「死不老實！這號事你騙得過誰？何況那女人又沒有生育，一身細皮嫩肉，還不餵了你這隻老貓公？」

秦書田聽到這裡，微微紅了紅臉：「上級莫要取笑我們了。雞配雞，鳳配鳳……大隊能不能給我們出張證明，放我們到公社去登記？」

王秋赦拄著拐棍，一跛一顛地走到一塊青條石上坐下來，圓圓胖胖的臉塊上眉頭又打了結，眼睛又瞇成兩個小三角形。他看了看秦書田呈上的「告罪書」，彷彿碰到了政策上的難題：「兩個五類分子申請結婚……婚姻法裡有沒有這個規定？好像只講到年滿十八歲以上的有政治權利的公民……可是你們哪能算什麼公民？你們是專政對象，社會渣滓！」

秦書田咬了咬嘴皮，臉上再沒有討好的笑意，十分難聽地說：「王支書，我們、我們總還算是人呀！再壞再黑也是個人……就算不是人，算雞公、雞婆，雄鵝、雌鵝，也不能禁我們婚配呀！」

王秋赦聽了哈哈大笑，眼淚水都笑了出來：「娘賣乖！秦癲子，我可沒有把你們這些人當畜生，全中國都是一個政策……你不要講得這樣難聽。這樣吧，這回我老王算對你寬大寬大，把你的報告先在大隊革委裡頭研究研究，再交公社去審批。不過先跟你打個招呼，中央下了文件，馬上就要開展『一批兩打』、清理階級隊伍運動了，批不批得下來，還難講哪！」

秦書田誠惶誠恐，懇求著王秋赦：「王書記，我們的事，全仗你領導到公社開個口，講句話……我們已經有了，有了……」

王秋赦瞪圓了眼睛，拐杖在地上頓了頓：「有了？你們有了什麼了？」

秦書田低下了頭。他決定把事情捅出來，遲捅不如早捅，讓王秋赦們心裡有個底：「我們有了那回事了……」

果然，王秋赦一聽，就氣憤地朝地上啐了一口：「兩個死不老實的傢伙！江山易改，本性難移。當了階級敵人還偷雞摸狗……滾回去吧！明天我叫人送副白紙對聯給你，你自己去貼在老胡記客棧的門口！」

站在矮簷下，哪有不低頭？生活是顛倒的，淫邪男女主宰著他們愛情的命運。第二天，大隊部就派民兵送來了一副白紙對聯，交給了秦書田。秦書田需要的正是這副對聯。他喜上眉梢，獲得了一線生機似地到老胡記客棧來找胡玉音。胡玉音正在灶門口燒火，一看白紙對聯就傷心地哭泣了起來。

原來鎮上貼白紙對聯，是橫掃「四舊」那年興起的一種新風俗，是為了懲罰、警告街坊上那些越牆鑽洞、偷雞摸狗的男女，把他們的醜事公諸於眾，使其在革命群眾中臭不可聞而採取的一項革命化措施。

「玉音，你先莫哭，看看這對聯上寫的什麼？對我們有利沒有害呢！」秦書田邊開導邊把對聯展開來，「大隊幹部的文墨淺，無形中就當眾承認了我們的關係。你看上聯是『兩個狗男女』，下聯是『一對黑夫妻』，橫批是『鬼窩』。『一對黑夫妻』，管它紅、白、黑，人窩、鬼窩，反正大隊等於當眾宣佈了我們兩個是『夫妻』，是不是？」

秦書田真是有他的鬼聰明。胡玉音停止了哭泣。是哪，書田哥是個有心計的人。徵得了胡玉音的同意，秦書田才舀了半勺米湯，把白紙對聯端端正正地糊在鋪門上。

老胡記客棧門口貼了一副白紙對聯，這消息立即轟動了整個芙蓉鎮。大人、小娃都來看熱鬧，論稀奇：「『兩個狗男女，一對黑夫妻』，這對子切題，合乎實際。」「也是喲，一個三十出頭的寡婆子，一個四十來歲的老單身，白天搭伙煮鍋飯，晚上搭伙暖雙腳！」「他們成親辦不辦酒席？」「他們辦了酒席，哪個又敢來吃？」「唉，做人做到這一步，只怕是前世的報應！」

鎮上的人們把這件事當作頭條新聞，出工收工，茶餘飯後，談論了整整半個來月。只有仍然掛著個糧站副主任銜的谷燕山，屁股上吊著個酒葫蘆，來鋪門口看了兩回對聯，什麼話也沒有講。

街坊鄰居們的議論，倒是提醒了秦書田和胡玉音。在一個鎮上人家都早早地關上了鋪門的晚上，他們備下了兩瓶葡萄酒，一桌十來樣葷腥素菜，在各自的酒杯底下墊了一塊紅紙，像是也要履行一下手續儀式似的，喝個交杯酒。雖然公社還沒有批下他們的「告罪書」，但估計人家對他們這一等人的結合不會感什麼興趣。真要感興趣，才是抬舉了他們呢。反正生米煮成熟米飯，清水濁水混著流，大隊幹部和鎮上街坊們都已經認可了。物以類聚，人以群分。黑鬼對黑鬼，又不礙著誰。因之胡玉音、秦書田兩人的臉上也泛起了一點紅光喜氣……他們正依古老的習俗，廝親廝敬地喝了交杯酒，鋪門外邊就有人嗒嗒、嗒嗒地敲門。夫妻兩個立時嚇得魂不附體。胡玉音渾身打著哆嗦，秦書田趕忙把她摟著，好像能護著她似的……嗒嗒、嗒嗒的敲門聲仍在響著，卻又聽不見有人叫喊，秦書田才定了定神。他咬著胡玉音的耳朵說：「聽聽，這聲音不同。若是民兵小分隊來押我們，總是凶聲惡氣地大喊大叫，腳踢，槍托子頓，門板砰砰砰……」胡玉音這才定了定神，點了點頭。男人就是男人，遇事有主見，不慌亂。「我去開門？」「嗯。」

秦書田壯著膽子去開了門，還是吃了一驚：原來是「北方大兵」谷燕山！他手上提著個紙盒盒，屁股上吊著酒葫蘆。這真是太出乎意料了。秦書田趕忙迎了進來，門好門。胡玉音臉色發白，顫著聲音地請老谷入席。老谷也不客氣，不分上首下首就坐下了：

「上午和下午，我都看見你們偷偷摸摸的，一會兒買魚，一會兒秤高價肉……我就想，這喜酒，我還是要來討一杯喝。如今鎮上的人，都以為我是酒鬼，好酒貪杯……我想，我想，你們大約也不會把我坦白、交代出去……你們呢，依我看，也不是那種真牌號的五類分子……成親喜事，人生一世，頂多也只一兩回……」

黑夫妻兩個聽這一說，頓時熱淚漣漣，雙雙在谷燕山面前跪了下去，磕著頭。在這個動輒「你死我活」的世界上，還是有好人。人的同情心，慈善心，還是沒有絕跡……

谷燕山沒有謙讓，帶著幾分酒意地笑著：「起來，起來，你們這是老禮數、老規矩。是不是要我保媒啊？這幾年，我是醉眼看世人，越看越清醒。你們的媒人，其實是手裡的竹掃把，街上的青石板……也好，今晚上嘛，我就來充個數，認了這個份兒！」

黑夫妻兩個又要雙雙跪了下去，谷燕山連忙把他們拉住了，倒真像個主婚人似地安排他們都坐好了。

「我還帶了份薄禮來。」谷燕山打開紙盒，從中取出四塊布料來，還有一輛小汽車，一架小飛機，一個洋娃娃。「不要嫌棄。這些年來，鎮上人家收親嫁女，我都是送的這麼一份禮……你們也不例外。我是恭賀你們早生貴子……既是成了夫妻，不管是紅是黑，孽根孽種，總是要有後的。」

胡玉音心裡一陣熱浪翻湧，幾乎要昏厥過去……但她還是鎮住了自己。她又走到谷燕山面前，雙膝跪了下去，抽泣著說：

「谷主任！你要單獨受我一拜……你為了我，為了碎米穀頭子，背了冤枉啊……是我連累了你，害苦了你……你一個南下老幹部……若是幹部們都像你，共產黨都是你這一色的人，日子就太平……嗚嗚嗚，谷主任，日後，你不嫌我黑，不嫌我賤，今生今世，做牛做馬，都要報答你……」

谷燕山這時也落下淚來，卻又強作歡顏：「起來，起來，歡歡喜喜的，又來講那些事做什麼？自己是好是歹，總是自己最明白……來來，喝酒，喝酒！如今糧站裡反正不要我管什麼事，我今晚上就要好好喝幾杯，盡個興。」

秦書田立即重整杯盤。夫妻倆雙雙敬了滿滿一杯紅葡萄酒。谷燕山一仰脖子喝下後，就從屁股後取下了自己的酒葫蘆（秦書田、胡玉音這時好恨白天沒有準備下一瓶白燒酒啊）：

「你們這是紅糖水。你們兩口子喝了和睦甜親。我可是要喝我的二鍋頭，過癮，得勁！」

你勸我敬，一人一杯輪著轉，三人都很激動。谷燕山喝得眼眨眉毛動，忽然提議道：「老秦！早聽說你是因了個什麼《喜歌堂》打成右派的，玉音也有好嗓子，你們兩個今晚既是成親，就唱上幾曲來，慶賀慶賀，快樂快樂！」

恩人的要求，還有什麼不答應的？夫妻兩個不知是被酒灌醉了，還是被幸福灌醉了，紅光滿面地輕輕唱起一支節奏明快、曲調詼諧的〈轎伕歌〉來：

新娘子，哭什麼？我們抬轎你坐著，
眼睛給你當燈籠，肩膀給你當凳坐。
四人八條腿，走路像穿梭。
拐個彎，上個坡，肩膀皮，層層脫。
你笑一笑，你樂一樂，
洞房要喝你一杯酒，路上先喊我一聲哥……

生命的種子，無比頑強。五嶺山區的花崗岩石脊上，常常不知要從哪兒飛來一粒幾顆油茶籽那麼大的樹籽。這些樹籽撒落進岩縫石隙裡，幾乎連指甲片那麼一小塊泥土都沒有啊，只靠了岩石滲出的那一點兒潮氣，就發脹了，冒芽了，長根了。那是什麼樣的根系？猶如龍鬚虎爪，穿山破石，深深插入岩縫，鑽透石隙，含辛茹苦，艱難萬分地去獲取生命的養分。抽莖了，長葉了，鐵骨青枝，傲然屹立。木質細密，堅硬如鐵。看到這種樹木的人，無不驚異這生命的奇蹟。伐木人碰上它，常常使得油鋸斷齒，刀斧捲刃呢。

一個月後，秦書田、胡玉音被傳到了公社。開初，他們以為是通知他們去辦理婚姻登記手續。只是秦書田有些經驗，多了個心眼，用一個粗布口袋裝了兩套換洗衣服。

「秦書田！你這個鐵帽右派狗膽包天，幹下了好事！」

秦書田和胡玉音剛進辦公室，公社主任李國香就桌子一拍，厲聲喝斥。大隊支書王秋赦滿臉盛怒地和女主任並排坐著。旁邊還有個公社幹部陪著，面前放著紙筆。

秦書田、胡玉音低下了頭，垂手而立。秦書田不知頭尾，只好連聲說：「上級領導，我請罪，我認罪……」

「在管制勞動期間，目無國法，目無群眾，公然與富農分子胡玉音非法同居，對無產階級專政猖狂反撲……」女主任宣判似地繼續說。原來昨天晚上，王秋赦來個別彙報、請示工作時，女主任才詳細問起了他的腳扭傷的經過。王秋赦便把那一大早從供銷社側門出來，滑倒在一堆稀牛糞上，被早起掃街的鐵帽右派發現並背回吊腳樓去的經過講了一遍。還說秦書田近一段表現不錯等等。「我早曉得你上當了！」女主任冷笑了一聲罵道，「愚蠢的東西！供銷社高圍牆側門的那條小巷子才多寬一點？平日從沒有人牽牛從那巷子裡過，牛拉屎遠不拉、近不拉，偏偏拉在那門口？你那時經常到門市部樓上過夜……肯定被鐵帽右派盯住了，才設下了這個圈套！你呀，力氣如牛，頭腦簡單，少了一根階級鬥爭的弦！」王秋赦當場被女主任數落得無地自容，恨不得把圓腦殼縮進衣領去。同時也暗暗嘆服，這女上級就是比他高強。「階級報復！明天我就派民兵捉住秦癲子吊半邊豬！」王秋赦想到被右派分子算計，吃了兩個多月的苦頭，就睜大了三角眼，暴跳如雷。「要文鬥，不能光想著去觸及敵人的皮肉。」女主任倒是胸有成竹，平靜地說，「他不是申請和胡玉音結婚，而且已經公然住在一起了？我們就先判他個服法犯法，非法同居！他去勞改個十年八年，還不是我們跟縣裡有關部門講一句話？到了勞改隊，看他五類分子還去守人家的高圍牆、矮圍牆！」於是，秦書田和胡玉音就被傳到公社來了。

「秦書田！胡玉音！你們非法同居，是不是事實？」女主任繼續厲聲問。

秦書田抬起了頭，辯解說：「上級領導，我有罪……我們向大隊幹部呈過請罪書，大隊送了我們白紙對聯，認可了我們是『黑夫妻』……我們原以為，她是寡婦，我是四十出頭的老單身，同是五類分子，我們沒有爬牆鑽洞……公社領導會批准我們……」

「放屁！」王秋赦聽秦書田話裡有話，就拳頭在桌上一擂，站了起來，「無恥下流的東西！你這個右派加流氓，反革命加惡棍的雙料貨！給老子跪下！給老子跪下！我今天才算看清了你的狼心狗肺！呸！跪下！你敢不跪下？」

胡玉音拉了拉秦書田。秦書田當右派十多年來，第一次直起腰骨，不肯跪下，甚至不肯低頭。過去命令他下跪的是政治，今天喝叫他下跪的是淫欲。胡玉音彷彿也懂得了他的這層意思，膽子也就大了。王秋赦怒不可遏，晃著兩隻鐵錘似的拳頭，奔了過來。

「王秋赦！要打要殺，我也要講一句話！」胡玉音這時擋了上去，眼睛直盯住吊腳樓主，面色堅定沉靜。王秋赦面對著這雙眼睛，一時呆住了。「我們認識有多少年了？我們面對面地這麼站著，不是頭一回了吧？可我從沒有張揚過你的醜事……今後也不會張揚！我今天倒是想問問，男女關係，是在鎮上擺白擺明、街坊父老都看見了、認可了、又早就向政府請求登記的犯了法，還是那些白天做報告、晚上開側門的犯了法？」

「反了！翻天了！」一時，就連一向遇事不亂、老成持重的女主任，這時也實在沒有耐性了，竟降下身分像個潑婦撒野似地罵道，「反動富農婆！擺地攤賣席子的娼婦！妖精！騷貨！看我撕不撕你的嘴巴！看我撕不撕你的嘴巴！」

真不成體統。更談不上什麼鬥爭藝術，領導風度，政策水平。玷污了公社辦公室的幾尺土地。但李國香畢竟咬著牙鎮住了自己，渾身戰慄著，手指縫縫擠出了血，才沒有親自動手。她是個聰明人，林副統帥教導過她：政權就是鎮壓之權。她決定行使鎮壓之權：

「來幾個民兵！拿鐵絲來！把富農婆的衣服剝光，把她的兩個奶子用鐵絲穿起來！」

胡玉音發育正常的乳房，母性賴以哺育後代的器官，究竟被人用鐵絲穿起來沒有？讀者不忍看，筆者不忍寫。反正比這更為原始酷烈的刑罰，都確實曾經在二十世紀六〇年代中下葉的中國大地上發生過。

遵照上級的戰略部署，公社的「一批兩打、清理階級隊伍」運動開始時，秦書田、胡玉音這對黑夫妻立時成了開展運動的活靶子，反革命犯罪典型。在芙蓉鎮圩坪戲台上開了宣判大會。反動右派、現反分子秦書田被判處有期徒刑十年。反動富農婆胡玉音判處有期徒刑三年，因有身孕，監外執行。芙蓉鎮上許多熟知他們案情的人，都偷偷躲在黑角落流淚，包括黎滿庚和他女人「五爪辣」都流了淚。他們是立場不穩，愛憎不明，敵我不分。他們不懂得在和平時期，對秦書田這些手無寸鐵的敵人的仁慈，就是對人民的殘忍。他們不懂得若還秦書田、胡玉音們翻了天，復了辟，千百萬革命的人頭就會落地，就會血流成河，屍橫遍野。秦書田就會重新登台指揮表演《喜歌堂》，把社會主義當作封建主義來反，紅彤彤的江山就改變了顏色，變成紫色、藍色、黃色、綠色。胡玉音就會重新五天一圩，在芙蓉鎮上架起米豆腐攤子，一角錢一碗，剝削魚肉人民的血汗，再去起新樓屋，當新地主、新富農。

秦書田、胡玉音被押在宣判台上，態度頑固，氣焰囂張，都沒有哭。幾年來，他們已經被鬥油了，鬥臭鬥滑了，什麼場合都經見過，成了死不改悔的頑固派，反革命修正主義路線的社會基礎。秦書田不服罪，不肯低頭。胡玉音則挺起腰身，已經耀武揚威地對著整個會場現出她的肚子來了。劣根孽種！審判員在宣讀著判決書。公檢法是一家，高度一元化，履行一個手續。民兵暫時沒有能按下他們的狗頭。

胡玉音、秦書田兩人對面站著，眼睛對著眼睛，臉孔對著臉孔。他們沒有講話，也不可能讓他們講話。但他們反動的心相通，彼此的意思都明白：

「活下去，像牲口一樣地活下去。」

「放心。芙蓉鎮上多的還是好人。總會熬得下去的，為了我們的後人。」

第四章　今春民情（一九七九年）

一　芙蓉河啊玉葉溪

時間也是一條河，一條流在人們記憶裡的河，一條生命的河。似乎是涓涓細流，悄然無聲，花花亮眼。然而你曉得它是怎麼穿透岩縫滲出地面來的嗎？多少座石壁阻它、壓它、擠它？千迴百轉，不回頭，不停息。懸崖最是無情，把它摔下深淵，粉身碎骨，化成迷濛的霧。在幽深的谷底，它卻重新結集，重整旗鼓，發出了反叛的吼叫，陡漲了洶湧的氣勢。浪濤的吼聲明確地宣告，它是不可阻擋的。獼猴可以來飲水，麋鹿可以來洗澡，白鶴可以來梳妝，毒蛇可以來游弋，猛獸可以來鬥毆。人們可以來走排放筏，可以築起高山巨壁似的壩閘截堵它，可以把它化成水蒸氣。這一切，都不能改變它匯流巨川大海的志向。

生活也是一條河，一條流著歡樂也流著痛苦的河，一條充滿凶險而又興味無窮的河。人人都在這條河上表演，文唱武打，紅臉白臉，花頭黑頭。人人都顯露出了自己的芳顏尊容，叫做「亮相」。夫人揭發首長。兒子檢舉老子。青梅竹馬、至友親朋成了生死對頭。靈魂當了妓女。道德成了淫棍。人性論、人情味屬於資產階級。群眾運動，運動群眾。運動群眾的人自己也被運動。地球在公轉和自轉，豈能不動？念念不忘你死我活。權力的天地只有拳頭那麼大，豈能人人都活？右派不臭，左派能香？史無前例、規模空前的「左」的競走啊，「左」的賽跑。「右」就像無所不在的幽魂鬼怪，必須撒下天羅地網來擒拿。從穿衣吃飯，香水，髮型，直到紅唇皓齒，文件報告，無休無止的大會小會，如火如荼的政治洪流，都是為著滅資興無。直到公社社員房前屋後的南瓜、辣椒是資本主義。應該種向日葵，向日葵有象徵性。但誰嗑瓜子有罪。誰說沒有資本家？從發展的觀點看小攤販就是資本家。自留地、自由市場就是溫床。應當主動出擊。寸土必爭，寸權必奪。把資本主義消滅在萌芽狀態、搖籃裡。難道要等著它蓬蓬勃勃、氾濫成災？戶戶種辣椒、南瓜賣（南瓜還可以釀酒），集體田地不是會荒蕪？辣椒、南瓜就成為災害。糧和錢、窮和富有個辯證關係。如果人人都有錢、都富，生活水平都趕上、超過了解放前的地主、富農，飽食終日，誰還革命？誰還鬥爭？還有什麼階級陣線？幹部下鄉，蹲點搞運動，依靠誰？團結誰？爭取誰？孤立打擊誰？還怎麼搞人員的政治排隊？怎麼能沒有了這法寶、仙杖啊。貧下中農就是貧下中農，他們應當永遠是大多數。他們上升成了中農、富裕中農，天下大亂，革命斷送。中國的問題成堆，是一個資產階級和小資產階級的汪洋大海。解決問題必須找到一把萬能鑰匙：斗（鬥）。自上而下，五、六年一次，急風暴雨，鬥鬥鬥。其樂無窮，上了癮。你看看：斗（鬥），像不像一把古老的銅掛鎖的鑰匙？中國方塊字幾經簡化，卻還保存著一點象形文字的特徵。山海關城門，故宮禁苑，孔子文廟，鄉村祠堂，財老倌的穀倉、錢櫃，鄉公所土牢、水牢的鐵門，都是一個形狀的銅掛鎖，一把大同小異的銅鑰匙：斗（鬥）。真是國粹國寶，傳世傑作。叫做鬥則進，不鬥則退、則修。鬥鬥鬥，一直鬥到猴年馬月，天下一統，世界大同。但馬克思主義日月經天，山河行地，光輝永在，絕不會被一個膨脹了的「斗」（鬥）字所簡化、縮小、代替。歷史有其自身的規律，決定著人類社會萬事萬物的揚棄、取捨。多麼的嚴峻無情啊！到了西元一九七六年十月，歷史就在神州大地上打了一個大驚嘆號和句號。接著又出現了一長串的大問號。黨的「三中全會」扭轉乾坤，力排萬難，打破堅冰。生活的河流活躍了，歡騰了。

應當說，即便是人們在盲目、狂熱地進行著全國規模的極左大競賽的年月，時間的河流，生活的河流還是在前進，沒有停息，更不是什麼倒流。偏遠的五嶺山脈腹地的芙蓉鎮，也前進了。芙蓉河上的車馬大橋建成了，公路通了進來。起初走的是板車、雞公車、牛車、馬車，接著是拖拉機、卡車、客車，偶爾還可以看到一輛吉普車。吉普車一來，鎮上的小娃娃就跟著跑，睜大了眼睛圍觀。一定是縣委副書記李國香回「根據地」，來檢查指導工作。跟隨大小汽車而來的，是鎮上建起了好幾座工廠。一座是造紙廠，利用山區取之不盡的竹木資源。一座是酒廠，用木薯、葛根、雜糧釀酒。據說芙蓉河水含有某種礦物成分，出酒率高，酒味香醇。一座鐵工廠，一座小水電站。這一來，鎮上的人口就像螞蟻搬家似的，陸續增加了許多倍。於是車站、醫院、旅店、冷飲店、理髮館、縫紉社、新華書店、郵電所、鐘錶修理店等等，都相繼出現，並以原先的逢圩土坪為中心，形成了十字交叉的兩條街，稱為新街。原先的青石板街稱為老街。

芙蓉鎮成立了鎮革命委員會，成為一級地方政府，卻又尚未和公社分家，機構體制還有點亂。鎮革委會主任就是王秋赦。居民們習慣稱他為王鎮長。鎮革委會下設派出所、廣播站，還有幾科幾辦。叫做麻雀雖小五臟俱全。派出所管理全鎮戶籍人丁，打擊投機倒把，兼訓練全鎮武裝民兵，偵破「反標」案件多起。廣播站則在新街、老街各處都安了些高音喇叭，後又在各家各戶牆上都裝了四方木匣，早、中、晚三次，播放革命樣板戲、革命歌曲，以及鎮革委的各種會議通知、重要決議，還有本鎮新聞。本鎮新聞內容豐富，政治色彩濃烈，前些年是聯繫實際批林批孔，批儒評法，對資產階級實行全面專政，宣傳本鎮「文化大革命」的豐碩成果，接著是宣傳「批鄧、反擊右傾翻案風」和「既定方針」。如今呢，還是同一個女廣播員，操著同一口夾了本地腔的普通話，按本鎮革委會定下的口徑，在深揭狠批林彪、「四人幫」的滔天罪行，批極左路線，講十年浩劫；在宣傳抓綱治國、新時期總任務，在號召新長征、「四化」建設。高音喇叭的功率很大，在聲音的世界裡占壓倒優勢，居統治地位，便是街道上的汽車、拖拉機、鐵工廠的汽錘、造紙廠的粉碎機所發出的聲音，都在它的面前黯然失色，退避三舍。新街、老街，街坊鄰居們站在當街面對面地講話都不易聽見，減少了交頭接耳、竊竊私議，有利於治安管理。

前進中自然會出現一系列的新問題。沒有公路就沒有汽車，沒有汽車就揚不起滾滾濁塵。如今汽車、拖拉機從泥沙路面上一開過，滿街黃濛濛的飛灰就半天不得消失，叫做「揚灰路」，係「洋灰路」的諧音。老街還好點。新街的屋脊、瓦背、陽台、窗台，無不落了厚厚一層灰。等到大雷雨天氣才來一次自然清洗。新十字街沒有下水道，住戶、店鋪，家家都朝泥沙街面潑污水。晴天倒還好，泥沙街面滲水力極強。一到落雨天，街面就真正的成了「水泥路」，湯湯水水四方流淌。那些喜歡雨天飛車的司機們，更是把泥塊、泥水飛濺到街道兩旁的建築物上，牆壁、玻璃門窗無不濺滿了星星點點。也好，省錢又省事，免得居民們費布掛窗簾。據說鎮長王秋赦和同僚們正在制定市鎮建設規劃，設想在新十字街兩旁各挖一條淺淺的陽溝，好使污水暢通。有人提出要挖下水道。王鎮長說：「下水道？陽溝不就是下水道？我們不是廣州、上海，不要追求洋派！」而且做出了決議，一俟陽溝的設計圖紙畫了出來，經鎮革委常委會議審議批准，即責成鎮派出所集中全鎮的地、富、反、壞、「四人幫」幫派爪牙出義務工，限月限日完成。

工廠和工廠之間也經常鬧矛盾，起糾紛，還兩廠對壘打過群架。工廠一般都是沿芙蓉河而建，抽水、排水方便，還有水路運輸。還便於傾倒各種廢料垃圾。但是造紙廠蓋在離酒廠四里遠的玉葉溪上游開初竟然誰也不曾想到有什麼問題。相隔都有四里遠啊，又是兩條水路，兩個廠的青年工人談戀愛在河邊溜溜達達，都要半天，誰還礙得了誰？可是紙廠一開工，排出的鹼水白泡泡滿河流了下來，匯流到芙蓉河裡，哪裡管什麼四里二十里?酒廠釀出的糧白酒、二鍋頭帶苦澀味,喊老爺。酒廠要求紙廠賠償損失,紙廠要求酒廠遷移廠址。你們酒廠嫌芙蓉河水不好,我們紙廠可把玉葉溪水當寶。官司打到縣委,縣委責成鎮委解決;官司打到地委,地委責成縣委解決,縣委又責成鎮委解決。鎮革委主任王秋赦也沒有長三頭六臂,他能解決?算老幾?酒廠搬遷動輒上百萬,一個小小芙蓉鎮革委會有權印鈔票?還是王秋赦害怕兩廠打群架,出人命,才跑到縣革委去哭喪,請來楊民高書記、李國香副書記,組織兩廠頭頭辦學習班,提高思想。結果卻又是按批臭了的孔夫子的「中庸之道」行事,由紙廠出財力,酒廠出人力,用水泥涵管從三里外的峽谷裡接來清悠悠的山泉水解決問題。當然兩廠頭頭還背著縣裡兩位書記私下達成了一項諒解:今後紙廠幹部到酒廠購買內銷酒,次品酒,處理酒,享受酒廠幹部的同等待遇。

至於綠豆色的芙蓉河,玉葉溪,古老溫順、綠蔭夾岸、風光綺麗的芙蓉河、玉葉溪,如今成了什麼樣子?人們已經在議論紛紛。卻還暫時排不上鎮革委繁忙的議事日程。由於各工廠都朝河裡傾注廢渣廢水,河岸上已是寸草不生,而且在崩塌。沿岸還一排排傾倒了各種垃圾,據說河床水面不要那麼寬,可以適當擴大一些陸地面積。人家還搞圍湖造田、圍海造田呢。各種紙張、紙盒,紙廠的燒鹼白泡泡,據說偶爾還有不足月份的私生子,漂浮在平靜的河面上。原先河裡盛產「芙蓉紅鯉」,如今卻連跳蝦、螃蟹都少見了。

有人解釋說:污染和噪音,是現代化社會進程中的附屬品。先進的工業國家,第一世界、第二世界無不如此。據前些年報紙上宣傳，日本、美國的天空連麻雀都找不到一隻了。英國則要進口氧氣。屬於第三世界的中國內地、邊遠山區的芙蓉鎮，何以能另闢蹊徑？而且也還沒有到那種天空裡找不見一隻麻雀的田地，氧氣大約也不缺。麻雀在芙蓉鎮地方還是一種害鳥，每年夏初麥熟季節，社員們還要在麥田邊紮起一個個的草人來嚇唬呢。如果說科學、民主是一對孿生姐妹，封建、愚昧則是聖殿佛前的兩位金童玉女。批鬥了二十幾年的資本主義，才明白資本主義比起封建主義來還是個進步；實際上是根深柢固的封建主義批鬥了年紀輕輕的社會主義呢。

二　李國香轉移

前些年，北京有所名牌大學，準備開設一個「階級鬥爭系」，作為教育革命史上的一大壯舉。其實這是見木不見林，小巫不見大巫。階級鬥爭早就是一門全國性的普及專業，稱之為「主課」，而且辦學形式不拘一格，學習方法多種多樣，學生年齡有老有少。平心而論，我們的千百萬幹部又有幾位不是從這所專門學校培養、造就出來的，或者說是在這專門學校裡嚴酷磨煉、痛苦反省、刻意自修過來的呢？

前些年，北京有位女首長，險些兒步呂雉、武則天、慈禧後塵登基當了皇帝。女首長在「批林批孔」前前後後，十分強調培養有棱有角的女接班人。她說：「你們男人有什麼了不起？不就多了一條精蟲？」真是徹底的唯物主義。女首長恩澤施於四海，在各級三結合領導班子中體現出來。於是原公社書記李國香就升任為縣委女書記。一個縣委書記才多大一點？九百六十萬平方公里的國土上設有數千個縣市，各業各界這一級別的幹部不下百十萬。好些她這種年紀、學歷的女同行，都當過地革委、省革委的大頭頭，名字常上電台廣播，照片常登報紙呢。甚至有一位官拜副總理，在日本醫學界朋友面前出過「李時珍同志從五七幹校回來沒有」的笑話呢。還不都是同一所專業學校培養、造就出來的？修的不都是同一門「主課」？革命的需要，能怪某一個人？李國香是因為沒有進過紫禁城，所以誰也不能斷定她就不是塊副總理的材料。

不過話講回來，李國香這些年來能夠矮子上樓梯，也是頗為不容易的。幾次大風大浪的歷史轉折關頭，她都適應下來了，轉變過來了。她已經正式結了婚，愛人是省裡的一位「文化大革命」初期喪妻的中年有為的負責幹部。他們暫時還分居著。李國香還想在基層鍛鍊兩年，進步快些。「四人幫」倒台後，她在全縣三級擴幹大會上，對極左路線、幫派勢力罪行的控訴、批判，使許多人落了淚。一個三十出頭的女幹部啊，公社女書記啊，竟然被揪了出來，黑牌加破鞋，投在五類分子、牛鬼蛇神的隊伍裡遊街示眾；在芙蓉河拱橋工地上搞重體力勞動，為了請求加三兩糙米飯，在銅頭皮帶的威逼下不會跳「黑鬼舞」，就被勒令四腳走路，做狗爬……誰聽了不怒火燒胸膛？喪盡天良的幫派體系黑爪牙們就是這樣作踐黨的好幹部、好女兒……當然，李國香的「左派整左派的誤會」——幫派體系的「左」是打了引號的法西斯的極左，她的左是正統的革命的左，有著本質的不同。還有，李國香下令要用鐵絲把新富農婆胡玉音的兩隻發育正常的乳房穿起來——這是對待當時的階級敵人嘛，出於革命的義憤嘛，不能心慈手軟嘛，對敵人的仁慈就是對人民的殘忍嘛。當然，這些她都不便在三級擴幹會上控訴揭發。不值一提。跟「四人幫」幫派體系無關。而且在那種年頭，誰又能沒有一點過頭的言論、過火的行為呢？連革命導師都是人，不是神，何況她李國香呢。她也是富有七情六欲的人。

黨的十一屆三中全會的前後，縣委常委分下工來，由她負責落實全縣的冤假錯案的平反昭雪，右派分子改正，地富摘帽，改變成分。女同志總是細心些，適宜於做這項工作。冤假錯案平反昭雪，理所當然。為無辜死去的同志申張正義、恢復名譽，為存活下來的親屬子女安排生活、工作，義不容辭。一九五七年錯劃右派改正，這也不難理解，本來都是國家幹部，講了幾句錯話、寫了點錯文章也不是階級敵人嘛，今後吸取教訓、加強思想改造嘛，注意擺正和黨組織的關係就行了嘛。搞「四化」，提倡科學文化，這些知識分子尚是可以利用之才，為何不用？

就是對於給農村的地、富摘帽，地富子女改變成分這一項，李國香怎麼也想不通，接受不了。今後革命還有什麼對象？拿誰來當活靶子、反面教員？離開了階級鬥爭這個綱，今後農村工作怎麼搞？怎麼在大會小會上做報告？講些什麼？階級鬥爭是威力無窮的法寶啊，丟掉了這個法寶，就有如一個雙目失明的人丟失了手裡的拐杖。難道真的到了四十幾歲，在政治運動的大課堂裡學到的一套套經驗、辦法，渾身的解數，過時了？報廢了？還得像小學生那樣去從頭學起，去面壁苦吟，絞盡腦汁，苦思苦熬地啃書本，鑽研農業技術，學習經濟管理？對於這個問題，她連想都不願意想，毫無興趣，並有一種本能的反感。一個隱隱約約的可怕的念頭鑽進了她的腦子裡：變了，修了，復辟了。她白天若無其事，不動聲色，晚上卻犯了睡覺磨牙齒的毛病，格格響。

李國香是從自身的經歷、地位、利益來看待問題的。地委副書記兼縣委第一書記楊民高，明察秋毫，及時發現了外甥女的不健康的思想動向，危險苗頭。在一個深夜，做了一次高屋建瓴式的談話：

「怎麼？對黨的路線、政策懷疑了？動搖了？這次就轉不過彎來了？不行啊！根據我們黨的路線鬥爭歷來的教訓，適應不了每次偉大的戰略性轉變的幹部，必然為黨、為時代所淘汰。這種例子，這種人，你還見少了？縣委分工你主管落實政策，你不能個人意氣，不能以個人感情代替黨的政策，任何時候都要服從黨的決議。我們是下級，是細胞，不是心臟、大腦。就是萬一將來又說錯了，也是錯在心臟、大腦。我們離心臟、大腦遠著哪。我們只是執行問題，責任不在我們。關於地富摘帽及其子女改變成分的問題，叫摘就摘，叫改就改嘛。萬一將來又叫戴，就再給戴嘛。過去叫抓，是革命的需要。今天叫放，也是革命的需要嘛。我們生是黨組織的人，死是黨組織的鬼嘛……」

舅舅就是舅舅，水平就是水平。對鬥爭規律爛熟於心。只有學會了在政治湖泊裡游泳的人，才有這種自由。要不然，舅舅怎能當上地委副書記兼縣委第一書記？李國香就還沒有達到這個水平，還沒有贏得這種自由，還是個「三成生、七成熟」的幹部。所以她還只是個縣委副書記。但她終歸會完全成熟的，會學得一手在政治湖泊裡自由游泳的好本領。

楊民高書記對李國香同志這次沒能敏捷、及時地跟上形勢、服從路線的轉變，感到懊惱、擔心。不識時務，不辨風向的死腦筋！作為上級，加上骨肉情分，他想得比較遠，考慮也頗周全：縣委機關裡，對外甥女和王秋赦的曖昧關係，近來又有些風言風語。小李子和省裡的丈夫繼續分居下去，也不是長策。應當跟省裡那位「外甥女婿」把利弊擺擺，上下一起活動，通過組織部門先把小李子再提一下，調到省裡去算個正處級。今後再到地、縣來檢查指導工作，見官大三級，何樂而不為？楊民高書記把自己這意思委婉地（因有個組織原則問題）和外甥女透了透，外甥女心有靈犀一點通，頓然領悟。

第二天一早上班，李國香從縣公安局呈報上來的大疊等待批覆的冤假錯案裡，首先抽出〈關於一九五七年錯劃右派、在押犯人秦書田的改正材料〉和〈關於一九六四年錯劃新富農胡玉音的平反報告〉兩份呈文來。她覺得這兩份材料沉甸甸的，像兩塊鉛板，拿著十分吃力。她拿起又放下，放下又拿起，遲疑不決。她轉動著手裡的鉛筆，鉛筆也很沉，像一根金屬棒。力鼎千鈞、斷人生死的筆啊，為什麼有時大氣磅礴、字走龍蛇，有時卻枯竭虛弱、萬分艱澀？

擺弄了半天，李國香也沒有批出一個字來。她決定先給芙蓉鎮革委會王秋赦掛個電話，通個氣。

「什麼？給他們平反、改正？」誰想王秋赦這寶貝一聽電話，就衝著話筒氣洶洶地直叫喊：「我想不通！想不通！你們上頭變一變，我們下邊亂一片！」

三　王鎮長

「娘賣乖！搞得我姓王的人不像人，鬼不像鬼！本鄉本土的，今後在芙蓉鎮還有什麼威信、臉面？」

王秋赦習慣於鎮上的人稱呼他為「王鎮長」，卻不知居民們私下裡喊他「王秋蛇」。眾人嘴難封，耳不聽為乾淨。儘管李國香書記事先跟他掛了電話打了招呼，他接到縣委關於給秦書田、胡玉音落實政策的兩個材料後，還是心急火燎，暴跳如雷。關上辦公室的房門，獨自一人擂了一頓辦公桌，把一只玻璃杯都震落下水泥地板上打得粉碎。

其實，王秋赦也是錯怪了李國香。黨中央三令五申平反歷次政治運動積存下來的冤假錯案，如春雷動地，春風浩蕩，豈是小小的李國香們所能阻擋得住的？

李國香倒是深知王秋赦的為人心性的。彼此都還有點藕斷絲連，「戀舊」。這些年來，王秋赦本來是可以找個女人成家的，可是為了對李國香的感情專一，死心踏地，他做出了犧牲。單單這一點，李國香就心領神會，十分感動。因此隔了幾天，李國香又從縣委給他掛來一個電話，聲音清晰和悅。電話裡講了些什麼，因是「專線」，電訊局總機的接線生尚且不敢偷聽，其餘人就更是不得而知了。但見王秋赦接過電話，跌坐在籐圍椅裡，額頭上冷汗直冒。這回王秋赦沒有關起辦公室房門來擂桌子，震落玻璃杯，而是在心裡咒罵：

「娘賣乖！有意思，給他們平了反，摘了帽，仍是個內專對象，腦門上還有道白印子，有道黑箍箍……話是這麼講，可你們拉下一攤稀屎巴巴，叫我來舔屁股！你倒好，快要調到省裡工作去了，把我丟在這芙蓉鎮，來辦這些改正、平反、昭雪的冤案假案錯案……李國香，你真是朵國香，總是香啊！三十六策，你走為上策。你走，你走，公鵝和金雞，公牛和母大蟲，反正也成不了長久的夫妻……」

平心而論，王秋赦這些年來和李國香明來暗往，是互為需要，有得有失。有什麼可抱怨的呢？而且得重於失。失掉的是什麼？自己的泥腳桿子身分，得到的卻是芙蓉鎮鎮長一職。這全虧李國香在楊民高書記面前好說歹說，一力推薦。要依了楊民高同志原來的性子，王秋赦這種扶不上牆的稀牛屎，易反易覆的小人，是再也不得起用的。黎滿庚就是一例，還不是一九五六年撤區併鄉時不聽老楊一句話，就一輩子都脫不了腳上的草鞋、背上的蓑衣？王秋赦又怎麼啦？若單是論品德、才幹，他還趕不上黎滿庚一指頭呢。但是「批林批孔」那年的春節前的一件事，徹底改變了楊民高書記對王秋赦的看法。

原來楊民高書記全家，又特別是楊書記本人，每年冬春兩季，有個酷愛吃冬筍的嗜好。片兒絲兒，嫩嫩的，脆脆的，炒瘦肉片，燜紅燒鴨塊、雞塊，燉香菇木耳片兒湯，都是絕不可少的。吃在嘴裡格崩格脆，美不可言。冬筍又不是燕窩銀耳，海參熊掌，山裡土傢伙，什麼稀罕東西？本來作為一縣首長，一冬一春吃個一兩百斤冬筍何足掛齒？

可巧那年竹子開花結米，自然更新換代，一山一山的都枯死了。冬筍竟和魚翅一樣成了稀罕之物。李國香在一個晚上，口角噙香地向王秋赦提供了表忠進身的機緣。第二天正逢芙蓉鎮圩日，王秋赦在女主任的默許下，為了打擊投機倒把，維護社會治安，堵塞資本主義，派出民兵小分隊，把守圩場的各個進出口，宣佈了一次緊急戒嚴。其時正是年關節下，山裡社員們挑了點山貨土產，來圩上換幾個錢花。誰知圩場路口只准進，不准出。而且每個進圩場的人都要接受佩黃袖章的民兵的檢查，凡窩藏在筐筐籮籮裡的冬筍一律予以沒收，其餘一概不問。為什麼單單沒收冬筍，純屬上級機密，不得過問。一時，滿圩場上人人失色，面面相覷。一個小道消息透露出來，一傳十，十傳百，人們交頭接耳，添枝加葉，神色鬼祟慌亂，說是新近山裡偵破了一個反動組織，叫筍殼黨。反革命分子們把祕密文件匿藏在冬筍殼裡進行反革命聯絡。所以這一圩上撒下了天羅地網，還不知要捕獲多少反動組織的頭頭腦腦、腳腳爪爪呢！那些丟失了冬筍的人，哪裡還顧得上那點子經濟損失？只恨不得生出一雙翅膀來，飛離圩場這是非之地，回到自己的家裡去。在家千日好，出門動步難呢。

「筍殼黨」的高級絕密，是誰製造出來的？是民兵小分隊的個別不忠分子有意給王鎮長出難題？還是純屬趕圩群眾的臆造，以訛傳訛，弄假成真？倒搞得王秋赦和李國香也面面相覷，十分尷尬，怕事情鬧大捅穿了。後來不停地在大會、小會上闢謠、追謠、肅謠，聲明這次的芙蓉鎮戒嚴純係為了打擊投機倒把，才算把事情平息了下去。

再說芙蓉鎮收繳冬筍後的當夜，由王秋赦親自出馬，把所獲一百多斤珍貴的冬筍分裝兩只麻袋，用一輛自行車綁了，趕五、六十里夜路送進縣城，交在楊民高書記的小廚房裡。真是人不知，鬼不覺。楊民高書記第二天早晨起來看見了，皺著眉頭把王秋赦批評了一頓：尊敬領導，愛護上級，不要來這一套嘛。奉送農副產品，是不正之風嘛，庸俗嘛。反對法權，負責幹部尤其不要搞特殊化嘛。楊民高書記還把兩麻袋冬筍提到路線覺悟、反修防修的高度來認識，並當即親自和王秋赦抬扁擔過了秤，按供銷部門的收購價格算了賬，只是沒有立即付款。王秋赦心都涼了半截，只怨李國香的內線情報提供得不確切。楊民高書記的批評，他一直聽到「既往不咎、下不為例、今後注意注意」，才覺察到事情有了轉機。接著下來，楊書記親自陪他吃了早飯。早飯當然只是富強粉饅頭、豆漿、皮蛋、臭豆腐乳、一小碟白糖，簡簡單單。席間楊民高書記還關切地問了問王秋赦的工作、個人生活上有沒有什麼困難等等。當然，有關「筍殼黨」的傳聞，王秋赦是被謠言所中傷，楊民高同志則是受了蒙蔽，隻字不知。他只曉得冬筍長在竹山裡，山裡社員用鋤頭一棵一棵從土裡刨出來的，而且對春竹的生長還很有些影響呢。

不久，李國香就被楊民高書記召回縣裡，詳細彙報了公社幹部隊伍的基本情況，當然包括了芙蓉鎮大隊支書王秋赦近些年來悔改前非、力求上進、對上級領導忠心耿耿等等有關情況。楊書記自然是根據「不能把活人看死」、也「不能把死人看活」的原則，對王秋赦在「文化大革命」初期搞「三忠於」講用時的「鸚鵡學舌」，予以諒解。重在現實表現。過了些日子，芙蓉鎮上就傳出了風聲，說是為了培養和重用立場堅定、愛憎分明的基層幹部，縣委準備提拔本鎮大隊支書王秋赦為公社革委會副主任。可是世上沒有不透風的牆，也是好事多磨。王秋赦為了收繳冬筍，擅自在芙蓉鎮實行緊急戒嚴的事，還是被人告到了省裡和地區。十里之郡，必有良才。何況芙蓉鎮還是個三省十八縣的貿易集鎮。究竟是誰個告的？當日趕圩的人魚龍混雜，什麼階級成分、社會關係的沒有？難以一一查實。根據當時政府辦事的一般手續，人民群眾告到省裡的狀子，必定批轉地區，地區再又批轉縣裡，縣裡批轉公社，都落到了李國香的手裡。這些批語，大都也是一樣的口氣：「請查實情況，予以處理。」「根據黨的有關政策查實處理。」「責成黨委有關部門處理。」「轉所在公社酌處。」……年月日當然不同，是批文當日填寫上去的，就是鮮紅、權威的印鑑，雖然都是標準的圓形，但也還有個大小之分，印泥顏色也有濃有淡。

狀子還是起到了一定的作用。縣委有關部門呈報到地區有關部門的關於提拔、任命王秋赦同志為公社革委副主任的呈文，一直沒有批下。連楊民高書記都只好搖頭嘆氣，壓制新生力量的頑固勢力是何等地根深柢固啊。後來隨著形勢的發展，縣委決定把芙蓉鎮設置為小於公社一級鄉鎮，就把王秋赦安排為拿工分、吃補貼的新型幹部——鎮革委會主任。縣委職權範圍的事，也就無須什麼上級批准了。當時學生興「社來社去」，新幹部興「不拿工資拿工分」，是「文化大革命」後期為著向資產階級法權挑戰而樹立起來的新生事物。王秋赦既是新型幹部，多在基層鍛鍊鍛鍊，日後前程無量……

「娘賣乖，鬥來鬥去二十幾年，倒是鬥錯了？秦癲子不但判刑判錯了，就連一九五七年的右派帽子也戴錯了！不但要出牢房，還要恢復工作！工資還不會低，比我這一鎮頭頭的收入還高得多……而且，看來楊民高書記對我還留了一手，當了幾年鎮長，連個國家幹部也沒給轉。還是吃的農村糧，拿工分，每月只三十六塊錢的補助……」

王秋赦在鎮革委辦公室裡，面對著縣委的兩份「摘帽改正」材料，拿不起，放不下。辦？還是不辦？拖著，等等看？可是全國都在平反冤假錯案，報紙上天天登，廣播裡天天喊，你王秋赦不過是個眼屎大的「工分鎮長」，頸骨上長了幾個腦殼？

「娘賣乖，這麼講，秦書田右派改正，胡玉音改變成分，供銷社主任復職，稅務所所長平反……還有『北方大兵』谷燕山哪！帶出來這麼一大串。十幾、二十幾年來山鎮上誰沒有錯？就只那個『北方大兵』谷燕山好像沒大錯。但若不是十幾年來這麼鬥來鬥去，自己能鬥到今天這個職務？還不是個雞狗不如的『吊腳樓主』？要一分為二哪，要一分為二。」

王秋赦最為煩惱的還不是這個。他還有個經濟利害上的當務之急：要退賠錯劃富農胡玉音的樓屋，鎮革委早就將「階級鬥爭展覽室」改做了小小招待所。小招待所每月有個一兩百元的收入，又無須上稅，上級領導來鎮上檢查、指導工作，跟兄弟單位搞協作，大宴小宴，菸酒開支，都指望這一筆收入。「向胡玉音講清楚道理，要求她顧全大局，樓屋產權歸還她，暫時仍做小招待所使用，今後付給她一點房租，五塊八塊的，估計問題不大……」

王秋赦迫在眉梢的經濟問題還有一個，就是要退賠社教運動中沒收的胡玉音的一千五百元款子。十幾年來，這筆款子已經去向不明。前些年自己沒有職務補貼，後些年每月也只三十六元，吃吃喝喝，零碎花用，奉送各種名目的禮物……哪裡夠？你當王秋蛇還買了一部印票機麼！

「娘賣乖！這筆款子從哪裡出？從哪裡出？先欠著？對了，先欠著，拖拖再說。十幾年來搞政治運動，經濟上是有些模糊……一千五百元當初交在了誰手裡？誰打了收據？哈哈，一筆無頭賬，糊塗賬……胡玉音，黨和政府給你平了反，昭了雪，恢復小業主成分，歸還樓屋產權，還准許你和秦書田合法同居，你還有什麼不滿足？」

話雖這樣講，王秋赦的日子越來越難混了。近些日子新街、老街出現的各種小道消息、馬路新聞也於他十分不利，紛紛傳說上級即將委任「北方大兵」谷燕山為鎮委書記兼鎮革委主任。上級並沒有下什麼公文，但居民們已經在眉開眼笑了。這人心的背向，王秋赦不癡不傻，是感覺得出來的。真是如芒在背，如劍懸頸。如今他也不敢輕易在大會小會上追謠、闢謠、肅謠了。打了幾次電話到縣委去問，縣委辦公室的人也含糊其詞，沒有給個明確的回答。他神思恍惚，心躁不安，真是到了食不甘味、臥不安枕的地步了。他經常坐在辦公室裡呆癡癡地，臉色有些浮腫，眼睛發直，嘴裡念念有詞，誰也不曉得他念些什麼。他神思都有些迷離、錯亂……有一天，他終於大聲喊了出來：

「老子不，老子不！老子在台上一天，你們就莫想改正，莫想平反！」

四　義父谷燕山

就是在大劫大難的年月，人們互相檢舉、背叛、摧殘的年月，或是龜縮在各自的蝸居裡自身難保的年月，生活的道德和良心，正義和忠誠並沒有泯滅，也沒有沉淪，只是表現為各種不同的方式。「北方大兵」谷燕山是「醉眼看世情」。那一年，鐵帽右派秦書田被判刑勞改去了，胡玉音被管制勞動。老谷好些日子膽戰心驚，因為他給這對黑夫妻主過媒。但後來事實證明黑夫妻兩個還通人性、守信用，並沒有把他老谷揭發交代出來，使他免受了一次審查。要不，他谷燕山可就真會丟掉了黨籍、幹籍。就是這一年年底的一天晚上吧，颳著老北風，落著鵝毛雪。老谷不曉得又是在哪裡多喝了二兩回來，從老胡記客棧門口路過，忽然聽見裡頭「娘啊，娘啊，救救我……我快要死了啊」的痛苦呻吟，聲音很慘，聽起來叫人毛骨悚然。「胡玉音這新富農婆要生產了？」這念頭閃進了他腦瓜裡。他立即走上台階，抖了抖腳上、身上的雪花，推了推鋪門。門沒有上閂。他走進黑古隆冬的長鋪裡，才在木板隔成的臥室裡，見昏黃的油燈下，胡玉音挺個大肚子睡在床上，雙手死命地扳住床梯，滿頭手指大一粒的汗珠，痛得快要暈過去了。這可把谷燕山的酒都嚇醒了。他一個男子漢從來沒有經見過這場合：

「玉音，你、你、你這是快、快了？」

「谷主任，恩人……來扶我起來一下，倒口水給我、給我喝……」

谷燕山有些膽戰，身上有些發冷，真懊惱不該走進這屋裡來。他摸索著兌了碗溫開水給胡玉音喝。胡玉音喝了水，又叫扯毛巾給她擦了汗。胡玉音就像個落在水裡快要淹死了的人忽然見到了一塊礁石一樣，雙手死死地抓住了谷燕山：

「谷主任，大恩人……我今年上三十三了……這頭胎難養……」

「我、我去喊個接生婆來！」谷燕山這時也急出一身汗來了。

「不，不！恩人……你不要走！不要走……鎮上的女人們，早就朝我吐口水了……我怕她們……你陪陪我，我反正快死了，大的小的都活不成……娘啊，娘啊，你為什麼留我在世上造孽啊！……」

「玉音！莫哭，莫哭。莫講洩氣話。痛，你就喊『哎喲』……」谷燕山這個北方大兵，頓時心都軟了，碎了。他身上陡漲了一股凜然正氣，決定把拯救這母子性命的擔子挑起來，義不容辭。什麼新富農婆，去他個毬！老話講：急人一難，勝造七級浮屠。頂多，為這事吃批判，受處分。人一橫了心，就無所疑懼了：「玉音，玉音，你莫急。你若是同意，我就來給你……」

「恩人……大恩人……政府派來的工作同志，就該都是你這一色的人啊，可他們……恩人，你好，你是我的青天大人……有你在，我今晚上講不定還熬得過去……你去燒一鍋水，給我打碗蛋花湯來……我一天到黑水米不沾牙……聽人家講，養崽的時候就是要吃，要吃，吃飽了才有力氣……」

谷燕山就像過去在游擊隊裡聽到了出擊的命令一般，手腳利索地去燒開水、打蛋花湯，同時提心吊膽地聽著睡房裡產婦的呻吟。不知為什麼，他神情十分振奮，頭腦也十分清醒。他充滿著一種對一個新的生命出世的渴望和信心。柴灶裡的火光，把他鬍子拉碴的臉塊照得通紅。他覺得自己是在執行一項十分重要的使命，而且帶點神祕性。他自己都有些奇怪，竟一下子這麼勁沖沖、喜沖沖的。

胡玉音在谷燕山手裡喝下一大碗蛋花湯後，陣痛彷彿停息了。她臉上現出了一種奇怪的笑容，好像有點羞澀似的。然而產婦在臨盆前，母性的自慰自豪感能叫死神望而卻步。孕育著新生命的母體是無所畏懼的。胡玉音半臥半仰，張開雙腿，指著挺得和個大圓球似的肚子說：「這個小東西，在裡頭踢腿伸拳的，淘氣得很，八成是個胖崽娃！全不管他娘老子的性命……」

「恭喜你，玉音，恭喜你，老天爺保佑你母子平安……」谷燕山這個在戰爭年代出生入死過來的人，竟講出一句帶迷信色彩的話來。

「有你在……我就不怕了。不是你，今晚上，我就是痛死在這鋪裡，邦硬了，都沒有人曉得……」胡玉音說著，眼睛矇矇矓矓的，竟然睡去了。或許是掙扎、苦熬了一整天，嬰兒在母體裡也疲乏了。或許是更大的疼痛前的一次短暫的憩息。

谷燕山這可焦急起來了。他一直在留心傾聽公路上有無汽車開過的聲音。胡玉音睡下後，他索性轉出鋪門，頂風冒雪來到公路上守候。哪怕是橫睡在路上，他都要把隨便哪一輛夜行的車子截住。過了一會兒，雪停了，風息了。滿世界的白雪，把夜色映照得明晃晃的。谷燕山雙手籠進舊軍大衣裡，焦急地在雪地裡來回走動……這時刻他就像一個哨兵。是啊，當年在平津戰場上，他也是穿著這件軍大衣，也是站在雪地裡，等候發起總攻的信號，盼望著勝利的黎明……日子過得真快，世事變化真大啊！一個人的生活，有時對他本人來說都是一個謎，一個百思不解的謎。二十多年前，他站在華北平原的雪地裡，是在以浴血奮戰來迎接一個新國家、新社會的誕生；二十年後的今天，他卻是站在南方山區小鎮的鋪著白雪的公路上，等候著一輛過路的汽車，用以迎接一個新的小生命。然而這是一個什麼樣的新的生命？黑五類的後代，非法同居的嬰兒，他的出世本身就是一種罪孽……世事真是太複雜、太豐富了，解釋不清。他不時地回過頭去望望老胡記客棧。他急切地盼著聽到汽車的隆隆聲，見到車燈在雪地裡掃射出的強烈光柱。前些時他還為了汽車帶來的塵土、泥漿而詛咒過。可如今他把汽車當作了解救胡玉音母子性命、也是解救他脫離困境的神靈之物。可見無論是物質的文明還是精神的文明，都是詛咒不得的。

過了好一會兒，他終於攔下了一輛卡車，而且還是解放軍部隊上的。一年前附近山洞裡修了座很大的軍用地下倉庫。解放軍駕駛員聽著這位操著一口純正北方話的地方幹部模樣的人解釋了情況，就立即讓他上了車，並把車子倒退到老街口。

果然，谷燕山剛把胡玉音連扶帶架，塞進了駕駛室，胡玉音的陣痛就又發作了，在他懷裡痙攣著，呻吟著。多虧了解放軍戰士把車子開得既快又穩，徑直開進了深山峽谷的部隊醫院裡。

胡玉音立即被抬進了二樓診斷室。安靜的長長的走廊裡，燈光淨潔明亮。穿白大褂的男女醫生、護士，在一扇玻璃門裡出出進進，看來產婦的情況嚴重。谷燕山守候在玻璃門邊，一步也不敢離開。診斷室就像仙閣瓊樓，醫生、護士就像仙姑仙子，他這個俗人不得進入。不一會兒，一位白大褂領口上露出紅領章的醫生，拿著個病歷卡出來找他，直到軍醫解下大口罩，他才發覺是個女的，很年輕。

「你是產婦的愛人嗎？叫什麼名字？什麼單位？」

谷燕山臉塊火燒火辣，一時不知所措，胡亂點了點頭。事已至此，不點頭怎麼辦？救人要緊。他結口結舌地報上了自己的姓名和單位。女醫生一一地寫在病歷卡上，接著告訴他：「你愛人由於年紀較大，孕娠期間營養不良，嬰兒胎位不正，必須剖腹。請簽字。」

「剖腹？」谷燕山倒抽了一口冷氣，眼睛瞪得很大。他顧不上臉紅耳赤了。他心口怦怦跳著，望著軍醫領口上的紅領章好一刻，才定了定神。自己也是這支隊伍裡出來的。這支隊伍歷來都是人民子弟兵，對人民負責，愛人民。十幾二十年來雖然有了種種變化，他相信這根本的一點沒有變。於是他又點了點頭，並從女軍醫手裡接過筆，歪歪斜斜地簽上了「谷燕山」三個字。在這種場合，管他誤會不誤會，他都要臨時負起作為丈夫和父親的責任。

胡玉音平躺在一輛手推車上，從診斷室裡被推了出來。在走廊裡，胡玉音緊緊捏著谷燕山的手臂。谷燕山跟著手推車，送到手術室門口。醫生、護士全進去了，手術室的門立即關上了。他又守在門口，來來回回地走動，心如火焚。他多麼盼著能隔著一道道門，聽到嬰兒被取出來時的哇哇啼叫聲啊，胡玉音一定會流很多血，很多很多血……老天爺，這晚上，生活在他的感情深處，開拓出了一個嶄新的領域……他感覺到了生命的偉大，做一個母親真了不起。她們孕育著新的生命，生產新的人。有了人，這世界才充滿了歡樂，也充滿了痛苦。這世界為什麼要有痛苦？而且還有仇恨？特別是在我們共產黨、工人農民自己打出的天下、自己坐著的江山裡，還要鬥個沒完，整個沒完，年復一年。有的人眼睛都薰紅了，心都成了鐵，以鬥人整人為職業、為己任。這都是為了什麼？為了什麼？他不懂。他文化不高，不知「人性論」為何物，水平有限，思想不通竅。「一腦殼的高粱花子」，竟也中「階級鬥爭熄滅論」、「人性論」的毒害這樣深……

他苦思苦熬地度過了漫長的四個鐘頭。天快亮時，胡玉音被手推車推了出來。一個用醫院潔白的棉裙包裹著的小生命，就躺在她身邊。可是胡玉音臉色白得像張紙，雙目緊閉，就和死了一樣。「死了？」谷燕山的心都一下子蹦到了喉嚨口，他眼裡充滿了淚水。推車的小護士心細，注意到了他臉上的絕望神情，立即告訴他：「大小平安。產婦是全麻，麻藥還沒有醒……」「活著！活著！」他沒有大喊大叫，連生了個男娃女娃都忘了問。「活著！活著！」醫院的長廊裡靜悄悄的，卻彷彿迴蕩著他心靈深處的這種大喊大叫。

按醫院的規定，產婦和嬰兒是分別護理的。嬰兒的紗布棉裙上連著一塊寫有編號的小紙牌。谷燕山被允許進病房照料產婦。床頭支架上吊著玻璃瓶，在給胡玉音打「吊針」。直到中午，胡玉音才從昏睡中醒了轉來。她第一眼就看到了谷燕山。她伸出了那隻沒有輸液的軟塌塌的手，放在谷燕山的巴掌上。谷燕山像個溫存而幸福的丈夫那樣，在胡玉音的手背上輕輕地撫摩著。這時，小護士進來告訴這對「夫婦」，昨晚上生的是個胖小子，愛哭。編號是「7011」。這可好了，胡玉音哭了，谷燕山也眼眶紅了，落下淚來。小護士頗有經驗：這沒有什麼奇怪的，所有中年得子的夫妻都會像他們這樣哭，高興得哭。小護士給胡玉音注射了催眠針，並問：「給你們的胖小子取個什麼名字？」胡玉音看了谷燕山一眼，也沒商量一下，就對小護士說：「谷軍。他的姓，解放軍的軍。」說著，很快就入睡了。

由於傷口需要癒合調養，加上大雪封山，更主要是由於谷燕山的有意拖延，胡玉音在部隊醫院裡住了五十幾天。這段時間裡，谷燕山每天早出晚歸，往來於芙蓉鎮和部隊醫院。好在這時他是糧站顧問，實際上一直靠邊站，沒有具體的工作負擔。鎮上的街坊們都曉得新富農婆胡玉音生了個胖崽娃，是勞改分子秦書田的種。其餘，他們都不大感興趣。就是有幾位心地慈善的老娭毑，也只在胡玉音從部隊醫院回到老胡記客棧後，才偷偷地來看了看投生在苦難裡的崽娃，留下點熟雞子什麼的。

谷燕山卻被傳到縣糧食局和公安局去問過一次情況。但糧食局長和公安局長都是和他一起南下的，屬於自由主義第一種：同鄉，同事，戰友。他們都深知谷燕山是個老實而沒大出息的人，雖然糊塗也斷乎做不出什麼大壞事，又兼「缺乏男性功能」，送個女人給他都白搭，就拿他開了一頓玩笑，沒再追究。後來芙蓉鎮和公社革委會還繼續往縣裡送過材料，也沒有引起重視。就連楊民高書記都嗤之以鼻：窩囊廢，不值一提。但組織部門還是給了他個「停止組織生活」的處分。

這一來，倒是無形中造成了谷燕山從生活上適當照料胡玉音母子的合法性。後來逐漸成為習慣，為鎮上居民們所默認。一直到了「四人幫」倒台，一直到娃兒長到七、八歲，谷燕山和胡玉音雖然非親非故，卻是互相體貼，廝親廝敬。谷燕山說：秦書田也快刑滿回家了，再在崽娃的名字前邊加個姓：秦。反正娃娃一直是個「黑人」，公社、大隊不承認他，不給登記戶口。谷燕山卻是這「小黑鬼」的「義父」。這情況，被人們列為芙蓉鎮地方「文化大革命」中後期的一件怪事。

「親爺，」有天，胡玉音拉著娃兒，依著娃兒的口氣對谷燕山說，「滿街上的人都在傳悄悄話，講是鎮上百姓上了名帖，上級批下文來，要升你當鎮上的書記、主任。王秋蛇要溜回他那爛吊腳樓去了！其實，新社會，人民政府，本就該由你這一色的老幹部掌權、管印啊！」

「莫信，莫信，玉音！」谷燕山苦笑著搖了搖頭，「我連組織生活都沒有恢復，還掛著哪。除非李國香、楊民高他們撤職或是調走……」

「親爺，都是我和娃兒連累了你……為了我們，你才背了這麼多年的黑鍋……」說著，胡玉音紅了眼眶，抽抽噎噎哭了起來。

「呵呵，這麼多年了，你的眼淚像眼井水，流不乾啊……」谷燕山勸慰著。他雙手撫著娃兒，也是在勸慰著自己：「如今世道好了。上級下了文，要給你和書田平反了。我麼，假若真派我當了鎮上的頭頭，擔子也太重啊。這鎮上的工作是個爛攤子，都要從頭做起。頭件事，就是要治理芙蓉河……這些天，我晚上都睡不著……」

還沒上任，「北方大兵」就睡不著了。胡玉音含著眼淚笑了。娃兒也笑了。娃娃忽然嚷嚷說：

「娘！親爺！聽講黎叔叔也要當回他的大隊支書了！黎叔叔昨晚上還答應給我上戶口，我就不是黑人了！」

五　吊腳樓塌了

生活往往對不貞的人報以刻薄的嘲諷。

這些年來，羞恥和懊惱，就像一根無形而又無情的鞭子，不時地抽打在黎滿庚身上和心上。他的心蒙上了一層污垢。他出賣過青春年代寶貴的感情，背叛了自己立下的盟誓。在胡玉音劃成新富農、黎桂桂自殺這一冤案上，他是火上澆油，落井下石，做了幫凶。他有時甚至神經質地將雙手巴掌湊在鼻下聞聞，彷彿還聞到一丁點兒血腥味似的。

但是，忠誠和背叛，在黎滿庚的生活裡總是糾纏在一起。他背叛了對胡玉音的兄妹情誼（而且是由純潔的愛情轉化來的），背叛了站在芙蓉河岸邊立下的盟誓，也就背叛了自己的良心。可是，向縣委工作組交出了胡玉音託他保管的一千五百元現款，卻是向黨組織呈上了自己的忠誠。多麼巨大而複雜的矛盾！早在一九五六年他當區民政幹事時，就是為了對組織忠誠，而犧牲了刻骨銘心的愛情。在組織和個人、革命和愛情面前，他總是理性戰勝感性，革命排斥了愛情。他不加考慮地把組織觀念看得重於一切，盲從到了愚昧的地步，從來沒有去懷疑、去探究過這個所謂的「組織」執行的是什麼路線。他沒有這個水平。習慣於服從。誠然，他也曾經想過，許多領導同志也出身不好，社會關係複雜，他們卻在戰火紛飛的年代，把革命和愛情、理性和感性，結合得那樣好，那樣和諧，甚至舉行刑場上的婚禮。他們是在為著同一項事業、同一個目標而愛，而恨。可那是打天下呀，需要流血犧牲呀！打天下當然要擴大隊伍，什麼人都可以參加，不能把門關得太嚴，而是要敞開大門……如今是坐天下，守江山。隊伍就當然要純而又純，革命就需要不斷地對內部進行鬥爭、整肅、清理。查清三代五服，才能保證純潔性。因而就需要犧牲革命者個人的愛情，以至良心。良心看不見，摸不著，算幾斤幾兩？而且小資產階級才講天地良心……就這樣，黎滿庚出賣了胡玉音，而且把她推進了無情打擊的火坑。

可是今天，歷史做出結論，生活做出更正：胡玉音是錯劃富農，黎桂桂是被迫害致死。黎滿庚呀黎滿庚，你這個卑鄙的出賣者，你這個自私自利的小人，你這個雙手沾著血腥氣的幫凶！你算個什麼共產黨員？你還配做一個真正的共產黨員？是黨章上的哪條哪款、黨的哪一號文件要求你這樣做了？你怨誰？能怨誰啊？中國有三千八百萬黨員，沒有幾個人像你一樣去背叛自己的兄弟姐妹、道德良心啊，沒有幾個人像你一樣去助桀為虐啊。你能怨誰？混蛋，你能怨誰？

黎滿庚經常這樣自責自問，詛咒自己。可是，就能全都怨自己嗎？他是個天生的歹徒、壞坯、惡棍？對胡玉音，對芙蓉鎮上的父老鄉親，自己就沒有做過一件好事，就不曾有過赤子之心，沒有過真誠、純潔的感情？顯然不是。胡玉音啊，這個當年胡記客棧老闆的嬌嬌女，對他始終是一個生活的苦果，始終在他心底裡凝聚著愛、怨、恨。就是她成了富農寡婦，她掛黑牌遊街，戴高帽子示眾，上台挨鬥，自己都沒有去凶過她，惡過她，作踐過她……為了這，大隊黨支部、鎮革委會，對他黎滿庚進行了多次批判教育，批他的右傾，批他的「人性論」和「熄滅論」，直至撤銷他的大隊祕書職務，只差沒有開除黨籍。「人性論」啊「人性論」，「人性論」是個什麼東西？什麼形狀、顏色？圓的、方的、扁的？黃的、白的、黑的？他黎滿庚只有高小文化，頭腦簡單，四肢發達，想像力十分貧乏。只覺得「人性論」像團糠菜粑粑似地堵在他喉嚨管，嚼不爛，吐不出，吞不下，怕要惡變成咽喉癌喲。他好狼狽啊，有苦難言，有口難辯。左右都不是人。岩層夾縫裡的黃泥，被夾得成了乾燥的薄片片，不求滋潤，只求生存。這世事，這運動，這鬥爭，真是估不準、摸不著啊，你想緊跟它，忠實於它，它卻捉弄你，把你當猴兒耍……

「可憐蟲！黎滿庚，你這條可憐蟲！」好幾年，他都鬱鬱寡歡，自怨自愧，像病魔纏身。一個五大三粗、挑得百斤、走得百里的漢子，背脊佝僂了下來，寬闊的肩頭彷彿負不起一個無形而又無比沉重的包裹。後來就連他的女人「五爪辣」，都被他的神色嚇住了，擔心他真的得下了什麼病。「五爪辣」這女人也頗具複雜性。胡玉音「走運」賣米豆腐那年月，她怕男人戀舊，經常舌頭底下掛馬蹄，嘴巴「踢打踢打」，醋勁十足。

對那一千五百元現款，她大吵大鬧，又哭又嚎，逼著男人去告發，去上繳。她甚至幸災樂禍地有了一種安全感。這一來，男人就對「芙蓉精」死了心。可是接著下來，她一年又一年地看著胡玉音戴著黑鬼帽子掃大街，又覺得作孽。縱是壞女人，也不應當一生一世受這份報應……男人一年四季陰沉著臉，從不跟她議論這些。但她曉得男人害的是什麼心病。她有時覺得自己也是虧了心。胡玉音生娃娃那年，她還像作賊一樣溜進老胡記客棧去看望過一回，那崽娃好胖喲，紅頭花色，手腳巴子和蓮藕一樣，巴壯巴緊。該叫什麼？私生子，野崽？不，人家叫軍軍，有主，判刑勞改去了的右派分子秦書田是父親。後來小軍軍一年年長大了，會跑會跳了，「五爪辣」還把他叫進自己屋裡來，給他片糖吃。真是賤人有賤命。娃兒眼睛溜圓，樣子像他娘又像他爺老倌，很俊。「五爪辣」對這娃兒有點子喜歡。因她後來又養過兩胎，仍是「過路貨」。如今一共「六千金（斤）」。有時人家問男人有幾個崽女，男人總是悶聲悶氣地舉起指頭，報田土產量一樣：「三噸」。「五爪辣」慢慢地看出來，男人也喜歡小軍軍。每回小軍軍一進屋，他就眼角、嘴角都掛上了笑。頭回笑，二回抱，三回四回就不分老和少了。看著男人開心，「五爪辣」也高興。男人再要鬱鬱悶悶、唉聲嘆氣待下去，真的惹下一身病來，她「五爪辣」拖著六個妹娃去討吃，都不會有人給啊！

「軍軍，來，給你果子吃！」黎滿庚有時給家裡的千金們零食吃，也給小軍軍留一份。「不，娘會罵的，娘不准我討人家的東西吃，免得人家看不起。」小軍軍口齒伶俐，沒有伸出巴掌來，但眼睛卻盯住果子，分明十分想吃。小小年紀，就開始陷入感性和理性的矛盾。「五爪辣」在旁看著，也覺得這娃兒可憐可疼：「軍軍，你娘兒倆只一個人的口糧，你在家裡吃得飽嗎？」「娘總是等我先吃。我吃剩了娘才吃。有時我不肯吃，娘就打我，打了又抱起我哭……」講到這裡，娃兒眼眶紅了。黎滿庚和「五爪辣」聽著，也都紅了眼眶。他們體會得出，一個寡婦帶著這麼個正吃長飯的娃兒，兩人吃一人的口糧，每天還要受管制、掃大街，是在苦煎苦熬著過日子啊。「五爪辣」自己呢，自男人不當幹部後，日子好過得多。黎滿庚是個好勞力，除了出集體工工分掙得多，自留地更是種得流金走銀，四時瓜菜一家八口吃不贏，圩圩都有賣。「五爪辣」和妹兒們經管豬欄、雞塒出息也大，像辦了個小儲蓄所。夫婦兩個算是共得患難，同得甘苦。再者娃娃多了，年紀大了，年輕時候那醋勁妒意也消減了，所以家事和睦了。

千金難買回頭看。「四人幫」倒台後，人，都在重新認識自己啊。經過這些年來的文唱武打，運動鬥爭，人人都有一本賬。有過的補過，有罪的悔罪。問心無愧的，高枕無憂。作惡多端的，逃不脫歷史的懲罰。

黎滿庚和「五爪辣」，如今常留小軍軍在家裡吃飯，和妹兒們玩耍。「軍軍，你娘曉得你是在哪裡吃飯嗎？」「曉得。」「罵沒罵？」「沒罵，就講我像小叫花……」看來胡玉音是默許了。有一回，黎家請來裁縫，給六個妹兒做過年衣服，也順帶著給小軍軍做了一件。比著尺寸做好了，卻沒有給小軍軍穿上，而是用張紙包了，叫小軍軍拿回家去給娘看。不一會兒，軍軍就穿著那新嶄嶄的衣服回來了，回來給黎滿庚夫婦看。「你娘給你穿上的？」「嗯。娘叫我回來謝謝叔叔和嬸娘……」

開春了，冰化雪消的解凍季節到了。今年春天的春雷響得早，春雨下得急。這天下午，公社黨委通知黎滿庚和王秋赦去參加公社黨委擴大會。會議是公社黨委和鎮委聯合召開的。新來的公社黨委書記嚴厲批評了吊腳樓主給胡玉音和秦書田落實政策時搞拖延戰術，留尾巴，至今不歸還新樓屋和那一千五百元現款；並代表縣委宣佈，撤銷王秋赦的芙蓉鎮大隊黨支書、芙蓉鎮革委會主任兩個職務。芙蓉鎮大隊今後劃歸鎮革委管轄，大隊黨支部暫時由老支書黎滿庚負責，日內進行一次選舉。鎮黨委、革委的負責人，縣委另行委任。縣委的決定還沒宣佈完，王秋赦就丟魂失魄地跑了，雨具都沒有顧上拿，就光著腦殼跑到風雨裡去了。人們拚命鼓掌，大聲叫好。一時間，會場上的叫好聲、巴掌聲，蓋過了會場外那風聲雨聲和動地的雷聲。

黨委擴大會開到天黑才散。來去十里路，黎滿庚雖戴了個筍殼斗笠，一身還是淋得透濕。可是他身上暖，心裡熱。自己恢復支書職務，雖然有些抱愧，但撤掉了王秋赦，除掉了鎮上一害，這是鎮上一大喜事啊。說不定還會有人給他打鞭炮，送邪神。

「聽講你又當官了？那頂爛烏紗帽，人家扔到嶺上，你又撿來戴到腦門頂上？」回到家，「五爪辣」一邊看著他換衣服，一邊問。

「哪來的消息，這樣子快？」

「你和王秋蛇去開會，滿鎮子上的人就講開了，還來問我哪。我又哪裡曉得？反正我不管，自留地歸你種，柴禾歸你打。要不，我們娘女七個不准你進屋。你也莫想像過去似的，在家裡也是『脫產』幹部！」

「好的，好的，都依你。你放心，這幾年我種自留地都種出了癮……何況今後當這個芝麻綠豆官，也要參加生產了。上級已經批准我們山區搞包產到組，個別的還到戶，哪個還會偷懶？」

「王秋蛇這條懶蛇，從雨裡跑回來，滿街大喊大叫，你不曉得？」

「喊什麼？」

「他重三倒四叫什麼『放跑了大的，抓著了小的』，『放跑了大的，抓著了小的』！還喊『千萬不要忘記啊——』，『文化革命五、六年再來一次啊——』，『階級鬥爭，你死我活啊——』！這回老天報應了，這個挨千刀的瘋了！」

「他不瘋怎麼辦？春上就包產到組，哪個組肯收他，敢要他？給他幾畝田，也只會長草……他吃活飯、當根子的年月過去了！」

兩夫婦正說著，忽然聽得窗外的狂闊風雨中，發出了一陣轟隆隆樓屋倒塌似的巨響！

「誰家的屋倒了？」黎滿庚渾身一抖。「五爪辣」臉塊嚇得寡白。在古老的青石板街上，大都是些年久失修的木板鋪面啊，誰家又遭災了！

黎滿庚捲了褲腳，披了蓑衣，戴了斗笠正準備出門，只聽街上有人尖著嗓音，報喜似地叫嚷：

「吊腳樓倒了！吊腳樓塌了——！」

六 「郎心掛在妹心頭」

胡玉音獨自一人清早起來打掃青石板街，有多少個年頭了？她默默地掃著，掃著，不抬頭，不歇手。她有思維活動麼？她在想著念著些什麼？在想著往日裡秦書田揮動竹枝掃帚時那舞台上搖槳一般的身影？在回憶他們那一年捉弄那一對掌權男女的開心的一幕？還是在尋找秦書田在青石板街上留下的足跡？這種足跡滿街都是啊，密密麻麻，重重疊疊。正是這些足跡把一塊塊青石塊踩得光光溜溜啊。還分得出來嗎？哪是書田哥的？哪是自己的？這些足跡是怎麼也掃不去的哪，它們都鑲在青石板上了，鑲在胡玉音的心田上了，越掃越鮮明……對於親人的思念，成了滋潤她心靈的養分。奇怪的是，在這樣漫長的歲月裡。她嘗盡了一個「階級敵人」應分的精神和肉體的「糧食」，含垢忍恥，像石縫裡的一棵草一樣生活著，竟再也沒有起過「死」的念頭。她也學得了書田哥應付這些場面時的那一手，喊她去接受批鬥，她也像去隊上出工那樣平常。不等人家揪頭髮，她預先把腦殼垂下。不等人家從身後來踢腿肚子，她就會撲通一聲先跪下。人家打她的右耳光，她也等著左邊還有一下……她也被鬥油了，鬥滑了，是個老運動員了，該授予她「運動健將」的金牌。——連續十年十幾年的極左大競賽為什麼不頒布競賽成績，不設置各種金牌、銀牌、銅牌？這一來她卻少吃了一些苦頭。而且每次在批鬥會上，她一動不動地朝鄉親們跪著，臉色寡白，表情麻木，不哭，像一尊石膏像。她的兩隻黑白分明的大眼睛有時抬起頭來望望大家，眼神裡充滿了悽楚、哀怨，表示她還活著。她這雙眼睛是妄圖贏得鄉親們的憐惜，瓦解人們的鬥志？還是在做著無聲的抗議：「街坊父老姐妹們，你們看，我就是那個擺小攤賣米豆腐的芙蓉姐子……我就這樣向你們跪著，跪著，直到你們有海量，寬懷大度，饒恕了我，放開了我……」的確，每逢鎮上開批鬥大會有她在台上跪著，會場氣氛往往不激烈，群眾鬥志不高昂，火藥味不濃。有的人還會紅了眼眶，低下頭去不忍心看。還有的人會找了各種藉口，中途離開會場，儘管門口有民兵把守。

樹上的鳥雀、溝裡的花草都有命。胡玉音也有一條命。萬事萬物都是命。命是注定的。要不，芙蓉鎮上比她壞、比她懶、比她刁、比她心腸歹毒的女人都沒有倒楣，偏偏她胡玉音起早貪黑、抓死抓活賣了點米豆腐就倒了楣？那些年年在隊裡超支、年年向國家討救濟的人就是好貨？政府看得起、當寶貝的就是這號貨？當親崽親女的就是這號角色！過去的衙門嫌貧愛富，如今有人把它倒了過來，一味地鬥富愛貧，也不看看為什麼富，為什麼貧，而把王秋赦一號人當根本，當命根。好咧，胡玉音這一世人就當了傻子上了當，下世投胎，也好吃懶做，直掃帚不支，橫掃帚不豎，也伸手向政府要吃，向政府要穿，向王秋赦學，吊腳樓歪斜了，豎根木樁撐著，也總是當現貧農，好讓上級的人看了順眼順心，當親崽親女，當根子好搞運動……

好死不如賴活，賴著臉皮也要活，人家把你當作鬼、當作黑色的女鬼也要活。胡玉音如今有了「心伴」，那個還在坐牢的書田哥，書田哥還給她留下了命根——小軍軍。

她才不死哪，再苦再賤，她都活得有意思，值得。小軍軍是在她的摟抱、撫摩下長大的，在她沒完沒了的親吻裡笑啊，鬧啊，吃啊，睡啊，牙牙學語，蹣跚起步，長到了八歲啊。勾起指頭算，政府判了小軍爸爸十年刑，坐過九年了，他快回來了。書田哥在洞庭湖勞改農場，月月都有信，封封信尾上都寫著「親親小軍軍」。難道僅僅是「親親小軍軍」？玉音有一顆溫柔的妻子的心，男人的意思她懂……玉音月月都給書田哥回信，封封都寫上：「書田，軍軍親親你。你要保重身子，好好改造，政府早點放你回來。我和軍軍天天都在等你，望你。心都快等老了，眼睛都快望穿了。但是你放心，軍軍在一年年長大，我卻還沒有一年年變老。我的心還年輕，這年輕是留把你的，等著你的。你放心，放心，放心……」對了，玉音還記得唱《喜歌堂》，一百零八曲，曲曲都沒忘，還會唱。也是留著唱給書田哥聽的，留著等書田哥出了牢，回到家裡一起唱。這個心思，這份情意，玉音啊，你的封封信裡，有沒有寫上？你不要怕，《喜歌堂》不是什麼暗語代號，只反一點封建，看守人員會把信交給書田哥看……

胡玉音每天清早起來，默默地打掃著青石板街。她不光光是在掃街，她是在尋找、辨認著青石板上的腳印，她男人的腳印……「四人幫」倒台後的第二年，大隊部、鎮革委、派出所都有人吩咐過她：「胡玉音，你可以不掃街了。」但她還是天天清早起來掃。她一來怕今後變，人家講她翻案；二來也彷彿習慣了，彷彿執拗地在向街坊們表示：要掃，要掃，要掃到我男人回來，我書田哥回來！一個性情溫順、默默無聲的女人，那內心世界，是一座蘊藏量極大的感情的寶庫。

今年春上——一九七九年的春上，鎮革委派人來找她去，由過去整過她、把她劃作富農成分的人通知她：你的成分搞錯了，擴大化，給你改正，恢復你的小業主成分，樓屋產權也歸還，暫時鎮革委還借用。她都嚇懵了，雙手捂住眼睛，不相信，不相信，不可能，不可能！這是在白日做夢……淚水從她手指縫縫裡流下來，流下來，但沒有哭出聲。她不敢鬆開捂著眼睛的雙手，害怕睜開眼睛一看，真是個夢！不可能，不可能……她作古正經當了十四、五年的富農婆，挨了那麼多鬥打，罰了那麼多跪，受了那麼多苦罪，怎麼是搞錯了?紅口白牙一句話，搞錯了！而且他們也愛捉弄人，當初劃富農的是這些人，如今宣佈劃錯了的也是這些人。這些人嘴皮活，什麼話都講得出，什麼事都做得出。他們總是沒有錯。是哪個錯了?錯在哪裡?所以胡玉音不相信這神話。這是夢。

直到鎮革委的人拿出縣政府的公文來給她看，亮出公安局的鮮紅大印給她認，她才相信了，這是真的。天啊，天啊，她差點昏厥了過去。她身子晃了幾晃，沒有倒下。搭幫這些年她被鬥滑了，鬥硬了。她忽然臉盤漲得通紅，明眸大眼，伸出雙手去，聲音響亮（響亮得她自己都有點驚奇）地說：

「先不忙退樓屋，不忙退款子，你們先退我的男人！還我的男人，我要人，要人！」

鎮革委的幾個幹部嚇了一跳，以為這個多少年來蚊子都不哼一聲似的女人，是在向他們討還一九六四年自殺了的黎桂桂，是要索回黎桂桂的性命！他們一個個臉色發白，有些狼狽：看看，這個女人，剛給她摘帽，剛給她落實政策，她不感恩，不磕頭，而是在這裡無理取鬧！

胡玉音伸出的雙手沒有縮回，聲音卻低了下來：「還我的男人……我的男人是你們抓去坐牢的，十年徒刑，還有一年就坐滿了，他沒有罪，沒有罪……」

鎮革委的人這才嘆了一口氣，連忙笑著告訴她：「秦書田也平反，也摘帽。他的右派也是錯劃了，還要給他恢復工作。省電台前天晚上已經播放了《喜歌堂》。」

「哈哈哈！都錯了！書田哥也劃錯了！哈哈哈！天呀，天呀，新社會回來啦！共產黨回來啦！哈哈哈！新社會又沒有跑到哪裡去，我是講他的政策回來啦……」

四十出頭了，胡玉音還從沒在青石板街上這麼放肆地笑過，鬧過，張狂過。披頭散髮，手舞足蹈。街坊們都以為她瘋了，這個可憐可悲的女人。直到她娃兒小軍軍來拉她，扯她，她才把娃兒抱起，當街打了幾個轉轉，又在娃娃的臉上親著，才打著響啵回老胡記客棧去了。

胡玉音回到屋裡，就倒在床上哭，放聲大哭。哭什麼？傷心絕望的時候哭，喜從天降的時候也哭！人真是怪物。哭，是哪個神仙創造的？應該發給生理學大獎，感情金杯，人文學勛章。要不，大悲大喜無從發洩，真會把人憋得五臟淤血。

第二天清早，胡玉音仍舊拖著竹枝掃把去打掃青石板街。往時她是默默無聲地掃著街，如今她是高高興興地掃著街。她就有種傻勁，平了反還來掃街，不掃街就骨頭癢？才不是吶。做一個女人，她有她的想頭，她是要感謝街坊鄰居們，這些年來多虧你們發善心，講天良，才沒有把玉音往死裡踩。玉音不是吃了你們的虧，你們多多少少還護了護玉音，給留了一條命。玉音不是吃了哪個人的虧，是吃了上級政策的虧⋯⋯這些年來，胡玉音就是每天清早起來掃街，街坊們才曉得有這個黑女人在，新富農婆還在。既是玉音背時倒楣的時候掃過街，如今行運順心了也可以掃街。掃街有什麼醜？有什麼不好？那些在新社會討飯、討救濟、討補助的人才醜。聽講北京、上海那些大口岸管掃街的人叫清潔工，還當人民代表，相片還上報，得表揚。

其實，胡玉音仍舊清早起來掃青石板街，還有個心裡的祕密。她曉得，書田哥在千里之外的洞庭湖濱勞改，接到平反改正的通知後，他會連天連夜地趕回來，生起翅膀飛回來。親生的骨肉還沒見過面，一別九年的女人老沒老？玉音曉得，書田哥早就心都焦了，碎了。他還有不連天連夜趕回來的？玉音整夜整夜地睡不著。小軍軍卻睡得像個小蠢子，任玉音抱他、親他都不醒。玉音既是整晚整晚都沒聽見腳步聲、敲門聲，沒等著書田哥回來，就有了一種預感：書田哥會早晨回來！聽人家講，州里開往縣城的客班車是下午到。縣城到芙蓉鎮還有六十里，書田哥會顧不得在城裡落伙鋪，他會連夜順著公路趕回來！是的，連夜趕回來⋯⋯掃完一條街，天都大亮了，玉音也失望了。她就在心裡抱怨：男人家呀男人家，總是粗心大意。你手續沒辦妥，一下子脫不開身，也該先來封信呀，先拍封電報呀。免得人家整晚整晚、一早一早地望呀，頸骨都望長啦，沒良心的！或許書田哥回到縣裡，就先去辦了恢復工作的手續？唉呀，男人家的心，比天高，比天大。玉音不喜歡你去做那個鬼工作，免得又惹禍。你就守在玉音身邊，帶著小軍軍，種自留地，養豬養雞養鴨，出集體工，把我們的樓屋都繡上花邊，配上曲子，把日子打發得流水快活……

這些年來的折磨，也使得胡玉音心虛膽怯，多疑。自給她改正、去帽那天起，她就怕變，怕人家忽然又喊「打倒新富農婆！」怕民兵又突然來給她掛黑牌，揪她去開批鬥會，去罰跪……她時時膽戰心驚，神經質。她急切地盼著書田哥回來，回來一起過過這好日子！哪怕過上兩天三天，十天半月，挺直腰板，像人家那些夫妻一樣，並排走在街上，有講有笑，進出百貨商店。書田哥呀，你快些回來，你還不回來！萬一有朝一日，我又重新戴上了新富農婆的帽子，你又當了右派才見面，生成的「八字」鑄成的命，那就哭都哭不贏……

這天清早，有霧，打了露水霜，有點冷人。胡玉音又去打掃青石板街。她晚上沒有睡好，拖著疲憊的雙腿，沒精打采。盼男人盼得都厭倦了。一早一晚的失望。她晚上總是哭，天天都換枕頭帕。男人不回來，她算什麼改正、平反呀！這一切有什麼意思、有什麼用處呀！她真想跑到鎮革委去吵，去鬧：我的書田哥怎麼還不回來？你們的政策是怎麼落實的呀？你們還不去把他放回來？……竹枝掃把刮著青石板，沙、沙、沙，一下，一下，她掃到了供銷社圍牆拐角的地方，身子靠在牆上歇了歇。她不由地探出身子去看了看小巷子裡的那條側門，當年王秋赦拐斷腳的地方。如今側門已經用磚頭砌嚴實了，只留下了一框門印。管它呢，那些老事，還去想它去做什麼……回轉身子，拿起掃帚，忽然前邊一個人影，提著旅行袋什麼的，匆匆地朝自己走來。大約是個趕早車的旅客。喲，這客人，也不問問清楚，走錯啦，汽車站在那一頭，應該掉過身子去才對呀。

但那人仍在匆匆地朝自己走來。唉，懶得喊，等他走到了自己的身邊，才告訴他該向後轉……竹枝掃把刮著青石板，沙沙沙，沙沙沙……

「玉音？玉音，玉音！」

哪個在喊？這樣早就喊自己的名字？胡玉音眼睛有些發花，有些模糊，一個瘦高的男子漢站在自己面前，一口連鬢鬍子，穿著一身新衣新褲，把一只提包放在腳邊。這男子漢呆裡呆氣，站在那裡像截木頭……胡玉音不由地後退了一步。

「玉音，玉音！玉音——！」

那人的聲音越來越大，張開兩手，像要朝自己撲過來。胡玉音眼睛糊住了，她好恨！怎麼面對面都看不清，認不準人啦。她心都木啦，該死，心木啦！這個男人是不是書田哥？自己又在做夢？書田哥，書田哥，日盼夜盼的書田哥？不是的，不是的，哪會這麼突然，這麼輕易？她渾身顫戰著，嘴皮打著哆嗦，心都跳到了喉嚨管，胸口上憋著氣，快憋死人了。她終於發出了一聲石破天驚的呼喊：

「書——田——哥——！」

秦書田粗壯結實的雙臂，把自己的女人抱住了，緊緊抱住了，抱得玉音的兩腳都離了地。玉音一身都軟塌塌，像根藤。她閉著眼睛，臉盤白淨得像白玉石雕塑成。她任男人把她抱得鐵緊，任男人的連鬢鬍子在自己的臉上觸得生痛。她只有一個感覺，男人回來了，不是夢，實實在在地回來了。就是夢，也要夢得久一點，不要一下子就被驚醒……

竹枝掃把橫倒在青石板街上，秦書田把胡玉音抱在近邊的供銷社門口的石階上坐下來，就像懷裡摟著一個妹兒。胡玉音這才哇的一聲哭了起來：

「書田哥！書田哥！你、你……」

「玉音！玉音！莫哭，莫哭，莫哭……」

「你回來也不把個信！我早也等，晚也等……我曉得你會連天連夜趕回來！」

「我哪裡顧得上寫信？哪裡顧得上寫信？坐了輪船坐火車，下了火車趕汽車，下了汽車走夜路，只恨自己沒有生翅膀……但比生翅膀還快，一千多里路只趕了三天！玉音，你不高興，你還不高興？」

「書田哥！我就是為了你才活著！」

「我也是！我也是！要不，早一頭栽進了洞庭湖！」

胡玉音忽然停止了哭泣，一下子雙臂摟住了秦書田的頸脖，一口一口在他滿臉塊上親著，吻著。

「哎呀，玉音，我的鬍子太長了，沒顧上刮。」

「你一個男人家，哪曉得一個女人的心！」

「你的心，我曉得。」

「我每天早晨掃街，都喊你的名字，都和你講話，你曉得？」

「曉得。我每天早起去割湖草，去挑湖泥，總是在和你答話，我們有問有答。我曉得你在掃街，每早晨從哪塊掃起，掃到哪裡歇了歇。我聽得見竹枝掃把刮得青石板沙沙沙……」

「你抱我呀！抱我呀，抱緊點！我冷。」

胡玉音依偎在秦書田懷裡，生怕秦書田突然撒開了雙手，會像影子一樣突然消失似的。

「玉音，玉音……我的好玉音，苦命的女人……」

這時，秦書田倒哭起來了，雙淚橫流：

「你為了我，吃了多少苦，受了多少罪……今生今世，我都還你不起，還你不起……多少年來，我只想著，盼著，能回到你身邊，看上你一眼，我就心甘情願……萬萬想不到，老天開了眼，我們還有做人的一天……」

胡玉音這時沒有哭，一種母性的慈愛感情，在她身上油然而生。她撫著秦書田亂蓬蓬的頭髮，勸慰了起來：

「書田哥，我都不哭了，你還哭？『郎心掛在妹心頭』。記得我娘早就跟我講過，一個被人愛著、想著的人，不管受好大的難，都會平平安安……這麼多年，我心裡就是這麼想著、愛著的，我們才平平安安相會了！我們快點起來吧。這個樣子坐在供銷社階沿上，叫起早床的街坊們看見了，會當作笑話來講！」

秦書田又哭了。他們雙雙站起來，像一對熱戀著的年輕人，依偎著朝老胡記客棧走去。

「軍軍滿八歲了，對吧？他肯不肯喊爸爸？」

「我早就都告訴他了。他天天都問爸爸幾時回來，都等急了……話講到頭裡，你若是見了崽娃就是命，把我晾到一邊，我就不依……」

「傻子，你盡講傻話，盡講傻話！」

七　一個時代的尾音

芙蓉鎮今春逢圩，跟往時不大相同。往時逢圩，山裡人像趕「黑市」，出賣個山珍野味，毛皮藥材，都要腦後長雙眼睛，留心風吹草動。糧食、茶油、花生、黃豆、棉花、苧麻、木材、生豬、牛羊等等，稱為國家統購統銷的「三類物資」，嚴禁上市。至於豬肉牛肉，則連社員們自己一年到頭都難得沾幾次葷腥，養的豬還在吃奶時就訂了派購任務，除非瘟死，才會到圩場上去賣那種發紅的「災豬肉」。城鎮人口每人每月半斤肉票，有時還要託人從後門才買到手。說來有趣，對於這種物資的匱乏、貧困，報紙、《參考消息》則來宣傳現代醫學道理：動物脂肪膽固醇含量高，容易造成動脈硬化、高血壓、心臟病，如今一些以肉食為主的國家都主張飲食粗淡，多吃雜糧菜蔬，植物纖維對人體有利。紅光滿面不定哪天突然死去，黃皮寡瘦才活得時月長久，延年益壽……

時間真像在變魔術！「四人幫」倒台才短短兩年多一點，山鎮上的人們卻是恍若隔世，進到了一個嶄新的世代裡了啊。如今芙蓉鎮逢圩，一月三旬，每旬一六，那些穿戴得銀飾閃閃、花花綠綠的瑤家阿妹、壯家大姐，那些衣著筆筆挺挺的漢家後生子，那些豐收之後面帶笑容、腰裡裝著滿鼓鼓錢荷包的當家嫂子、主事漢子們，或三五成群，或兩人成對，或擔著嫩蔥水靈的時鮮白菜，或提著滿筐滿籃的青皮鴨蛋、麻殼雞子，或推著輛雞公車，車上載著社隊企業活蹦亂跳的魚鮮產品，或一陣風踩著輛單車，後座上搭一位嘻哈女客……人們從四鄉的大路、小路上趕來，在芙蓉鎮的新街、老街上占三尺地面，設攤擺擔，雲集貿易。那人流、人河，那嗡嗡的鬧市聲喲，響徹偌大一個山鎮……圩場上最為惹人注目的，是新出現了米行、肉行。白米，紅米，糙米，機米，筐筐擔擔，排成隊，任人們挑選議價。新政策允許社員們在完成國家的徵購派購任務後，到市場上出售富餘的糧油農副產品。肉行更是蔚為壯觀，木案板排成兩長行，就像在開著社員家庭養豬的展銷會、評比會，看誰案板上的膘厚油肥，皮薄肉嫩。「老表！這頭豬總怕有三百上下吧？」「三、五百！再養下去不合算了。」「呵呵，盡是肥冬瓜，精肉太少了，女人家嫌油膩……」「你同志真是人心難足嘍，不想想兩年前，一月半斤肉票，你家炒紅鍋子菜哩，如今卻嫌肥，怨精肉少了！」真是上哪座嶺唱哪山歌。就是不逢圩的日子，新街老鋪的豬肉也是從天光賣到天黑。產供銷出現了新矛盾：社員要交豬，食品站不收。理由是小鎮地方小，沒有冷庫，私人的豬肉都賣不脫，公家殺豬哪來的銷路？和前些年相比，供銷關係顛倒了過來……山鎮上的人們啊，不曉得「四個現代化」具體為何物，但已經從切身的利益上，開始品嘗到了甜頭。

沒有近憂，卻有遠慮。舊的陰影還沒有從人們的心目中消除，還有餘悸預悸。人們還擔心著，談論著，極左的魔爪，會不會突然在哪個晚上冒出來掐滅這未艾方興的蓬勃生機。口號和標語，鬥爭和運動，會不會重新發作膨脹，來充塞人們的生活，來代替油鹽柴米這些賴以生存的必需品……陰影確是存在著。吊腳樓主王秋赦發瘋後，每天都在新街、老街遊來蕩去，襤褸的衣衫前襟上掛滿了金光閃閃的像章，聲音淒涼地叫喊著：

「千萬不要忘記啊——！」

「『文化大革命』，五、六年又來一次啊——！」

「階級鬥爭，你死我活啊——！」

王瘋子的聲音，是幽靈，是鬼魂，徘徊在芙蓉鎮。鎮上的大人小孩，白天一見了王瘋子，就朝屋裡跑，就趕緊關鋪門；晚上一聽見他淒厲的叫喊，心裡就發麻，渾身就哆嗦。已經當了青石板街街辦米豆腐店服務員的胡玉音，聽見王瘋子的叫聲，還失手打落過湯碗。新近落實政策回到鎮上來的稅務所長一家，供銷社主任一家，更是一聽這叫聲就大人落淚娃兒哭，晚上難入睡……吊腳樓主仍舊是芙蓉鎮上的一大禍害。

山鎮上的街坊們在疑懼，在詛咒。

「芙蓉姐子」撫著小軍軍稚氣的頭，在擔擾：「王瘋子凍不死，餓不死，還有好長的壽啊？」

黎滿庚的女人「五爪辣」也在問：「難道他剁腦殼、打炮子的王瘋子還想當鎮長、支書，趕著我們去做語錄操，去跳忠字舞？」

本鎮大隊黨支部書記黎滿庚說：「瘋得活該！我們是新社會，有黨領導，王秋赦這色人物終究成不了氣候。教訓深刻啊！」

鎮委書記、「北方大兵」谷燕山正在忙著治理芙蓉河、玉葉溪，他沒有發表這方面的言論，只打算立即派人把王秋赦送到州立精神病院去治病，叫做送瘟神。

縣文化館副館長秦書田新近回到芙蓉鎮來搜集民歌，倒說了一句頗為見多識廣的話：「如今哪座大城小鎮，沒有幾個瘋子在遊蕩、叫喊？他們是一個可悲可嘆的時代的尾音。」

一九八〇年七月十八日——八月四日初稿於莽山；
九月初整理於全國作協文學講習所；
十月修改於北京朝內大街一六六號。

初版後記

習作《芙蓉鎮》在今年《當代》第一期發表後，承蒙廣大讀者和首都文藝界師友們的熱情關心，給了我許多鼓勵和鞭策。我在感激的同時，也覺得十分愧疚。盼著多出現一些反映當代農村生活的作品，大約是促成許多省市的讀者給我來信的原因——殊不知我只是個文學戰線的散兵游勇而已。還有的讀者來信祝作者幸福，彷彿在替我擔憂著某種隱患似的。真是些熱心腸的同志哥、同志姐喲。

農村的情況如何，八億人口的生養棲息、衣食溫飽，對我們國家來講是舉足輕重的。特別是當前農村正經歷著經濟管理體制的深刻變革，九百六十萬平方公里的廣袤土地，寒帶、溫帶、亞熱帶、熱帶，平原、高原、山地、丘陵、水稻、旱糧、瓜果、森林植被，不再按一個模式搞生產運動了，不再搞既違農時、又背地利的「規範化作業」了，實在是我們社會的一個了不得的進步。在新的形勢之前，回顧一下過去的教訓，展望一下業已來到的良辰，不也是有益處的麼？

記得前些年，我自己就有一個頗為「規範化」的頭腦，處世待人，著文敘事，無不瞻前顧後，謹小慎微，惟恐稍有疏漏觸犯了多如牛毛的戒律，招來災禍。是黨的三中全會的思想路線解放了我，給了我一些認識生活的能力，剖析社會和人生的「膽識」。然而我的這點在「四個堅持」原則指導下的「膽識」，比起同輩作家和廣大讀者來仍然是有限得很。我是個南方的鄉下人，身處江湖之遠，既有鄉下人純樸、勤奮的一面——恕我在這裡自詡；也有鄉下人笨拙、遲鈍的一面——恕我在這裡妄言。去年，我有幸參加中國作家協會文學講習所第五期學習，跟一群來自全國各地的中青年作家朝夕相處。學友才高，京華紙貴，我看到了自己和這些優秀同窗之間的差距。我雖然於五〇年代末期即開始學習寫作，一九六二年開始發表短篇習作，但起點很低，染有粉飾生活的文學蒼白症。「四人幫」倒台後，我們的黨和國家進入了一個嶄新的歷史時期，我們的社會主義文學藝術翻開了嶄新的篇頁。發展之快，變革之烈，已是恍若隔世。大批中青年作家繼承老一輩作家開創的現實主義傳統，直面複雜的社會和人生，寫出了許多光華耀目、感奮人心的好作品。新的時代提出了新的文學要求。就我來說，面對著這種新的文學要求，既有重新認識生活、剖析生活的問題，也有藝術素養、表現手段的問題。於是我探索著，嘗試著把自己二十幾年來所熟悉的南方鄉村裡的人和事，囊括、濃縮進一部作品裡，寓政治風雲於風俗民情圖畫，借人物命運演鄉鎮生活變遷，力求寫出南國鄉村的生活色彩和生活情調來。這樣，便產生了《芙蓉鎮》。

有的朋友出於對我的愛護，指出我的習作寫得過於真實。文學的真實當然不是給生活拍攝原始圖片，它是經作者思想感情、藝術構思篩選、提煉出來的結晶體。當然，有時文學對於社會生活的真實描寫，是會讓人害羞和痛心的。我覺得，在今天我們這個特定的歷史年代裡，害羞是一種頗為可貴的感情，是富有自尊心的表現。它可以成為一種跟過去的過失訣別的心靈的感召力，從而記取那些令人心悸的教訓，卸卻身上因襲的重負，為振興中華、實現「四化」奮鬥不息。還有，就是對於我們的下一代，也可起到一種引以為鑑的效益。

《芙蓉鎮》是我在創作道路上的一次新的嘗試。既是嘗試，則難免幼稚，會伴隨些謬誤。好在魯迅先師有言：惟其幼稚，正好寄希望於這一面。這是我的自慰，亦是我的自勉。

借著這次出版單行本的機會，我對曾經支持、關懷過這部書稿寫作、修訂的前輩作家和編輯同志，對所有給我以鞭策鼓勵的讀者，以及我家鄉民歌的搜集整理者，表示誠摯的謝意。但願在春的盛會裡，這部習作能如一支柔弱的石楠竹，探身於群芳競彩的文學花園的竹籬邊，綻放出有些羞澀然而卻是深情的微笑。

古華

一九八一年五月七日於北京

話說《芙蓉鎮》

長篇小說《芙蓉鎮》在今年《當代》第一期刊載後，受到全國各地讀者的注意，數月內《當代》編輯部和我收到了來信數百封。文藝界的師友們也極為熱情，先後有新華社及《光明日報》、《中國青年報》、《當代》、《文匯報》、《作品與爭鳴》、《湖南日報》等報刊發了有關的消息、專訪或評論。這真使我這個土頭土腦、默默無聞的鄉下人愕然惶然了，同時也體味到一種友善的情誼和春天般的溫暖。來信的讀者朋友們大都向我提出這樣一些問題：

你走過什麼樣的創作道路？是怎樣寫出《芙蓉鎮》來的？《芙蓉鎮》「寓政治風雲於風俗民情圖畫，借人物命運演鄉鎮生活變遷」，你的生活經歷和小說裡所描繪的鄉鎮風物有些什麼具體的聯繫？你的這部小說結構有些奇怪，不大容易找到相似的來類比，可以說是不中不西、不土不洋吧，這種結構是怎麼得來的？你在文學語言上有些什麼師承關係？喜歡讀哪些文學名著？小說中「玩世不恭的右派秦書田是不是作者本人的化身」？接近文藝界的同志講，你寫這部小說只花了二十幾天時間，是一氣呵成的急就章，是這樣嗎？

這些問題，使我猶如面對著讀者朋友們一雙雙沉靜的、熱烈的、含淚的、嚴峻的眼睛，引我思索，令我激動。文學就是作者對自己所體驗的社會生活的思考和探索，也是對所認識的人生的一種「自我問答」形式。當然這種認識，思考和探索是在不斷地前進、發展著的。

面對後兩類問題，我不禁很有些感嘆、戚然。因為自己這樣一個寫作速度緩慢、工作方法笨拙的人，居然被戴上「才思敏捷」、「日產萬言」的桂冠。「平生無大望，日月有小酌。」以我一個鄉下人的愚見，一年能有個三兩篇、十來萬字的收穫，即算是風調雨順、五穀豐登的好年景了，小康人家式的滿足也就油然而生並陶然自得了。其實，一部作品的寫作時間是不能僅僅從下筆到寫畢來計算的。《芙蓉鎮》裡所寫的社會風俗、世態民情、人物故事，是我從小就熟悉，成年之後就開始構思設想的。正如清人金聖嘆在第五才子書的卷首所論及的「然而經營於心，久而成習，不必伸紙執筆，然後發揮。蓋薄暮籬落之下，五更臥被之中，垂首捻帶、睇目觀物之際，皆有所遇矣。」我覺得，不論後人怎樣評價金聖嘆在《水滸》問題上的功過，他所悟出的這個有關小說創作的道理，卻是十分精闢獨到，值得後世借鑑的。

我是怎樣學起做小說，又怎樣寫出《芙蓉鎮》來的？這要從我的閱讀興趣談起。我讀過一點書，可說是胃口頗雜，不成章法。起初，是小時候在家鄉農村半生不熟、囫圇吞棗地讀過一些劍俠小說，志怪傳奇，倒也慶幸沒有被「武俠」引入歧途，去峨嵋山尋訪異人領授異術。接著下來讀《三國》、《水滸》、《西遊》、《紅樓》，讀「五四」以來的名作，才稍許領味到一點文學的價值所在，力量所在。至於走馬觀花地涉獵十八、十九世紀的西方文學，沉迷流連於屠格涅夫、列夫·托爾斯泰、梅里美、巴爾札克、喬治·桑等等巨匠所創造的藝術世界、人物面廊，則是中學畢業以後的事了。後來年事稍長，生出些新的癖好，雞零狗碎地讀過一點歷史的、哲學的著作，中外人物傳記，戰爭回憶錄，世界大事紀等等。又因生性好奇好遊，卻無緣親眼見到美利堅的月亮、「日不落帝國」的太陽、法蘭西的水仙、古羅馬的競技場，只好在書的原野上心馳神往。還追蹤著報刊上披露的一則則有關航天、巡海、核彈、飛碟、外星人、瑪雅文化、金字塔和百慕大魔三角奧祕的各種消息，來做一個鄉下小知識分子「精神自我會餐」的夢……叫做「好讀書，不求甚解」，以讀書自樂自慰。日積月累，春秋流轉，不知不覺中，我就跟文學結下了一種前世未了之緣似的關係。

就這樣，我麻著膽子，蹣跚起步，學著做起小說來了。甚至還坐井觀天地自信自己經歷的這點生活、認識的這點社會和人生，是前人——即便是古代的哲人們所未見、所未聞的，不寫出來未免可惜。我的年紀不算大，經歷中也沒有什麼性命攸關的大起大落，卻也是從生活的春雨秋霜、運動的峽谷溝壑裡走將出來的。我生長在湘南農村，參加工作後又在五嶺山區的一個小鎮子旁一住就是一十四年，勞動、求知、求食，並身不由己被捲進各種各樣的運動洪流裡，經歷著時代的風雲變幻，大地的寒暑滄桑。我幼稚、恭順、頑愚，偶爾也在內心深處掀起過狂熱的風暴，還曾經在「紅色恐怖」的獠牙利爪面前做過輕生的打算。山區小鎮古老的青石板街，新造的紅磚青瓦房，枝葉四張的老樟樹，歪歪斜斜的吊腳樓，都對我有著一種古樸的吸引力，一種歷史的親切感。居民們的升遷沉浮、悲歡遭際、紅白喜慶、雞鳴犬吠，也都歷歷在目、爛熟於心。我發現，山鎮上的物質生產進展十分緩慢，而人和人的關係則在發生著各種急驟的變幻，人為的變幻。

「文化大革命」前和「文化大革命」中，我都曾深深陷入在一種苦悶的泥淖中，也可以說是交織著感性和理性的矛盾。一是自己所能表現的生活是經過粉飾的，蒼白無力的，跟自己平日耳濡目染的真實的社會相去甚遠，有時甚至是完全相反——這原因今天已經是不言自明的了。二是由於自己的文學根底不足，身居偏遠山區，遠離通都大邑，正是求師無望，求教無門。因之二十年來，我每寫一篇習作，哪怕是三兩千字的散文或是四五千字的小說，總是在寫作之前如臨大考，處於一種誠惶誠恐的緊張狀態。寫作過程中，也不乏「文衢通達」、「行雲流水」的時刻，卻總是寫完一節，就焦慮著下一章能否寫得出（且不論寫得好不好）。初稿既出，也會得意一時，但過上三五天就唉聲嘆氣，沒有了信心，產生出一種灰色的「失敗感」。愛人摸準了這個心性，每當我按捺不住寫作過程中的自我陶醉，眉飛色舞地向她講述自己所寫的某個人物、某個情節或是某段文字，她就會笑罵一聲「看你鬼神氣！不出三天，又來唉聲嘆氣！」果然幾天後初稿一完，我也就從妄自得意走到了反面——心灰意冷。直到很多日子過去，才又不甘失敗地將稿子拿出來，請朋友看看有無修改價值。我的不少小說，都是受了朋友的鼓勵，才二稿三稿地另起爐灶，從頭寫起。我甚至不能在原稿的天頭地角上做大的修改，而習慣於另展紙筆，邊抄邊改，並把相當一部分精力花在了字句的推敲上。我由衷地羨慕那些寫作速度快的同行，敬佩他們具有「一次成」的本領和天分。假若不是社會主義制度的優越性保障了我的基本生活，而到別的什麼制度下去參與什麼生存競爭，非潦倒餓飯不可。

一九七八年秋天，我到一個山區大縣去採訪。時值舉國上下進行「真理標準」的大討論，全國城鄉開始平反十幾、二十年來由於左的政策失誤而造成的冤假錯案。該縣文化館的一位音樂幹部跟我講了他們縣裡一個寡婦的冤案。故事本身很悲慘，前後死了兩個丈夫，這女社員卻一腦子的宿命思想，怪自己命大，命獨，剋夫。當時聽了，也動了動腦筋，但覺得就料下鍋，意思不大。不久後到省城開創作座談會，我也曾把這個故事講給一些同志聽。大家也給我出了些主意，寫成什麼「寡婦哭墳」啦，「雙上墳」啦，「一個女人的昭雪」啦，等等。我曉得大家沒真正動什麼腦筋，只是講講笑笑而已。

黨的具有歷史意義的三中全會的召開，制定了「實事求是、解放思想」的正確路線，使我們國家的政治生活發生了歷史性轉折。人民在思考，黨和國家在回顧，在總結建國三十年來的經驗教訓。而粉碎「四人幫」以來的文學呢，則早已經以其敏感的靈翳，在觸及、探究生活的也是藝術的重大課題了。我也在回顧、在小結自己所走過的寫作道路。三中全會的路線、方針，使我茅塞頓開，給了我一個認識論的高度，給了我重新認識、剖析自己所熟悉的湘南鄉鎮生活的勇氣和膽魄。我就像上升到了一處山坡上，朝下俯視清楚了湘南鄉鎮上二、三十年來的風雲聚會，山川流走，民情變異……

一九八〇年七—八月間，正值酷暑，我躲進五嶺山脈腹地的一個涼爽幽靜的林場裡，開始寫作《芙蓉鎮》草稿。當時確有點「情思奔湧、下筆有神」似的，每日含淚而作，嬉笑怒罵，激動不已。短短的十五、六萬字，囊括、濃縮進了二、三十年來我對社會和人生的體察認識，愛憎情懷，淚水歡欣。從這個意義上講，說我是花了二十幾年的心血才寫出了《芙蓉鎮》，也不為過分。

不少讀者對《芙蓉鎮》的結構感興趣，問這種「不中不西、不土不洋」的寫法是怎麼得來的。我覺得結構應服務於生活內容。內容是足，形式是履。足履不適是不便行走的。既不能削足適履，也不宜光了腳板走路。人類已經進入了現代化社會。科學文明的突飛猛進，加快了人類生活的速度與節奏。人們越來越講求效率與色彩。假若我們的文學作品還停留或效仿十七、八世紀西方文學的那種緩慢的節奏、細緻入微的刻劃，今天的讀者（特別是中青年讀者）是會不耐煩的了。而且，我國古典文學作品中，故事發展的節奏和速度都是較快的，讀者也讀著痛快習慣。

前面已經說過，《芙蓉鎮》最初發端於一個寡婦平反昭雪的故事。那些年我一直沒有寫它，是考慮到如果單純寫成一個婦女的命運遭際，這種作品古往今來已是屢見不鮮了，早就落套了。直到去年夏天，我才終於產生了這樣一種設想：即以某小山鎮的青石板街為中心場地，把這個寡婦的故事穿插進一組人物當中去，並由這些人物組成一個小社會，寫他們在四個不同年代裡的各自表演，悲歡離合，透過小社會來寫大社會，來寫整個走動著的大的時代。有了這個總體構思，我暗自高興了許久，覺得這部習作日後寫出來，起碼在大的結構上不會落套。於是，我進一步具體設計，決定寫四個年代（一九六三年、一九六四年、一九六九年、一九七九年），每一年代成一章，每一章寫七節，每一節都集中寫一個人物的表演。四章共二十八節。每一節、每個人物之間必須緊密而自然地互相連結，犬齒交錯，經緯編織。

當然，這種結構也許是一次藝術上的鋌而走險。它首先要求我必須調動自己二、三十年來的全部的鄉鎮生活積蓄，必須灌注進自己的生活激情，壓縮進大量的生活內容。同時，對我駕馭語言文字的能力，也是一次新的考驗。時間跨度大，敘述必然多。我覺得敘述是小說寫作——特別是中長篇小說寫作的主要手段，敘述最能體現一個作家的語言風格和文字功力。我讀小說就特別喜歡巴爾札克作品中的浮雕式的敘述，自己寫小說時也常常津津樂道於敘述。

《芙蓉鎮》在今年年初發表後，有段時間我頗擔心讀者能否習慣這種「土洋結合」的情節結構，以及整塊整塊的敘述文字。但是不久後，讀者的熱情來信消除了我的這種擔心，大都說「一口氣讀了下去」。當然也有些不同的看法，比方一位關心我的老作家基本肯定之餘，指出我把素材浪費了，本來可以寫成好幾部作品的生活，都壓縮進十幾萬字的篇幅裡去了。還有，前些時一位文學評論家轉告我，《人才》雜誌有位同志全家人都看了《芙蓉鎮》，十分喜歡，卻又說「這位作家在這部作品裡，大約是把他的生活都寫盡了」。

還有些讀者來信說，《芙蓉鎮》就像是他們家鄉的小鎮，裡邊的幾個主要人物，如胡玉音、秦書田、谷燕山、黎滿庚、王秋赦、李國香等，他們都很熟悉，都像是做過鄰居、當過街坊似的……今年四月裡的一天，我正在人民文學出版社的客房裡修訂書稿，忽然闖進來一個中年漢子，自報姓名，說是內蒙古草原上的一位中學教員。他說，「老古同志，我就是你寫的那個秦書田……我因一本歷史小說稿，『文革』中被揪鬥個沒完沒了，坐過班房，還被罰掃了整整六年街道……」說著，他淚水盈眶，泣不成聲。我也眼睛發辣，深深地被這位內蒙草原上的「秦書田」的真摯感情所打動。

《芙蓉鎮》裡所寫的幾個主要人物，都有生活原型，有的還分別有好幾個生活原型。社會科學院文學研究所一位從事當代文學研究的同志曾經向我轉達過這樣一個問題，谷燕山是《芙蓉鎮》裡老幹部的正面形象，是個令人同情、受人敬重的老好人，是否過分強調了他作為「普通人」的一面？我覺得這確是一個值得評論家們進行探討的問題。毫無疑義，在我們當代的文學作品中已經塑造出了許多感人的老幹部形象。這些形象大都是從戰爭年代的叱咤風雲的指揮員們身上脫穎出來的，具有氣壯山河的英雄氣概和高屋建瓴的雄才大略。而我要寫的卻是和平時期，工作、生活在南方小鎮上的一位南下老幹部。沒有槍林彈雨，也不是千軍萬馬大會戰的建設工地。谷燕山首先是個普通人，是山鎮上百姓們中間的一員，跟山鎮上百姓們共命運，也有著個人的喜好悲歡。然而他主要的是一個關心人、體貼人、樂於助人的正直忠誠的共產黨員。他的存在，無形中產生了一種使小山鎮的生活保持平衡、穩定的力量。在山民們的心目中，他成了新社會、共產黨的化身，是群眾公認的「領袖人物」。當然，這樣寫黨的基層領導者形象，特別是毫無隱諱地寫了他個人生活的種種情狀，喜怒哀樂。或許容易產生一種疑問：「英雄人物」、「正面人物」、「中間人物」、「轉變人物」等有限的幾個文藝人物品種裡頭，他到底應該歸到哪一類、入到哪一冊去呢？要是歸不到哪一類、入不了哪一冊又怎麼辦？由此，使我聯想到我們的文學究竟應當寫生活裡的活人還是寫某些臆想中的概念？是寫真實可信的新人還是寫某種類別化了的模式人、「套中人」？所以我覺得，谷燕山這個人物儘管有種種不足，但作為我們黨的基層幹部的形象，並無不妥。

簡單地給人物分類，是左的思潮在文藝領域派生出來的一種形而上學觀點，一種習慣勢力，是人物形象概念化、雷同化、公式化的一個重要原因，在某種程度上對社會主義文學創作的繁榮起著阻礙作用。近些年來我力圖在自己的習作中少一些它的束縛，但進展甚微，今後還需要花大力氣，做長時間的探索。

許多湖南籍的老作家，總是要求、勸導我們年輕一輩，要植根於生活的土壤，開闊藝術視野，寫出生活色彩來，寫出生活情調來。他們言傳身教，以自己的作品為我們提供了範例。「寫出色彩來，寫出情調來」，這是前輩的肺腑之言，藝術的金石之音。要達到這一要求，包含著諸種因素，有語言功力問題，生活閱歷、生活地域問題，思想素養問題等等。這絕不是說習作《芙蓉鎮》就已經寫出了什麼色彩和情調。恰恰相反，我的習作離老一輩作家們的教誨甚遠，期待甚遠，正需要我竭盡終生心力來執著地追求。好些讀者和評論工作者曾經熱情地指出了《芙蓉鎮》的種種不足，我都在消化中，並做認真的修改、訂正。

「看世界因作者而不同，讀作品因讀者而不同」。應當說，廣大讀者最有發言權，是最公正的評論者。以上所述，只不過是一篇有關《芙蓉鎮》的飯後的「閒話」而已。

古華

一九八一年十一月初於北京

一九八二年七月重版校閱

小說・電影・政治風雲
——《芙蓉鎮》面世前後

古華

一、盛世危言

特定的社會歷史造成特定的文學故事。《芙蓉鎮》的故事於我已經成為歷史。考慮再三，覺得自己有責任記述下一些至今鮮為人知而又彌足珍貴的趣事，看看一部文學作品以及經由這部作品拍攝成的電影怎樣一步一步地被捲入了當年中共高層的政治鬥爭、權力角逐，成為故事之外的故事。許多過節，當年甚為驚心動魄，如今憶及，卻顯見是荒誕不經且饒有興味的了。

這荒誕不經源出自列寧關於「文學是革命機器的齒輪和螺絲釘」的論述，源出自毛澤東規定的「文藝為工農兵服務，為無產階級政治服務」的方針政策，以致凡有政治運動，便先拿作品、作家開刀，養成惡習，遺禍甚烈，至今不絕。

為著給本文的讀者一個較為清晰的印象，請允許我先介紹一下《芙蓉鎮》面世的大致經過。若由此生出自詡之嫌，亦要請專家們海量。習作最初發表於北京人民文學出版社主辦的大型文學雙月刊《當代》一九八一年第一期，不久出版單行本，並列入「中國現代長篇小說叢書」。對於這部小說的出版，當時各大報紙均有評介，連新華社都發了一則專題消息。北京文藝界卻是歧見紛呈。人民文學出版社一位資深編輯說：「解放三十年來，我們作為國家的最高文學出版機構，出版過無數歌頌土改運動、農業合作化運動、人民公社運動、四清運動、文化大革命運動的中、長篇小說。現在又出了一部盛世危言——《芙蓉鎮》，好傢伙，把我們新中國成立以來的所有政治運動都兜底翻了，過去的那些作品怎麼辦？」黨中央機關報《人民日報》幾位負責撰寫社論的理論家則私下裡指出：此書嬉笑怒罵，明諷暗喻，形象地批判毛澤東思想，達數十處之多。廈門大學一位教授寫了論文〈從《邊城》到《芙蓉鎮》〉，寄給北京的《文藝報》，論文尚未發表，即有某位文藝左派大權威先放出話來：《邊城》美化舊社會，《芙蓉鎮》醜化新中國，有得瞧的了！

頗為耐人尋味的是，替這部作品說話的，卻包括了周揚、沈從文、丁玲、蕭乾、張光年、嚴文井、秦兆陽、沙汀、楊憲益、雷達、劉賓雁這樣一些人物，甚至還有美術界、戲劇界、電影界的諸多著名人士。正是昔日的左派右派，今日對一部作品的褒貶趨於一致了。鑒於激烈批評這本書的勢力不弱，人民文學出版社的負責人憂心忡忡，便將新出版的幾部長篇小說《將軍吟》、《芙蓉鎮》等呈送黨中央理論總管胡喬木先生去審閱。胡倒是忙裡偷閒，讀了。不久，經他圈閱後的《將軍吟》、《芙蓉鎮》被退回到人民文學出版社。他盛讚了《將軍吟》，對《芙蓉鎮》卻未置一詞，只是在書裡挑出了二十幾處標點符號的不妥。一位老編輯將胡喬木圈點過的那本「樣書」交我過目，並問我的看法。我說，胡是認真讀過了，他歷來便有替人改正錯別字、標點符號的愛好。他不說話，可以理解為默認，講不定他內心裡還是喜歡的。老編輯同意我的臆測，他說前輩說得好：這本書真實到了不喜歡它的人也說不出話的地步了。難怪有人指它為盛世危言！

同年秋天，「避嫌讓路」三十餘年的文學大師沈從文先生，讀過《芙》書之後，給作者寫下一封長信，從《芙》書的人物形象、文字語言談開去，談了他對整個「新中國文學藝術」的看法。此信已成為珍貴的文學史料（該信曾刊於《爭鳴》一九八八年七月號）。

一九八二年，《芙蓉鎮》在眾說紛紜中獲第一屆茅盾文學獎。這是當前中國文學的最高榮譽。在中國，大的文學評獎都具有半官方性質。一部作品一經獲獎，也就獲致了某種政治安全感，除非毛澤東再世，是難有人要無聊到對其發難了。我作為一名湖南鄉下人，家庭出身又不好，珍惜的不是獎金、榮譽，而是一份可憐的政治安全感。

一九八三年，北京人民廣播電台派出編輯、演播員到我老家深入生活，將《芙蓉鎮》配上音樂，作長篇小說連續廣播。由於連播節目製作十分出色，廣受聽眾歡迎，後被全國各省市電台複製廣播，達兩三年之久，使得小說在更大的範圍內得到傳播。

在這前後，這部小說並被十來個省市的地方戲曲劇團改編成舞台劇演出，其中的漢劇還曾經赴北京進中南海演出，很是熱鬧了一陣。

一九八六年，上海電影製片廠著名導演謝晉先生力排諸多艱難，將《芙》書改編成上、下兩集電影，搬上銀幕，從而被捲入了中共高層的權力角逐。

一九八九年，海峽對岸的台灣電視公司更將它拍攝成三十五集電視連續劇，作八點檔放映，在台港廣獲好評。

迄今為止，《芙》書已有英、法、德、俄、日、荷、西班牙等十幾種文字譯本，其中的英譯本還被歐美國家一些大學選用為中國文學必讀書目。

以上，是為此書面世後的有關簡介。下面的內容，才是本文的主旨所在。有道是：月暈而風，礎潤而雨，一葉知秋了。

二、周揚說電影難拍

十一億人口的中國是世界上最大的書市。一部好的暢銷小說，常常會擁有數百萬乃至數千萬的讀者。如果該書被成功地拍攝成電影，觀眾更可達到數億人次。儘管西方的漢學家們不時地感嘆：優秀的中國電影和優秀的中國小說相比，起碼還有十五年的距離。

第一個提出《芙蓉鎮》這本書好讀不好拍電影的，是中國現代文學的左翼大佬周揚。他於一九八二年初偕夫人去廣州過春節，隨手帶了幾冊人民文學出版社送給他的新小說。他是在南行的軟臥列車上讀完了《芙蓉鎮》，之後向許多人推薦。幾十年來他在毛澤東的直接指揮下推行左傾文藝路線，充任「毛澤東文藝思想」的權威闡述者，參與整肅過無數文藝界人士，文革初期卻因捲入《海瑞罷官》冤案，獲罪於毛澤東夫人江青，被打成「反革命文藝黑線的祖師爺」，慘遭批鬥，關入監牢。直到一九七五年，毛澤東說了一句「就是魯迅活到今天，也不會同意把周揚關押八年之久」，他才脫了牢獄之災，僥倖活命。一九七九年之後，周揚恢復了職務，算是痛定思痛，深切悔悟，每有公開場合，必定向當年被他參與迫害整肅過的作家、藝術家道歉，請求諒解。在理論上則提出了重新認識、研究馬列主義，提出「第三次思想解放運動」、馬克思主義異化論等等。對新起的作家、作品，他亦給予熱情愛護、肯定。當然，這些後來都成了他生命最後歲月的政治不幸。

周揚說了《芙蓉鎮》難拍電影之後，電影界的朋友們卻有了某種好奇心。當時全國只有十一家故事片廠，除了軍隊的八一電影製片廠外，其餘十家製片廠都有導演或編劇給我寫過信，要求改編劇本。我則一一回信恭請他們先仔細閱讀了小說再商量。許多人讀了小說之後，果真吐了吐舌頭，按下不表了。後來謝晉導演告訴我，上海的電影藝術大師張駿祥老前輩說：這部小說要搬上銀幕，無論在政治上和藝術上難度都是罕見的。北京電影製片廠的朋友也告訴過：老導演水華去世前說，《芙蓉鎮》的結構很難拍成一部電影，書裡的七個主要人物，每一個都可以拍成一部獨立的影片。

以拍攝《黃土地》、《一個和八個》等影片而聞名海內外的廣西電影製片廠，於一九八三年秋天派出一位十分能幹的編劇陳敦德到湖南，把我拉去廣西南寧，跟他們的張姓導演及其攝製組成員們見面，張導演十分豪氣地拍著胸口說，只要老古和陳編劇答應改編出劇本，他就可以讓攝製組上馬，並從北京請來大明星劉曉慶主演。事後不久，這位張導演果不食言，在攝影師、美工師、作曲、服飾等主要創作人員隨同下，乘一輛麵包車，千里迢迢地去到我老家湖南體驗生活，尋覓外景地。可是到了該年的十月份，中共中央發出了「清除精神污染」的通知，又一次排開了整肅知識分子的大陣勢。北京文壇的某左派大員徑向中央書記處上了陳條：過去說洪桐縣裡無好人，今天是芙蓉鎮上無好人！全書只注重藝術性、趣味性，非英雄化傾向嚴重……而且對毛澤東思想、社會主義事業冷嘲熱諷，玩世不恭。這是一本什麼樣的書？為什麼會得獎？值得深思。

北京的某些人物打個噴嚏，全國許多地方就會害上寒熱症，甚至形成寒潮奔襲。很少有人願意為藝術押下自己的政治安危。何況上面的來頭甚大，「清污」前程未卜。廣西電影製片廠打消了拍攝《芙蓉鎮》的念頭，但張導演手下的攝製組並未解散，而改為拍攝我的中篇小說《金葉木蓮》，電影名曰《霧界》，後來頗獲專家們的好評。

一九八四年初，「清除精神污染」運動被思想開明的總書記胡耀邦力挽狂瀾所阻止，知識分子們思想又大為活躍。上海一位甚有名氣的女導演來信告下，她已自己動手，正在將《芙蓉鎮》改編成上、中、下三集劇本，然後動手拍攝。但過了不久，又有電影界的朋友轉告我，這位女導演已經放下了正改編著的劇本，因有幾位前輩師長為她指點迷津——北京方面有人指出這部小說有政治傾向問題，作者家鄉湖南省的一批地委、縣委書記們則有言在先：他們絕不能同意古華在書裡對共產黨幾十年來的政治運動所作的全面性否定。

上海女導演剛住手，又惹來了東北長春電影製片廠，一位中年導演十分誠懇地寫來長信，說他剛拍完一部由劉曉慶主演的影片，下一步決定拍攝《芙蓉鎮》，就請劉曉慶主演。並說，劉曉慶非常喜歡這部小說，劉本人說了，書中女主人公胡玉音的命運，也就是她劉曉慶的命運……云云。

說實在的，這時我已不大相信導演們所表示的各種雄心和許下的各種諾言了。問題不在他們。問題在於一部挖了毛氏極左路線社會歷史根源、真實反映民間疾苦的作品，在我們這個政治高於一切、大於一切的制度下，要通過層層審核拍成電影，確非易事。死了這條心罷。不拍電影，還少惹些麻煩、少擔些風險。中央領導人不愛看書，但愛審查電影，一旦白虎堂上有人撒潑，就可要鬧出第二個「苦戀事件」來了。

果然過不久，長春電影製片廠的那位中年導演又給我來信，稱他們的廠領導對他的新的拍攝計畫光搖頭不點頭，廠裡前兩年拍了部《苦戀》，招來全國大批判，鬧得人仰馬翻，班子改組，到現在還沒緩過氣來呢。

其他還有西安電影製片廠、珠江電影製片廠以及敝省的瀟湘電影製片廠，都有導演跟我作過這類蜻蜓點水式的接觸。我是見多不怪了。難怪全國影協一位朋友說，你的這部小說沒有拍成電影，成了電影界一樁心事了。但其間我也薄有收穫，我的其他習作如〈爬滿青藤的木屋〉、《金葉木蓮》、《蒲葉溪磨房》、《相思女子客店》等，先後被搬上了銀幕。

三、好一個劉曉慶

對於《芙蓉鎮》拍攝電影不肯善罷甘休的，倒是國內的首席女星劉曉慶。巾幗謀事，認真起來，常常強過七尺鬚眉。說是這位大美人曾經帶了書本，去文化部找部長，去電影局找局長，找電影界一些說得起話的老前輩，甚至去找過中宣部、中央書記處的頭頭，去嬌嗔、責問：你們說說話嘛！花點時間讀讀書吔？這本書批判極左政治，歌頌三中全會路線，可以得文學大獎，為什麼不可以拍電影？領導者們對於這位聰明亮麗、言詞爽快的大明星，自然都是和顏悅色，優禮相待，答應研究研究，了解了解，但事後束之高閣。電影界、文學界的麻煩問題已經夠多的了，誰過問都會惹上一身騷。尤其是那些退居二線三線的老領導人，每逢書記處、政治局審查新片時必定出席，然後怒氣沖沖敲拐杖，誓與編劇、導演不共戴天。

劉曉慶很會動腦筋，上邊不表態，便從下邊做起。也是電影界一位老前輩指點她的：劇本劇本，一劇之本，有了本子，有了導演，你再往上邊去活動。恰好在北京電影製片廠，她有一位志同道合的女導演，與她結伴鬧「雙打」，劇本是乒乓球，對手是那些管電影的官頭。不久，這位女導演獲得北影廠文學部編輯們的支持，將我和廣西廠的編劇陳敦德請到北京住下，著手把小說改編成上、下兩集劇本。其時正值盛夏，我住家的湖南省會長沙為長江中下游的數座「火爐」之一，我樂得住到北京來消夏。對電影則仍抱著不妨試試的心理。

女導演表現得信心十足。我們討論改編提綱時，她說，只要你二位改好了本子，她便可以去找文化部管電影的老領導陳荒煤，去找中央書記處書記兼中宣部長的鄧力群，兩位領導都視她為晚輩、親人。曉慶的路子則更廣些，不僅可以去找現任文化部部長，甚至可以去找中央書記處的某常務書記。

對於許多涉及政治的敏感事務，我是個天生的懷疑派，習慣於摸著石子過河，試試看，並隨時準備著挫折、失敗。這大約是我從小當剝削階級後代、長期蒙受各種政治歧視和迫害所形成的精神承受規則——成功了，不躊躇志得，忘乎所以；失敗了，就自認背霉，不怨天尤人。

我和陳敦德先生以書中的女主人公胡玉音的愛情命運為主線，在一個月之內改編出了上、下兩集劇本——寓政治風雲於風俗民情圖畫，以人物命運演社會生活變遷。劇本很快被打印出來，並在北影文學部討論獲得通過。不覺到了一九八四年秋季，正值北京電影製片廠的老廠長退休、新廠長上任。新官上任，自然是自己的仕途最要緊，一聽《芙蓉鎮》這題材，就頭都大了——全國那麼多製片廠都沒有膽量拍攝，北影就吃了豹子膽？我並不是反對，但是放一放再說吧。新廠長的這一表態，使得屬下的文學部主任、副主任無所適從，以提出辭職來抗命。新廠長倒是個很懂得領導藝術的人，他給了屬下的文學部面子，同意在《電影創作》月刊上發表根據同名小說改編的《芙蓉鎮》上、下集，先聽聽讀者的反應再說吧；他給女導演分配了一個題材輕鬆而新穎的本子去執導；他對大明星劉曉慶優禮有加，許諾優先考慮其更換一套大的住房單位問題；他批准將改編自古華的另一篇小說《相思女子客店》的劇本列入新年度的生產計畫。如今做官，方方面面都要照顧到：不能得罪中年有為的導演，不能得罪大名鼎鼎的女星，不能得罪屬下的文學部，也不能得罪作家——幾乎中國當代所有的優秀電影，都改編自當代小說。

《芙蓉鎮》在北京電影製片廠折騰了大半年，又遭到了冷處理。我則早有心理準備，處之淡然。倒是我的合作者比我達觀些。他說：栽有菩提樹，自有鳳來棲，等著瞧吧。我則說：菩提本無樹，鳳凰亦非鳥，好了好了，了便是好，好便是了。

四、陳荒煤替謝晉「保媒」

一九八五年一月上旬，我在北京開完第四次全國作家代表大會回到長沙家裡，於一堆刊物、書信中，見到兩封重要的信函，一封是前文化部副部長、老電影局局長陳荒煤寫來的，一封是上海著名導演謝晉寫來的。陳荒煤老前輩的信開宗明義，說為了把《芙蓉鎮》搬上銀幕，他要在我和謝晉之間「做一次媒」、「搭一次鵲橋」。他說前不久他去了上海，見到謝晉和李准，大家談起了《芙蓉鎮》，謝和李都十分喜歡這本書，不知作者是否願意將改編、拍攝權交給他們。他說，改編《芙蓉鎮》的事在電影界輾轉有年，如能交給謝晉去拍攝，當是最好的出處，因為無論怎樣說，謝晉在我國當代電影導演中，其藝術成就是首屈一指的。

謝晉的來信則是表述他為什麼要拍攝《芙蓉鎮》，希望能得到作者的合作與支持。他說他前些時在巴黎和紐約兩地舉辦個人電影回顧展，回答記者提問時，已宣佈了新的創作願望——拍攝長篇小說《芙蓉鎮》，台下有許多人鼓掌，云云。

人說謝晉是中國當代電影的首席導演、代表人物。我想這是無可厚非的。他從五〇年代拍攝《女籃5號》、《紅色娘子軍》、《老兵新傳》，到六〇年代拍攝《李雙雙》、《舞台姐妹》，到文革初期被打成黑鬼關入牛棚，文革後期拍攝《春苗》、《青春》，到八〇年代初葉起拍攝《天雲山傳奇》、《牧馬人》、《高山上的花環》等，一部接著一部，的確都是上乘之作，代表著中國電影的優秀水準。謝晉還是中國第一位在西方國家如美國、法國、英國、義大利舉辦過個人電影回顧展的導演，亦是第一位受邀擔任法國坎城電影獎、美國奧斯卡金像獎評審委員的中國電影藝術家。

我給北京的陳荒煤前輩、上海的謝晉導演回了信，表示了願與合作的誠意。在給陳荒煤前輩的信中，還特別請他轉致謝晉，要求重視我的朋友陳敦德和我在北影改編的那個上、下集劇本已發表在《電影創作》月刊上（一九八五年第一期）。當時，我彷彿預感到了某種可能發生的情況，便把話說在前面，以保護我的朋友的權益。

謝晉很快又來了信。他說為了拍好這部重頭戲，他計畫用一年時間來準備、一年時間來拍攝。他說已將小說反覆讀了多遍，問到哪裡買到書，他需要四十本，用以送給廠領導及攝製組的主要創作人員。我回信給謝晉，告上此書的平裝本已脫銷，最近北京人民文學出版社出了一套豪華型的十卷本「中國現代長篇小說叢書」，《芙》書是其中的一卷，購書請從速與北京方面聯繫。

三月上旬，上影廠文學部一位編輯到長沙找我，說是謝晉導演派他來請我去上海，商談改編劇本的事。我即拍電報去廣西南寧，請我的合作者朋友來長沙相聚，然後乘火車去上海。謝晉導演等至車站接，安排飯店住下，並與上影廠有關領導見面。上影廠廠長、著名導演吳貽弓先生說，他在拍完林海音女士的《城南舊事》之後，就想拍《芙蓉鎮》，還寫下了一些筆記。現在由謝導來拍，更適合了。

到上海後的第二天，謝晉導演來接我和合作者去「丁香花園」，跟上海市委宣傳部長一起「進工作午餐」。「丁香花園」是一座占地甚大的西式別墅，原為一位西歐富商替自己的中國嬌妾營造的「金屋」，一九四九年後收歸國有，變為中共上海市委的高幹招待所和俱樂部。市委宣傳部長很年輕，在北大讀書時曾任學生會主席，是胡耀邦、胡啟立的團中央系統培養的重要接班人之一。他說他在北大讀書時就讀過《芙蓉鎮》，由謝導演來拍電影，一定會獲得成功，並產生好的影響，對於防止大家所擔心的左傾路線復辟、記取文革災難的教訓、宣傳開放改革，都是很有意義的。他個人並且相信，市委常委對謝導演的創作一貫是大力支持並高度肯定的。謝公是阿拉上海人的驕傲啦。宣傳部長熱情坦率，談吐詼諧，已無老官員的那種哼哼唧唧、故作高深的惡習。談話間，他不時提醒大家用餐，不要虧待肚皮。謝晉則說：古華，我們部長表了態，你們可以放心了吧。別的兄弟廠沒有拍成《芙蓉鎮》，我們上影這回一定要拍攝成功，哈哈哈。停了一會，謝晉又說，部長，古華是個鄉下人，心地寬厚，待人誠懇。他的小說已有好幾部被拍成電影，藝術上都不太理想。但人家問他拍得怎樣，他總是說不錯，不錯……

「工作午餐」之後，謝晉把我們請到他家裡去喝茶聊天。謝晉好杯中物，有海量。年過花甲，仍精力過人。無論在家，還是在外景地，幾乎每天都要工作到凌晨兩點，睡前一定再喝上一杯，就著晚餐剩下的菜饌，自得其樂。他平日頗為嚴肅，不太說笑。耳朵重聽，總是戴著副耳機。酒一下肚，便會十分豪興。他說，他有兩樣東西屬於美國名牌：一是他戴的助聽器，跟美國同行雷根總統戴的助聽器是同一牌號；一是他每日騎用的那輛破自行車上的加速器。他說，上影廠本來要配一輛臥車給他，他謝絕了：我每天踩自行車上下班多好！從華山路到常熟路口，轉衡山路，一直到徐家匯，來回兩個多小時，鍛鍊身體！古華，你不曉得，人一坐慣了小汽車，身子就發福、發懶，就高血壓、心臟病、糖尿病都來了。北影的那位謝公就是例子。我這自行車油漆脫落，其貌不揚，丟在街邊都沒人要，多安全。其實也是人家不識貨，車上的加速器是美國名牌，值三輛新自行車，哈哈哈。

我說，你的那位美國同行——雷根總統，可不騎自行車，人家七十多歲，身體也不錯。上下飛機，在白宮草坪上接見賓客，還常常做出亮相式的小跑動作。謝晉說，雷根不騎自行車，但他騎馬，鍛鍊身體……我到美國辦影展，回答記者問題時說：我可以找雷根先生合作，請他重出江湖，擔任男主角！當然是等到他下台之後，哈哈哈……

後來我們談起劇本改編的事情。他說，這次的改編計畫，本是他的創作老搭檔李准提出來的（李准為著名小說家、電影劇作家），可他忽然患了腦血栓，送到醫院搶救，還不知今後能否再拿筆了。你們倆發表在北影《電影創作》月刊上的上、下冊劇本，我已經拜讀了。坦率地說，不太滿意。荒煤同志也說，劇本不如原小說精彩。劇本恐怕要重來。怎麼修改？你們先考慮，我也在考慮，然後一起來商量。他問我們在北影文學部改編劇本時，拿過多少稿費。他說，這筆錢上影文學部可以出，但需你們去交割清楚。二位還要寫個文字上的依據，說明北影廠無意拍攝該片，現將改編、拍攝權交給上影，今後該部作品與北影廠不應再有任何關係，云云。

這當然是我們應該去交割了斷的。否則，北影為此事爭風吃醋，與上影扯起皮來，也是一件麻煩的事。兄弟廠之間常常為了爭奪一部作品的改編權利鬧上文化部、中宣部，不亦樂乎呢。

上影文學部的一位朋友，這時私下裡給我一則「小道消息」，說是謝導演不喜歡我的那位合作者，他準備請青年作家阿城來參與改編，並說電影界的老前輩、鍾阿城的父親鍾惦棐也有意參與改編。

我擔心的事果然發生了。謝晉和上影廠為了與北影廠「徹底劃清界線」，不但要拋卻原先北影廠約請改編的那個劇本，而且要辭謝原先北影廠約請過的編劇。我感到難過，替我的合作者抱不平，甚至有一種被賣了的感覺。在飯店裡，我想了許久，才把那位編輯朋友請來，請他去「過話」給謝晉——編劇的事，請慎重考慮。一味求新，到時恐怕連舊的都達不到。他若不要我的長期合作者參加編劇，我本人也就不便參加了，這樣才好給我的合作者做工作。我的做人原則，藝術上的合作或許只有一次，做朋友卻是一輩子的事，友情重於藝術。但上影廠必須付費，買下我們的上、下集劇本。我的原著費可以不要，我的合作者的權益一定要得到補償。

在中國，談錢總是易過談人事關係。謝晉和上影廠很痛快，答應以當時的最高稿酬買下我們的上、下集劇本。

五、蓉園會議

一九八五年五月下旬，謝晉率領其屬下的副導演、劇務、攝影、美工師一行人到了長沙，住進湖南省委高幹賓館——蓉園。園內遍植芙蓉木、玉蘭樹，因而得名。

蓉園早先本為前民國副總統、湖南省省長、中共人大常委會副委員長程潛將軍的官邸，一九五〇年之後幾經修繕、擴建，三面環水，花木繁盛，成為毛澤東在長沙的行宮。綠蔭掩映下共有八座獨立建築物，按原中共中央政治局常委毛、劉、周、朱、陳、林、鄧順序排列。毛、劉、周、朱、林先繼去世，「毛澤東時代」告滅之後，蓉園像遍佈全國各風景文化名城的毛氏其他行宮一樣，開始對外營業，接待的卻仍是省軍級以上高幹，以及各行業的著名人士，偶爾也有海外的巨商大賈入住。那一號樓內毛澤東使用過的臥室、書房等均原樣陳列著，供高官貴冑們瞻仰，其餘大套房則備作黨和國家領導人下來視察時入住。在年長的工作人員的印象中，鄧小平、陳雲兩位從未進過蓉園，他們對這類行宮似乎一直興趣缺缺。著名作家丁玲一九八二年春返湘觀光時，曾被破格安排入住一號樓，住了兩天，才知道每天的住宿費高達二百元，就怎麼也不肯住了，硬是堅持著搬到別的樓去——嚇死人嘍！我是文藝一級，每月工資三百多一點，還不夠住兩個晚上嘞！儘管當即有人對她解釋：每天二百元講的是美元，對外國大商人而言。一號樓的國內貴賓住宿費，一般都是由省委辦公廳充賬了的，怎麼會向您老人家收費？

謝晉等人入住的是八號樓。他此行的目的，在於為籌拍《芙蓉鎮》先向湖南省委彙報、打招呼，請其關心、支持。並打算在九月份再來長沙召開一次關於改編《芙蓉鎮》的學術討論會，除邀請國內的學者、專家出席，還將從美國、港澳邀請著名影評家、導演與會。

湖南省委文教書記、宣傳部長至蓉園看望了謝晉。謝晉稱頌了省委領導文藝有方，出了好作品，深刻反映文化大革命的根源和過程，許多國家都有了譯本，云云。文教書記則說，《芙蓉鎮》他早讀過，個人很喜歡，但在下面幹部裡，是兩種不同的反應。一位老紅軍出身的離休幹部，曾在省委三級擴幹大會上提議，全省幹部人人都應當讀一讀，才能更好地理解三中全會路線，記取經驗教訓，堅持改革開放；但多數在職的地委、縣委書記們則是另一種看法，覺得這本書否定了解放以來所有的政治運動，對毛主席的態度也有所不恭。叫做仁者見仁，智者見智吧！

當時，我坐在一旁，聽得直要冒冷汗。黨的各級官員們至今習慣於以政治實用主義來對待文學作品，致使作家、作品禍事連年。真是毛澤東陰魂不散，文藝作家難有政治安全感。

會見後，文教書記、宣傳部長請謝晉一行「吃便飯」。席陳湘菜珍饌，杯溢武陵佳釀。席間，謝晉提出來，想去洞庭湖濱的漢壽縣城觀摩一次漢劇《芙蓉女》的演出。宣傳部長當即對省文聯負責人說，跟省文化廳打個招呼，盡快安排，謝晉同志來湖南拍電影，我們各級文化部門都應大力支持，虛心學習。

據我所知，其時謝晉正面臨著電影觀念上的挑戰。北京的新生代的年輕導演們連續拍出了《黃土地》、《一個和八個》等令人耳目一新的好影片，開拓出中國電影的嶄新前景。上海的兩份甚具影響力的大報《文匯報》和《中國電影時報》上已經接二連三地發表署名文章，批評中國電影的「謝晉時代」、「謝晉模式」已經過時，風光不再，中國電影需要一場從「戲劇衝突」中蛻變出來的藝術革命，從現代派電影觀念中獲得新生，云云。

面對挑戰，謝晉表現得有膽有識，既冷靜又謙遜，甚具大家風範。他決意以拍攝《芙蓉鎮》來達成自己的藝術突破。拍攝之前，則要借助一次學術研討會，來使自己經受一次現代派電影意識的衝擊、藝術觀念更新的洗禮。

大導演籌拍新片，展現出大手筆了。同年九月，在長沙蓉園賓館召開了為期九天的

「《芙蓉鎮》電影改編學術研討會」，說是為了改編一部小說而專門召開學術研討會，在中國電影史上還屬首次，研討會以上海電影製片廠、中國電影發行公司、湖南省文聯三家的名義聯合召開，實際主持人自然是謝晉，加上小說原著者。應邀出席研討會的有前文化部副部長陳荒煤、老作家康濯、政論家車文儀、上影廠的一位文學副廠長等老一輩，中青代則有名導演黃健中、吳子牛、影評家李陀、小說家阿城，還有專程從美國紐約來的影評家董鼎山教授、香港名導演許鞍華小姐、香港南方影業公司總經理許敦樂先生。一共二十幾位，正是海內海外，老中青三代濟濟一堂了。

在蓉園禮堂舉行了頗為隆重的研討會開幕式。大約湖南省委中的高明人士已預知到這部作品拍攝電影遲早要惹出政治上的麻煩，所以代表省裡出席開幕式只有省人大、省政協的幾位處在半離休狀態的老人。陳荒煤、謝晉等人都有簡短而熱情的致詞，謝晉在致詞中提到，《芙蓉鎮》拍攝成功之後，他要用家中珍藏的一瓶法國友人送他的釀造於五十年前的白蘭地來感謝小說的原著者和湖南省文聯的領導人。我則在發言中半開玩笑地提到，待到電影拍攝成功之日，要用湖南名酒武陵大麴來為謝晉導演和全體演職員慶功。

接下來是連著七天的討論會。先由謝晉介紹了他讀小說的感受，以及他在歐、美國家漢學界聽到的有關反應。我則談了當初自己寫作這部小說的經過。已經是六、七年前的事了，由於不停地趕製新作，而羞於回顧舊作。坦率地說，對該部小說已經沒有了激情。令我時有反思的倒是，這些年來，為什麼會有這樣多的電影製片廠、這樣多不同年齡層次的電影導演，皆力圖把一部小說搬上銀幕？北京的一位影評家說過一番很有意思的話，他說，除了藝術色彩之外，這部作品通過各種人物命運的描述，較為全面地挖掘了一九四九年以來左傾路線的根源及其給人民帶來的巨大災難，展示了文化大革命前後各次政治運動的內在聯繫。在改革開放的今天，廣大群眾、特別是知識分子，都懷有一個大的隱憂——擔心中國出現左傾復辟。我們今日的改革開放失敗，必然導致明日的左傾復辟。電影是一種最富群眾性的手段，人們希望通過一些具有強烈藝術感染力、震撼力的影片，來喻世、醒世、警世——防止左傾復辟，防止歷史的災難重演。或許導演們並無這種清晰的理念認識，但又的確反映出一種時代的群體的憂患意識。

在介紹了上述影評家的觀點之後，我接下來說，今天年輕一代的朋友，已經在嘲笑、否定中年作家、藝術家所背負的至為沉重的歷史使命感。但是在我們這個特定的歷史時期，社會劇烈變革時期，如果作家藝術家都成為迷失的一群、玩世不恭的一群，他們創作出來的「藝術精品」、出世之作，除了三五同道相互欣賞之外，又會有幾個讀者、觀眾感興趣呢？話說回來，我對此次研討會上要討論的作品，已經沒有了激情，的確需要從中解脫出來。徵得謝晉導演的同意，我這次不參與劇本改編了，但我會盡力從旁協助……

陳荒煤、康濯、董鼎山等老一輩對小說的思想藝術得失做了精闢的分析，使我大獲教益。他們對小說的開放式故事結構（著名文學評論家雷達稱之為江南水鄉河網式），七個主要人物的命運故事相互貫串又相對獨立，給電影的改編、拍攝所造成的藝術上的困難，亦各各做了見地獨到的剖析，並建議改編時以女主人公胡玉音的愛情悲劇為主線，對其他人物則應有所割愛、捨棄。謝晉聽了幾位長者的發言，問我有什麼感受。我則私下裡開玩笑說，只怪當初不知道你老兄要拍電影，不然我一定會重新結構，寫一個人物，講一個故事。謝晉聽了哈哈笑著直搖頭。

我是個生平最怕開會的人。過去在鄉下當「黑鬼」，每逢被叫去開會，輕則受訓斥，重則挨批鬥，一遇開會，就心驚肉跳，在劫難逃。如今進城當了作家，還是什麼政協委員，每逢光榮出席會議，仍然心裡犯難——一是要聆聽各類首長冗長乏味的講話，二是要忍受會場上的騰騰煙霧而頭暈腦脹。因之對我來說，多一會不如少一會，少一會不如沒有會。可中國又是個文山會海的大國，誰逃得脫開會？因之每逢會議的中午休息時間，我便要騎了自己那輛油漆脫落的破單車，到賓館大牆外邊去轉幾圈，飽吸一頓新鮮空氣。這天中午，我推著自行車出蓉園賓館南門，警衛戰士盯了一眼我的破單車，並沒有說話。可是待我在外轉了兩圈，自覺大腦裡不再缺氧，悠然地返回蓉園賓館南門，依規定下車，向警衛戰士交驗我的出入證，人家卻上上下下將我打量了好幾遍，不再交回我的出入證，說：你的出入證作廢了，你不能再進入。我申辯自己在八號樓開會，出入證才用了兩天，怎麼就作廢了？警衛戰士再次將我的衣著、破單車打量一眼，便持槍肅立，刺刀閃閃亮，不再理會。我說可不可以借值班室的電話用用？他冷冷地回答：內部電話，恕不外借！秀才遇上兵，怎麼講得清？我只好苦笑著跨上破單車，打道回府修改小說。這回可不是我逃會了……可是只過了一小時，蓉園八號樓會議室來了電話，說老古你是研討會主持人之一，為什麼忽然不來開會了？我只得如實告上：蓉園是個只有坐小汽車才能夠出入的地方，我因騎破單車，出入證被門衛沒收走了！這時聽謝晉在一旁大笑：阿拉在上海也一樣，常因騎一輛破自行車進不了丁香花園那一類地方。可我不會像古華那樣老實，我會大吵一場……哈哈哈，派輛小車去，把我們的老古接回來吧……

再說研討會上正由黃健中、李陀、阿城等人對謝晉進行「現代藝術觀念再教育」。他們對中國電影作了系統的歷史的回顧，亦即對電影的「謝晉模式」作了坦率的批評。並指出中國自有電影以來，就一直未能從蘇聯老大哥的戲劇衝突模式中脫胎，直到近幾年由第四代導演拍攝出了《黃土地》、《一個和八個》，中國才出現了真正的電影……青年一輩的言論，鋒芒銳利，確有一種使人振聾發聵的感覺。但老一輩卻無法照單全收，提出了激烈的反駁。唯有謝晉，一直默默地凝神細聽，不時在本子上記下些什麼，好惡不形於色。謝晉的宏量，後來就連綽號「李鐵嘴」的李陀先生都驚奇了：謝公真叫絕了！我們連日來對他狂轟濫炸，可他就沉得住氣，笑笑微微，一言不發！

我則懷疑，謝晉業已在傳統電影藝術上駕輕就熟，獨樹一幟，年輕一輩的現代派觀念未必真能夠打得動他，更勿論改造得了他了。但他刻意讓年輕一輩以新觀念來衝擊他，提高他，以尋求藝術上的新突破的願望卻也是十分誠摯而強烈的。

九天學術研討會最後一天的節目是全體與會人士赴湘北岳陽市，遊岳陽樓，遊屈原祠，遊洞庭湖上的君山島——那湘妃汲水、柳毅傳書的神奇之地。

分手時，謝晉再次問我：你真的不參加劇本改編了？

我說：現在已是九月下旬，我馬上要去廣州《花城》編輯部修改完成中篇小說《貞女》，十月中旬參加作家代表團去香港訪問，十一月初去北京參加全國作協理事會，十二月初應邀去西德、瑞士訪問，直到明年初才回來，老兄就高抬貴手吧！鍾阿城是位遠比我高明、能幹的作家，他一定會出色地把劇本改編出來。老兄倒是要盯緊一點，年輕人一舉成名，謹防玩世不恭。鍾老弟滿腦子現代派觀念，寫的作品卻是十分優秀的現實主義。北京的文學評論家劉曉波博士更批評他在語言上抄襲「五四」呢！當然這批評是失之偏頗了。

六、《芙蓉女》進了中南海

一九八六年初，我結束了對西德、瑞士的訪問，回到北京。應導演黃健中先生的約請，留住在北京電影製片廠，將自己新發表在《花城》文學雙月刊上的中篇小說《貞女》改編為電影劇本。這時，我從一位湘籍老幹部那兒獲知，湖南漢壽縣漢劇團正在北京參加全國地方戲曲調演，演出他們自編自導的大型劇目《芙蓉女》。說是省裡來了位宣傳部副部長帶隊，到處打聽我住在哪裡呢。

漢劇《芙蓉女》的演出，說來真叫人感動。在文化商業化、金錢化日益盛行的今日，一個小小的縣級戲曲劇團，克服人力、財力上的重重困難（且不論政治上的阻力和風險），兩年來一直堅持演出這齣自編自導的現代劇，達兩百多場次，需要何等的毅力和膽識。我已經先後兩次看過該劇。第一次是在長沙的湖南大戲院——該劇參加一九八五年度全省戲曲調演，獲優秀劇目獎；第二次是去年夏初陪同謝晉導演一行去洞庭湖濱的漢壽縣城觀看演出。每次觀看之後，我都要惶惑不安許多天。也是我一直擔心著的：自己的那些以小說文字描繪出來的悲劇故事，一旦變成舞台演出，變成活的畫面，就更令人怵目驚心，給人強烈刺激。特別是其中的〈哭墳〉一場，本是承襲傳統戲曲既歌且舞以傾訴苦情，表現女主人公芙蓉姐的第一個丈夫在社教運動中被迫自殺身亡後，一個風高月黑之夜，芙蓉姐披麻帶孝，於丈夫墳前哭天哭地，問蒼天夫君為何遭慘死，人間何處覓冤魂，哭得陰風慘慘、星月無光……女演員扮相清麗，做唱皆佳，聲如裂帛，繞樑不絕。觀眾席上一片唏噓抽泣之聲。天哪！戴左視眼鏡的黨幹們一眼即會看出，這是哭社會主義的天，訴社會主義之苦，控毛澤東思想之罪，名為改革開放，實為無法無天！

奇怪的是，這部小說自面世以來，福建有劇團改編過黃梅戲、莆田戲，浙江有劇團改編過越劇，湖北有劇團改編過楚劇，貴州有劇團改編過話劇，雲南有劇團改編過花燈戲，四川有劇團改編過川劇，廣西有劇團改編過歌劇，湖南還有人改編過祁劇和湘劇，北京的中國評劇院還改編過評劇（未聞有演出）。好些朋友告訴我，全國這樣多的地方劇種同時改編一部反映現代生活的長篇小說，實在是幾十年來罕見的事。看來，戲劇界的朋友們除了偏愛原著中的色彩情調、風土人情、人物命運之外，也是為著批判極左路線、總結歷史教訓而理直氣壯，光明磊落。反而作為原作者的我，當初寫小說時倒是「賊大膽」，事後卻來畏首畏尾，謹小慎微，先是怕自己的作品被各地電台連續廣播，現在又怕自己的作品搬上了舞台。有好幾年，我都是處於這種又驚喜又害怕的變態心理中。

好傢伙，湘北洞庭湖濱的一個縣級漢劇團，帶著一齣《芙蓉女》，從縣城演進省城，如今竟然一路演到北京來，不能不說是一項舞台奇蹟。他們的演出在北京廣獲好評，連黨中央機關報《人民日報》文藝版上都發了劇評——〈為《芙蓉女》叫一聲好！〉。還是那位湖南籍老幹部告訴我，有關部門已經給安排了，要請他們進中南海演出，之後還要去總政治部禮堂演出，去總後勤部禮堂演出，我們湖南鄉下來的《芙蓉女》，也夠風光的了吧？

一九八六年的春天，正是中國大陸推行改革開放國策以來政治最清明也是最微妙的季節。我隨著我們的湖南鄉長，在北京鬧市區大柵欄東側的廣和劇院觀看演出。該戲院建於大清王朝，亦是京劇大師梅蘭芳、程硯秋、馬連良等人的發祥地。一九四九年後經過多次修繕。一九六三年後成為毛澤東夫人江青坐鎮排演革命樣板戲的樞密重地。正是古老的戲院，歷盡政治滄桑、藝術榮枯、世態炎涼了。

當天晚上的觀眾，主要是首都戲劇界人士。開演前，劇團負責人告訴我，這是他們的第三場演出，觀眾場場滿座。團裡的幾位主要演員和編創人員還去拜望過著名的評劇藝術家新鳳霞和她先生吳祖光前輩。他們都答應來看戲。正說著，但見原已就座的觀眾紛紛站起來，把目光投向大廳的中央走道，原來是吳祖光先生手上抱了兩件大衣領路，一個年輕人揹著在文革中被人整殘了雙足的新鳳霞女士，走向前排位置來了。觀眾中有人鼓掌。我跟吳祖光先生、新鳳霞女士有數面之識，每次見到不良於行的新鳳霞，心裡就要好一陣難受。以新鳳霞在全國戲劇界的地位、名望，就竟然得不到一輛輪椅。每次出席有關的會議或是觀看演出，都要由吳祖光先生出面，請來街道上的小貨車或三輪車，再由青年小夥子將新鳳霞女士抱上抱下、揹出揹進。

由於新鳳霞和吳祖光座席四周立即圍上了一群觀眾朋友，我沒來得及前去致意，舞台上的大幕已徐徐開啟，舞台兩側也同時打出了醒目的幻燈字幕——湖南省漢壽縣漢劇團向首都觀眾彙報演出大型現代漢劇《芙蓉女》……劇情我自是很熟悉的了，只覺得飾演「芙蓉姐」的小彭出落得比先時更高䠷亮麗，嗓音也更清純甜潤。隨著劇情的進展，「芙蓉姐」那由大時代的政治災難所造成的平民命運悲劇，有如狂風暴雨，一波連著一波地猛烈摧殘著一枝柔弱然而不敗的鄉鎮花朵……俗話說，演戲的瘋子，看戲的傻子。觀眾們時而為劇中人的悲慘遭際灑淚，時而為演員的出色表演鼓掌。

劇本和演出都不能說已達到精湛的藝術境界，但一股純樸自然的也是久違了的地方戲曲藝術氣息，加上強烈的政治訴求，仍能給觀眾以心靈的震撼——改革開放，不忘批左防左，不忘中華民族歷史上的慘痛教訓！演出結束後，我被邀請到台上去跟演職員們見面、照相。當然是自覺地跟在一行人的最後面。尚未卸妝的演員們站成整齊的兩排。記得是新鳳霞女士一左一右地拄著兩支拐杖，對演員們講了一段感人肺腑的話：感謝湖南的同行們！看你們的演出，我一直在流淚。我硬是忍不住。你們看我現在的這個樣子，就是文革災難的證明！你們演得好，要堅持演下去。你們的演出能告訴觀眾，在咱中國，不能再有左傾路線復辟……

演職員們中不少人也都是文革中受過迫害來的，此時都抹著眼睛。照相之後，飾演「芙蓉姐」的小彭過來握手，說：古老師，在長沙就聽講你出國去了。我們後天晚上還要進中南海演出，你陪不陪我們去？我告訴她，劇團領導已經說過了，我因住在北影廠，進城一趟很遠，不方便，我們以後再聯絡吧。祝賀你，演得很出色，很成功，人也越來越漂亮了。現在北京天氣很冷，滴水成冰，要預防感冒。不然，你的甜亮的嗓子就有問題了。

我沒有進中南海去觀看《芙蓉女》的演出。中南海倒是去過多次，都是陪同朋友去參觀毛澤東故居。當然那只是中南海的一小部分，卻是風光最秀麗、最富皇家氣派的一部分。中南海啊，你宮深似海，使人有太多的聯想、太多的對比。

過了兩天，我接到朋友的電話，告訴我《芙蓉女》進中南海，在警衛局禮堂演出非常成功，兩千多個座位座無虛席。演出結束後，近二十位湖南籍老幹部上台接見演員，其中包括多位全國人大副委員長、全國政協副主席。一位老將軍拉著飾演「芙蓉姐」的女演員的手說：演得好，文化大革命就是這個樣子，我們都是受害者……

七、謝晉沒有劇本

北影廠的黃健中導演對我說：《貞女》本子可以了，文學部的《電影創作》月刊下一期就會刊出，廠領導已同意拍攝，這回還真是順利……聽了黃健中導演這話，我明白其中的奧妙，丟失了《芙蓉鎮》的拍攝權，他們廠領導廣受職工們的非議呢，《貞女》一劇才得以順利放行。

正在這時，上影廠《芙》劇組的一位副導演就出現在我面前：嗬嗬，老古，從長沙找到北京，可找到你了。謝晉導演派我來，接你和劉曉慶去劇組。飛機票已經訂下了，明天中午就動身，怎樣？

記得還是去年秋天在長沙召開電影改編學術討論會期間，謝晉就對我提過，說是劉曉慶已經給他寫了兩封信，還有一封長達三百字的電報，表述了她如何熱愛芙蓉姐這一角色，並有演好這一角色的充分信心。謝晉給她回了信，肯定了她歷來的演技，但也很真誠地告訴她，在電影明星和電影藝術家之間，還有一段相當長的路要走，希望她不要只滿足於做一名演技派明星。至於《芙》劇的主要演員，要等劇本出來之後才選定，當然會考慮她的優勢，云云。謝晉也問過我誰人扮演芙蓉姐合適。我則說，已經有好幾位美麗的湘女找過我，要求向你推薦……我一個外行，能推薦誰？我在歌舞劇團工作過多年，漂亮女孩子見過不少，可惜很多人的漂亮只是停留在臉蛋上和身條上。對於國內的女星，導演要比我熟悉。飾演芙蓉姐這個人物，要從十七、八歲演到四十幾歲。用劉曉慶當然比較保險，起碼不會砸戲。謝晉說，他還要認真考慮。他說台灣的女星林青霞，是適合演芙蓉姐的，但是礙於兩岸關係，沒法邀約……其實謝晉每次開拍一部新片，都喜歡啟用新人，在他旗下，出現過一批耀目的新星。

北影的朋友倒是告訴過我，劉曉慶這次力爭飾演《芙》劇女主人公，目的也很明確。因為她雖被譽為國內的首席女星，飾演過從部隊女兵到鄉村少婦、城市居民，從知識分子，到清代的慈禧太后等各式各類人物，都廣獲好評，卻沒有當過「中國影后」，沒有拿過金雞、百花兩大電影獎的最佳女演員獎，只是因參加演出《小花》、《瞧這一家子》而兩次獲過最佳女配角榮譽。說來有趣，台灣的首席女星林青霞，其時也尚未獲得過他們金馬獎的影后稱號呢。

當晚，我去找導演黃健中辭行。在北影招待所，遇到神蹤不定的《芙》劇改編者，正在跟人神聊。我告訴他，明天去上海《芙》劇組，有沒有什麼口信或是書信帶給謝晉？他笑笑說：「沒有沒有，劇本改了兩稿，早交差了，您好走啊，跟女明星在一起，要注意五講四美三熱愛啊。」

記得是從北影赴首都機場的汽車裡跟劉曉慶第一次見面。她倒是很爽快地問：聽講你常住我們北影招待所，為什麼不來找找我？我則以一句玩笑話作答：久仰久仰，看過不少你演的影片，只是覺得明星太明亮了，不保持點距離，怕被晃了眼睛。

只飛了一個半小時即抵達上海。謝晉導演來機場接我們一行。住進招待所，跟各地來的男女演員們見了面，才發現演員們人手一冊原著小說，沒有劇本。我問怎麼回事，演員們也議論紛紛，說是攝製組已經人馬齊備，一百三十萬元攝製經費也劃撥下來了，各行業開始花錢，佈景小組已在大棚內搭芙蓉鎮青石板街的街景了，卻沒有劇本！有的資深演員更指出，也只有謝晉這樣的大導演，才可以在沒有劇本的前提下從全國各地選了演員來排戲。現在天天叫我們讀原著，就像當年讀「老三篇」呢！

正說著，謝晉派副導演給我送來兩大冊腳本原稿，讓我回房間盡快閱讀。副導演說，這是腳本的第二稿，謝晉卻沒法送去打印，更不說呈送廠領導、電影局領導審閱了。我問，為什麼不先交給演員們看看，徵求一下意見？副導演說，已經請幾位老演員看了，都說照這種腳本沒法排戲。唉唉，說起來也是，改編者在長沙住賓館，後又去湘西體驗生活，來來回回的旅差費、賓館住宿費，已花去攝製組好幾千元。可現在，謝導演卻只能佈置演員們照著原著先排一些小品……

因謝晉導演約定第二天上午九時進行有關磋商，我連夜將腳本仔細拜讀了兩遍，才知道是怎麼回事了——大半生嚴肅認真地從事藝術創作的謝晉，遇上一位玩世不恭、不怕壞事的小哥們了。果然，第二天上午在攝製組辦公室跟謝晉一碰面，他就開門見山說：古華，你留下來修改劇本，跟演員們一起過春節如何？我傻了眼，好一會沒出聲。謝晉問，是不是太突然了？我說，我前天晚上還在北影招待所見到了改編者，聊了一會。承他告訴，他任務已經完成了。謝晉立即叫人將劇務主任——一位頭髮花白的老大姐找來，問：你們不是往北京打過幾次長途電話，他家總是說找不到人，拍去電報亦無回音？老古前天晚上還見了人，就住在北影招待所。快去拍封加急電報，請他立即來上海，趁老古也在這裡，劇本還要做大的修改！謝晉一時又有了信心似的，臉上也有了笑意。他問我對劇本的具體意見。我說，拜讀了兩遍。上集七十多場戲，有五十幾場是夜景；下集六十多場戲，也有五十幾場是夜景。我不知道你們的攝影師如何來拍攝，照明師如何照明。再者，全劇的主人公不是芙蓉姐，而是那個流氓無產者的「土改根子」，太離譜。還有一些常識問題，如讓一個非國家幹部的大隊支書去代表縣委宣佈對一位國家幹部的處分……我很坦率地就劇本論劇本，談了自己的看法。謝晉皺著眉頭，不時搖搖頭。他說，所以劇本都不能打印，更無法送審……真沒想到那樣一個有才華的青年作家，會弄出這種本子來。這樣吧，這兩天你跟演員們多做些交流，給他們談談戲，等改編者來了，再一起改本子。

可是等了三天，改編者仍然杳如黃鶴，既不來電話，也不回電報。謝晉急了。劇務主任彙報說，又連著拍去兩封電報，還打長途電話委託駐京辦事處的人去找，都沒有音訊。文學部的責任編輯說，三千元改編費，早預支走了。謝晉再次要求我留在上海過春節，修改劇本。我則說，眼下這種情況，我早在半年之前就預告過了。可惜當時無人相信。我朋友改編的那個上、下集劇本，你們因要與北影劃清界線，堅持不用。我還有什麼說的？看來解鈴還得繫鈴人。你大導演每逢拍新片不是有個習慣，要花三天時間來跟演員們談戲嗎？你在談戲時，叫你的助手做好錄音，再整理成文字，刪繁就簡，不就是劇本大綱了？再參考一下我和我的朋友給北影改編的那個劇本，不就有劇本了？我至今認為，那個改編本是較為忠實於原著的，是可以用的。反正那劇本已經賣給了你們，你們就用好了，我也不在乎怎樣署名了。

謝晉聽得眼睛直愣。他的一名副導演一直在做著記錄。謝晉見我停頓下來，便神色有所鬆弛，要求我把話講完。我說，第二，對於現在的這位改編者，你要寬諒。當初是你老兄找上門去的嘛。年輕人做事不太認真，有什麼辦法？現在由你自己動手改本子，應是你與他聯合編劇，且他的名字最好擺在你的前面。今後還要允許人家接受訪問，談談改編經驗之類——後來此「經驗」果然發表在一九八七年的《中國時報．人間副刊》上——這才是你的大家風範。第三，我不參加改編，一直是堅持不介入矛盾，奉行的是「尼克森主義」，大家都活。在這個世界上，毛澤東的「你死我活」哲學被證明了是最大的敗筆，歷史的笑柄。《芙》劇攝製組已正式進入生產階段卻還沒有劇本的事，要防止消息擴散，以免對整個拍攝計畫造成不利影響。第四，對全劇的基調，我仍然建議淡化政治運動，突顯風俗民情，把劇中人物的悲劇命運包融進濃烈的鄉土情調、地方風物中去。把現代悲劇故事當作古樸的詩劇來拍，全劇皆以我家鄉的風俗歌舞做背景，會使未來的電影更深沉、更動人、更具歷史感和震撼力……

我談了一個多小時。談到後來，謝晉笑了：老弟很會講話啊。你昨天下午給演員們談小品，大家說你不算外行呢。你在歌舞劇團工作過，是不是？這樣吧，你談的這些意見，我還要好好想想。明天，我們再碰頭……我說，明天講不定改編者就會回電報，來上海替老兄分憂了的。

當天晚上，謝晉讓他的一名助手來招待所找我，說謝導演已認真考慮了我的意見，同意我先回長沙（我已經離家三個多月了）。劉曉慶和另一位男演員也會隨後來到。之後，讓我陪劉曉慶等人去我的湘南老家體驗生活，最少在鄉下住個十來天。我高興地答應了，我可趁便回老家拜望自己的年高八旬的老母親了。

關於陪同劉曉慶等人赴湘南體驗生活一事，我已在一篇題為〈給女明星〉的散文中有所記述。一九八六年春天，以謝晉為首的上影攝製組的數十號人馬開赴湖南拍外景。外景地選在風光秀麗的湘西名勝——天子山下的王村鎮。上影有位朋友曾來長沙告訴：這回是苦了謝晉導演了，整個春節期間都沒有休息，躲到一個地方去改劇本。他自己動手寫文學腳本，生平頭一回呢。直是「盛名之下，其實難副了」。

同年五月，我應攝製組的約請，陪同前《中國文學》雜誌主編、歷史學家兼文學翻譯家楊憲益先生，著名英籍漢學家戴乃迪女士（《芙》書英文譯者），法國漢學家菲利浦先生（《芙》書法文譯者），澳洲漢學家白杰明先生和美國記者賈佩琳小姐一行，去外景地湘西王村鎮訪問，跟謝晉、劉曉慶等人再相聚，觀看現場拍攝。謝晉並安排我在攝製組成員全體大會上班門弄斧，談了一回創作感受。那天深夜，謝晉邀我到他的住室喝酒吃消夜。我知他很辛苦，每天凌晨二時就寢，早上六時半起床，事無巨細，統籌全局。但他精神煥發，毫無倦意，就像一位上了前線的大將軍。我問他：北京的那位改編者給你們回過電報沒有？謝晉哈哈大笑：他是個現代濟公，到處雲遊弄飯罷了！倒是我們的副導演和劇務主任意見大，直罵娘。人不見，回個電報總可以呀。我說，謝公，你和他是聯合編劇，你又是大導演，好事做到底，到時候他的名字擺在你前面才比較合適。謝晉說，你們小說家總是不忘替小說家講話。我還會跟他爭座次不成？難怪有人說，在整個知識界，以你們中青年作家隊伍最為齊心。

謝晉心地坦蕩，有大將風範。我放了心。在這個世界上，多個朋友多條路，得讓人處且讓人，有容乃大，不是？

八、胡耀邦在滬要看《芙蓉鎮》

一九八六年夏秋之間，黨中央政治局委員、意識形態總管胡喬木先生在上海養病。多年來，他和黨總書記胡耀邦政見相左，鬧得彆彆扭扭。「養病」，在中共高層權力紛爭中，從來是一件玄妙的事兒——可以是對中央某項決策的消極抵抗；可以是對某宗棘手問題的規避；可以是對某位犯了錯誤的大員的冷處理；也可以是某大員受到最高領導人斥責之後「引咎淡出」一段時日，以韜光養晦；更有以「養病」為名，來從容策劃政治陰謀的——毛澤東和林彪都曾是箇中高手。所以，國朝袞袞諸公小病大養之日，多半是患上某種政治權力的疑難雜症之時。大家心照不宣，幾成一項專利了。

胡喬木先生二、三〇年代求學上海時寫過詩與散文，甚具文字素養，算作家出身，後投身革命，抗戰時期先給劉少奇當祕書，後轉任毛澤東文字幫辦，從此青雲直上。中共馬列主義理論權威陳伯達於七〇年代入獄和另一權威康生去世之後，胡喬木晉身為中共中央的理論大師，與鄧力群先生一起，頑強堅守毛澤東思想的業已全面崩潰中的殘破陣地。胡喬木先生的為人，還是有其儒雅一面，具一定親和力的，只是他的忽冷忽熱、搖搖擺擺的左的面孔，日漸叫人生厭罷了。他到了上海，也是諸事皆不順心。偌大一座上海，從來思想理論、新聞輿論都十分活躍。文藝界諸如文學、電影、戲劇、音樂、舞蹈也都處於全國先進之列。可是上述領域，竟無一位著名人士來探望他。像上海電影製片廠、上海作家協會、上海人民藝術劇院這些單位，更是刻意規避著他，生怕他去過問、找麻煩似的。尤有可惱者，他提出要去拜望著名老作家、全國作協主席巴金。巴老卻回話說：多謝多謝，都是病人，容日後我到北京拜望你罷。聽聽，這算什麼名堂？堂堂政治局委員，也算黨和國家領導人之一，主動提出去看望一位老作家，竟被婉言謝絕！巴金這些年思想越來越開放，越走越遠了，難怪有人指他是文藝界資產階級自由化的一面旗幟！

還有另一件使胡喬木先生大為光火、無地自容的事：中共上海市委宣傳部、上海社會科學院聯合召開了一次規模甚大的現代社會主義問題學術討論會，邀請了全國各地的知名社會科學家出席。會議主持者明明曉得黨中央的理論主管、他胡喬木人在上海，可人家既不來請示彙報，也不來請他出席會議作重要講話，連個起碼的會議通知都不給，真是對他人格的羞辱、蔑視了。上海市委壓根兒就沒把他放在眼裡。如今黨的系統完全操縱在胡耀邦、胡啟立他們手裡。上海，他是再待不下去了，只好打道回北京去。

與胡喬木的上海之行形成鮮明對比的，是同年十月、十一月間胡耀邦總書記率同國務院副總理田紀雲一行南下江蘇、浙江視察鄉鎮工企業，路經上海時受到各業各界的熱烈歡迎。其時，胡耀邦的政治生涯日見艱難，上有黨內元老們組成的倒胡陣線蠢蠢欲動，下有安徽合肥科技大學發起的學潮來勢迅猛，即將蔓延全國各地。正是上下夾攻，他胡耀邦的總書記寶座搖搖欲墜。胡耀邦卻依然故我，照舊往各省市跑，往地縣基層跑，去了解民情，去策勵脫貧致富，鼓吹改革開放。

胡耀邦在上海登門拜訪了著名老作家巴金。他對年高八旬的巴金說：巴老，文學需要你，讀者需要你，要保重身體，活過一百歲，看到國家的四個現代化建設成功！白髮蒼蒼的巴金緊握住他的手不放：耀邦同志，你更要保重……你很忙，我給中央寫過信，建議設立「文化大革命博物館」，用來教育我們的子孫後代……胡耀邦苦笑著，回答說：曉得，曉得，是很好的建議。可是現在，很多好的建議都沒法子去做，很困難，先放一放吧。

巴金老人自然是懂得胡耀邦工作之艱難，打八面拳還應付不過來。但究竟艱難到了何種田地，有些什麼人在窺伺著總書記寶座，卻是一般權力圈外的人難以想像的了。

胡耀邦在上海還欣然同意了上海市委的建議：跟文藝界的朋友們見一次面，之後，大家一起欣賞謝晉剛拍攝完成的上、下集影片《芙蓉鎮》。條件是不見報，不發消息。

十一月中旬的一天晚上，在市委賓館小禮堂，上海市委常委們率同上海文藝界一百多位知名人士，跟作風民主、思想開放、熱情坦率的胡耀邦總書記見面。田紀雲副總理沒有出席，留在賓館等候中央書記處的情況通報。胡耀邦跟前排座位上的謝晉、張瑞芳等人握手後，便隨和地向大家揮了揮手，說：都是老朋友了，我們就不客套了。大家有什麼意見、建言和要求？我洗耳恭聽，你們就百無禁忌，好不好？只有一個小時，然後看電影是不是？

謝晉被安排坐在胡耀邦身邊。胡耀邦說：謝晉同志，又看你的片子了！謝晉耳朵重聽，側過身子彙報說：是你們湖南作家的小說，在湘西拍的外景。胡耀邦問：湘西哪裡？謝晉說：在張家界的猛洞河邊王村鎮，是個旅遊點，山水美得很。胡耀邦說：曉得曉得，我八三年回湘南，坐直升機去過，包括索溪峪、張家界、天子山，稱為「武陵源自然風光區」——「武陵源」這名字，還是我題的！你的新片什麼內容？謝晉很聰明，沒有說是反映四清和文革運動中普通人的悲慘命運，而是彙報說：反映一位個體戶婦女勤勞發家，受到極左路線迫害，直到三中全會後獲得平反、新生的故事。市委常委已初步審查了……

這時各行業的代表人物開始發言，每人限定五分鐘。這些年來，無論電影、文學、戲劇、音樂、舞蹈、美術、出版等各業各界，都自上而下不同程度地受到過左的干擾，正是大家都有委屈，都想利用這一難得的見面機會，向中央總書記訴說。上海作協和文聯的代表、知名女作家茹志鵑在發言中提出市文聯、作協機關的辦公樓如何擁擠，作家藝術家們的住房也大多數沒有得到應有的安排……謝晉是個熱心腸的人，他聽她談到這樣具體的問題，不禁急了，忍不住走上去提醒說：談文藝的大政方針，談極左勢力對文藝工作的干擾，讓耀邦同志替大家撐腰……

上海人講普通話，如同放連珠炮。一位接著一位發言，會場氣氛熱烈。一個小時很快過去。這時市委負責人宣佈發言到此為止，大家提出的一些具體問題，市委會認真考慮，盡力解決。下面，試映謝晉同志剛拍攝完成的新影片《芙蓉鎮》……

白色銀幕剛剛徐徐垂下，會場的燈光剛剛暗淡下來，但見兩位身著便衣的警衛幹部陪同田紀雲副總理匆匆進場，來到胡耀邦身邊，說了幾句什麼。胡耀邦隨即站起來，對旁邊的市委負責人說：片子不看了，我有事，先走。反正回到北京，還有機會看的。

胡耀邦一行匆匆離去了。在座的文藝界人士意外。謝晉心裡更掠過幾絲疑雲：又發生什麼緊急情況了？耀邦同志中途退席，影片是凶是吉……

九、電影局審查：此片具史詩意識

十一月底至十二月初，發端於安徽合肥中國科技大學的學潮，已經如火如荼，席捲了全國所有的大專院校。上海、北京、天津、西安、哈爾濱、成都、武漢、鄭州、南京、長沙、福州等大城市，均有成千上萬的大學生走上街頭，高呼反特權、反腐敗、反洋奴的口號。中南重鎮武漢市的三萬多名大學生在湖北省委大院門外靜坐示威，達三天三夜之久，圍觀民眾更達六萬以上。西安交通大學的遊行隊伍則是打出了「打倒腐敗政府」的橫幅。據說國務院總理趙紫陽聞訊後，甚為震驚地說：我們的政府或許有腐敗現象，但我們還不是腐敗政府！在黨中央、國務院眼皮底下的北京市清華、北大的數千名學生無視北京市政府的禁令，跟武裝警察部隊鬥智鬥勇，數次衝破層層阻撓，遊行到天安門廣場。

我所在的湖南省會長沙市，也爆發了大專院校學生的大規模遊行示威活動。我所熟悉的幾位省委、省政府的負責人，天天早出晚歸，分頭深入到各個大學校園，去跟學生們談話，聽取意見，做「滅火工作」。這些負責人心疲力竭地說，解放前，我們這些人都是搞學運起家，反國民黨政府，如今卻輪到我們自己來疲於奔命，應付學運了！幸而當時的各級黨政部門都執行黨中央總書記胡耀邦對待學運的方針——對話，疏導，教育，化解，不對抗，不強行壓制。於是各地軍警上街維持秩序，均不佩帶武器，避免與學生發生直接衝突。

由於國內報紙鮮有報導學潮消息，我天天從「美國之音」獲知全國各地有關學潮的新聞。當時我和一般知識界人士的心情是：讓大學生娃娃們鬧鬧也好，給中共黨內那股反改革的左傾勢力施以一定的社會輿論壓力，或可加快整個經濟、政治體制改革的進程。同時卻又擔心，如果學生上街遊行鬧得太久，阻礙交通，影響工人上班、商店營業，影響城市居民的正常生活，也就可能給黨內那股反胡耀邦的勢力以可乘之機，把全國性學潮的責任加之於胡耀邦等人，那就是給改革開放幫了倒忙了。據說身為中央高級黨校校長的王震老將軍已經公開放出話來了：人民民主專政就是共產黨一黨專政，你有多少鬧事的學生，老子就有多少拿槍的子弟兵！話都到了這份上，已是殺氣騰騰了。但願局勢能夠趨於緩和，不致惹出大亂子來才好。

十一月下旬，我到了北京。恰好上影謝晉導演等帶了《芙蓉鎮》來電影局送審。謝晉邀我出席觀片並參與意見。他們全身心地投入了影片的後期製作，似乎對全國各地的學潮很少聞問，對逆轉中的局勢也毫無憂心。

電影局位於北京東城東禮士胡同一座前清王府院內，該王府建築甚為雅致古樸，是為北京市的一處古跡文物。電影局雖說是國務院廣播電影電視部屬下的局級單位，實際上卻是個相當獨立的機構——幾十年來都是中央宣傳部管電影，中央書記處管電影，中央政治局管電影，把電影當成最重要最有成效的宣傳手段、輿論工具，從而造成電影局的特殊的政治文化地位，也常常成為多是多非的鬥爭場所。

影片審查在電影局院內一間小型放映廳舉行。出席觀片的有廣播電影電視部負責人、電影局負責人、全國影協的影片評論家，加上謝晉和我，共二十來人。影片為寬銀幕上、下二集，片長為兩小時四十五分。謝晉不愧為當代影壇的首席大導演，充分表現出了他的「巨片意識」。劉曉慶的主演十分出色，將女主人公芙蓉姐的愛情悲劇從青少年演到中老年，正是借小人物命運演大時代的變遷了。最令我感動的是飾演女黨幹李國香的徐松子，她把李國香這位毛澤東極「左」路線所培養、倚重的階級鬥爭「巾幗英雄」、「紅色接班人」表現得維妙維肖、入情入理，令人信服，令人顫慄。我原先最擔心這一人物被漫畫化，被演砸了。其他的演員也都十分稱職，通過一個小鎮社會，縮影出大社會、大時代。影片跟小說一樣，結束在「土改根子」、黨支書王秋赦於七八年三中全會之後成了瘋子，渾身襤褸，打著銅鑼從芙蓉鎮街頭走過，叫喊著：「階級鬥爭，文化大革命，五、六年來一次啊——！」放映廳燈光漸明，靜靜的，好一會才響起了掌聲。

「這是一部盛世危言。」不知是誰說了一句。

電影局長石方禹先生站起來評論說：看了謝晉的這部新作，我很激動。我相信各位都很激動。我認為，是一部具有史詩性質的影片，是迄今為止反映文化大革命題材的影片中最為成功的一部，是我國一九八六年度影片生產的重大收穫。我要向上影廠和謝晉同志以及小說原著者表示祝賀！

接下來是其他多位電影界人士的發言，皆是對導演、對演員的肯定與讚揚。包括電影局內頗有「左」名的陳波先生也說，此片對大家是一聲警鐘、一次出色的歷史回顧。評審人士們也提了些修改意見，大多是針對影片的結尾，說三中全會之後還讓一個瘋子來打銅鑼，叫喊「文化大革命，五、六年來一次啊」，直接引用的是當年毛澤東主席的最高指示，合適不合適？會不會被認為在嘲諷毛主席？但也有人說，影片的結尾忠實於小說原著的結尾，可說是警鐘長鳴，有什麼不妥？

謝晉導演喜氣洋洋，站起來說了幾句道謝的話，並說，今天小說作者古華也來了，請他提提意見。我本坐在後排，只好站起來說，我現在是一名觀眾，看了影片很激動。我感謝謝導演和攝製組全體成員的出色勞動。今後，《芙蓉鎮》便是謝晉導演的《芙蓉鎮》了，我不會有什麼醋意！

最後這句俏皮話，引來一陣經鬆的笑聲。

在電影局，影片算是順利通過了。這就意味著上影廠可以開始混錄印製正式的拷貝，交由中國電影公司去發行。離開放映廳時，謝導演的一位朋友告訴我：電影局剛接到電話，黨中央書記處鄧力群同志想調《芙蓉鎮》的樣片去中南海小放映室看看。我心裡一緊，問：怎麼辦？那朋友說，上影的同志已回答了，他們帶來送審的是雙片（即影像和音響分別錄在兩條帶子上，尚未合成為正式的拷貝，故稱為「雙片」），要特殊機器才能放映，因此沒法送去……其實是個託詞，中南海小放映室有能放映雙片的機器。鄧力群同志那樣「左」，文藝界都躲著他走。

其時鄧力群貴為中央書記處書記、中央宣傳部部長、中央書記處政策研究室主任。我倒是有幸在文學頒獎會上見過他兩面，印象中人還滿和氣的。後來他還曾通過湖南省委的人託口信給我，表示過關心。我處江湖之遠，散淡慣了的，自是一笑了之。

影片《芙蓉鎮》是遲早要進中南海的。電影圈裡的人都明白，對於思想淺薄、藝術平庸之作，中南海向來少有興趣，頗能寬量；唯對於思想嚴肅、題材重大、藝術優秀的新片，中南海才會評頭品足，把關從嚴。名義上，新片的終審權在電影局，實際上許多好的影片常常在中南海觸礁，並大加撻伐，如《太陽和人》（亦即《苦戀》）、《鴿子樹》、《原野》等等，都是著名的先例。

使我始料不及的是，影片《芙蓉鎮》不久便捲進開明派領導人胡耀邦被迫下台的政治大地震裡，即將榮膺文藝界反資產階級自由化運動的「反面教材」的大任。正是「過得了初一過不了十五」，終歸是在如來佛的巴掌裡。

十、中央政治局觀片出麻煩

十二月中、下旬，上影廠洗印出了《芙蓉鎮》的正式拷貝。謝晉帶著拷貝再度來到北京，做推出前的宣傳活動。謝晉很重視該片的輿論宣傳。早在拍攝之初，他就請全國電影家協會和全國記者協會兩家出面，邀約有四十多位中外記者到外景地的湘西王村鎮，召開過拍攝現場記者招待會。此後，各地報刊便陸續不停地發出該片的拍攝消息。以致有人公開提出質疑：謝晉為什麼要一反常態，為一部尚在拍攝中的作品大造輿論？要鬧得國人皆知？謝晉的用意卻是：拍這部片子，就像邀約了許多人騎到老虎背上，到時候不讓我下來，別的人也難得下來……這一方面表現出謝晉在藝術上的成熟的自信，另一方面也表現出他在政治文化上的智慧與膽識。

十二月二十四日，謝晉在北京舉行了新片招待會，邀約在京的中外記者觀片，並發佈消息。翌日，中國最大的官方通訊社——新華社電訊發出通稿，稱著名導演謝晉拍攝成功一部具史詩意識的寬銀幕上、下集巨片。新華社電訊通稿即意味著全國所有的日報、晚報都會刊出這一消息。接著，謝晉徵得外事部門同意，以個人名義向駐北京的近百家外國使館、新聞單位發出請柬，邀請各國使節及夫人、新聞記者等，於十二月三十一日公曆年除夕夜至北京飯店觀看他所拍攝的新影片《芙蓉鎮》。請柬發出後，謝晉才鬆了一口氣。在這同時，上海電影製片廠和中國電影發行公司也向全國各省市自治區的影片公司寄出了該片的拷貝，以備於新年、春節期間在全國各地同時上映。一切都似乎進行得正常、順利。

可是中南海傳出消息，中央政治局將於十二月二十八日晚在書記處小放映廳放映該片。這就意味著，該片尚待中央最高層審查核准。每逢中央領導人點名要欣賞某部新電影，廣播電影電視部（過去是文化部）、電影局的負責人就要誠惶誠恐、禍福難測，因為誰也搞不清中央領導人當晚的心境好惡、情緒高低。以當時風起雲湧、遍及全國的學潮局勢而言，以胡耀邦為首的黨中央、書記處成員們的心境，是肯定好不到哪裡去的了。據一位在中南海工作的朋友講，胡耀邦自南方視察回來——有說他是突然被一架專機從江蘇無錫接回，一直顯得焦躁不寧，下班後也不立即回家，而是獨自一人在書記處的院子裡來回走步，彷彿一頭困獸。他大約已經預感到，一場巨大的危機、一塊厚重的陰雲正一步步向他逼近。

據朋友後來回憶，當晚在中南海小放映廳觀片的，一反常態，沒有那幾位往常每片必到、觀後必發宏論甚至出粗口的黨內大老，只是在京的部分政治局成員、中央書記處成員，以及中宣部有關負責人。而廣播電影電視部和電影局的負責人則手執了筆記本，緊張兮兮地坐在胡耀邦總書記的身後。在長達兩小時四十五分鐘的放映過程中，小放映廳內倒是好不安靜，沒有評議，也暫時沒有斥責聲，彷彿大家都在等著看了故事結局再講話。電影局負責人留神到，越是接近故事尾聲，坐在前排的胡耀邦就越顯得不耐煩，都要坐不住了。好容易捱到芙蓉鎮上的土改根子王秋赦瘋了，打著銅鑼一聲聲喊著：

「階級鬥爭，文化大革命，五、六年來一次啊……」聲音遠去，畫面淡出，場燈放亮。但是胡耀邦一臉慍色地站了起來，從沙發背上取了西裝外套披上，一邊朝過道上走一邊說：

我以為謝晉拍了部什麼新片子！把新社會、黨的幹部演成什麼樣子了？一場悲劇，一團漆黑，怎麼要得？我不講了，你們看著辦吧！

胡耀邦說罷，揮了揮手，快步走出去了。

其他的中央領導人也個個臉色凝重，什麼話也沒說地相繼離去。廣播電影電視部負責人、電影局負責人嚇得面色發白，面面相覷，心裡直打冷顫——天呀，這回，電影又闖大禍了！怎麼收場？倒是電影局負責人於驚慌中不乏清醒，想著應立即通知謝晉他們，趕快一家一家地給那些外國大使館、新聞單位打電話，通知三十一日晚上的電影招待會停辦！還沒法給人家解釋，只能給人家道歉。

山雨欲來，暴風雨欲來。電影怎麼辦？中國怎麼辦？

十一、中央黨校又發難

一九八七年元旦晚八時，我在長沙家中收看北京中央電視台新聞聯播節目。一則重要消息是：前中國人民解放軍總參謀長、中央紀律檢查委員會常務書記（中紀委第一書記由陳雲擔任）黃克誠大將因病去世。消息稱，前往醫院向黃克誠遺體告別的，包括了鄧小平、趙紫陽、李先念、陳雲、楊尚昆等所有的最高領導人物，獨獨沒有黨中央總書記胡耀邦。胡耀邦的名字只是出現在一長串送花圈的名單上。依慣例，胡耀邦作為黨和國家的頭號人物，他的名字應排在鄧小平之前。

作為一名知識分子，我對黃克誠大將的不幸命運很為同情。他於一九五九年廬山會議上被毛澤東打成「彭、黃、張、周反黨集團」的第二號人物，後被長期關押、軟禁，受盡政治凌辱。直到一九七八年彭德懷冤案獲得平反昭雪，他才恢復自由，恢復工作。可他一經回到領導崗位，卻立即狂熱地堅持他所信奉的毛澤東思想，堅持他的左傾政治立場。一九八一年夏季，以批判電影《苦戀》為標誌的「反資產階級自由化運動」，他是來自軍隊方面的極「左」勢力的大台柱之一。後來他雙目失明了，住進了醫院，聽信祕書的彙報，仍不時大罵「傷痕文學」、「暴露文學」，大罵一批被斥為「自由化分子」的作家和詩人。因之北京文藝界的朋友們常在私下裡苦笑著說：「你們這位湖南老鄉真正是睜了眼睛說瞎話了。」

胡耀邦沒有出現在向軍隊元老黃克誠大將遺體告別的儀式上，不知出於哪根敏感的神經，我立即預感到：胡耀邦將要下台了，或者實際上已被解除權力了。他要成為鄧小平、陳雲等元老發起的反資產階級自由化運動的最大的替罪羊了。當晚，我忍不住去拜訪了住在同一大院裡的老黨員作家康濯先生——他是我尊敬的長者。我對他說出了心中的預感。他卻眼睛一瞪——對於我們黨內的事，你懂得什麼？彷彿我的話戳中了他內心的某種隱痛。但幾天後，各種渠道透出的信息，都證實了我的推測是對的，胡耀邦「因病」住進了醫院——害的正是一場巨大的政治腦震盪。

一月十二日，我陪同身體瘦弱的康濯先生到北京，住在離光明日報社不遠的北緯飯店。北京正是滴水成冰的嚴冬天氣。康濯先生是來北京落實他的調回中國作家協會工作的組織手續問題的，我則是接到了香港電台將在二月間舉辦的一次電影討論會的邀請，需要找英國大使館辦理訪港簽證。我們可說是在一個十分敏感的、鬼氣森森的時日到了北京。我們去拜望一些朋友，或是一些朋友來看望我們，都談到北京已經實施著未經宣佈的宵禁，數萬名軍警佈滿街頭，隱伏著一種政變在即的緊張氣氛。大家都替已遭非法罷黜了的胡耀邦抱不平，都痛心疾首地罵鄧小平、陳雲等專制老人踐踏章程，誤國誤民。朋友們也談起已被禁演了的電影《芙蓉鎮》。這部電影是生不逢時了。不過聽說在這次倒胡事件中立了大功的胡喬木、鄧力群兩位倒是準備網開一面，認為影片還是可以放映的，可以先放映後討論嘛。只是結尾不大好，那個瘋子打打銅鑼可以，但不要叫喊「階級鬥爭，文化大革命，五、六年來一次啊」，那是毛主席語錄……

朋友們告訴說，對於電影《芙蓉鎮》，除了胡耀邦在政治局觀片後給予斥責、拂袖而去之外，還有中央高級黨校的學員對其發難。中共中央高級黨校的前身為延安馬列主義學院，毛澤東曾親任校長。一九四九年後遷至北京西山，是為中共中央培訓省軍級以上高級幹部的紅色翰林院，也有稱之為「紅色黃埔」的。一九七九年胡耀邦任中央組織部長兼中央祕書長時，還曾經兼任過中央黨校校長，大力起用過一批思想甚為開放的理論高手，如郭羅基、阮銘、李洪林等人。胡耀邦升任黨總書記，之後校長一職由大老粗出身的王震將軍擔任，王將軍竟然借用鄧小平的龍威，將郭羅基、阮銘、李洪林等人開除黨籍，趕出北京。可見胡耀邦上台之初，即受到黨內左傾老人的極大掣肘。

中央高級黨校每年都要舉辦一期省級領導幹部讀書班，學制為一年。大凡進過讀書班的幹部，回到各省市後都會官升一至二級，成為主要的負責人。曾經轟動全國的一九八一年夏季的批判電影《苦戀》運動，最早就是在該校的省委書記讀書班上發起的。他們為了表示對馬列主義、毛澤東思想的無限忠誠，在看過影片《苦戀》後，聯名上書黨中央，指該片反毛澤東思想和反社會主義，建議嚴肅批判。這封信立即被黨內、軍內的左傾勢力所利用，大做文章。後經鄧小平點名批評，也是搞政治平衡術，才把批判運動局限在文藝範圍內，成為八〇年代第一回合的「反資產階級自由化」運動。

中央高級黨校省級幹部讀書班對電影的第二次發難，發生於一九八三年春，影片為《天雲山傳奇》。該片的主要內容是一位地委書記在一九五七年的反右派鬥爭中把自己的好友打成右派分子，並奪去了好友的美麗的未婚妻，直到二十二年後右派獲得平反改正，可永遠失去了的，是人與人之間最美好、最純真的感情。對於這麼一部好影片，中央黨校省級幹部讀書班的成員們幾乎是怒不可遏了。他們怒斥道：我們不少人都是從地委崗位上提拔上來的。難道我們黨的地委書記們都是乘人之危、奪人妻子的壞人？這是一部反黨影片。的確，在當時的地、省委書記們中間，大多數人對這部影片可說是恨之入骨了。下屬的這種激烈反應，甚至影響到國務院總理趙紫陽——趙紫陽曾經一度同意該片停止放映。這回，卻是由於文藝界有識之士的據理力爭，並得到以胡耀邦為首的黨中央書記處的默默支持，最主要的又是反對者們這次沒能說動鄧小平出面講話，因之對《天雲山傳奇》的批判運動沒有形成。相反地，該片還獲得了當年的金雞獎和百花獎。

一九八七年春天，中央高級黨校舉辦的是全國各省、市、自治區黨委宣傳部長讀書班。理論聯繫實踐，宣傳部長讀書班自然要參與發起對電影《芙蓉鎮》的評判。在有關的座談會中，多數宣傳部長認為，該片嚴重歪曲社會主義制度，醜化黨的形象，並公然嘲弄毛澤東思想，批判毛澤東主席，是可忍，孰不可忍了！山東省委宣傳部長與湖南省委宣傳部長並各各表態：即使上級批准該片公映，山東省和湖南省也要拒絕購拷貝。

影片改編自湖南作家的同名小說，拍攝之前還在長沙的湖南省委賓館——蓉園召開過為期九天的學術討論會，全部的外景也都是在湘西武陵風光區拍攝。在中央黨校深造的湖南省委宣傳部長的這一表態，是十分耐人尋味的了。是要劃清界線，脫離關係，表明省委從未支持過該片的改編、拍攝？拒絕購買拷貝即是禁止放映的同義語。但「禁演」二字太過直露，招人厭惡。如今的宣傳部長不再由軍伍出身的大老粗擔任，都具大專學歷，頗懂得講話藝術了。

一月十六日，中共中央正式宣佈開明改革派的黨總書記胡耀邦下台。他是在一次不倫不類的被稱為「政治局生活會（擴大）」會議上被迫「辭職」的。中共元老們以槍桿子作後盾，明目張膽地踐踏章程，也是踐踏了中共全體黨員的良知、全國人民的良知。因為中央總書記為中共最高領導人，由中央委員會全體會議選出，也只有中央全會才能罷免。該次貽笑歷史的「政治局生活會」，更越俎代庖地指令國務院總理趙紫陽兼任中共中央代理總書記。進入了八〇年代中葉，一個個垂垂老矣的中共老者們仍玩弄黨和國家命運於股掌之上。二月中旬，趙紫陽代理總書記赴中央黨校作關於反對資產階級自由化的形勢報告。報告中，趙紫陽指出，影片《芙蓉鎮》有嚴重的政治傾向問題，黨的廣大基層幹部反應激烈，是資產階級自由化在文藝領域的一個表現，應當受到嚴肅的批評。當然，我們今天的批評應該是實事求是、以理服人的，而不要再重複過去的打棍子、揪辮子、戴帽子之類的簡單粗暴的做法。

說是中央黨校省委宣傳部長讀書班的學員們，聽了趙紫陽代理總書記的報告之後感到十分鼓舞，說明了他們的政治嗅覺是高度靈敏的，得到了黨中央領導人的首肯。他們紛紛打長途電話向各自的省市委彙報、傳達黨中央的最新指示精神。

十二、影壇奇觀　越批越香

在全國殺氣騰騰的反資產階級自由化逆潮中，影片《芙蓉鎮》被當作批判靶子，捲進了政治漩渦。這正是我多年來最擔心也是最恐懼出現的情景。政治運動從來就是以文藝作品作祭刀品的。過去的例子太多、太血腥了。毛澤東去世後，情況雖有所改善，但具獨立思考精神的作家及其作品仍難逃「槍打出頭鳥」的厄運。影片受批判，導演頂多只須檢討敷衍幾句即可過關，仍去做他的導演，賬總是要算到作家頭上。劉賓雁因《人妖之間》倒了楣，白樺因《苦戀》倒了楣，戴厚英因《人啊，人！》倒了楣，葉文福因

《將軍，你不能那樣做》倒了楣，葉楠因《鴿子樹》抬不起頭，有大人物甚至要他去越南國防部請賞……作品，總是作家的苦果。

十分耐人尋味的，也是最令中共老年領導者惱怒的，是經過文革十年災難之後，包括廣大黨員幹部在內的普通老百姓的腦後都長了反骨了，產生出一種遍及整個社會的逆反心理——你黨中央一旦指出哪部作品有問題，要批判，要禁演，那部作品立即就身價百倍，大為吃香，廣為流傳，作家也就立即聲名大噪。正是不批不香，一批就香，越批越香了。

一月下旬某一天，中國電影發行總公司奉中宣部指令，以電話方式通知全國各省、市、自治區屬下的電影發行分公司，自某日某時起，所有影劇院停止放映新片《芙蓉鎮》，原拷貝一律封存，聽後處置。

命令如山倒，卻也叫全國各地電影公司、電影院的經理們傻了眼。他們原已看準了，這部上、下集影片是可以賺大錢的，並已統一了票價——這些年來，普通銀幕影片票價已從每票一角五分錢漲到了二角五分錢，寬銀幕影片每票更是漲至三角錢，上、下兩集為六角錢。但這回發行《芙蓉鎮》上、下集，每票訂為一元整。如今改革開放，搞活經濟，老百姓手頭都較前寬裕了，只要大家喜歡看，就不會在乎花費一塊錢。

畢竟是八〇年代中葉了，以經濟建設為中心，一切向前（錢）看，各地電影公司的經理們不約而同地靈機一動：為什麼不搶在中央明令禁止放映的時間之前，盡可能地多放映幾場？何況如今中央有關部門辦事也聰明多了，下令禁演某部作品，均以電話方式口頭傳達，避免下達文字通知，不留公文憑據。

於是據說在四川省的第一大城市重慶，電影發行公司立即通知全市所有的大大小小的影劇院，實行二十四小時開放；再由各影劇院在當日下午下班之前打電話與附近的工廠、學校、機關的工會、共青團組織聯繫，將這部反映現實生活的巨片即將禁演的消息透出去，並說明是謝晉、劉曉慶等人從影以來所拍攝的最佳影片，動員他們立即購買團體票或包場，否則，就錯失良機了……當晚，擁有六百萬居民的重慶市，成了不夜城，人們奔走相告，紛紛趕往住處附近的影劇院，去觀看「最後的放映」……

類似的「盛況」，也發生在新疆的烏魯木齊、黑龍江的哈爾濱、湖北的武漢、福建的福州等大中城市。

我們再來看看北京的有關「盛況」。普通市民是看不到新片《芙蓉鎮》了，可是在中共元老薈萃的中央顧問委員會，卻連著放映了兩場，並傳出有兩位身經百戰、年高德劭的老將軍看得氣憤至極，竟當場敲斷了手裡的拐杖！更有人進一步說，其中的一根拐杖是貴為中顧委第一副主任王震將軍（八八年後以八十一歲高齡榮升國家副主席）所敲斷。他們人是黨和國家的寶貴財富，拐杖也自然屬於國家財富之一。用學生娃娃們的話來講，敲斷拐杖，是破壞了國家財產。

中南海的警衛局禮堂，則破紀錄地前後放了六場。一年前，湖南漢壽縣漢劇團在這裡演出大型現代戲《芙蓉女》，還受到許多革命老前輩的稱讚。一年之後再放映同樣內容的上、下集電影，該片則已遭禁演，並即將受到大批判。

其實，中南海裡的工作人員、警衛戰士及其家屬子女，也都是懷著趕搭末班車的心情來觀看該部影片的，正像當年搶著觀看《太陽和人》（即《苦戀》）、《原野》等遭到禁演的影片一樣。不同的是，中南海外禁令如山，中南海內卻仍可「內部參考」幾場，也算是黨中央、國務院工作人員的一項政治文化特權吧。

說是某日下午，警衛局禮堂正在放映該片，兩千多座席爆滿。人們正專注在大銀幕上，女主人公胡玉音——劉曉慶正跟男主人公秦書田——姜文，一對患難中的戀人，躲過了革命群眾雪亮的眼睛，進行著長達數分鐘的擁抱熱吻。人們都看得瞠目結舌了，整個大廳鴉雀無聲……忽然，觀眾席上，一個十來歲的小男孩高聲問：「媽，這是幹什麼呀？自由化哪——」由於大廳裡過分安靜，以致大多數觀眾都聽到了這小男孩的問話聲……當人們從劇情中醒悟過來，大廳裡便轟地爆發出一陣哈哈大笑聲。

以開明派領導人胡耀邦被趕下台為標誌的反資產階級自由化運動，把人的神經繃得太緊了，太令人反感了。這笑聲，正是反映出包括中央機關工作人員在內的廣大黎民百姓對災禍連年的政治運動的藐視與嘲諷。黨內那些「左」傾老者們的倒行逆施，是多麼的違天時、失地利、失人心！

十三、先控制放映　後徹底批判

二月中旬，中共中央宣傳部的幾位「左」派大員，私自召集各省市自治區文藝界、社會科學界的一小批沉寂已久的政治變色龍，在北京南邊的涿縣舉行神祕的會議。每省市被召來出席會議者三至五人不等，均由中宣部的「左」派大員直接點名。會議對外稱為討論文藝界資產階級自由化問題的「組稿會」，準備會後在全國各地報刊同時發起大批判運動，但實為一次妄圖對改革開放政策進行全國性大清算的動員會。胡耀邦下台後，當上了中央反資產階級自由化領導小組成員的胡喬木、鄧力群出席會議，並作重要指示。中宣部主要負責人王忍之則從頭到尾坐鎮會議。也就是在這次會議上，「左」派大員們提出：要對十一屆三中全會以來的改革開放路線進行一次新的反思；如今是說資本主義的有罪，幹資本主義的有功；云云。他們把鬥爭鋒芒直接指向鄧小平、趙紫陽，大有背水一戰的氣焰。

會議之後，中宣部成立了一個十人寫作小組，仍操毛澤東時代的故伎，先拿文藝祭刀，以影片《芙蓉鎮》為靶子，打開缺口，進而展開全國大清理、大整頓。正是磨刀霍霍，機不可失，時不再來。

二月下旬，我在香港開過了電影討論會，處理了一些出版事務，回到長沙家中，才聽到了要對電影《芙蓉鎮》實施先控制放映、後徹底批判的「上級精神」，並說中宣部已經成立了相關的寫作小組。事態不可謂不嚴重。不同的是，要是在毛時代，只要透出某人的作品將被批判的風聲，那人立刻就臭了，被孤立起來，親友們會立刻背過臉去，形同路人。更不乏人為了保護自己，表示劃清界線而去檢舉揭發，落井下石。最可怕的還有妻子反目，子女成仇，窩裡反將起來，當事人只有自殺一途……可是這一回，省文聯、省作協機關裡，從老一輩到中青代，沒有人對我擠眉弄眼、幸災樂禍，更沒人對我表示出某種歧視。因為雲翻雨覆的政治運動經歷得多了，人們也就漸漸看穿了，悟透了，厭倦了。倒是有不少朋友來看望我，表示關切，並相互傳遞各種小道消息。甚有意思的是我內人的態度，我們因為婚後二十餘年無子女，彼此間時有不睦。她平日對什麼「知名作家」之類最不以為然了，認為不過是玩筆桿子，捏造人物故事，騙許多天真的讀者罷了。這時刻，她卻教誨說：記住！如果你認為你的作品沒錯，反映的是歷史真實，就不管誰批判你，壓力有多大，你都不要做檢討，不要當軟骨頭。《增廣賢文》上不是說「疾風識勁草，路遙知馬力」？讓時間去考驗你的作品好了。

這期間，全國各地開始「控制放映」影片《芙蓉鎮》，並規定全國大小報刊一律不得擅自發表影評。由於此片剛面世即遭到過中宣部的停映處分，如今又是「控制放映」，這一上一下、一收一放，倒是把千千萬萬觀眾的胃口給挑起來了，比任何的廣告宣傳的效果還要廣泛、強烈，連一些平日很少看電影的人都要到影劇院門口去排長隊，看個究竟了。在北京，身為中顧委委員的湘籍老革命對我說：你傢伙，害我老頭子在影院門前排了一小時隊，替全家人買到電影票。不過，確是一部值得一看的好片子……中宣部一禁演，又替你們的作品做了次最大的免費宣傳……

在我老家一帶，反應尤為熱烈。由於該片未准發行農村拷貝（中國城鎮放映影片拷貝為三十五毫米，稱為普通銀幕，農村地區放映的拷貝為十六毫米，稱為小銀幕），我老家的鄉親們不得不打了火把或是提了馬燈，走幾十里山路，去到縣城看劉曉慶飾演的芙蓉姐。縣電影公司則是看準了經濟效益，全城所有影劇院二十四小時開放，以滿足觀眾需求。因為全地區十幾個縣、市只有兩個拷貝，首輪放映在每個縣城只能停留一星期。可我老家的貧下中農觀片之後說：這是地主的兒子寫來罵我們的！縣電影公司經理後來對我說，現在是越有人罵的片子，越有人看。《芙》片上映只兩個多月，本公司已完成全年利潤指標的百分之八十。

湘南與粵北交界處的宜章縣，影劇院門外打出的大廣告是：本地區作家，寫本地區生活，由劉曉慶主演，謝晉導演，可歌可泣！可喜可嘆！

湘中地區懷化市的影劇院，不知從哪裡得到的內部消息，竟在宣傳櫥窗內赫然告示：中央多位首長關於電影《芙蓉鎮》的重要指示——趙紫陽同志說……胡喬木同志說……鄧力群同志說……

真正的盛世危言。為了吸引觀眾，擴大經濟效益，什麼招式都上陣了。誰說大陸的老百姓不會做生意？

最令我心悸、至今不能釋懷的，是發生在省城長沙的一件異事。省出版社有位五十幾歲的女編輯，一九五七年當大學生時即被打成右派，之後下放農村改造，去種水稻，修水庫，築公路，砍蘆葦，挖湖泥……從事各種重體力勞動，並受盡各種政治凌辱，達二十二年之久。一九七九年獲得平反改正，安排工作。但她身上已患有風濕痛、高血壓、心室肥大、胃下垂、腎臟功能損傷、神經官能症、間歇性抽風等十餘種疾病，基本上是個殘廢人。她在出版社掛了個名，領一份薪水，很少去上班。出版社的同行們都很同情她，照顧她。近來來病患日重，已很少出門，只在家裡靜養著，看看報紙、雜誌。一天，她趁丈夫、孩子都上班去了，一人悄悄去到附近的電影院裡，看了正在上映的《芙蓉鎮》。說是她看得從頭哭到尾。之後又在影院門口站隊，替全家人買了第二天晚上的票。當天晚餐時，她平靜地對丈夫和兩個兒女說：明晚上我們全家人都去看《芙蓉鎮》，那上面演的，就是我們家的故事、我的命運……因她平日很少要看什麼電影，如今主動提出，全家人都很高興。第二天晚上，全家人扶著她去了電影院。可是影片一開始，她就一直流淚。看到影片中芙蓉姐的丈夫在社教運動中含冤自殺，芙蓉姐晚上偷偷跑去哭墳時，女編輯忽然渾身抽搐，倒在丈夫的懷裡，坐在旁邊的兩個兒女急忙去叫救護車……送到醫院，人已經斷了氣。兩個兒女放聲大哭，當丈夫的卻哭不出來，只是木木地問：誰害死了她？

事情反映到一位「左」派大員那裡，「左」派大員拍桌大怒：這是部什麼影片？都看出人命來了！聽到這件異事時，我已經離開了長沙，否則，我真該去到這位女編輯的靈前默哀致意。對於千千萬萬在毛氏極「左」政治運動中受盡煉獄摧殘的女性受害者來說，《芙蓉鎮》表現出的只是她們中間的一位。

十四、「寫作小組」趣談

三月五日，中國現代女性文學的領銜者、著名老作家丁玲在北京去世。三月七日，湖南省文聯主席康濯先生和我，代表湖南文藝界去北京參加了丁玲老人的追悼活動。一九八二年前後，蒙丁玲老人多次諄諄教誨，要我通讀《資本論》，進而通讀四十四卷本的《馬克思恩格思全集》。她並介紹經驗說：她是在牢房裡讀完上述經典巨著的，後來都讀得入了迷，生怕提前出獄，不得把書讀完了。丁玲老人自一九五五年被毛澤東打成「丁玲、陳企霞反黨集團」的首要分子後，曾經度過了長達二十四年的監獄及農場勞改生涯，表現出驚人的生命力。有人說一九五五年以後的丁玲能夠活下來，真是生命的奇蹟。一九七八年她恢復自由，回到北京，並未改變她青少年時代的信仰追求。對於她的人格忠誠，我懷有深深的敬意。對於她的政治忠誠，對於她把自己所蒙受的長達二十四年牢獄之災說成是「母親（黨）打錯了自己的兒女」，我卻難以苟同。《資本論》作為知識學問，應當拜讀。若用以提升人的思想、改造人的靈魂，在我這一代人是很少有人能夠接受了。何況我奉為經典的是《金瓶梅》、《紅樓夢》、唐詩宋詞。我因怕她問起通讀馬、恩著作的事，會使她太過失望，一九八三年之後便不大敢去拜望她了。在北京西郊八寶山革命公墓禮堂，我站在首都文藝界人士的長長的隊伍裡，向著丁玲老人的遺體行了三鞠躬禮。她已安詳地告別了自己充滿苦難及傳奇性的一生。

參加過丁玲老人的悼念活動之後，我留在北京電影學院屬下的青年電影製片廠，將自己的中篇小說《九十九堆禮俗》改編為電影腳本。這時刻，北京市內正有三十幾家電影院正在同時「控制放映」影片《芙蓉鎮》。我陪同兩位友人去看了一場，發現影片結尾作了點修改，原先是芙蓉鎮上的黨支書王秋赦瘋了，打著銅鑼一路喊：「階級鬥爭，文化大革命，五、六年來一次啊……」現在則改成了王秋赦打著銅鑼一路喊：「運動啦！運動啦！該運動啦——！」這一改動，反而更為畫龍點睛，隱喻中共正在進行的反資產階級自由化運動的荒謬性，更能在廣大觀眾中間引起共鳴。

還有好些朋友告訴我，這回可熱鬧了，連平日對國產影片看不上眼、專愛看歐美片和港台片的青年觀眾，都紛紛出動了。許多機關、工廠的工會、共青團組織還去附近的影院包場，作為職工、團員的福利活動。許多單位的團組織還出了牆報、黑板報，讓青年人發表各種觀後感，呼籲警惕「左」傾復辟、文革悲劇重演。實際上是跟黨中央所發起的「反資產階級自由化運動」對著幹了。

北京大學和清華大學的學生會、團委、不知從哪裡得知我到了北京，並打聽到了具體住址，先後打來電話，邀請我去出席他們的電影討論會。我是個膽小怕事的人，均以趕稿太忙為由，婉言相謝了。這兩所中國的最高學府，近年來學潮不斷，是為中央的眼中釘，早就派入了不少便衣人員。我一個鄉下人，怎麼揹得動「煽動學生圖謀不軌」的惡名！

更有意思的是，北京的工廠、學校、機關單位都辦有公共食堂。每到中午十二時，職工們便紛紛手拿飯盒在食堂窗口前排長隊買飯菜，但食堂往往不準時開餐。這時，青年職工們便會在隊伍裡敲打著各自的飯盒，學著芙蓉鎮上瘋子王秋赦的口吻喊：「運動啦！該運動啦！怎麼還不見這隊伍運動呀？」

此時刻，中共中央宣傳部「寫作小組」的十位成員，則住在西郊動物園附近的國務院第一招待所內，包租下五套房間，寫作批判電影《芙蓉鎮》的宏文。「寫作小組」由中宣部文藝局局長掛帥，十位成員集體出思想、出論點、打綱要，而由一位李姓朋友執筆。這文藝局長和李姓朋友，我都較為熟悉，一起開過會、吃過飯來的。如今他們身負重任，也算王命在身，自然顧不及文人交情之類了。

自文化大革命以來，知識分子對「寫作小組」真可謂談虎色變，聞風喪膽。這原是毛澤東及其四人幫們手中的金箍棒，從來指向哪裡打向哪裡，棒無虛出，所向披靡。被打者肯定一敗塗地，落花流水，甚至家破人亡。文革期間最著名的「寫作小組」為中共北京市委屬下的「洪廣思」、江青屬下的「梁效」、上海市委屬下的「羅思鼎」等等。其餘中央各部委、各省市自治區黨委屬下都各有各的「寫作小組」，豢養著一批政治文化打手。正是筆作刀槍，槍槍見血。十年浩劫期間，不知有多少作家、藝術家、科學家、大學教授乃至革命老一輩被這些御用打手秉承主子旨意打翻在地，踏上一萬隻腳，死傷無數，製造出中華民族歷史上最大的冤獄。據統計，文革期間受迫害牽連的人數達一億以上，死傷人數達一千萬左右。

文革結束之後，「大批判寫作小組」之類的機構本已撤銷，名聲大臭。雖然也有不少各類「寫作小組」的成員們搖身一變，又成為中宣部及北京市委的紅人，更有加官晉爵，連陞三級，當上了「中南海行走」者。但時代畢竟是進步了，人民也大為覺醒了。因之一九八七年春天，再由中宣部來成立「寫作小組」，藉批一部電影以打開缺口，進而清算一九七八年以來的開放改革路線，雄心不可謂不大，但在一般老百姓，心存疑懼之餘，也要啞然失笑，嗤之以鼻了。我和朋友們則覺得事有可悲，時光倒流。在中國行「左」傾復辟、恢復毛澤東主義，仍然存在著可能性。幸而鄧小平、趙紫陽等人還保持著一定的清醒，局勢才未形成。

不久，又有朋友來我的住處談笑，說起眼下在國務院第一招待所內住有兩個寫作班子：一個是代理總書記兼國務院總理趙紫陽屬下的中共「十三大」政治報告起草小組，堅持解放思想、改革開放，住在三樓；一個是中宣部屬下的批判電影《芙蓉鎮》寫作小組，嚴守「四項基本原則」，住在二樓。兩個寫作班子的人員都在一樓的餐廳裡就餐。後來彼此間相熟了，也都明白了對方在起草些什麼文件。正是各有大後台，各唱各調，各吹各號，針鋒相對了。有時兩個寫作班子的人也相互開開玩笑。中宣部寫作小組的人說：你們三樓正在大鬧資產階級自由化，想想胡耀邦是怎樣下台的吧！趙紫陽屬下的「十三大」政治報告起草小組的人則反諷道：你們二樓是個頑固、保守、僵化的堡壘，等著挨炸吧！

誰說中國政治是鐵板一塊！開明派領導人胡耀邦剛被趕下台，中共高層的僵化頑固派與溫和改革派，就又為爭奪黨和國家的最高權力，橫戈躍馬，殺機四伏。

三月中、下旬，正是一年一度的全國人民代表大會、全國政治協商會議全體委員大會召開的時日。全國政協集中了各行各業傑出知識分子的代表，思想較為開放，委員們也大多敢於發表不同意見。而全國人大代表則多為優秀黨員、各行業勞動模範，思想言行最能與黨保持一致。會議期間，山西省的兩位人大代表提案，要求在全國範圍內禁止放映影片《芙蓉鎮》，並進行批判，以肅清其惡劣影響。一位國防部長出身的全國人大副委員長也在大會發言中指出：電影《芙蓉鎮》醜化社會主義制度，醜化黨的各級幹部，為什麼還在公開放映？

為了避免《芙蓉鎮》獲得電影金雞獎和百花獎，中宣部領導人更是武斷地決定：一九八七年度的電影金雞獎和百花獎的評選活動，暫停一年舉辦（後該兩項電影評獎活動拖延到一九八八年春「左」派暫時失勢之後才舉辦，《芙》片榮獲雙獎）。真正地一手遮天了。

十五、北京四月春回暖

趙紫陽當上中央代理總書記之後，即面臨著黨內僵化保守勢力咄咄逼人的威脅。這股勢力可以把老紅軍出身、主持黨中央工作達八年之久的胡耀邦趕下台，也就不會輕易放過他趙紫陽。趙紫陽雖然只是一名抗戰幹部（俗稱「三八式」），但自一九四九年起從縣委書記、地委書記、省委書記、國務院總理一路做上來，積累了豐富的黨內鬥爭經驗，亦已經營起了自己的工作班底。

為了不讓黨內的保守勢力藉反對資產階級自由化運動坐大，趙紫陽於三月底開始進行反擊。他首先調閱了中宣部「二月涿縣會議」簡報，並下令進行調查。中宣部召集的這次全國性「組稿會」，事先並未報告黨中央政治局和書記處，屬非組織活動，是嚴重的違紀行為。會上，中宣部第一副部長王忍之竟然公開提出：要對黨的三中全會以來的政治思想路線進行一次再反思。另一位大人物則跑到天津去作大報告，大談什麼現在是資本主義的有罪，幹資本主義的有功。看來，他們反資產階級自由化是名，全面否定改革開放、搞活經濟的基本國策是實。誰算是幹資本主義？他趙紫陽自一九八〇年起擔任國務院總理，全力推行經濟改革，是幹資本主義？鄧小平是改革開放的總設計師，也是幹資本主義？

趙紫陽是位精明能幹的人，他很快摸清楚了，在黨中央機關內部，保守勢力有三大據點——一是中宣部，二是中央書記處政策研究室，三是《紅旗》雜誌社。這三個單位都有一批不懂國計民生為何物、只會背幾句馬列詞句的官僚人物，一年到頭不幹實事（指研究學問），專門戴著「左」視鏡呼風喚雨，給改革開放路線製造障礙，挑撥是非。胡耀邦吃虧就吃虧在對這些人太寬容、太姑息。不能步胡耀邦後塵。

說是趙紫陽先找王忍之個別談話，問王忍之揚言「要對黨的三中全會以來的政治思想路線進行一次再反思」是什麼意思，要找誰算賬，這話是哪裡來的——是你自己說的，你要負責任；是人家說的，你要講清楚。說是王忍之沒想到紫陽同志態度這樣強硬，問話問得這樣一針見血。他支吾了好一會，才不得不說出了：是喬木同志的意思；他不過是在涿縣會議上轉述了喬木同志的意見……

王忍之交代出了「上級」。趙紫陽不能不感到事情的嚴重性。喬木同志長期擔任「毛主席辦公室主任」，如今是黨的理論總管、中央政治局委員……要是喬木同志這句話又是轉達了比他地位更高、資格更老的哪位黨的元老的意思呢？事情不宜再追問下去。不要說趙紫陽，恐怕就連小平同志對此都只好打馬虎眼了。

趙紫陽是個實幹家，他避免跟保守派人物唇槍舌劍，而是要採取組織措施。年底前召開黨的「十三大」，進行機構調整。趙紫陽打好了腹稿——「十三大」後，撤銷以鄧力群為主任的中央書記處政策研究室，人員遣散；撤銷以熊復為總編輯的黨中央機關刊物《紅旗》雜誌，人員遣散；鄧力群已經年屆七十，不宜再擔任中央書記處書記及中宣部部長——後來，趙紫陽果真採取了上述組織措施，挖掉了保守勢力長期盤踞的巢穴，從而也跟保守勢力結下了難解的怨恨。

也就是在這年的三、四月間，趙紫陽聽了彙報，了解到中宣部成立寫作小組，集合了十個成員，正在準備著一發反改革的重磅炸彈——藉批判電影《芙蓉鎮》發難。但是該片在全國各地控制放映後，人民群眾的反響空前熱烈。據電影發行總公司統計，已經賣出三百二十個拷貝。因該片為上、下集，實際上是賣出了六百四十個拷貝，創造了迄今為止國產片發行的最高紀錄。人民群眾越歡迎的影片，中宣部就越要進行批判，這不是跟老百姓對著幹？另外，還有法國、加拿大等十幾個西方國家駐北京的大使館，派文化參贊到電影局去商談購買該片，可電影局只能遵循中宣部的指示，告訴人家此片不對外發行。我們搞經濟建設，不是天天在喊創匯嗎？如今外匯送上門來，卻加以拒絕……

趙紫陽長期領導經濟建設，對事物自是十分講求經濟效益。他過去對文藝作品的看法，本來是偏於保守的，但不屬於他的管轄範圍，因之甚少發表看法。他二月份曾在中央黨校講話時批評過影片《芙蓉鎮》，但這部影片現在被人家用來當作「反面教材」，別有政治上的大用處，從全局出發，他就不能不過問了。

四月上旬，住在瑞士的著名英籍女作家韓素音訪問北京。韓素音女士是中共真正的老朋友了，毛澤東、周恩來、江青、華國鋒、胡耀邦等領導人都多次接見過她。這回，卻是輪到趙紫陽接見她了。

我是一九八四年春天認識韓素音女士的。那次她到長沙訪問，對《芙》書的英譯本甚為讚賞。一九八五年冬我訪問西德時，承她邀我順道訪問瑞士，並介紹一位巴黎的出版商簽訂《芙》書的法文版合同。之後她每到北京，都邀約見面。這次到京，她通過接待她的中國人民對外友好協會找到了我，並安排在電影局觀看《芙》片。她說這部電影遭禁演，在歐洲的一些報紙上鬧得很熱鬧，連帶《芙》書法文版也銷得挺好。看過電影，她對我說，謝晉的這部影片拍得很好，為什麼不能對外發行？對宣傳中國的改革開放會有很大的幫助嘛！放心，有了機會，我會講講話。

四月二十七日，韓素音女士在上海、天津等地的大學做過了講座之後回到北京。趙紫陽代總書記在中南海接見她，請她對國內的工作提意見。她當即提了四條。第一條她反對興建三峽工程。她在四川出生，建了三峽大壩，把那麼大的水量聚在一起，一百年內外肯定引發大地震，遺禍子孫後代。第二，建議增加教育經費。第三，建議進一步尊重知識，愛護人才，並重視從外國招聘國內缺少的科技人才。她已捐出了二十萬美元成立一項基金，來做這方面的事。第四，談對外宣傳。像電影《芙蓉鎮》這樣的好作品，為什麼不准許對外發行？只會對促進中國的開放改革、樹立中國政府勇於自我批評的好形象嘛！你承認過去有錯，社會不公正，人家才會理解你今天改革開放的必要性和必然性，人家才會對你有信心，來投資辦企業……韓素音女士推心置腹之言，趙紫陽聽得連連點頭。

五月一日是中國法定的勞動節。這一年的勞動節之前，全國各行各業評選出了兩百名「四化建設標兵」。謝晉導演由於在電影領域的傑出貢獻，被上海市評為全國標兵。四月三十日下午，中共中央、國務院在中南海懷仁堂舉行全國四化建設標兵座談會，處在工作第一線的黨政領導人都有出席。說是趙紫陽一進會場就問：上海的謝晉同志來了沒有？上海代表連忙回答：謝導演出國訪問去了，請了假……這時，趙紫陽在會場過道上見到中央書記處書記兼中宣部部長鄧力群，便開門見山地問：謝晉同志拍的新片《芙蓉鎮》，國內發行情況很不錯，為什麼不准對國外發行？鄧力群回答說：對這部影片的看法還有些分歧，認為有損黨的幹部形象……趙紫陽當即說：我們黨的某些幹部，形象本來就不大好嘛！說罷看了鄧力群一眼，便走上主席台去了。據目擊者稱，當時，趙紫陽和鄧力群兩人的目光相碰，都快要碰出火花來了。

就這樣，出於中共高層溫和改革派與僵化保守派之間權力爭奪的需要，隨著彼此勢力的消長，中宣部寫作小組及其背後的主使者們對影片《芙蓉鎮》展開全面性批判的圖謀才開始有所收斂。十分奇妙的是，儘管有王震老將軍等在政治局會議上對該片的導演和作者動粗口，總設計師鄧小平卻一直對這部電影不予置評。倒是另一位元老習仲勳，曾經通過湖南省委要去一冊精裝本《芙蓉鎮》，說是要仔細讀讀，亦無下文。

由此可見，文藝作品，從來都是中共政治鬥爭的工具，權力舞台上的祭祀品，而不是這些作品本身真有什麼了不得的問題。毛澤東於一九四二年在延安下令批判王實味的《野百合花》、丁玲的《三八節有感》，是始作俑者。後王實味更被毛澤東的鷹犬康生所槍殺。入主北京後，毛澤東更是年復一年地出於權力鬥爭的需要，批電影《清宮祕史》為賣國主義，批電影《武訓傳》為地主階級改良主義，批俞平伯教授的《紅樓夢研究》為資產階級唯心主義，批胡風先生及其弟子們為「現行反革命集團」，批「丁玲、陳企霞反黨集團」，批長篇小說《劉志丹》為「利用小說反黨是一大發明」……直至一九六五年冬季，毛澤東藉批新編歷史劇《海瑞罷官》，開始了中華民族歷史上一場最大的人為災難——十年文化大革命運動。

毛澤東去世、華國鋒下台之後，中共中央曾經發誓棄舊圖新，改弦易轍。鄧小平、胡耀邦等領導人也都曾經信誓旦旦，保證今後不再對作家和作品橫加干涉或豎加干涉，不再整人。可是到了一九八一年夏天，中共中央的溫和改革派出於對那股憑藉軍方人士作後盾的頑固保守勢力的妥協退讓，而將白樺先生的劇作《苦戀》拋了出來，展開了一場全國性的反文藝資產階級自由化運動。

一九八七年春天，中共中央宣傳部寫作小組力圖發起的批判電影《芙蓉鎮》運動，不過是上述中共高層權力鬥爭的習慣性惡癖的一次發作而已。惜乎保守勢力這次的胃口調得太高，目標訂得太大，具體策略上又犯了過早洩露天機的大忌，因而被溫和改革派領導人趙紫陽們所掣肘，草率收兵，平白落下許多話柄。

十六、「幸運兒」的自我解嘲

前些年，在北京和上海，都有文藝界的朋友笑稱我和我的作品是在政治夾縫裡生存得較好的幸運兒，最後一次都快要被夾住了，沒救了，可鬼使神差，夾縫忽然被平衡住了，而沒有夾攏來……更有一位著名的文學評論家端著杯二鍋頭，私下裡對我說，古老弟，你要是五〇年代寫了《芙蓉鎮》，你肯定是全國最惡毒的右派作家，要被判無期徒刑，去跟胡風們為伍；你要是在六〇年代寫了，你肯定被打成瘋狂的反革命分子，即使無產階級專政機關饒你一命，紅衛兵小將和貧下中農也會活活打死你。可是你老弟是一九八〇年寫的，事情就翻了個個兒，你非但沒挨上整，還一再得獎，拍電視、電影。時代大變了，時間在玩魔術！

我則回答：五〇年代我還是個學童，因家庭出身「不好」，三次求學三次失學，十一、二歲開始跋山涉水挑煤炭賣，自己養活自己；六〇年代我是個農工，屬「黑五類」，老實規矩，還常挨批鬥，哪敢亂說亂動？文革初期廣西、貴州、湘南、粵北一帶興起對地、富家庭斬草除根的狂潮，我差點被農場附近的貧下中農活埋掉；只是到了一九七八年中共十一屆三中全會之後，託了胡耀邦、鄧小平、萬里、趙紫陽等人推行開放改革政策之福，才麻著膽子放手一搏，寫了些較為反映生活真實的習作。所以本人十足平庸，渾身土氣，做人也毫無棱角，缺少色彩，以致多位窈窕淑女見了我的面甚是失望——《芙》書的作者原來是這個樣子呀？圓頭圓腦，土裡土氣……是他寫的嗎？

有幾位在八〇年代上葉因作品挨過批、受過壓的作家朋友見了我，則都苦笑著問：你傢伙，透過作品看，骨子裡比我們反動得多，為什麼我們挨整，你卻得獎金、拍電影？有什麼祕訣？我只得從實招來：第一，我是個鄉下人，從小受歧視，學會了夾著尾巴做人，從不敢冒犯當權者——這年頭，你可以罵天罵地，但你千萬不要得罪了某一個領導人；第二，我平日最怕開會了，能不參加的會議盡量不參加，能不發言盡量不發言，一定要發言則應避免出言不遜，被記錄在案——在中國，因言及禍的例子太多了，如果因作品受罪，事有所值，若為了幾句話受罪，太不值了；第三，你們喜歡去一些大學做演講，醉心於青年學生們的掌聲和笑聲，我是最怕去大學做演講，因為年年鬧學潮，大學校園裡黨的耳目眾多，你一旦被盯上，就成了安全部門的工作對象；第四，作家最好還是用作品發言，多寫少說——安於清貧、甘於寂寞，才有文學。

對於我的幸運際遇最不服氣的，要數《苦戀》的作者、大名鼎鼎的白樺兄了。白樺兄於一九八七年秋天訪問香港，以他一向天真坦誠的詩人風範，在接受記者訪談的時候說：我的《苦戀》被中央領導人（指鄧小平）點名批判，鬧得全國譁然，實在冤枉。長篇小說《芙蓉鎮》獲首屆茅盾文學獎，我才找來閱讀，讀後大吃一驚：《芙蓉鎮》比《苦戀》反動得多，古華得獎，白樺得批判……

一九八七年秋天，我受邀赴美國愛荷華大學國際寫作計畫，參加每年一屆的國際作家交流活動。赴美前夕，一位電影界的老前輩告訴我，中宣部屬下的批《芙》寫作小組十位成員在國務院第一招待所住了近三個月，緊跟中央的政治形勢，批判的調子越降越低，七稿八稿，最後拿出一篇八千來字的打印稿徵求意見。國務院廣播電影電視部的一位負責人看了徵求意見稿之後，意見是：「文章的口氣太像文革期間的大批判文章，不是以理服人，且毫無文采可言。」可是他們十位成員，光是包租國務院一招五套房間的費用加上每天的伙食補貼、每晚的消夜點心費，就花去了國家一萬多元！這一萬多元開銷想找電影部門報賬。電影部門說：沒門！誰名下的寫作小組，誰管賬。可中宣部又是個清水衙門，拿得出這麼一筆錢？看來，最後要找中南海財務局去銷冤枉賬了，哈哈哈……

為了弄個錄像帶帶去美國愛荷華大學國際寫作計畫作資料用，我曾去找電影發行總公司的朋友幫忙。那朋友跟我談起影片《芙蓉鎮》的發行情況：在不到半年的時間裡，全國觀眾已超過一億人次。也就是說，全國的票房收入已超過一億元。如果上級批准製作發行廣大農村地區放映的十六毫米拷貝，則賣出的拷貝量可達一千六百個以上，都會是空前的紀錄。現在還有十幾個西方國家要購買該片的放映權，日本和南韓都各出價十七萬美元。

我離開中國的時候，心情是平靜的。自己的習作被拍成電影，雖然經過了一場不小的風雨，可總算給國家的「四化」建設添了一筆財富，還包括了至為寶貴的自由外匯呢。一九八八年起我定居加拿大，遵從的仍是自己的做人習慣——躲避世間是非，作家只用作品發言。不管太平洋彼岸的故國今後如何看待我，我都認定自己永遠是中國當代文學的普通一員。

一九九二年一月至三月寫於溫哥華南郊陋室

原載於《爭鳴》一九九二年四月號至八月號

文學
啟示錄

086	暗巷迷夜	楊　照著	$180
087	往事追憶錄	楊　照著	$180
090	唐吉訶德與老和尚	粟　耘著	$140
091	佛佑茶腹鳾	粟　耘著	$160
092	春風有情	履　彊著	$130
093	沒人寫信給上校	張大春著	$250
094	舊金山下雨了	王文華著	$220
096	地上歲月	陳　列著	$180
097	地藏菩薩本願寺	東　年著	$120
098	四十年來中國文學	邵玉銘等編	$500
100	性別越界	張小虹著	$180
101	行道天涯	平　路著	$180
102	花叢腹語	蔡珠兒著	$180
103	簡單的地址	黃寶蓮著	$160
105	文化採光	黃光男著	$160
106	文學的原像	楊　照著	$180
107	日本電影風貌	舒　明著	$300
109	夢書	蘇偉貞著	$160
110	大東區	林燿德著	$180
111	男人背叛	苦　苓著	$160
112	呂赫若小說全集	呂赫若著	$500
113	去年冬天	東　年著	$150
114	寂寞的群眾	邱妙津著	$150
115	傲慢與偏見	蕭　蔓著	$170
116	頑皮家族	張貴興著	$160
117	安卓珍尼	董啟章著	$180
118	我是這樣說的	東　年著	$150
120	蒙馬特遺書	邱妙津著	$180
121	飲食男	盧非易著	$180
122	迷路的詩	楊　照著	$200
123	小五的時代	張國立著	$180
124	夜間飛行	劉叔慧著	$170
125	危樓夜讀	陳芳明著	$250
127	晴天筆記	李　黎著	$180
128	自戀女人	張小虹著	$180
129	慾望新地圖	張小虹著	$280
131	旅行的雲	林文義著	$180
132	康特的難題	翟若適著	$250
133	散步到他方	賴香吟著	$150
134	舊時相識	黃光男著	$150
135	島嶼獨白	蔣　勳著	$180
137	導盲者	張啟疆著	$160
138	老天使俱樂部	顏忠賢著	$190
139	冷海情深	夏曼·藍波安著	$180
141	夜夜要喝長島冰茶的女人	朱國珍著	$180
142	地圖集	董啟章著	$180
143	更衣室的女人	章　緣著	$200
001	人生歌王	王禎和著	$260
003	開放的耳語	瘂弦主編	$110
006	如何測量水溝的寬度	瘂弦主編	$130
010	烟花印象	袁則難著	$110
011	呼蘭河傳	蕭　紅著	$180
015	因風飛過薔薇	潘雨桐著	$130
018	文學·政治·知識分子	邵玉銘著	$100
019	並不很久以前	張　讓著	$140
023	茱萸集	汪曾祺著	$260
024	今生緣	袁瓊瓊著	$300
025	陰陽大裂變	蘇曉康著	$140
028	追尋	高大鵬著	$130
029	高行健短篇小說集	高行健著	$260
031	獵	張寧靜著	$120
032	指點天涯	施叔青著	$120
033	昨夜星辰	潘雨桐著	$130
034	脫軌	李若男著	$120
035	她們在多年以後的夜裡相遇	管　設著	$120
036	掌上小札	蘇偉貞等著	$100
037	工作外的觸覺	孫運璿等著	$140
041	變心的故事	陳曉林等著	$110
043	影子與高跟鞋	黃秋芳著	$120
044	不夜城市手記	蔡詩萍著	$180
045	紅色印象	林　翎著	$120
046	世人只有一隻眼	凌　拂著	$120
050	黑夜裡不斷抽長的犬齒	梁寒衣著	$120
051	鬼的狂歡	邱妙津著	$150
052	如花初綻的容顏	張啟疆著	$100
053	鼠咀集—世紀末在美國	喬志高著	$250
054	心情兩紀年	阿　盛著	$220
056	三十男人手記	蔡詩萍著	$180
057	京都會館內褲失竊事件	朱　衣著	$120
058	我愛張愛玲	林裕翼著	$120
059	袋鼠男人	李　黎著	$140
060	紅顏	楊　照著	$120
062	教授的底牌	鄭明娳著	$130
069	我們在這裡分手	吳　鳴著	$130
070	家鄉的女人	梅　新著	$110
074	大車拚	王禎和著	$150
076	迷宮零件	林燿德著	$130
077	紅塵裡的黑尊	陳　衡著	$140
078	高陽小說研究	張寶琴主編	$120
079	森林	蓬　草著	$140
081	小說、小說家和他的太太	張啟疆著	$140
083	兒女們	履　彊著	$140
084	典範的追求	陳芳明著	$250
085	浮世書簡	李　黎著	$200

CONTENTS

197	放生	黃春明著	$ 220
198	布巴奇計謀	翟若適著	$ 280
199	曼那欽的種	翟若適著	$ 280
200	NO	翟若適著	$ 280
201	少年軍人紀事	履　彊著	$ 200
202	新中年物語	履　彊著	$ 200
203	非常的日常	林燿德著	$ 200
204	鏡城地形圖	戴錦華著	$ 240
205	愛的饗宴	東　年著	$ 160
206	祝福	蔣　勳著	$ 180
207	眼前即是如畫的江山	蔣　勳著	$ 180
208	情不自禁	蔣　勳著	$ 220
209	寫給Ly's M-1999	蔣　勳著	$ 180
210	兵俑之戀	朱　夜著	$ 180
211	手記描寫一種情色	林文義著	$ 180
212	逆旅	郝譽翔著	$ 180
213	大水之夜	章　緣著	$ 200
214	知識分子	龔鵬程著	$ 240
215	雨中的法西斯刑場	鍾　喬著	$ 200
216	浮生逆旅	吳　鳴著	$ 200
217	夾縫中的族群建構	孫大川著	$ 200
218	山海世界	孫大川著	$ 240
219	北歸南回	段彩華著	$ 280
221	凝脂溫泉	平　路著	$ 200
222	女性觀照下的男性	李仕芬著	$ 280
224	秀才的手錶	袁哲生著	$ 200
225	尋找紅氣球	李　黎著	$ 200
226	玫瑰蕾的名字	李　黎著	$ 200
227	度外	黃國峻著	$ 220
228	金絲猿的故事	李　渝著	$ 180
229	一九五〇仲夏的馬場町	徐宗懋編撰	$ 199
230	島	賴香吟著	$ 200
231	月球姓氏	駱以軍著	$ 350
232	獵雷	陳玉慧著	$ 230
233	知識與愛情	龔鵬程著	$ 240
234	經典與現代生活	龔鵬程著	$ 240
235	漫遊者	朱天心著	$ 200
236	小王子	聖德士修百里著	$ 160
245	猴杯	張貴興著	$ 280
246	日與月相推	向　陽著	$ 180
247	跨世紀傾斜	向　陽著	$ 160
248	深山夜讀	陳芳明著	$ 250
249	山地門之女	江文瑜著	$ 280
250	美麗蒼茫	王定國著	$ 320
251	革命家的夜間生活	林文義著	$ 260
252	台灣好女人	藍博洲著	$ 240
253	消失在歷史迷霧中的作家身影	藍博洲著	$ 360
145	燦爛的星空	馬　森著	$ 300
146	呂赫若作品研究	陳映真等著	$ 300
147	Café Monday	楊　照著	$ 180
148	我的靈魂感到巨大的餓	陳玉慧著	$ 180
150	履歷表	梅　新著	$ 150
151	在山上演奏的星子們	林裕翼著	$ 180
152	失蹤的太平洋三號	東　年著	$ 240
153	百齡箋	平　路著	$ 180
154	紅塵五注	平　路著	$ 180
155	女人權力	平　路著	$ 180
156	愛情女人	平　路著	$ 180
158	台灣查甫人	王浩威著	$ 180
159	黃凡小說精選集	黃　凡著	$ 280
161	古典與現代的女性闡釋	孫康宜著	$ 220
162	夢與灰燼	楊　照著	$ 200
163	洗	郝譽翔著	$ 200
164	朱鴒漫遊仙境	李永平著	$ 380
165	兩地相思	王禎和著	$ 180
166	再會福爾摩莎	東　年著	$ 160
168	文學評論百問	彭瑞金著	$ 240
169	本事	張大春著	$ 200
170	初雪	李　黎著	$ 200
171	風中蘆葦	陳芳明著	$ 200
172	夢的終點	陳芳明著	$ 200
173	時間長巷	陳芳明著	$ 200
174	掌中地圖	陳芳明著	$ 200
175	傳奇莫言	莫　言著	$ 200
176	巫婆の七味湯	平　路著	$ 200
177	我乾杯，你隨意	蕭　蔓著	$ 180
178	縱橫天下	舒國治等著	$ 150
179	長空萬里	黃光男著	$ 180
180	找不到家的街角	徐世怡著	$ 200
181	單人旅行	蘇偉貞著	$ 200
182	普希金秘密日記	普希金著	$ 250
183	喇嘛殺人	林照真著	$ 300
184	紅嬰仔	簡　媜著	$ 250
185	寂寞的遊戲	袁哲生著	$ 180
186	歡喜讚歎	蔣　勳著	$ 240
187	新傳說	蔣　勳著	$ 200
188	惡魔的女兒	陳　雪著	$ 200
189	與荒野相遇	凌　拂著	$ 220
191	大規模的沉默	唐　捐著	$ 200
192	尋人啟事	張大春著	$ 240
193	海事	陳淑瑤著	$ 180
194	一言難盡	喬志高編著	$ 260
195	女流之輩	成英姝著	$ 200
196	第三個舞者	駱以軍著	$ 280

302	日蝕	平野啟一郎著	＄200
303	魔幻之眼	南方朔著	＄250
304	暗示	韓少功著	＄380
305	看天族	黃武忠著	＄299
306	星移幾度	賈福相著	＄250
307	鴛鴦蝴蝶	趙　川著	＄180
308	歌聲戀情	路寒袖著	＄200
309	憂鬱三千公尺	路寒袖著	＄170
310	安住亂世	向　陽著	＄200
311	印象國度	黃光男著	＄200
312	第九味	徐國能著	＄200
313	太平盛世	聞人悅閱著	＄200
314	魯賓遜漂流記	林正盛著	＄200
315	如何打敗可口可樂	翟若適著	＄220
316	躁鬱的國家	黃　凡著	＄220
317	上裸男孩	席德進著	＄280
318	孤飛之鷹	席德進著	＄280
319	是或一點也不	黃國峻著	＄220
320	水門的洞口	黃國峻著	＄160
321	飛翔的麒麟（上）	辻原登著	＄280
322	飛翔的麒麟（下）	辻原登著	＄280
323	黑蝴蝶	孫　禹著	＄240
324	人在北京	陳平原著	＄300
325	銀色仙人掌	龍應台著	＄230
326	雲吞城市	蔡珠兒著	＄200
327	鶴止步	虹　影著	＄220
328	看得見的鬼	李　昂著	＄230
329	與自己和好	王浩威著	＄200
330	朋友	高行健著	＄230
331	心在何處	施叔青著	＄260
332	霧散的時候	彭瑞金著	＄200
333	人物速寫	林文月著	＄200
334	有病	李欣倫著	＄230
335	地老	陳淑瑤著	＄160
336	沙戲	王定國著	＄200
337	靈犀之眼	南方朔著	＄260
338	春琴抄	谷崎潤一郎著	＄160
339	讀心之書	平　路著	＄250
340	大學之賊	黃　凡著	＄300
341	給福爾摩莎寫信	東　年著	＄230
342	聯合文學20年短篇小說選（1984～2004）	張寶琴主編	＄450
343	紐西蘭的文學旅程	石帝文著	＄260
344	英瑪，逃亡者	周丹穎著	＄160
345	性，藝術與永生	翟若適著	＄320
346	我們其實不需要住所	向　陽著	＄200
347	青春三部曲	吳錦發著	＄260
254	當代大陸文學史教程	陳思和主編	＄380
255	台灣現代詩經緯	林明德著	＄400
256	文學場域的變遷	張誦聖著	＄260
257	一枝煎匙	宋澤萊著	＄320
259	那些人那些故事	楊　照著	＄200
260	跨越	佛瑞斯特·威爾遜著	＄220
261	母親	高行健著	＄160
262	你是否愛過？	陳玉慧著	＄260
263	漂木	洛　夫著	＄280
264	男人的育嬰史	賴瑞和著	＄200
265	未來，一直來一直來	林正盛著	＄350
266	一隻蝴蝶飛過	柯淑卿著	＄200
267	月蝕的七個半夜	楊　煉著	＄200
268	河潮	友　友著	＄200
269	樹猶如此	白先勇著	＄360
270	文字的故事	唐　諾著	＄249
271	衣魚簡史	董啟章著	＄230
272	愛的考驗	尤果·韓米爾頓著	＄230
273	外省書	張　煒著	＄260
274	紀弦回憶錄	紀　弦著	＄750
275	北風之南	林文義著	＄200
276	天涯海角	簡　媜著	＄280
277	華太平家傳	朱西甯著	＄800
278	夢中書房	羅智成著	＄220
279	馬克斯之死	翟若適著	＄299
280	盲目地注視	黃國峻著	＄200
281	麥克風試音	黃國峻著	＄190
282	阿難	虹　影著	＄280
283	仰天45°角	黃寶蓮著	＄200
284	我和我豢養的宇宙	鍾怡雯著	＄180
285	我凝視	平　路著	＄240
286	海浪的記憶	夏曼·藍波安著	＄220
287	哭泣哭泣城	阮慶岳著	＄180
288	藥罐子	李欣倫著	＄230
289	南方絳雪	蔡珠兒著	＄220
290	百年追問	蕭關鴻著	＄280
291	在百貨公司遇見狼	張小虹著	＄260
292	因為孤獨的緣故	蔣　勳著	＄160
293	俳句一百首	馬悅然著	＄230
294	我年輕的戀人	陳義芝著	＄200
295	一首詩一個故事	吳　晟著	＄220
296	筆記濁水溪	吳　晟著	＄260
297	楊牧	張惠菁著	＄250
298	另一種鄉愁	馬悅然著	＄220
299	孔雀的叫喊	虹　影著	＄230
300	疫	章　緣著	＄260
301	勸學	福澤諭吉著	＄240

CONTENTS

396	丈夫的祕密基地	呂政達著 $ 200
397	沈從文自傳	沈從文著 $ 250
398	海東青	李永平著 $ 800
399	維多利亞俱樂部	施叔青著 $ 230
400	徐志摩短詩選	徐志摩著 $ 150
401	一九四七高砂百合	林燿德著 $ 260
402	老楊和他的女人	履　彊著 $ 260
403	金合歡	洪素麗著 $ 200
404	銀合歡	洪素麗著 $ 200
405	為了測量愛	陳義芝主編·賞讀 $ 200
406	因為玫瑰	鍾怡雯主編·賞讀 $ 250
407	寫我的書	林文月著 $ 280
408	新野蠻時代	南方朔著 $ 260
409	瑤草	陳淑瑤著 $ 250
410	借來的時光	向鴻全著 $ 220
411	賴索	黃　凡著 $ 240
412	男回歸線	蔡詩萍著 $ 230
413	遮蔽的時間	裴在美著 $ 300
414	後現代／女人	張小虹著 $ 280
415	東亞的泥土與歐洲的天空	馬　森著 $ 200
416	謎鴉	葛　亮著 $ 250
417	外太空的狩獵	張菱舲著 $ 230
418	夏志清文學評論集	夏志清著 $ 320
419	海天浮沉	廖鴻基著 $ 240
420	卍	谷崎潤一郎著 $ 230
421	我·拋棄了的·女人	遠藤周作著 $ 250
422	書和影	王文興著 $ 320
423	證據	陶龍生著 $ 230
424	一則必要的告解	柴　　著 $ 230
425	男妲	成英姝著 $ 299
426	女神與鬼魅	林芳玫著 $ 250
427	憐蛾不點燈	許台英著 $ 300
428	穿衣與不穿衣的城市	張小虹著 $ 280
429	曼娜舞蹈教室	黃　凡著 $ 250
430	醜聞	遠藤周作著 $ 260
431	芙蓉鎮・新編	古　華著 $ 300
348	溫柔些，再溫柔些	李敏勇著 $ 200
349	奇怪的溫度	陳明才著 $ 350
350	感覺結構	張小虹著 $ 250
351	經史子集	李奭學著 $ 450
352	Indigo藍	黃寶蓮著 $ 200
354	流動的郵局	李儀婷著 $ 180
355	台灣島巡禮	廖鴻基著 $ 350
356	那年夏天，最寧靜的海	郝譽翔著 $ 280
357	加油，人生！	王壽來著 $ 220
358	食在凡間	朱振藩著 $ 250
359	姐妹書	蔡素芬著 $ 200
360	妻的容顏	吳錦發著 $ 200
361	少女之夜	許正平著 $ 250
362	貓之猜想	黃　凡著 $ 240
363	漩渦	柯品文著 $ 180
364	寂靜之聲	師瓊瑜著 $ 260
365	日本文學導遊	林水福著 $ 280
366	冰箱	柯裕棻著 $ 200
367	驅魔	施叔青著 $ 220
368	公主徹夜未眠	成英姝著 $ 230
369	擦肩而過	章　緣著 $ 230
370	黃小艾	聞人悅閱著 $ 260
371	人類不宜飛行	成英姝著 $ 250
372	膚淺	張小虹著 $ 260
373	在這個美的世界	廖仁義著 $ 200
374	食家列傳	朱振藩著 $ 280
375	私人放映室	成英姝著 $ 230
376	秋天的婚禮	師瓊瑜著 $ 200
377	紅爛廚娘	蔡珠兒著 $ 230
378	黃凡後現代小說選	黃　凡著 $ 280
379	芳香詩學	奚　密著 $ 260
380	好女孩不做	成英姝著 $ 230
381	沒卵頭家	王湘琦著 $ 250
382	紅字團	駱以軍著 $ 200
383	沙子自己知道	粟　耘著 $ 300
384	青春正盛	林正盛著 $ 250
385	Mr.office歐菲斯先生	蔡詩萍著 $ 250
386	愛，在天堂與地獄之間	蔡詩萍著 $ 250
387	饕餮書	蔡珠兒著 $ 200
388	海與毒藥	遠藤周作著 $ 380
389	貓與庄造與兩個女人	谷崎潤一郎著 $ 230
390	鋼鐵蝴蝶	林燿德著 $ 260
391	我的二十世紀	蔡秀女著 $ 350
392	寵物	黃　凡著 $ 250
393	桃香	黃武忠著 $ 200
394	鍵	谷崎潤一郎著 $ 230
395	剩賢奇蹟	石帝文著 $ 350

聯合文學

含平郵郵資，如欲掛號，每本另加20元
劃撥帳號：17623526 聯合文學出版社有限公司
社　址：台北市基隆路一段180號10樓
服務專線：(02)2766-6759　2763-4300轉5107
傳　真：(02)2749-1208編輯部 2756-7914業務部

聯合文叢 385

芙蓉鎮・新編

作　　者／古　華
發 行 人／張寶琴
總 編 輯／許悔之
叢書副總編輯／杜晴惠
叢書副主編／陳維信
執行編輯／蔡佩錦
編　　輯／林佳蕙
視覺總監／周玉卿
美術編輯／黃祉菱
校　　對／辜輝龍　陳維信
業務部總經理／朱玉昌
業務部副總經理／李文吉
印務主任／王傳奇
法律顧問／理律法律事務所
陳長文律師、蔣大中律師
出 版 者／聯合文學出版社有限公司
地　　址／台北市基隆路一段180號10樓
電　　話／(02) 27666759・27634300轉5107
傳　　真／(02) 27491208 (編輯部)、27567914 (業務部)
郵撥帳號／17623526 聯合文學出版社有限公司
登 記 證／行政院新聞局局版臺業字第6109號
網　　址／http://unitas.udngroup.com
E-mail:unitas@udngroup.com
印 刷 廠／鴻霖國際事業有限公司
總 經 銷／聯經出版事業公司
地　　址／台北縣汐止市大同路一段367號3樓
電　　話／(02) 26422629

出版日期／2007年2月　初版
定　　價／300元

ISBN 978-957-522-675-6（平裝）

國家圖書館出版品預行編目資料

芙蓉鎮·新編／古華著. -- 初版. -- 臺北市 :
聯合文學, 2007〔民96〕
352面 : 14.8x21公分. -- （聯合文叢 ; 385）

ISBN 978-957-522-675-6（平裝）

857.7 96002151